A casa redonda

Louise Erdrich

A casa redonda

Tradução
Daniel Estill

Copyright © Louise Erdrich, 2012
Todos os direitos reservados.

Todos os direitos desta edição reservados à
Editora Objetiva Ltda.
Rua Cosme Velho, 103
Rio de Janeiro — RJ — Cep: 22241-090
Tel.: (21) 2199-7824 — Fax: (21) 2199-7825
www.objetiva.com.br

Capa
Tereza Bettinardi

Imagem de capa
Aza Erdrich Dorris

Preparação
Leny Cordeiro

Revisão
Raquel Correa
Eduardo Rosal
Bruno Fiuza

Editoração eletrônica
Abreu's System Ltda.

Proibida a venda em Portugal

CIP-BRASIL. CATALOGAÇÃO-NA-FONTE
SINDICATO NACIONAL DOS EDITORES DE LIVROS, RJ

E57c

    Erdrich, Louise
       A casa redonda / Louise Erdrich; tradução Daniel Estill. – 1. ed. – Rio de Janeiro: Objetiva, 2014.

       Tradução de: *The Round House*
       325 p.   ISBN 978-85-7962-314-1

       1. Ficção americana. I. Estill, Daniel. II. Título.

14-12181   CDD: 813
                               CDU: 821.111(73)-3

para Pallas

Capítulo Um
1988

Pequenas árvores atacaram as fundações da casa dos meus pais. Não passavam de mudas, com uma ou duas folhas rijas e saudáveis. Mesmo assim, flexíveis, conseguiram se espremer pelas rachaduras entre as lajotas marrons que decoravam os blocos de cimento. Cresceram por dentro da parede fora de vista e era difícil soltá-las. Meu pai passou a mão pela testa e amaldiçoou-lhes a resistência. Eu usava um velho forcado para ervas daninhas de cabo partido; ele, um atiçador de lareira que na certa mais atrapalhava do que ajudava. Enquanto cutucava às cegas nos locais onde sentia que as raízes pudessem ter penetrado, seguramente abria buracos apropriados na argamassa para as sementes do próximo ano.

Toda vez que eu conseguia arrancar uma pequena muda, colocava-a como um troféu do meu lado, na calçada que circundava a casa. Havia brotos de sorbus, de olmo, de bordo, de negundo, até mesmo uma catalpa já bem crescida, que meu pai pôs num pote de sorvete e regou, pensando que poderia achar um lugar para onde transplantá-la. Achei espantoso que as mudas de árvores tivessem sobrevivido ao inverno de Dakota do Norte. Provavelmente haviam recebido água, mas pouca luz e umas migalhas de terra. Mesmo assim, cada semente tinha conseguido enfiar uma ponta de raiz lá no fundo e lançar um caule para fora.

Meu pai se levantou, alongando as costas doloridas. Já chega, disse, embora fosse um perfeccionista.

Mas eu não queria parar e, depois que ele entrou para ligar para a minha mãe, que tinha ido ao escritório buscar uma pasta, continuei a arrancar as raízes ocultas. Ele não voltou e achei que tinha ido tirar uma soneca, como fazia de vez em quando. Era de se imaginar que eu fosse parar, um garoto de treze anos teria coisa melhor a fazer, mas pelo contrário. Enquanto a tarde avançava e tudo na reserva silenciava e se aquietava, me parecia cada vez mais importante que cada uma daquelas invasoras fosse removida até a ponta da raiz, onde todo o crescimento vital se concentrava. E também me parecia importante fazer um trabalho meticuloso, ao contrário de muitas das minhas tarefas relaxadas. Mesmo agora, me admiro com a intensidade da minha concentração. Eu cravava o garfo de ferro o mais junto possível da base do broto. Cada arbusto exigia sua própria estratégia. Era quase impossível não romper a planta antes de arrancar suas raízes inteiras do teimoso esconderijo.

Por fim, desisti, entrei silenciosamente no escritório do meu pai. Peguei o livro de direito que ele chamava de A Bíblia. O *Manual da legislação indígena federal*, de Felix S. Cohen, que meu pai ganhou do pai dele; a encadernação vermelho-ferrugem estava arranhada, a lombada grossa tinha rachaduras e em todas as páginas havia anotações manuscritas. Eu estava tentando me acostumar com a linguagem antiga e as constantes notas de rodapé. Meu pai, ou meu avô, tinha colocado um ponto de exclamação na página 38, ao lado da frase em itálico que naturalmente também me interessou: *Estados Unidos v. Quarenta e Três Galões de Uísque*. Suponho que um deles tenha achado esse título ridículo, como eu achei. Mesmo assim, eu vinha amadurecendo a ideia, surgida de outros casos e reforçada por esse, de que nossos tratados com o governo eram como tratados entre nações estrangeiras. De que a grandeza e o poder de que meu Mooshum falava não haviam se perdido totalmente, uma vez que, ao menos até onde eu imaginava saber, a lei ainda os protegia.

Eu estava lendo e bebendo um copo de água gelada na cozinha quando meu pai chegou de sua soneca, desorientado e bocejando. Apesar de toda a sua importância, o *Manual* de Cohen não era um livro pesado e, quando ele apareceu, rapidamente o coloquei no colo, sob a mesa. Meu pai lambeu os lábios secos e olhou ao redor, procurando o cheiro de comida, talvez, o bater das panelas ou o tilintar dos copos, ou passos. O que ele disse então me surpreendeu, não pelas palavras em si, que não tinham nada demais.

Cadê sua mãe?

Sua voz saiu seca e rouca. Coloquei o livro em outra cadeira, levantei-me e lhe estendi o copo d'água. Ele bebeu de um gole. Não repetiu as palavras, mas nos olhamos de um jeito que me pareceu um tanto adulto, como se ele soubesse que, ao ler seu livro de leis, eu me inseria em seu mundo. Seu olhar se manteve até eu baixar os olhos. Eu acabara de fazer treze anos. Duas semanas antes, eu tinha doze.

No trabalho?, respondi, para cortar seu olhar. Achei que ele soubesse onde ela estava, que tivesse obtido a informação quando ligou para ela. Eu sabia que ela não estava no trabalho. Ela havia atendido uma ligação e me disse que estava indo até o escritório buscar uma ou duas pastas. Especialista em registros tribais, provavelmente estava lidando com alguma petição que lhe haviam designado. Ela era chefe de um departamento de uma pessoa só. Era domingo — por isso a pressa. A suspensão das tardes de domingo. Mesmo que tivesse ido visitar sua irmã Clemence em casa, já deveria ter voltado para começar a preparar o jantar. Nós dois sabíamos disso. As mulheres não se dão conta de como os homens confiam na regularidade de seus hábitos. Nós absorvemos suas idas e vindas em nossos corpos, seus ritmos em nossos ossos. Nosso pulso é regulado pelo delas e, como em todas as tardes de fim de semana, esperávamos por ela para começar a contagem até o anoitecer.

E assim, como se pode perceber, a ausência dela fazia o tempo parar.

O que devemos fazer, falamos ao mesmo tempo, o que, novamente, foi desagradável. Mas ao menos, ao ver que eu estava preocupado, meu pai tomou a iniciativa.

Vamos encontrá-la, ele disse. E no momento em que eu vestia o casaco, já me sentia aliviado por ele ser tão positivo — encontrá-la, não apenas ir atrás dela ou procurá-la. Íamos sair e encontrá-la.

O pneu do carro furou, ele afirmou. Provavelmente ela tinha dado carona para alguém e um pneu havia furado. Aquelas porcarias de estradas. Descemos, pegamos o carro do seu tio emprestado e vamos encontrá-la.

Encontrá-la, de novo. Caminhei ao lado dele. Uma vez em ação, ele era rápido e ainda poderoso.

Tinha se formado em direito e depois se tornou juiz, e também se casou tarde. Eu fui uma surpresa também para minha mãe.

Meu velho Mooshum me chamava de Ops, apelido que ele me deu e, infelizmente, o resto da família também achou engraçado. Então, às vezes, ainda hoje sou chamado de Ops. Descemos a ladeira até a casa dos meus tios — uma casa verde-clara, financiada pelo governo, à sombra de um algodoeiro e adornada por três pequenos abetos. Mooshum morava lá também, habitando uma névoa fora do tempo. Todos nos orgulhávamos de sua superlongevidade. Era velho, mas ainda ativo com os cuidados do jardim. Todos os dias, após suas atividades ao ar livre, deitava-se numa cama de armar improvisada sob a janela, uma pilha de gravetos, cochilando levemente, não raro soltando um ronco seco, provavelmente uma risada.

Quando meu pai disse para Clemence e Edward que mamãe tinha furado o pneu e que precisávamos do carro deles — como se de fato soubesse desse furo mítico —, quase achei graça. Ele parecia ter se convencido da verdade de sua especulação.

Saímos de ré pelo caminho de cascalho no Chevrolet do meu tio e fomos para os escritórios tribais. Demos a volta pelo estacionamento. Vazio. Janelas escuras. Ao retornar à entrada, viramos à direita.

Ela foi para Hoopdance, aposto, disse meu pai. Precisou de alguma coisa para o jantar. Talvez esteja preparando uma surpresa para a gente, Joe.

Sou o segundo Antone Bazil Coutts, mas brigo com qualquer um que coloque um júnior no final do meu nome. Ou um número. Ou que me chame de Bazil. Decidi que eu era Joe aos seis anos. Aos oito, me dei conta de que tinha escolhido o nome do meu bisavô, Joseph. Eu o conheço principalmente como o autor das anotações nos livros com páginas amareladas e capas de couro ressecadas. Ele deixara de herança várias prateleiras com essas antiguidades. Eu me ressentia por não ter um nome novo, que me distinguisse da tediosa linhagem dos Coutts — responsáveis, rígidos, homens sempre prontos para atos heroicos, que bebiam em silêncio, fumavam charutos de vez em quando, dirigiam carros discretos, e só demonstravam sua determinação ao casar com mulheres mais inteligentes. Eu me via diferente, ainda que não soubesse como. Mesmo naquele momento, tentando conter a ansiedade enquanto procurávamos minha mãe, que fora ao mercado — só isso, com certeza, para comprar alguma coisa —, tinha consciência de que aquilo que estava acontecendo pertencia à natureza das coisas incomuns. Uma mãe desaparecida. Algo que não acontecia ao filho de um juiz, mesmo de um que morasse numa reserva. De maneira vaga, esperava que *alguma coisa* fosse acontecer.

Eu era um garoto do tipo que passava as tardes de domingo arrancando mudas de árvores das fundações da casa dos pais. Eu deveria aceitar o inevitável, era o tipo de pessoa que viria a ser no final, mas continuava a resistir à ideia. Mas, quando digo que esperava por alguma coisa, não significava algo ruim, apenas *alguma coisa*. Uma ocorrência rara. Uma visão. Uma vitória no bingo, ainda que domingo não fosse dia de bingo e jogar bingo fosse algo completamente em desacordo com o caráter da minha mãe. Mas era o que eu queria, alguma coisa fora do comum. Apenas isso.

A meio caminho de Hoopdance, ocorreu-me que o mercado fechava aos domingos.

Claro que está fechado! Meu pai empurrou o queixo para a frente e apertou as mãos no volante. Ele tinha um perfil que lembrava um índio num cartaz de filme, e um romano numa moeda. Havia um estoicismo clássico no nariz e mandíbula pesados. Continuou dirigindo porque, disse, ela também pode ter esquecido que era domingo. E foi quando passamos por ela. Lá! Ela vinha em disparada pela outra pista, a toda, no limite da velocidade, ansiosa para voltar para nós, em casa. Mas nós estávamos ali! Rimos da cara séria dela ao fazermos um U no meio da pista e a seguimos, comendo sua poeira.

Ela está louca, riu meu pai, muito aliviado. Viu, eu te disse. Ela esqueceu. Foi até o verdureiro e esqueceu que estava fechado. Furiosa agora por ter desperdiçado combustível. Ah, Geraldine!

Lá estava a alegria, a adoração, a surpresa em sua voz quando pronunciou aquelas palavras. Ah, Geraldine! Só por essas duas palavras, ficava claro que ele era e sempre fora apaixonado por minha mãe. Jamais deixara de ser grato por ela ter se casado com ele e, logo depois, ter lhe dado um filho, quando já acreditava estar no fim da linha.

Ah, Geraldine.

Balançou a cabeça, sorrindo enquanto dirigia, e tudo estava bem, mais do que bem. Agora podíamos admitir que ficáramos preocupados com a ausência incomum de minha mãe. Podíamos ser tomados pelo frescor renovado da revelação de como era importante para nós a sacralidade de nossa pequena rotina. Apesar da imagem selvagem que eu via no espelho, em meus pensamentos eu valorizava esses prazeres comuns.

Portanto, era a nossa vez agora de deixá-la preocupada. Só um pouquinho, disse meu pai, só para ela provar do próprio veneno. Levamos o carro calmamente de volta para a casa de Clemence e subimos o morro, prevendo o questionamento indignado de minha mãe, Onde vocês estavam? Eu já podia ver as mãos dela fechadas na cintura. O sorriso forçando o caminho para sair de trás do cenho franzido. Ela daria risada quando ouvisse a história.

Subimos pelo caminho de terra da entrada. Ao longo, numa fileira ordenada, mamãe havia plantado mudas de amor-perfeito que ela cultivara em caixas de leite. Ela as transplantara cedo. A única flor capaz de sobreviver à geada. Ao subirmos pelo caminho, vimos que ela ainda estava no carro. Sentada no banco do motorista diante do painel branco da porta da garagem. Meu pai saiu correndo. Também percebi pela postura de seu corpo — um tanto contraído, rígido — algo errado. Quando alcançou o carro, ele abriu a porta do lado do motorista. As mãos estavam agarradas à direção e ela olhava fixamente para a frente, tal como quando passou por nós na direção oposta, na estrada para Hoopdance. Tínhamos visto esse olhar fixo e achamos graça. Ela está zangada por ter desperdiçado gasolina!

Eu estava logo atrás do meu pai. Mesmo naquele momento, tomando cuidado para não pisar nas folhas e botões desenhados de amor-perfeito. Ele pôs as mãos sobre as dela e cuidadosamente soltou seus dedos do volante. Amparando-a pelos cotovelos, levantou-a para fora do carro e segurou-a enquanto ela se virava em sua direção, ainda curvada na forma do assento. Ela caiu contra ele, olhando sem me ver. Havia vômito na parte da frente do vestido e, encharcando a saia e o tapete cinza do carro, seu sangue escuro.

Vá para a casa da Clemence, disse meu pai. Vá e diga que estou levando sua mãe direto para a emergência em Hoopdance. Diga-lhes para virem atrás.

Com uma mão, ele abriu a porta traseira e, como se estivessem dançando de um jeito horrível, manobrou minha mãe para a beira do assento e deitou-a muito devagar. Ajudou-a a ficar de lado. Ela estava silenciosa, mas agora umedecia os lábios rachados e ensanguentados com a ponta da língua. Eu a vi piscar, um leve franzir. Seu rosto começava a inchar. Dei a volta no carro e entrei junto com ela. Levantei sua cabeça e apoiei-a na minha perna. Sentei-me com ela, passando meu braço pelo seu ombro. Ela vibrava com um tremor contínuo, como se um botão tivesse sido ligado lá dentro. Emanava um cheiro forte, de vômito e de alguma outra coisa, parecia gasolina ou querosene.

Vou deixar você lá, disse meu pai, dando a ré, os pneus cantando.

Não, eu também vou. Tenho que segurá-la. A gente telefona do hospital.

Eu quase nunca tinha desafiado meu pai, em palavras ou atos. Mas aquilo nem sequer foi registrado entre nós. Já tínhamos trocado aquele olhar, estranho, como entre dois homens adultos, e antes eu não estava pronto. O que não importava. Eu segurava minha mãe com firmeza agora, no banco traseiro do carro. O sangue dela estava me cobrindo. Peguei a manta xadrez que ficava em cima da tampa do bagageiro, sob a janela de trás. Ela tremia tanto que tive medo de que fosse se desfazer.

Depressa, pai.

Certo, respondeu ele.

E saímos em disparada. Ele dirigiu a mais de cento e cinquenta por hora. Quase voando.

Meu pai tinha uma voz trovejante; diziam que era algo que ele desenvolvera. Não era uma coisa da juventude, algo necessário para uma sala de tribunal. A voz dele realmente trovejou e tomou conta de toda a entrada da emergência. Assim que os enfermeiros colocaram minha mãe numa maca, meu pai mandou que eu ligasse para Clemence. E então, esperar. Agora que sua ira tomara conta de tudo ao redor, ardente e límpida, eu me sentia melhor. O que quer que tivesse ocorrido, seria consertado. Devido à sua fúria. O que era uma coisa rara, e que gerava resultados. Ele segurou a mão de mamãe enquanto a levavam para o ambulatório de emergência. As portas se fecharam atrás deles.

Sentei numa cadeira plástica cor de laranja. Uma grávida magricela tinha passado pela porta aberta do carro, olhando para minha mãe, observando tudo antes de se registrar. Ela despencou numa cadeira ao lado de uma velha discreta, na minha frente, e pegou uma revista *People* antiga.

Vocês, índios, não têm o hospital de vocês lá, não? Não estão construindo um novo?

A emergência está sendo reformada, respondi.

Ainda, disse ela.

Ainda o quê?, usei um tom de voz cortante e sarcástico. Eu nunca fui como tantos outros garotos índios, que olhavam para baixo em silêncio, engolindo a raiva sem dizer nada. Minha mãe me ensinara outra coisa.

A mulher grávida franziu os lábios e voltou a olhar para a revista. A velha tricotava o polegar de uma luva. Fui até o telefone pago, mas não tinha dinheiro. Fui até o balcão da enfermagem e pedi para usar o telefone. Estávamos próximos o bastante para a chamada ser local, e ela me deixou ligar. Mas ninguém atendeu. Na mesma hora percebi que minha tia levara Edward para a adoração do sacramento, o que os fazia sair de casa nas noites de domingo. Ele dizia que, enquanto Clemence adorava o sacramento, ele meditava sobre como era possível terem os seres humanos evoluído dos macacos só para se sentar em torno de um biscoito redondo e branco. Tio Edward era professor de Ciências.

Voltei a sentar na sala de espera, o mais longe possível da grávida, mas a sala era muito pequena, então não era longe o bastante. Ela folheava a revista. A Cher estava na capa. Dava para ler o que estava escrito ao lado do queixo dela: *Ela fez de* Feitiço da Lua *um megassucesso, tem um amante de 23 anos e é durona a ponto de dizer "se mexer comigo eu te mato"*. Mas Cher não parecia durona. Parecia mais uma boneca de plástico pega de surpresa. A mulher esquelética e barriguda espiava Cher e falava com a senhora do tricô.

Parece que aquela infeliz sofreu um aborto, ou talvez — disse baixando a voz — tenha sido estuprada.

A mulher olhou para mim e levantou os lábios sobre os dentes de coelho. Seu cabelo amarelo desbotado agitou-se. Olhei diretamente de volta, dentro de seus olhos castanhos sem pestanas. Então fiz algo estranho, por instinto. Fui até ela e tirei a revista de suas mãos. Ainda olhando para ela, arranquei a capa e soltei o resto da revista. Rasguei de novo. As sobrancelhas idênticas de Cher foram separadas. A mulher do tricô apertou os lábios, contando os pontos. Devolvi a capa e a mulher aceitou os pedaços. Mas de repente lamentei pela Cher. O que ela havia feito contra mim? Levantei-me e saí porta afora.

Fiquei do lado de fora. Dava para ouvir a voz da mulher, estridente, triunfante, reclamando com a enfermeira. O sol já havia quase se posto. O ar esfriara, e com a escuridão fui tomado por uma friagem oculta. Pulei para cima e para baixo e sacudi os braços. Nada me importava. Não voltaria lá para dentro enquanto aquela mulher não fosse embora, ou até que meu pai saísse e me dissesse que mamãe estava bem. Não conseguia parar de pensar no que aquela mulher dissera. Aquelas duas palavras ficaram cravadas na minha mente, como fora a intenção da mulher. Aborto. Uma palavra que eu não compreendia totalmente, mas sabia que tinha a ver com bebês. O que eu sabia ser impossível. Minha mãe havia me dito, seis anos antes, quando eu a chateava pedindo um irmão, que o médico deixara claro que, depois de mim, ela não poderia mais engravidar. Não podia acontecer e pronto. Isso me deixava com a outra palavra.

Algum tempo depois, vi uma enfermeira levar a mulher grávida de volta pelas portas da emergência. Torcia para que não a colocassem em nenhum lugar próximo à minha mãe. Entrei e voltei a ligar para a minha tia, que disse que deixaria Edward cuidando de Mooshum e viria direto para o hospital. Ela também me perguntou o que tinha acontecido, o que estava errado.

Mamãe está sangrando, respondi. Minha garganta fechou e não consegui falar mais nada.

Ela está ferida? Algum acidente?

Consegui soltar que não sabia e Clemence desligou. Uma enfermeira com cara de paisagem se aproximou e me mandou ir para junto de minha mãe. A enfermeira desaprovava que minha mãe tivesse me chamado. Havia insistido, disse ela. Eu queria ir correndo, mas segui a enfermeira por um corredor iluminado, para um quarto sem janelas com uma fileira de armários de metal com portas de vidro verde. O quarto estava escurecido e mamãe vestia um fino avental hospitalar. Um lençol fora enrolado em suas pernas. Não havia mais sangue, em lugar nenhum. Papai estava em pé junto à cabeceira da cama, a mão apoiada no alto do encosto de metal. A princípio, não olhei para ele, apenas para ela. Minha mãe era uma mulher bonita — isso é algo que eu sempre soubera. Um fato incontestável dentro da família, entre estranhos. Ela e Clemence tinham uma pele café com leite e cachos negros e brilhantes. Esbeltas, mesmo depois dos filhos. Calmas e diretas, com olhos dominantes e lábios de estrelas de cinema. Quando tomadas pelo riso, perdiam toda a dignidade, e engasgavam, fungavam, arrotavam, assobiavam e até mesmo peidavam, o que as deixava ainda mais histéricas. Normalmente, provocavam acessos mútuos, mas às vezes meu pai também as fazia perder o controle. Mesmo nessas horas, continuavam belas.

Agora eu via o rosto da minha mãe inchado, com marcas e retorcido de forma grotesca. Ela espiava através das fendas entre a carne intumescida das pálpebras.

O que aconteceu?, perguntei estupidamente.

Ela não respondeu. As lágrimas escorreram pelos cantos dos olhos. Ela as secou com um pulso enrolado em gaze. Estou bem, Joe. Olhe para mim. Está vendo?

E eu olhei para ela. Mas ela não estava bem. Havia marcas de golpes e um horrível desequilíbrio. A pele tinha perdido a tonalidade quente usual. Estava toda cinza. Os lábios rachados, com sangue seco. A enfermeira voltou e levantou a ponta da cama com uma manivela. Colocou outro cobertor sobre ela. Baixei a cabeça e me inclinei para ela. Tentei acariciar seu pulso coberto e os dedos frios e secos. Com um grito, ela afastou bruscamente a mão, como se eu a tivesse ferido. Ficou rígida e fechou os olhos. O gesto me deixou devastado. Levantei os olhos para meu pai e ele fez um gesto para que eu me aproximasse dele. Passou o braço ao meu redor e caminhou comigo para fora do quarto.

Ela não está bem, eu disse.

Ele olhou para o relógio de pulso e de volta para mim. Seu rosto registrava a expressão de ira latente de um homem que não conseguia pensar bastante rápido.

Ela não está bem. Falei como se lhe dissesse uma verdade urgente. E, por um instante, achei que ele fosse quebrar. Pude perceber algo subindo de dentro dele, mas ele conseguiu se dominar, respirou fundo e se recompôs.

Joe. Olhava de um jeito estranho para o relógio de novo. Joe, disse ele. Mamãe foi atacada.

Estávamos no saguão, juntos sob o zumbido das luzes fluorescentes irregulares. Falei a primeira coisa que me ocorreu.

Quem atacou ela? Que pessoa atacou ela?

Absurdamente, ambos nos demos conta de que a resposta usual do meu pai seria corrigir minha gramática. Olhamos um para o outro e ele não disse nada.

Meu pai tinha a cabeça, o pescoço e os ombros de um homem alto e poderoso, mas de resto era perfeitamente comum. Até mesmo um pouco desajeitado e flácido. Pensando bem, é um bom físico para um juiz. Paira imponente, sentado em sua cadeira no tribunal, mas, ao despachar no escritório (um depósito de vassouras melhorado), não parece ameaçador e desperta a confiança das pessoas. Além de tonitruante, sua voz também é capaz de todas as nuances, e às vezes soa muito gentil. Foi essa gentileza na voz que me assustou então, e o tom baixo. Quase um cochicho.

Ela não sabe quem era o homem, Joe.

Mas nós vamos encontrá-lo?, perguntei no mesmo tom de segredo.

Nós vamos encontrá-lo, ele respondeu.

E então?

Meu pai nunca se barbeava aos domingos, e as pontas de uns fios grisalhos da barba estavam aparecendo. Aquela coisa dentro dele estava fazendo pressão de novo, pronta para explodir. Mas, em vez disso, colocou as mãos nos meus ombros e falou com aquela voz baixa e aguda que me apavorava.

Não consigo pensar tão para a frente assim, agora.

Coloquei minhas mãos sobre as dele e olhei-o nos olhos. Seus equilibrados olhos castanhos. Eu queria saber que quem quer que tivesse atacado minha mãe seria encontrado, punido e morto. Meu pai percebeu isso. Seus dedos cravaram-se nos meus ombros.

Nós vamos pegá-lo, eu disse rapidamente. Eu me sentia amedrontado ao dizer isso, tonto.

Sim.
Ele tirou as mãos. Sim, ele disse novamente. Tocou no relógio e mordeu o lábio. Agora, se a polícia chegasse. Precisam de um depoimento. Já deveriam ter chegado.
Nos viramos para voltar ao quarto.
Polícia?, perguntei.
Exatamente, disse ele.

A enfermeira ainda não queria que voltássemos, e ficamos esperando a chegada da polícia. Três homens entraram pela porta da emergência e pararam em silêncio no corredor. Um deles era da polícia estadual, outro, da polícia municipal de Hoopdance, e Vince Madwesin, da polícia tribal. Meu pai insistiu que todos tomassem um depoimento da minha mãe, pois não estava claro onde o crime fora cometido — em território tribal ou do estado, ou por quem, índio ou não índio. Eu já sabia, de maneira elementar, que essas perguntas girariam em torno dos fatos. E também já sabia que elas não modificariam os fatos. Mas modificariam inevitavelmente a maneira como nós buscaríamos a justiça. Meu pai tocou meu ombro antes de me deixar e aproximou-se deles. Fiquei encostado na parede. Eram um pouco mais altos que meu pai, mas o conheciam e se inclinaram para ouvir o que ele dizia. Escutaram com atenção, sem tirar os olhos do rosto dele. Enquanto ele falava, olhava ocasionalmente para o chão e fechava as mãos nas costas. Encarou-os um de cada vez, por baixo das sobrancelhas, depois voltou a levar os olhos para o chão.
Os policiais entraram no quarto, um de cada vez, com caderno e caneta, e saíram de novo, quinze minutos depois, impassíveis. Todos apertaram a mão do meu pai e partiram rapidamente.
Um médico jovem chamado Egge era o encarregado do dia. Fora ele que examinara minha mãe. Enquanto meu pai e eu voltávamos para o quarto dela, vimos que o dr. Egge estava de volta.
Não acho que o menino..., começou a falar.
Achei engraçado que sua careca redonda e brilhante lembrasse um ovo, como seu próprio nome. O rosto oval, os óculos redondos e pequenos me pareceram familiares, e lembrei que

era o tipo de rosto que minha mãe costumava desenhar nos ovos cozidos para eu comer.

Minha mulher insistiu em ver o Joe de novo, disse meu pai ao dr. Egge. Ela precisa vê-lo para perceber que está bem.

O dr. Egge ficou em silêncio. Olhou para meu pai de maneira incisiva. Papai se afastou de Egge e me perguntou se eu poderia voltar para a sala de espera e ver se Clemence tinha chegado.

Eu gostaria de ver a mamãe de novo.

Eu vou te chamar lá, disse meu pai com urgência. Vai lá.

O dr. Egge olhava de maneira ainda mais dura para o meu pai. Afastei-me deles com uma relutância incômoda. Os dois caminharam para longe de mim, conversando em voz baixa. Eu não queria sair, então me virei e fiquei olhando para eles antes de sair para a sala de espera. Eles pararam do lado de fora do quarto de mamãe. O dr. Egge terminou de falar e empurrou os óculos para cima do nariz com um dedo. Papai se aproximou da parede, como se fosse atravessá-la, e pressionou a testa e as mãos contra ela, onde ficou de olhos fechados.

O dr. Egge se virou e me viu congelado diante das portas. Ele apontou para a sala de espera. A emoção de meu pai era muito grande, era o que seu gesto significava, e eu era jovem demais para testemunhar. Mas nas últimas horas eu me tornara cada vez mais imune à autoridade. Em vez de sumir obedientemente, corri para o meu pai, afastando o dr. Egge com um esbarrão. Lancei meus braços em torno do tronco macio dele, segurei-o sob seu casaco, agarrando-me com firmeza a ele, sem dizer nada, apenas respirando com ele, inspirando o ar profundamente.

Muito mais tarde, após estudar Direito e examinar cada documento que encontrei, cada depoimento, após reviver cada instante daquele dia e dos dias que se seguiram, compreendi que aquele fora o momento em que o dr. Egge informou meu pai sobre os detalhes e a extensão dos ferimentos de mamãe. Mas naquele dia tudo o que eu sabia, depois que Clemence me soltou de meu pai e me levou para longe de lá, era que o corredor era uma ladeira íngreme. Passei pelas portas e deixei Clemence ir falar com papai. Após ficar por meia hora na sala de espera, ela voltou e me disse que mamãe ia fazer uma cirurgia. Segurou minha mão. Sentamos lado a lado, olhando para o quadro de uma pioneira sentada na encosta ensolarada de uma montanha com seu bebê deitado ao lado, protegido por um guarda-sol preto. Concordamos que nunca tínhamos dado atenção ao quadro, mas que dali em diante iríamos odiá-lo intensamente, embora não fosse culpa do próprio quadro.

Tenho que te levar para a minha casa, você pode dormir no quarto do Joseph, disse Clemence. Você pode ir para a escola amanhã lá de casa. Eu vou voltar para cá e esperar.

Eu estava cansado, meu cérebro doía, mas olhei para ela como se ela estivesse maluca. Estava louca se achava que eu iria para a escola. Nada mais aconteceria normalmente. A ladeira íngreme daquele corredor levava a este lugar — a sala de espera — onde eu iria esperar.

Você ao menos poderia dormir, disse tia Clemence. Dormir não faria mal. O tempo vai passar e você não tem que ficar olhando para a porcaria daquele quadro.

Foi estupro?, perguntei a ela.

Sim, ela respondeu.

Tinha algo mais, eu disse.

Minha família não se furta a deixar as coisas às claras. Mesmo sendo católica, minha tia não era do tipo papa-hóstia e cheia de escrúpulos. Quando falou, me respondeu com uma voz firme e tranquila.

Estupro é sexo forçado. Um homem pode forçar uma mulher a fazer sexo com ele. Foi isso que aconteceu.

Fiz que sim. Mas eu queria saber outra coisa.

Ela vai morrer por causa disso?

Não, Clemence respondeu imediatamente. Ela não vai morrer. Mas às vezes...

Ela mordeu os lábios por dentro, e eles formaram uma linha contraída, e mirou a foto com olhos duros.

... é mais complicado, disse finalmente. Você viu que ela estava muito machucada? Clemence tocou o próprio rosto, com uma maquiagem suave de pó e ruge, após ter ido à igreja.

Sim, eu vi.

Nossos olhos se encheram de lágrimas e desviamos o olhar um do outro, para a bolsa de Clemence, de onde ela tirou um pacote de lenços de papel. Deixamos o choro sair por um tempo enquanto ela pegava os lenços. Foi um alívio. Depois, secamos os rostos e Clemence prosseguiu.

Pode ser mais violento do que em outras vezes.

Estuprada com violência, pensei.

Eu sabia que essas palavras andavam juntas. Provavelmente de algum caso de tribunal que eu lera nos livros de meu pai, ou de algum artigo de jornal, ou dos livros de suspense do tio Whitey, que eu adorava e ele guardava nas prateleiras que ele mesmo fazia.

Gasolina, eu disse. Senti o cheiro. Por que ela estava com cheiro de gasolina? Ela foi à casa do Whitey?

Clemence olhou para mim, o lenço paralisado junto do nariz, e a pele ficou da cor de neve velha. Ela se abaixou subitamente e apoiou a cabeça nos joelhos.

Estou bem, disse através do lenço de papel. A voz parecia normal, até mesmo distante. Não se preocupe, Joe. Achei que ia desmaiar, mas não vou.

Recuperando-se, ela se sentou. Bateu na minha mão. Não perguntei mais sobre a gasolina para ela.

Adormeci num sofá com forro de plástico e alguém me cobriu com um cobertor do hospital. Suei durante o sono e, quando acordei, meu rosto e meu braço estavam grudados no plástico. Desgrudei-me desconfortavelmente e me apoiei num cotovelo.

O dr. Egge estava do outro lado da sala, conversando com Clemence. Logo pude ver que as coisas haviam melhorado, que minha mãe estava melhor, que na cirurgia tudo correra bem e que, por pior que estivessem as coisas, ao menos por agora o quadro não havia piorado. Então, encostei o rosto no plástico grudento, que agora estava agradável, e voltei a dormir.

Capítulo Dois
*Solidão**

Eu tinha três amigos. Ainda mantenho contato com dois deles. O outro é uma cruz branca em Montana Hi-Line. Isto é, sua partida física está marcada lá. Quanto ao seu espírito, eu o carrego comigo na forma de uma pedra preta e redonda. Ele me deu quando soube o que tinha acontecido com a minha mãe. Chamava-se Virgil Lafournais, ou Cappy. Disse-me que a pedra era uma daquelas encontradas na base de uma árvore derrubada por um raio e que era sagrada. Um ovo de pássaro do trovão, era como a chamava. Ele a deu para mim no dia em que voltei para a escola. Toda vez que percebia um olhar de pena ou de curiosidade para mim naquele dia, eu tocava na pedra que Cappy me dera.

    Cinco dias haviam passado desde que encontramos mamãe sentada na entrada da garagem. Eu me recusara a ir para a escola antes que ela saísse do hospital. Estava ansiosa para sair de lá, aliviada por estar em casa. Despediu-se de mim naquela manhã deitada na cama de casal deles, no quarto do andar de cima.

    Cappy e seus outros amigos vão sentir sua falta, ela me disse.

    Eu tinha que voltar para a escola, mesmo faltando apenas duas semanas para o verão. Quando estivesse melhor, faria um bolo para nós, disse ela, e sanduíches de carne moída. Sempre gostara de nos alimentar.

    Meus outros dois amigos eram Zack Peace e Angus Kashpaw. Naquela época, nós quatro ficávamos mais ou menos

---

* Os títulos de todos os capítulos, com exceção do primeiro, foram extraídos de títulos dos episódios do seriado *Jornada nas estrelas: A nova geração*, da primeira e da segunda temporadas. Aqui, adotamos a tradução para o português apresentada na própria série. (N. T.)

juntos sempre que possível, ainda que se soubesse que Cappy e eu éramos os mais próximos. A mãe de Cappy morrera quando ele era pequeno, deixando-o com o irmão mais velho, Randall, e com o pai, Doe Lafournais, entregues a uma vida que virou uma rotina de homens solteiros numa casa tomada pelo caos diante da ausência de uma mulher. Pois mesmo que Doe de vez em quando se envolvesse com mulheres, jamais voltou a se casar. Ele era, ao mesmo tempo, o zelador dos escritórios tribais e, ocasionalmente, o presidente da tribo. Quando foi eleito pela primeira vez, nos anos 1960, recebia um salário suficiente apenas para reduzir a atividade de zelador a meio expediente. Quando ficava exausto demais para concorrer a outro mandato, fazia algumas horas extras como vigia noturno. Só nos anos 1970, quando os federais passaram a investir dinheiro no governo tribal, é que começamos a descobrir como administrar as coisas. Doe ainda era o presidente, alternando alguns mandatos. Do jeito que ele era, as pessoas votavam em Doe sempre que ele se irritava com o presidente em exercício. Mas assim que Doe assumia, começava o falatório, as reclamações, a máquina de fofocas, o desgaste inexorável que faz parte da política das reservas e a parte que cabe a qualquer um que se destaque demais sob os holofotes. Quando a situação ficava muito ruim, Doe se recusava a concorrer. Empacotava suas coisas do escritório, inclusive os papéis com seu timbre de presidente tribal, que sempre mandava imprimir à própria custa. *Doe Lafournais, Presidente Tribal.* Durante alguns anos, não nos faltou papel para desenhar na casa de Cappy. Inevitavelmente, seu sucessor era submetido ao mesmo tratamento. Por fim, os contritos e suplicantes eleitores de Doe insistiam com ele até ele voltar a se apresentar. Em 1988, Doe não estava no cargo, o que significava que saiu várias vezes para pescar com a gente. Passávamos metade do inverno no depósito de gelo de Doe, pescando lúcios e bebendo cerveja escondidos.

A família de Zack Peace se separara então pela segunda vez. Seu pai, Corwin Peace, era músico, numa excursão eterna. Sua mãe, Carleen Thunder, editava o jornal tribal. Seu padrasto, Vince Madwesin, era o oficial da polícia tribal que fora interrogar minha mãe. Zack era quase dez anos mais velho que seu irmão caçula e sua irmã, pois seus pais tinham se casado jovens, divorciaram-se, tentaram uma segunda vez para descobrir que estavam certos quando se divorciaram da primeira vez. Zack era musical, como o pai, e sempre levava o violão para o depósito de gelo. Dizia saber mil músicas.

Quanto a Angus, ele pertencia à porção da reserva que era realmente pobre. A tribo obtivera o dinheiro necessário para subsidiar um programa de moradias — apartamentos grandes, pintados de marrom, com estilo urbano, logo depois da cidade. Eram cercados por colinas de terra tomadas por ervas daninhas, sem nenhuma árvore ou arbusto. O dinheiro acabara antes que se fizessem escadas, de forma que as pessoas usavam rampas de compensado ou simplesmente se içavam e pulavam para dentro de suas casas. Sua tia Star se mudara para uma unidade de três quartos, com Angus, os dois irmãos dele, os dois filhos do namorado e uma penca variável de irmãs grávidas e primos bêbados ou em reabilitação. Tia Star administrava uma montanha épica de loucura. Não ajudava o fato de que, além de não ter escadas, o próprio prédio era um pesadelo de baixo custo. A empreiteira havia economizado no isolamento e, no inverno, Star tinha que manter o forno aceso a noite inteira, com a porta aberta, e deixar a água da cozinha correndo, para não congelar no encanamento. Pedaços de pano foram enfiados entre a parede e as janelas, pois o gesso se soltara das molduras baratas de alumínio. As janelas logo se desfizeram, perdendo os painéis. Nada funcionava. O encanamento vivia entupindo. Cheguei até a me especializar em fazer a vedação da privada com cera e fita isolante. Star sempre nos subornava com rabanadas para fazermos os consertos da casa ou ajeitar a recepção do satélite com uma calota amassada ou algo do tipo.

Na verdade, depois que ela engrenara com seu grande amor, Elwin, passamos a dominar o satélite. Star tinha uma TV bacana, que comprou com a única vitória avassaladora no bingo de toda a sua vida. Junto com Elwin, pegamos alguns equipamentos velhos, no melhor estilo MacGyver, e conseguimos receber o sinal de Fargo, de Minneapolis, e até mesmo de Chicago e de Denver. Começamos a obter conexão com satélite em setembro de 1987, na hora certa para as estreias das temporadas de todas as séries. Melhoramos a recepção a tal ponto que às vezes recebíamos os programas distribuídos de determinadas cidades, sempre mudando, de acordo com o tempo e o magnetismo dos planetas. Tínhamos que caçá-los, mas não creio que tenhamos perdido um só episódio de *Jornada nas estrelas*. Não a série antiga, mas *A nova geração*. Adorávamos *Guerra nas estrelas*, tínhamos nossas citações favoritas, mas vivíamos no universo da *Nova geração*.

    Naturalmente, todos queríamos ser o Worf. Todos queríamos ser Klingons. A solução de Worf para qualquer problema era atacar. No episódio "Justiça", descobrimos que Worf não gostava de sexo com humanas, pois elas eram muito frágeis, e ele precisava se conter. Nossa grande piada para as garotas bonitas era *Ei, contenha-se!* No episódio "Hide and Q", a mulher Klingon ideal pegou Worf, e a excitação dela era grotesca. Worf era inflamado, nobre e belo, mesmo com um casco de tartaruga na testa. Depois do Worf, gostávamos do Data, pois ele zombava das pessoas brancas com sua curiosidade a respeito das coisas idiotas que a tripulação fazia ou dizia e porque, quando a linda Yar ficou bêbada, ele afirmou ser inteiramente funcional e transou com ela. Wesley — que era com quem se imaginaria que a gente se identificasse, por causa da idade e da genialidade, e pela mãe descuidada que o deixava se meter em problemas — não nos interessava, pois era um garoto branco trapalhão e usava suéteres ridículos. Claro que éramos apaixonados pela envolvente meio betazoide Deanna Troy, especialmente quando ela aparecia com os longos cabelos cacheados soltos. Seus trajes eram bem decotados, o cinto vermelho em V apontava sabe-se para onde, sua cabeça volumosa e o corpo sinuoso e pequeno nos deixavam loucos. O comandante Riker parecia estar a fim dela, mas ele era tosco, inconcebível. Um pouco melhor quando a barba cobriu sua cara de bebê, mas nós ainda queríamos ser o Worf. Quanto ao capitão Picard, era um velho, apesar de um velho francês, então a gente gostava dele. Também gostávamos do Geordi, afinal ele vivia em sofrimento contínuo por causa do visor ocular, e isso o tornava nobre também.

    O motivo para eu entrar nesses detalhes é que a *Nova geração* era o que nos diferenciava. Fizemos desenhos, quadrinhos e até mesmo tentamos escrever um episódio. Fingíamos ter um conhecimento especial. Estávamos começando a crescer e ansiosos quanto ao que nos tornaríamos. Na *Nova geração*, não éramos magrelos, discriminados, sem mãe ou amedrontados.

Éramos maneiros, porque mais ninguém sabia do que a gente estava falando.

No primeiro dia do meu retorno à escola, Cappy veio andando comigo para casa. É incomum ver as pessoas indo a pé para algum lugar na reserva hoje em dia, a não ser pelos caminhos especiais para a prática de exercícios. Mas no final da década de 1980, muitos ainda se deslocavam a pé, e como Cappy e eu morávamos a menos de um quilômetro e meio da escola, muitas vezes jogávamos uma moeda para decidir para qual casa a gente iria. A dele era mais animada, pois Randall estava sempre recebendo os amigos por lá, mas a minha tinha televisão e video game, e a gente podia jogar Bionic Commando, um jogo pelo qual éramos fanáticos.

Cappy tinha me dado o ovo de pássaro do trovão no saguão da escola, e me contou a história dele no caminho de casa. Disse que, quando o encontrara, a árvore ainda fumegava. Fingi que acreditava. Sem falar nada, estava claro que Cappy só estava me acompanhando até em casa e não entraria lá. Eu não teria deixado, de qualquer modo. Minha mãe não queria ser vista por ninguém. Apesar de meu pai ter tirado uma licença e chamado um juiz aposentado para substituí-lo, ainda estava ajeitando a papelada em seu escritório. Já tinha me avisado que ligaria várias vezes durante o dia, mas que minha mãe ficaria feliz quando eu chegasse em casa.

Enquanto subíamos pela entrada de carro, Clemence apareceu na porta da frente e disse que um vizinho telefonara para avisar que Mooshum tinha saído para o quintal. Pela pressa dela, desconfiei que ele havia deixado as calças em casa. Ela entrou no carro, deu a volta e foi embora. Cappy também foi para casa assim que chegamos na minha, e eu fui para a porta dos fundos. Ao dar a volta, vi que as mudas de árvores, com folhas murchas, ainda estavam empilhadas no concreto, onde as deixei para morrer. Coloquei os livros no chão e fui juntá-las, uma a uma, e as amontoei num canto do quintal. Naquele momento, eu me sentia triste pelas pequenas mudas e consciente de que estava odiando a ideia de entrar em casa. Nunca me sentira assim antes. Fui então abrir a porta e descobri que estava trancada.

Fiquei tão surpreso a princípio que dei um chute na porta, achando que estivesse presa em alguma coisa. Mas a porta dos fundos estava de fato trancada. E a porta da frente se trancava automaticamente — pelo jeito Clemence se esquecera disso. Peguei a chave no esconderijo e entrei cuidadosamente, em silêncio, sem bater a porta ou soltar os livros na mesa, como costumava fazer. Em qualquer outro dia, mamãe ainda não estaria em casa e eu ficaria naquele estado de exaltação dos garotos quando entram em casa sabendo que ela seria toda sua pelas próximas duas horas. Quando podemos fazer o próprio sanduíche. Que, se a TV estivesse pegando, poderia assistir às reprises depois da escola. Que haveria biscoitos ou alguma outra guloseima, não muito bem escondida pela mãe em algum lugar. Que poderia folhear os livros guardados nas prateleiras do quarto dos pais e encontrar algo como *Havaí*, de James Michener, no qual se podia aprender algumas dicas interessantes, mas essencialmente inúteis, sobre como eram as preliminares na Polinésia — mas nesse ponto tive que parar. Era a primeira vez que a porta dos fundos estava trancada, pelo que eu lembrava, e tive que pescar a chave de debaixo dos degraus da escada, onde ficava pendurada num prego, usada apenas quando nós três voltávamos de alguma longa viagem.

E era isto que eu estava sentindo: que o simples fato de ter ido à escola fora uma longa viagem — e agora eu estava de volta.

O ar na casa parecia vazio, viciado, estranhamente impessoal. Percebi que o motivo era que, desde o dia em que encontráramos mamãe na garagem, ninguém tinha assado, fritado, cozido ou preparado nenhuma refeição. Papai só tinha feito café, que ele bebia dia e noite. Clemence havia nos levado panelas com comida, que ainda estavam por lá, pela metade, dentro da geladeira. Chamei mamãe em voz baixa e subi até a metade da escada, e então vi que a porta do quarto deles estava fechada. Desci silenciosamente de volta para a cozinha. Abri a geladeira, enchi um copo de leite e dei um grande gole. Estava totalmente azedo. Joguei o leite fora, lavei o copo, enchi-o com água e engoli o líquido ferroso da nossa reserva até o gosto azedo sumir. Fiquei ali parado, com o copo vazio na mão.

Parte da sala de jantar era visível pela porta aberta, uma mesa marrom de bordo, com seis cadeiras ao redor. A sala de estar era separada por uma estante baixa. O sofá ficava encostado a uma pequena sala contígua, cheia de livros — o covil de meu pai, ou seu escritório. Segurando o copo, senti a enorme perturbação em nossa pequena casa, como aquilo que vem logo depois de uma explosão gigantesca. Tudo havia parado. Até o bater do relógio. Meu pai o desligara quando chegamos em casa na volta do hospital, na segunda noite. Quero um relógio novo, disse. Fiquei lá olhando o velho relógio, cujos ponteiros estavam parados, sem nenhum significado, às 11h22. O sol batia no chão da cozinha, formando poças douradas, mas era um brilho ameaçador, como a luz que atravessa uma nuvem ao pôr do sol. Fui tomado por um transe de horror, um gosto de morte, como o leite azedo. Deixei o copo na mesa e disparei escada acima. Irrompi no quarto dos meus pais. Mamãe estava mergulhada num sono tão profundo que, quando tentei me jogar ao seu lado, ela bateu no meu rosto. Foi um golpe com as costas do antebraço no meu queixo, que me deixou atordoado.

    Joe, disse ela, trêmula. Joe.

    Estava decidido a não deixar que ela soubesse que tinha me machucado.

    Mãe... o leite estava azedo.

    Ela baixou o braço e se sentou.

    Azedo?

    Ela jamais deixara o leite azedar na geladeira antes. Crescera sem uma geladeira e tinha orgulho da limpeza em que mantinha sua adorada caixa de gelo. Levava o frescor de seu conteúdo muito a sério. Tinha até mesmo comprado potes Tupperware num encontro. O leite estava azedo?

    Sim, respondi. Estava.

    Temos que ir ao mercado!

    Sua serenidade recolhida desapareceu — um horror nervoso atravessou seu rosto. Os machucados ficaram realçados e seus olhos se apertavam, escuros como os de um guaxinim. Um verde doentio latejava em suas têmporas. O maxilar tinha uma cor azulada. As sobrancelhas, sempre tão expressivas, com ironia e amor, agora se fechavam, apertadas pela angústia. Duas linhas verticais, pretas como se traçadas por um lápis, enrugando a testa. Os dedos apertaram a beira da colcha. Azedo!

Agora tem leite lá no posto de gasolina do Whitey. Eu posso pedalar até lá.

Tem? Ela me olhou como se eu a tivesse salvado, como se eu fosse um herói.

Fui buscar sua bolsa. Ela me deu uma nota de cinco dólares.

Compre outras coisas, disse. Uma comida de que você goste. Doces. Ela se atrapalhava com as palavras e me dei conta de que, provavelmente, tinham lhe dado algum remédio para ajudá-la a dormir.

Nossa casa fora construída na década de 1940, uma construção sólida, em estilo de bangalô. O superintendente do Departamento de Assuntos Indígenas, um burocrata elegante, de uma indelicadeza impressionante e que despertava ódios profundos, morara lá antes. A casa fora vendida para a tribo em 1969 e funcionou como escritório até planejarem sua demolição para ser substituída por escritórios de verdade. Meu pai a comprou e a transferiu para o pequeno lote de terra perto da cidade, que pertencera ao tio falecido de Geraldine, Shamengwa, um homem bonito que aparecia numa foto com uma moldura antiquada. Minha mãe sentia saudade de sua música, mas o violino dele fora enterrado junto com ele. Whitey usara o resto da terra que pertencera a Shamengwa para construir seu posto de gasolina, do outro lado da cidade. Mooshum era o proprietário do antigo loteamento, a uns sete quilômetros de distância, onde o tio Whitey morava. Whitey tinha se casado com uma mulher mais nova — uma ex-stripper loura e alta, já meio passada — que agora trabalhava na caixa registradora do posto. Whitey abastecia os carros, trocava o óleo, calibrava os pneus, fazia consertos pouco confiáveis. A esposa cuidava dos livros, repunha os estoques da lojinha com amendoim e batatas fritas, e informava às pessoas por que podiam ou não abastecer. Recentemente, havia comprado uma grande prateleira para frigoríficos. Tinha um refrigerador menor cheio de garrafas de refrigerantes de laranja e de uva. Chamava-se Sonja, e eu gostava dela como os garotos gostam de uma tia, mas com um sentimento diferente pelos seus peitos — por eles, sentia uma atração desesperançada.

* * *

Peguei minha bicicleta e a mochila. Eu tinha uma bicicleta castigada de cinco marchas traseiras, com pneus para trilhas, suporte para garrafa d'água e um letreiro prateado no quadro: Storm Ryder, cavaleiro da tempestade. Fui pela esburacada estrada lateral, atravessei a rodovia, circulei o posto do Whitey uma vez e parei com uma derrapada, torcendo para que Sonja estivesse de olho em mim. Mas não, ela estava lá dentro, contando palitos de carne-seca Slim Jims. Tinha um enorme e radiante sorriso branco. Ergueu os olhos e virou-se para mim quando entrei. Como uma lâmpada ultravioleta. O cabelo, que parecia algodão-doce, estava armado numa espiral amarela, como uma coroa, e um rabo de cavalo de meio metro saía de lá e descia pelas costas. Como sempre, vestia-se de forma teatral — hoje era um jogging azul-claro com detalhes em lantejoula, com três quartos do zíper aberto na parte de cima. Segurei o fôlego diante da visão da blusa, um tecido fino e transparente como a asa de uma fada. Calçava tênis de corrida brancos imaculados e tinha brincos de brilhante nas orelhas que eram do tamanho de tachinhas. Quando vestia azul, o que fazia com frequência, seus olhos azuis brilhavam com uma eletricidade ofuscante.

 Querido, disse, largando os palitos de Slim Jims e me pegando nos braços. Não tinha ninguém na bomba de gasolina ou na loja naquele momento. Ela cheirava a cigarros Marlboro, a perfume Aviance Night Musk e ao primeiro drinque do final da tarde.

 Eu estava com sorte. Eu era um garoto bajulado pelas mulheres. Isso não era culpa minha, e na verdade era algo que preocupava meu pai. Ele fazia um baita esforço para compensar a bajulação feminina me levando para fazer coisas de homem — treinávamos arremessos de beisebol, de futebol americano, acampávamos e pescávamos. Pescávamos com frequência. Ele me ensinou a dirigir quando eu tinha oito anos. Temia que todo aquele paparico acabasse me amolecendo, ainda que ele mesmo tivesse sido paparicado, como eu já percebera, e minha avó o paparicava muitíssimo (e a mim também) naqueles seus últimos anos de vida. Ainda assim, eu fui uma trégua na história reprodutiva de nossa família. Meus primos Joseph e Evelina já estavam na faculdade quando eu nasci. Os filhos do primeiro casamento de Whitey já eram crescidos, e o relacionamento de Sonja com a filha, London, era tão tempestuoso que ela dizia que jamais teria outro filho. Não havia netos na família (ainda, graças a Deus, dizia Sonja). Como já disse, nasci mais tarde, na faixa mais idosa da família, com pais que muitas vezes se passavam por meus avós. Havia aquele peso adicional de ter sido uma surpresa para minha mãe e meu pai, e as grandes expectativas que isso significava. Tudo se concentrava em mim — o bem e o mal. Mas uma das melhores coisas, das que eu mais apreciava, era a proximidade que aquilo me permitia dos seios de Sonja.

 Eu podia me apertar neles pelo tempo que ela me abraçasse. Eu era cuidadoso e nunca forçava a minha sorte, embora minhas mãos ficassem coçando. Cheios, delicados, resolutos e redondos, os seios de Sonja eram de matar do coração. Ela os carregava altivos nos decotes claros das camisetas. Ainda tinha a cintura fina e o quadril se destacava delicadamente nos jeans justos e desbotados. Sonja massageava a pele com óleo de bebê, mas durante toda a vida se bronzeara ao sol e seu belo nariz sueco tinha as marcas das queimaduras. Adorava cavalos, e ela e Whitey tinham um velho cavalo malhado, um belo mestiço árabe, um Appaloosa ruão com um olho branco, chamado Assombrado, e um pônei. Assim, além de uísque, perfume e cigarro, muitas vezes ela emanava toques sutis de feno, terra e fragrância equina, um cheiro que, após sentirmos uma vez, jamais era esquecido. Humanos eram destinados a viver com os cavalos. Ela e Whitey também tinham três cadelas ferozes, com nomes parecidos com Janis Joplin.

 Nosso cão tinha morrido dois meses antes e não fora substituído ainda. Abri minha mochila e Sonja guardou o leite e as outras coisas que eu havia separado. Recusou meus cinco dólares e olhou para mim, um olhar coberto pelas perfeitas e delicadas sobrancelhas castanho-claras. Os olhos encheram-se de lágrimas. Merda, disse. Ah, se eu visse esse cara. Acabava com a raça dele.

 Eu não sabia o que dizer. Os peitos de Sonja expulsaram todos os pensamentos da minha cabeça.

 Como está sua mãe?, perguntou ela, balançando a cabeça e esfregando as lágrimas.

Tentei me concentrar; minha mãe não estava bem, então eu não podia responder bem. Também não podia contar para Sonja que, uma hora antes, temi que minha mãe estivesse morta e que correra até ela para que ela então me batesse pela primeira vez na vida. Sonja acendeu um cigarro e me ofereceu um pedaço de chiclete Black Jack.

Nada bem, respondi. Agitado.

Sonja assentiu. Vamos levar Pearl.

Pearl era uma vira-lata de pernas compridas, com a cabeça grande de um bull terrier e mandíbulas que pareciam um torno. Tinha a coloração de um dobermann, uma pelagem de pastor e alguma coisa de lobo. Não costumava latir muito, mas quando começava, era bastante exaltada. Circulava e mordia o ar sempre que alguém violava os limites invisíveis de seu território. Pearl não era um animal de companhia e eu não tinha certeza se a queria, mas meu pai quis.

Era velha demais para aprender a buscar coisas e brincar, eu reclamei quando ele chegou em casa naquela noite.

Estávamos sentados lá embaixo, comendo a comida requentada de mais uma panela que Clemence tinha trazido. Meu pai tinha feito sua dose usual de café fraco, que bebia como água. Mamãe estava no quarto, sem fome. Papai largou o garfo. Pelo jeito como o fez (era um homem que apreciava sua comida e parar de comer normalmente era uma renúncia, mas naqueles dias não andava comendo muito), achei que estivesse zangado. Mas, apesar de seus gestos recentes terem se tornado bruscos, e que fechasse os punhos com frequência, não elevou a voz. Falou baixo, com bom senso, explicando o motivo pelo qual precisávamos de Pearl.

Joe, precisamos de um cão de guarda. Suspeitamos de um homem. Mas ele desapareceu. O que significa que pode estar em qualquer lugar. Ou que não foi ele, mas o verdadeiro agressor ainda pode estar na área.

Perguntei-lhe então o que me pareceu uma pergunta que seria feita por um policial da tv.

Que pistas vocês têm para achar que foi esse cara?

Meu pai pensou em não responder, percebi claramente. Mas acabou respondendo. Teve dificuldade em dizer algumas palavras.

O criminoso, ou o suspeito... o agressor... deixou cair uma cartela de fósforos. Era do clube de golfe. Um brinde que davam no balcão.

Então tinham começado pelos jogadores de golfe. O que significava que o agressor podia ser índio ou branco. Aquele clube de golfe fascinava a todos — era uma espécie de moda. Golfe era coisa de gente rica, supostamente, mas tínhamos lá um campo de golfe com grama rala e poços de água naturais. Com uma taxa de inscrição especial. As pessoas circulavam com seus tacos e todo mundo parecia ter experimentado — menos meu pai.

Sim, o clube de golfe.

Por que ele deixou cair os fósforos?

Meu pai esfregou os olhos e continuou falando com dificuldade.

Ele queria, estava tentando e não conseguiu acender um fósforo.

Fósforo de cartela?

Sim.

Ah. Ele conseguiu acender?

Não... os fósforos estavam molhados.

Então, o que aconteceu?

De repente, meus olhos se encheram de lágrimas e eu baixei a cabeça sobre o prato.

Meu pai pegou o garfo de volta. Rapidamente, enfiou uma garfada do famoso macarrão com molho de tomate e hambúrguer da Clemence na boca. Viu que eu tinha parado de comer e estava esperando, e se reclinou na cadeira. Esvaziou outra caneca de café — sua grande caneca branca favorita. Passou um guardanapo nos lábios, fechou os olhos, voltou a abrir e me encarou.

Certo, Joe, você está fazendo muitas perguntas. Está tentando colocar as coisas em ordem na sua cabeça. Está pensando sobre isso tudo. Eu também, Joe. O criminoso não conseguiu acender o fósforo. Foi atrás de outra cartela, de algum jeito de acender o fogo. Enquanto se afastava, sua mãe conseguiu fugir.

Como?

Pela primeira vez, desde que eu juntara aqueles arbustos no domingo, papai sorriu, ou tentou alguma versão de sorriso, eu diria. Mas sem achar a menor graça. Mais tarde, se eu fosse classificar aquele sorriso, diria que era como um sorriso de Mooshum. Um sorriso com a lembrança dos tempos perdidos.

Joe, lembra como eu ficava exasperado quando sua mãe trancava o carro com a chave dentro? Geraldine tinha — ainda tem — a mania de deixar a chave no painel. Depois de estacionar, sempre juntava seus papéis e as compras que tinha deixado no banco do passageiro, depois colocava a chave no painel, saía e trancava a porta. Só lembrava que tinha deixado a chave dentro do carro na hora de voltar para casa. Ela então vasculhava a bolsa e não encontrava a chave. Ah, não!, dizia, de novo, não! Ela vai para o estacionamento e vê a chave no painel, trancada do lado de dentro e liga para mim. Lembra?

Isso mesmo. Eu quase sorri também enquanto ele descrevia o que se tornara um hábito dela, toda a ladainha que se repetia. Isso, pai, ela liga para você. Você solta um palavrão leve, pega a chave extra e vai a pé até o escritório tribal.

Palavrão leve. Onde é que você aprendeu isso?

Droga, sei lá.

Ele sorriu de novo, esticou a mão e tocou meu rosto com o nó do dedo.

Eu nunca me importei muito, disse. Mas um dia, ocorreu-me que sua mãe ficaria realmente encrencada se eu não estivesse em casa. Nós não vamos a muitos lugares. Nossa agenda é bem sem graça. Mas, e se eu não estivesse em casa, ou você, para pedalar até lá com as chaves?

Isso nunca aconteceu.

Mas, pense, você poderia estar do lado de fora. Não ouvir o telefone. Eu pensei, e se ela ficar presa de verdade em algum lugar? E pensando nisso, há uns dois meses, colei um ímã atrás de uma daquelas caixas de metal de pastilhas de menta que o Whitey vende. Eu tinha visto alguém com um chaveiro feito daquele jeito. Coloquei uma chave do carro dentro da caixa e a prendi por dentro da estrutura do carro, em cima do pneu traseiro esquerdo. Foi assim que ela escapou.

O quê?, perguntei. Como?

Ela conseguiu entrar debaixo do carro; pegou a chave. Ele veio atrás dela. Ela se trancou no carro, deu a partida e fugiu.

Respirei profundamente. Não consegui resistir ao medo que tomou conta de mim e me senti fraco.

Meu pai começou a comer de novo, decidido a terminar a refeição dessa vez. O assunto sobre o que acontecera com minha mãe estava encerrado. Voltei a falar do cachorro.

Pearl morde, eu disse.

Ótimo, ele respondeu.

Ele ainda está atrás dela, então.

Não sabemos, disse meu pai. Qualquer um pode ter pegado os fósforos. Índio. Branco. Qualquer um pode tê-los deixado cair. Mas provavelmente era alguém da região.

Não é possível dizer se uma pessoa é indígena por suas digitais. Nem pelo nome. Nem mesmo por um relatório da polícia local. Ou por uma foto. Mesmo uma foto de ficha policial. Ou pelo número do telefone. Do ponto de vista do governo, a única maneira de identificar um índio é examinando a história pessoal. É preciso haver ancestrais bem antigos que tenham assinado algum documento, ou sido registrados como índios pelo governo americano, alguém identificado como membro de uma tribo. E depois disso é preciso examinar as proporções do sangue dessa pessoa, que percentual deste sangue pertence a uma tribo. Na maioria das vezes, o governo considerará índio quem tiver um quarto de sangue indígena — e normalmente precisa ser de uma única tribo. Mas essa tribo também deve ser reconhecida pelo governo federal. Em outras palavras, para ser índio é preciso atravessar uma selva burocrática.

Por outro lado, os índios reconhecem outros índios sem precisar de um certificado federal, e esse conhecimento — assim como o amor, o sexo ou ter ou não um filho — nada tem a ver com o governo.

Precisei de mais um dia para descobrir que já se falava em outros suspeitos — basicamente, qualquer pessoa de comportamento estranho, ou que não fora vista, ou que fora vista saindo pela porta dos fundos para levar o lixo.

Descobri isso quando fui à casa dos meus tios no sábado à tarde para buscar uma torta. Mamãe disse ao papai que achava melhor se levantar, tomar um banho, se vestir. Ela ainda estava tomando analgésicos, mas o dr. Egge lhe dissera que ficar na cama não ajudaria. Ela precisava de atividades leves. Papai anunciou que estava preparando um jantar seguindo uma receita. Mas ele não sabia preparar a sobremesa. Por isso a torta. Tio Whitey estava sentado à mesa, com um copo de chá gelado. Mooshum estava na frente dele, encurvado e frágil, vestindo ceroulas e camiseta de manga longa cor de marfim e um robe xadrez por cima. Recusava-se a vestir roupas de sair aos sábados, pois precisava de um dia de conforto, afirmava, a fim de se preparar para o domingo, quando Clemence o obrigava a vestir calças sociais, uma camisa branca engomada, e às vezes uma gravata. Também tinha um copo de chá gelado, mas apenas olhava para ele.

Mijo de coelho, reclamava.

Isso mesmo, papai, disse Clemence. Bebida de homens velhos. É bom para você.

Ah, chá do brejo, disse tio Whitey, girando o copo e admirando-o. É bom para tudo o que te incomoda, papai.

Cura velhice?, perguntou Mooshum. Tira alguns anos?

Tudo menos isso, disse Whitey, que sabia que poderia tomar uma cerveja assim que chegasse em casa e deixou de fingir que bebia com Mooshum, deixado sozinho na velhice para beber o uísque aguado que Clemence lhe servia. Ela estava convencida de que aquilo fazia mal a ele e estava sempre tentando cortar o hábito.

Isso desce muito mal, minha filha, disse para Clemence.

Mas limpa o seu fígado muito bem, respondeu Whitey.

Aqui, Clemence, sirva um pouco de chá do brejo para o Joe.

Clemence me serviu um copo de chá gelado e foi atender o telefone. As pessoas ligavam insistentemente para ela atrás de notícias, fofocas na verdade, sobre a irmã.

Talvez o pervertido seja mesmo um índio, disse tio Whitey. Ele estava carregando uma mala indígena.

Que mala indígena?, perguntei.

As sacolas plásticas de lixo.

Inclinei-me para a frente. Então ele foi embora? Mas de onde? Quem é ele? Como se chama?

Clemence voltou e fulminou-o com o olhar.

Eita, disse tio Whitey. Acho que não posso falar.

Nem mesmo tomar uma dose de uísque. Ou mijar na pia, como vou fazer até ela parar de servir chá do brejo. O fígado de um homem pode transbordar, disse Mooshum.

Você mija na pia?, perguntei.

Quando me dão chá, sempre.

Clemence foi para a cozinha e voltou com uma garrafa de uísque e três copinhos empilhados. Distribuiu-os na mesa e encheu dois deles. O terceiro ficou pela metade e ela bebeu de uma virada. Fiquei atordoado. Jamais vira minha tia virar um copo de uísque como um homem. Ela segurou o copo vazio delicadamente por um instante, olhando para nós, colocou-o na mesa com um estalo e saiu.

O que foi isso?, perguntou tio Whitey.

Isso foi minha filha indo longe demais, disse Mooshum. Estou com pena do Edward, de quando ele voltar. O uísque já vai ter tido efeito.

O uísque afeta Sonja às vezes também, disse tio Whitey, mas tenho meus truques.

Que tipo de truque?, perguntou Mooshum.

Velhos truques índios.

Ensina para o Edward, então. Ele está perdendo terreno.

A torta começou a cheirar com uma fragrância doce e âmbar. Eu esperava que minha tia não tivesse ficado tão zangada a ponto de se esquecer dela.

O campo de golfe. Foi lá que aconteceu? Olhei direto para Whitey, mas ele baixou os olhos e bebeu.

Não, não foi lá que aconteceu.

Onde foi?

Whitey levantou seus olhos tristes e sempre vermelhos. Não ia me contar. Não consegui sustentar seu olhar.

Mooshum segurava o copo de chá com tão pouca força que acabou derramando-o na mesa, mas endireitou-se. Levantou a dose de uísque e deu um belo gole. Os olhos brilharam. Não havia acompanhado nossa conversa. Tinha o cérebro ainda fixado nas mulheres.

Ah, meu filho, conte para o Ops e para mim sobre sua bela esposa. A Red Sonja. Pinte o quadro para nós. O que ela faz atualmente?

Whitey desviou os olhos de mim. Quando sorria, mostrava a falha do diabo entre os dentes separados da frente. Red Sonja era a personagem exótica que minha tia adotava quando dançarina, não fazia muito tempo. Ela usava uma armadura bárbara sugestiva, feita de peças plásticas. Lenços esfarrapados voavam de seus quadris. O tecido transparente parecia ter sido mordido e arranhado por homens desesperados, ou por lobos de estimação. Zack vira a foto numa revista de Minneapolis e me dera de presente. Eu a guardava no fundo do meu armário, numa pasta especial onde eu tinha escrito DEVER DE CASA.

Hoje em dia, Sonja trabalhava na caixa registradora, disse meu tio, com o uísque brilhando suavemente. Está o tempo todo fazendo contas. Hoje ela está calculando exatamente o que precisamos repor para a semana que vem.

Mooshum fechou os olhos, segurou o uísque no fundo da língua, concordando, imaginando-a curvada em cima das contas. De repente, eu também a podia ver, os seios pairando sobre as longas colunas de pequenos números ordenados com cuidado.

E o que ela vai fazer, perguntou Mooshum sonhador, quando tiver feito todas as somas e números do dia, depois que terminar?

Ela vai sair da mesa e ir lá para fora, com um balde de água e o rodo de mão. Ela limpa os vidros toda semana.

Mooshum não estava usando a dentadura brilhante, e abriu seu sorriso desdentado. Fechei meus olhos e vi a esponja cor-de-rosa do rodo pingando a mistura de limpa-vidros pela vidraça. Sonja esticada na ponta dos pés. O irmão mais velho de Cappy, Randall, dizia que as garotas ficavam tão lindas quando se esticavam na ponta dos pés que ele gostava de ficar olhando para elas na biblioteca da escola, junto às estantes. Randall costumava colocar todos os melhores livros nas prateleiras mais altas. Mooshum suspirou. Eu vi Sonja pressionando a tira de borracha com força contra o vidro, removendo a poeira e a terra com o líquido, deixando uma claridade cintilante.

Clemence voltou para dentro, cortando meus pensamentos, e ouvi o rangido da porta do forno. Em seguida, o barulho das formas sendo arrastadas, quando ela tirou as duas tortas lá de dentro. Ouvi quando pôs as tortas para fora, para esfriar. A porta do forno bateu com um som metálico e a porta de tela foi aberta com um rangido e fechada em seguida. Logo depois, o cheiro cortante de um cigarro aceso atravessou a tela. Nunca soube de minha tia fumando antes, mas ela começou depois do hospital.

O cheiro novo dos cigarros de Clemence logo deixou os homens sóbrios.

Eles se viraram para mim e o rosto de tio Whitey estava sério ao me perguntar como estava minha mãe.

Ela vai sair do quarto hoje de noite, disse para ele. Tenho que levar uma torta para casa. Meu pai está cozinhando.

Mooshum olhou para mim, a ponta de um brilho duro no olhar, e eu soube que alguma coisa lhe fora dita, ao menos foi o que me ocorreu.

Isso é bom, disse ele. Preste atenção, Ops. Ela tem que sair. Não a deixe ficar parada. Não a deixe sozinha por muito tempo.

As sombras claras da primavera espalham-se como água pela rodovia. Para além do silêncio do pântano, os motores roncavam para cima e para baixo diante da janelinha do drive-thru da loja de bebidas. De alguns metros invisíveis atrás de salgueiros e de cerejeiras da Virgínia enfileirados, vinham os gritos curtos e vibrantes das mulheres, chamando os filhos para dentro de casa. Um carro passou devagar perto de mim e Doe Lafournais acenou com a cabeça para o banco do passageiro vazio ao seu lado. Doe tinha um rosto tranquilo, um nariz adunco, olhos bondosos. Os braços poderosos se mantinham fortes com o trabalho duro contínuo — além de ser presidente e zelador, tinha erguido sua casa desde as fundações. Ele e os filhos a tinham bagunçado desde as fundações, também. O lugar agora acumulava camadas sobre camadas impressionantes de lixo. Ele seguiu em frente quando sacudi a cabeça e avisei que o veria mais tarde — à noite, eu ia ajudar na tenda do suor de Randall. Clemence colocara a torta dentro de uma caixa rasa de papelão. O vapor das maçãs mornas subia pela crosta rachada. A noite não estava esfriando, mas eu não me importava. Eu suaria para comer aquela torta.

Entrei pelo caminho da garagem e Pearl pulou para fora dos lilases. Soltou um latido profundo de reconhecimento depois de farejar o ar perto de mim e me acompanhou a um metro de distância, até a porta dos fundos da casa. Ali ela me deixou e voltou a se deitar sob a vegetação.

Meu pai me deixou entrar. A cozinha quente cheirava a alguma experiência violenta.

Na hora exata, disse ele, colocando a torta sobre a bancada. Vamos fazer uma surpresa. A pièce de résistance. Ela vai descer em um minuto, Joe. Vá se lavar.

Enquanto eu estava no lavabo perto do escritório, ouvi o ranger da escada. Fiquei lá, lavando e secando as mãos devagar. Com sinceridade, eu não queria ver minha mãe. Era terrível, mas era a verdade. Mesmo entendendo perfeitamente por que ela tinha me batido, ressentia-me disso e não queria fingir que não havia acontecido, ou que não importava. O golpe não deixara nenhuma marca visível e meu maxilar estava apenas um pouco sensível, mas continuei a tocar no local, revivendo meu sentimento de agressão. Quando terminei, dobrei a toalha de volta provavelmente pela primeira vez na minha vida e a pendurei com cuidado no suporte.

Na sala de jantar, minha mãe estava de pé, atrás da cadeira, com as mãos nervosas segurando o encosto de madeira. O ventilador estava ligado e agitava seu vestido. Ela admirava a refeição servida sobre a toalha de mesa verde lisa. Olhei para ela e logo me senti envergonhado por meu ressentimento — seu rosto ainda estava severamente marcado. Tratei de me ocupar. Papai tinha feito um cozido. A colisão de odores que me atingiu quando entrei na cozinha foi causada pelos ingredientes — nabos azedos e tomates enlatados, beterraba e milho, alho refogado, carne desconhecida e uma cebola que havia estragado. A mistura soltava um odor penetrante.

Papai nos convidou a sentar. Havia batatas, quase frias, cozidas demais, se desfazendo na panela ainda com água. Cerimoniosamente encheu nossos pratos fundos. E nós nos sentamos, olhando para a comida. Não rezamos. Pela primeira vez, senti falta de algum ritual. Não conseguia começar a comer. Meu pai percebeu isso e falou, muito emocionado, olhando para nós dois.

É preciso muito pouco para uma vida feliz, disse ele.

Mamãe respirou fundo e franziu a testa. Ela sacudiu as palavras dele para longe, como se a tivessem irritado. Suspeitei que ela tivesse ouvido essa citação de Marco Aurélio antes, mas, olhando em retrospecto, vejo também que ela tentava erguer suas defesas. Para não sentir as coisas. Não se referir ao que tinha acontecido. A emoção dele se agarrava a ela.

Sem nenhuma cerimônia, ela pegou a colher e mergulhou no cozido. Engasgou ao engolir a primeira porção. Eu estava rígido na cadeira. Nós dois olhamos para meu pai.

Coloquei sementes de cominho, disse ele com gentileza. O que acham?

Mamãe pegou um guardanapo de papel da pilha deixada por papai no meio da mesa e segurou-o junto aos lábios. Profundas marcas violeta e amareladas das contusões em processo de cicatrização ainda cortavam seu rosto. O branco do olho esquerdo estava vermelho vivo e a sobrancelha ligeiramente caída, como ficaria dali para a frente, pois o nervo fora seccionado e o dano era irreversível.

O que acham?, perguntou meu pai mais uma vez.

Mamãe e eu ficamos em silêncio, em choque, olhando para aquilo que tínhamos provado.

Eu acho, disse ela por fim, que preciso voltar a cozinhar.

Papai olhou para baixo, abriu as mãos — a imagem de um homem que dera o melhor de si. Ficou um pouco emburrado e remexeu no prato, fingindo uma animação claramente forçada. Engoliu uma vez e mais outra. Eu estava horrorizado com a força de sua disposição. Eu me enchi de pão. Ele mexeu a colher com mais vagar. Creio que mamãe e eu nos demos conta, ao mesmo tempo, de que meu pai, que tinha cuidado de vovó por vários anos e certamente sabia cozinhar, estava fingindo sua inaptidão. Mas o cozido, com seu toque de cebola podre, era algo tão bem-sucedido em seu exagero que chegou a nos animar, uma vez que a decisão de mamãe voltar a cozinhar fora tomada. Quando tirei a mesa daquele jantar terrível e a torta apareceu, mamãe sorriu de leve, apenas um ligeiro movimento para cima dos lábios. Papai dividiu a torta em três partes iguais e cobriu cada pedaço com uma camada de creme de baunilha Blue Bunny. Tive que terminar o pedaço de minha mãe. Ela começou a provocar papai sobre o cozido.

Quantos anos exatamente tinham aqueles nabos?
Mais velhos do que Joe.
E onde você conseguiu aquela cebola?
Esse é o meu segredinho.
E a carne? Algum bicho atropelado na estrada?
Ai, meu Deus, não! Morreu no quintal dos fundos.

* * *

Eu não estava muito preocupado em perder o jantar naquela noite, pois sabia que, depois da tenda do suor de Randall, Cappy e seu parceiro, eu, comeríamos muito bem. Éramos os responsáveis pelo fogo. As tias de Cappy, Suzette e Josey, para quem os filhos de Doe tinham virado seus bichinhos de estimação, sempre garantiam a comida. Nas noites de cerimônia, elas deixavam um banquete pronto em dois grandes isopores, lado a lado na garagem. Mais além, quase na floresta, a tenda do suor, feita de ramos curvados e amarrados, cobertos por uma lona do Exército, nos aguardava com sua umidade e enchendo-se de mosquitos. Cappy já tinha acendido o fogo. As pedras, os avôs, superaqueciam no meio da tenda. Nossa tarefa era manter o fogo vivo, passar os cachimbos sagrados e os remédios, levar as pedras para a porta em pás de cabo longo, abrir e fechar as abas. Também jogaríamos tabaco no fogo quando alguém da tenda pedisse, para marcar alguma oração ou pedido especial. Nas noites frias, era um ótimo trabalho — ficávamos conversando em volta do fogo, aquecidos. Às vezes, assávamos um salsichão ou um marshmallow num espeto, apesar de o fogo ser sagrado e de Randall ter nos surpreendido um dia. Ele reclamou que tínhamos retirado a sacralidade do fogo com nossos salsichões.

Cappy olhou para ele e disse: Que sacralidade toda é essa que se perde apenas com umas salsichinhas? Não consegui parar de rir. Randall levantou as mãos e saiu andando. Estava quente demais para assar qualquer coisa agora; além disso, sabíamos que íamos comer muito depois. A comida era o nosso pagamento, além de dirigir o maltratado Oldsmobile de Randall às vezes. Normalmente, era uma tarefa bem agradável. Naquela noite, no entanto, em vez de esfriar, o tempo ficou mais abafado. Não tinha sequer uma brisa. Mesmo antes do pôr do sol, nuvens de mosquitos zumbiam ao nosso redor. Os ataques nos levaram para mais perto do fogo, para aproveitar a fumaça, o que só nos deixou mais apetitosos devido ao suor. Não paravam de sugar nosso sangue através da camada salgada e defumada de repelente.

    Os amigos de Randall, que ou tocavam o tambor do *powwow*, o encontro de índios, ou dançavam, como Randall, apareceram dando risada. Dois deles estavam chapados de erva, mas Randall nem percebeu. Era obcecado por deixar tudo perfeitamente organizado — o suporte dos cachimbos, o cobertor com a estrela esticado com esmero ao lado da entrada, a concha de abalone para queimar a sálvia, os recipientes de vidro com os remédios em pó, o balde e a concha. Parecia ter um medidor mental para alinhar todos os itens sagrados. Deixava Cappy maluco. Mas outras pessoas gostavam do estilo de Randall e ele tinha amigos que vinham de todo o território indígena — naquele dia mesmo, ele abrira um pacote de um amigo de Pueblo contendo um jarro de remédio que colocara junto dos demais. Estava murmurando uma canção especial para encher cachimbos e preparando o seu, tão concentrado que não percebeu que tinha a nuca coberta de mosquitos se banqueteando. Eu os afastei.

    Obrigado, disse, distraído. Vou rezar por sua família.

    Isso é bom, respondi, ainda que aquilo me deixasse constrangido. Não gostava que rezassem por mim. Ao me afastar, senti as orações subindo pela minha espinha. Mas isso também era típico do Randall, sempre pronto para deixar a gente constrangido com a grave superioridade de tudo aquilo que ele aprendia com os antepassados, mesmo com os nossos antepassados, e para o nosso bem. Mooshum instruíra Doe sobre como preparar a tenda, e Doe passara isso para Randall. Cappy percebeu meu olhar.

    Não se preocupe com isso, Joe. Ele reza para mim também. E consegue um monte de garotas com seus remédios. Então, precisa praticar.

    Randall tinha um perfil de pedra, a pele lisa e uma longa trança pendurada nas costas. As garotas, especialmente as brancas, eram fascinadas por ele. Uma alemã acampara no quintal deles por um mês inteiro num verão. Era bonita, e usava as primeiras sandálias rasteiras já vistas em nossa reserva, e isso provocou Randall. Alguém deu uma boa olhada na etiqueta e viu a marca Birkenstock, que virou o apelido de Randall.

O calor ficou pior e bebemos avidamente da água sagrada da tenda do suor. Invejei os caras que estavam entrando na tenda, pois ficariam com tanto calor que a temperatura do lado de fora ia parecer uma brisa fresca quando saíssem. Além disso, o calor mais feroz daqueles antepassados espantaria os mosquitos. Foram todos para dentro. Cappy e eu levamos as pedras para a porta com as pás de cabo longo. Randall tirou-as das pás com um par de chifres de veado e as colocou no buraco no centro da tenda. Entregamos todas as coisas para eles e fechamos a aba. Eles começaram a rezar e nós nos cobrimos de repelente.

Já tínhamos completado três rodadas e entregado os últimos antepassados. Fomos para a casa para repor a água dos galões e estávamos saindo, na varanda dos fundos, quando houve uma explosão. Nem mesmo ouvimos alguém gritar *Porta!*, nos chamando para abrir a tenda. A parte de cima da tenda do suor simplesmente voou para o alto, com os caras brigando para sair de lá. Eles arrancaram e rasgaram as lonas. Havia gritos abafados. Eles saíram pulando do jeito que puderam — tossindo, gritando e rolando nus pela grama. Os mosquitos mergulharam sobre eles. Corremos com os galões de água. Randall e os amigos gesticulavam diante do rosto e nós encharcamos suas cabeças. Assim que conseguiram se levantar, saíram cambaleando ou correndo em direção à casa. As tias de Cappy estavam chegando de carro nesse exato momento, com uma nova leva de rabanadas para o banquete, e viram oito índios nus tentando encontrar o caminho pelo quintal. Suzette e Josey ficaram paralisadas no carro.

Levaram um bom tempo, todos sentados dentro de casa em meio às tranqueiras de solteiro espalhadas ao redor, para que conseguissem sair do choque e descobrir o que tinha acontecido.

Acho que foi o remédio de Pueblo, disse Skippy afinal. Lembra que pouco antes de jogar um punhado nas pedras você agradeceu ao sujeito de lá e fez uma longa prece?

Uma prece muito, muito longa, Birkenstock. E aí você jogou uma concha d'água...

Aaaah, disse Randall. Meu amigo disse que era remédio de Pueblo. Eu estava rezando pela situação dele com uma mulher navajo. Cappy, vai lá pegar o jarro.

Não me dê ordens.

Certo, por favor, irmão mais novo, uma vez que estamos todos praticamente nus e traumatizados, você pode nos fazer a gentileza de ir buscar o jarro?

Cappy saiu. E voltou. O jarro tinha uma etiqueta.

Randall, disse Cappy, a palavra remédio está entre aspas.

O jarro estava cheio de um pó marrom, cujo cheiro não era muito forte para nós — não como raiz de urso, *wiikenh* ou *kinnikinnick*. Randall segurou o jarro e franziu a testa. Cheirou o conteúdo como um elegante provador de vinhos. Por fim, lambeu o dedo, enfiou-o no jarro e pôs o dedo na boca. As lágrimas jorraram imediatamente.

Aah! Aah! Ele esticou a língua para fora.

Pimenta braba, disseram os outros. Pimenta braba especial de Pueblo. Ficaram observando Randall dançar pela sala.

Cara, olha como seus pés estão voando.

Temos que dar remédio de Pueblo no próximo *powwow*.

Com certeza, cara. Eles também beberam grandes goles de água. Randall estava na pia com a língua esticada debaixo da torneira.

O Randall jogou esse remédio nas pedras, disse Skippy, mas quando derramou quatro conchas de água em cima, cara, esse troço virou vapor nos nossos olhos e começamos a respirar essa merda! Parecia o inferno. Como o Randall pôde fazer uma coisa dessas com a gente?

Todos olharam para Randall, que estava com a língua debaixo da água.

Espero que ele vista mais algumas roupas, disse Chiboy Snow.

Nos lembramos das tias quando as ouvimos manobrar para fora de casa. Olhamos para fora. Elas haviam deixado duas sacolas de rabanadas frescas. A gordura escurecia os sacos de papel, formando manchas delicadas.

Se vocês trouxerem nossas roupas para dentro, Skippy disse para a gente, e aquele banquete também, eu pago bem.

Quanto?, perguntou Cappy.

Dois para cada.

Cappy olhou para mim. Dei de ombros.

Arrastamos as coisas deles para dentro e já estávamos todos comendo quando Randall veio e se sentou do meu lado. O rosto estava marcado e áspero como o dos outros caras. Os olhos estavam inchados e vermelhos. Randall quase completara a faculdade e, às vezes, falava comigo como se eu fosse um caso do serviço social, e outras, como se eu fosse seu irmão mais novo. Esse foi um daqueles momentos de intimidade familiar. Seus amigos já estavam rindo e comendo. A raiva de Randall já tinha passado e tudo se tornara diversão.

Joe, disse ele, eu vi uma coisa lá dentro.

Eu enchi a boca com carne de taco.

Eu vi alguma coisa, continuou, e parecia realmente perturbado. Foi antes de detonar a pimenta braba. Eu estava rezando para a sua família e para a minha família também, e de repente vi um homem olhando para baixo, para você, como um policial, talvez, e tinha um rosto pálido e olhos muito fundos no rosto. Estava cercado por um brilho prateado. Seus lábios se mexiam, ele estava falando, mas não consegui ouvir o que ele dizia.

Ficamos ali sentados, em silêncio. Eu parei de comer.

O que devo fazer a respeito, Randall?, perguntei em voz baixa.

Nós dois vamos jogar tabaco, disse ele. E talvez você devesse falar com Mooshum. Tive um mau pressentimento, Joe.

* * *

Mamãe cozinhou por toda a semana seguinte, e até saiu de dentro de casa e sentou numa velha cadeira de jardim, acariciando o pescoço de Pearl, observando os arbustos de cerejas da Virgínia que delimitavam o quintal dos fundos. Papai ficou o máximo de tempo possível em casa, mas ainda era chamado para resolver alguns assuntos de sua responsabilidade. Também vinha se encontrando diariamente com a polícia tribal e conversando com o agente federal indicado para o caso. Um dia, viajou para Bismarck a fim de conversar com o procurador federal, Gabir Olson, um velho amigo. O problema com a maioria dos casos de estupros de índias era que, mesmo após o indiciamento, o procurador federal muitas vezes se recusava a levar o caso ao tribunal por um motivo ou outro. Normalmente, por um excesso de casos mais importantes. Papai queria se assegurar de que isso não aconteceria.

Assim, os dias se passaram num falso interlúdio. Na manhã de sexta-feira, meu pai me lembrou de que precisaria da minha ajuda. Era comum eu ganhar uns dólares pedalando até o escritório dele, depois da escola, para "botar o tribunal para dormir no fim de semana". Eu entrava no seu pequeno escritório, aplicava o spray de limpa-vidros no tampo da mesa. Endireitava e tirava o pó de seus diplomas pendurados na parede — Universidade de Dakota do Norte, Faculdade de Direito da Universidade de Minnesota — e das placas de reconhecimento pelos serviços prestados das instituições de direito. Ele tinha uma lista de locais onde fora aceito para advogar que ascendia até a Suprema Corte dos Estados Unidos. Eu sentia orgulho disso. Na sala ao lado, no armário transformado em gabinete, eu dava uma boa varrida. O presidente Reagan, com as bochechas rosadas e expressão confusa, os dentes de filme B, sorria da parede em sua foto oficial. Reagan era tão consciente da questão indígena que achava que vivíamos em "preservas". Havia uma estampa do nosso selo tribal e outra do grande selo de Dakota do Norte. Papai tinha emoldurado uma cópia envelhecida do "Preâmbulo à Constituição", além da "Declaração de Direitos".

Lá no escritório, sacudi o tapete de lã marrom. Guardei e endireitei seus livros, que incluíam uma edição mais recente do velho *Manual* do Cohen que tínhamos em casa. Havia uma edição de 1958, lançada durante uma era em que o Congresso estava determinado a extinguir as tribos indígenas — ficava sempre na prateleira, sua falta de uso era um protesto mudo contra os editores. Havia uma edição fac-similar de 1971 e a edição de 1982 — grande, pesada e bem castigada. Junto àqueles livros, havia um exemplar compacto de nosso próprio Código Tribal. Também ajudei meu pai a arquivar tudo o que sua assistente, Opichi Wold, deixara para fora. Opichi, cujo nome significava "tordo", era uma mulher magra e séria, com olhos penetrantes. Ela funcionava como os olhos e ouvidos de meu pai dentro da reserva. Todos os juízes precisam de batedores lá fora. Opichi coletava migalhas, vamos chamar de fofocas, mas o que ela sabia muitas vezes era o que definia as decisões de meu pai. Ela sabia quem podia ser liberado num reconhecimento, quem fugiria. Sabia quem estava vendendo, quem estava apenas usando, quem dirigia sem licença, quem abusava, quem se regenerava, bebia, era perigoso, ou não era ameaça aos próprios filhos. Ela era inestimável, ainda que seu sistema de arquivamento fosse indecifrável.

Mantinha todos os seus papéis na sala ao lado, maior, com arquivos de aço ao longo das paredes. Algumas pastas sempre ficavam em cima dos armários, pois meu pai manifestava algum interesse em ler o conteúdo ou fazer anotações. Naquele dia, notei pilhas enormes deixadas para fora — pastas de papelão pardas com etiquetas cuidadosamente datilografadas por Opichi. A maioria era de anotações sobre casos, resumos e reflexões, rascunhos anteriores à publicação de um julgamento final. Perguntei se iríamos arquivá-las, achando que eram muitas para serem terminadas antes do jantar.

Vamos levá-las para casa, disse meu pai.

Essa era uma coisa que ele não fazia. Seu escritório em casa era um retiro no qual ele se afastava de tudo o que ocorria no tribunal tribal. Orgulhava-se de deixar o tumulto semanal no lugar ao qual pertencia. Mas hoje, carregamos o banco de trás com as pastas. Guardamos minha bicicleta no bagageiro e fomos para casa.

Vou levar essas pastas para dentro depois do jantar, disse ele no caminho. Soube então que não queria que minha mãe o visse levando os arquivos para dentro de casa. Após estacionarmos o carro, tiramos a bicicleta e pedalei até os fundos. Papai entrou antes de mim. Ao passar pela porta da cozinha, ouvi alguma coisa se quebrando. Logo depois, um grito agudo, baixo e angustiado. Minha mãe estava encostada na pia, tremendo e com a respiração ofegante. Papai estava diante dela, as mãos esticadas, formando em vão o contorno dela, como se a segurasse, mas sem segurá-la. Entre os dois, sobre o chão, estava uma travessa quebrada, com o conteúdo escorrendo.

Olhei para meus pais e compreendi exatamente o que tinha acontecido. Papai entrou em casa — com certeza mamãe ouvira o carro, e Pearl não tinha latido? Os passos dele também eram pesados. Sempre fazia barulho e, como mencionei, era um homem um tanto desajeitado. Observei que, na última semana, ele também gritava alguma bobagem ao voltar, como: "Querida, cheguei!" Mas deve ter esquecido. Deve ter sido muito silencioso dessa vez. Talvez tivesse entrado na cozinha, como sempre fazia, e passado os braços ao redor de minha mãe enquanto ela ainda estava de costas. Na nossa vida anterior, ela continuaria trabalhando diante do fogão ou da pia, enquanto ele olhava por cima de seu ombro e lhe dizia alguma coisa. Ficavam assim, juntos, num pequeno retrato do retorno ao lar. Por fim, ele me chamaria para ajudar a botar a mesa. Ele trocaria rapidamente de roupa, enquanto ela dava os retoques finais na refeição, e então nos sentaríamos juntos. Não éramos de ir à igreja. Esse era o nosso ritual. Nossa partilha do pão, nossa comunhão. E tudo começava com aquele momento de confiança, quando papai chegava por trás de mamãe e ela sorria com a aproximação dele, sem se virar. Mas agora estavam se olhando, desconsolados, diante da vasilha quebrada.

    Foi um daqueles momentos, percebo agora, que poderia ter tomado diversas direções. Ela poderia rir, chorar, estender a mão para ele. Ou ele poderia se ajoelhar e fingir o ataque do coração que mais tarde o matou. Ela poderia sair de seu estado de choque. Ajudá-lo. Limparíamos a sujeira, faríamos sanduíches e tudo seguiria seu curso. Se tivéssemos nos sentado juntos naquela noite, acredito que as coisas teriam seguido seu curso. Mas agora minha mãe enrubesceu intensamente e um arrepio quase imperceptível a invadiu. Ela respirou, ofegante, e cobriu o rosto machucado com as mãos. Em seguida, passou por cima da sujeira no chão e afastou-se cuidadosamente. Eu queria que ela gritasse, jogasse alguma coisa. Qualquer coisa teria sido melhor do que aquele sentimento congelado em suspensão com o qual ela subiu a escada. Usava um vestido azul-claro naquela noite. Sem meias. Um par de mocassins Minnetonka. Subiu cada degrau olhando fixamente para a frente, com a mão firme no corrimão. Seus passos não faziam ruído. Parecia flutuar. Papai e eu a seguimos até a porta, e acho que, enquanto a observávamos, ambos sentimos que ela subia para um local da mais absoluta solidão, de onde jamais poderia ser resgatada.

    Ficamos juntos mesmo depois de a porta do quarto fechar com um estalo. Por fim, nos viramos e, sem uma palavra, voltamos para a cozinha, onde juntamos a travessa e os cacos do prato quebrado. Levamos juntos a sujeira para a lixeira do lado de fora. Papai parou ao fechar a lata. Baixou a cabeça e, naquele momento, percebi pela primeira vez a desolação emanando dele, algo que tomaria conta de seu ser cada vez com mais força. Quando o vi ficar ali, imóvel, fiquei na verdade com medo. Coloquei a mão em seu braço ansiosamente. Eu não saberia dizer o que sentia, mas naquele momento meu pai ao menos levantou os olhos.

Me ajude a levar aquelas pastas para dentro. Tinha a voz dura, urgente. Vamos começar hoje.

E eu obedeci. Descarregamos o carro. Depois fomos juntos preparar alguns sanduíches toscos. (Ele preparou um dos sanduíches com mais cuidado e o colocou num prato. Eu cortei uma maçã, ajeitei as fatias em torno do pão, com carne e alface. Como minha mãe não atendeu a porta quando eu bati, simplesmente deixei ali fora.) Segurando a comida nas mãos, fomos para o escritório do meu pai e mastigamos enquanto examinávamos os arquivos. Raspamos as migalhas para o chão. Papai acendeu as luzes. Acomodou-se na mesa e acenou para mim, para eu fazer o mesmo na poltrona de leitura.

Ele está aqui, disse, apontando com o queixo para as pilhas pesadas de pastas.

Compreendi que eu iria ajudar. Papai estava me tratando como seu assistente. Ele sabia, é claro, de minhas leituras clandestinas. Olhei instintivamente para a prateleira do Cohen. Ele assentiu de novo, ergueu um pouco as sobrancelhas e indicou com os lábios a pilha de pastas junto ao meu cotovelo. Começou a ler. E foi então que comecei a compreender quem era meu pai, o que ele fazia todo dia, e como fora sua vida.

Ao longo da semana seguinte, separamos vários casos do conjunto geral de seu trabalho. Durante esse tempo, que foi na minha última semana de escola, mamãe não conseguiu sair do quarto. Papai levava comida para ela. Eu ficava com ela durante a tarde e lia *The Family Album of Favorite Poems* até ela adormecer. Era um velho volume marrom com uma capa rasgada que mostrava pessoas brancas lendo poemas na igreja, para os filhos na hora de dormir, sussurrando no ouvido da namorada. Ela não me deixava ler nada muito inspirador. Eu tinha que ler os intermináveis poemas narrativos, com palavras enfeitadas e métrica dura. "Ben Bolt", "The Highwayman", "The Leak in the Dike", e assim por diante. Assim que sua respiração ficava regular, eu escapulia de lá, aliviado. Ela dormia e dormia, como se dormisse para uma maratona do sono. Comia pouco. Chorava com frequência, um choro preso e monótono, que tentava abafar sob os travesseiros, mas que vibrava pela porta do quarto. Eu descia para o escritório com papai e continuava a ler os arquivos.

Líamos com uma intensidade concentrada. Meu pai estava convencido de que, em algum lugar nas descrições, resumos e decisões de seus casos, estaria a identidade do homem que quase arrancara o espírito de minha mãe de seu corpo.

Capítulo Três
Justiça

16 de agosto de 1987
Durlin Peace, autor da ação
v.
The Bingo Palace, Lyman Lamartine, réus

Durlin Peace é zelador do Bingo Palace and Casino e responde diretamente a Lyman Lamartine. Foi demitido no dia 5 de julho de 1987, dois dias após uma discussão com seu chefe. Uma testemunha afirmou que a discussão foi ouvida por diversos outros empregados e envolvia uma mulher que se encontrou com os dois homens.

No dia 4 de julho, os empregados confraternizaram no pátio dos fundos do Bingo Palace. Durante a confraternização, Durlin Peace, que estivera consertando alguns equipamentos mais cedo naquele dia, retirou-se do local. Foi parado por Lyman Lamartine, que pediu que ele esvaziasse os bolsos. Num dos bolsos, foram encontradas seis arruelas, avaliadas em 15 centavos cada. Lyman Lamartine então acusou Durlin Peace de tentar furtar pertences da empresa e o demitiu.

Durlin Peace disse que as arruelas lhe pertenciam. Como não havia nenhuma marca de identificação nas arruelas, que foram examinadas pelo juiz Coutts, inexistia prova de que as arruelas pertencessem ao Bingo Palace. Como não havia bases sólidas para justificar a demissão de Durlin Peace, foi determinado que ele fosse reintegrado ao Bingo Palace.

Arruelas?, perguntei.
O que tem elas?, indagou meu pai.
Voltei a olhar para o documento.

Apesar de este ser um daqueles casos que não tínhamos marcado como importante, eu me lembrava bem dele. Ali estavam. As pesadas questões às quais meu pai dedicava seu tempo e sua vida. É claro que eu já estivera no tribunal quando ele tratava desse tipo de caso. Mas eu achava que estava sendo excluído dos casos mais importantes, maçantes, violentos ou muito complexos, devido à minha idade. Imaginei que meu pai decidisse sobre questões relevantes da lei, envolvendo direitos sobre tratados, devolução de terras, que encarasse assassinos nos olhos, franzindo o cenho enquanto as testemunhas gaguejavam e calando advogados espertos com um comentário irônico. Não disse nada, mas, à medida que ia lendo, era tomado por um lento sentimento de desânimo. Pois o que fora mesmo que Felix S. Cohen escrevera no *Manual*? Onde estava a grandeza? O drama? O respeito? Todos os casos que meu pai julgava eram tão pequenos, tão ridículos, tão desimportantes. Ainda que alguns fossem emocionantes, ou uma combinação de tristeza com estupidez, como aquele de Marilyn Shigaag, que roubou cinco cachorros-quentes de um posto de gasolina e os comeu no banheiro do lugar, nenhum evocava a grandiosidade que eu imaginara. Papai castigava ladrões de cachorro-quente e examinava arruelas — nem sequer eram anéis preciosos —, apenas arruelas que valiam 15 centavos cada.

8 de dezembro de 1976
Diante do juiz Antone Coutts, e também da juíza Rose Chenois e do desembargador Mervin "Tubby" Ma'ingan.
Tommy Thomas et al., autores da ação
v.
Vinland Super Mart et al., réus

Tommy Thomas e os demais autores da ação neste caso eram membros da tribo Chippewa, e Vinland era e é um posto de gasolina e loja de conveniência de propriedade de não índios, ainda que localizada em terra arrendada (arrendamentos anteriormente comprados), cercado por propriedade indígena. Os autores da ação alegaram que, durante transações comerciais realizadas no Vinland Super Mart, foi acrescido um sobrepreço de 20% às transações envolvendo membros das tribos que exibiam sintomas de demência senil, inocência por extrema juventude, preocupação mental, embriaguez ou confusão geral.

Os proprietários, George e Grace Lark, não negam a cobrança ocasional do sobrepreço de 20%, acrescido aos recibos da caixa registradora. Defenderam sua ação insistindo que era uma forma de recuperar as perdas resultantes de furtos. Os réus alegaram que o Tribunal Tribal não tinha jurisdição pessoal sobre eles ou sobre o tema em questão, que era a base das acusações dos autores da ação.

O Tribunal descobriu que, apesar de o posto de gasolina estar localizado no lote nº 122093, o estacionamento, a área de descarte de lixo, a calçada, bombas, hidrantes, sistemas de esgoto, fossa sanitária, barreiras de concreto do estacionamento, mesas de piquenique e vasos de flores estavam todos localizados em propriedade tribal, e, para chegar ao Vinland Super Mart, os clientes, 86% dos quais membros tribais, tinham que dirigir e depois caminhar por essa propriedade.

Este tribunal declarou ter jurisdição sobre o caso e como não houve a apresentação de prova para negar a ocorrência de sobrepreço, a decisão tomada foi favorável aos autores da ação.

Papai separou esse arquivo.

Parece um caso bastante comum, disse eu. Procurei disfarçar o desapontamento da minha voz.

Nesse caso, eu pude alegar jurisdição limitada sobre um negócio que não pertencia a índios, explicou meu pai. Não coube recurso no caso. Sua voz deixava transparecer certo orgulho.

Foi gratificante, prosseguiu, mas não é o motivo para eu ter separado o caso. O motivo para eu querer examiná-lo um pouco mais são as pessoas envolvidas.

Voltei a olhar para o arquivo.

Tommy Thomas *et al.* ou os Lark?

Os Lark, embora Grace e George estejam mortos: Linda está viva. E o filho deles também, Linden, que não é mencionado ou envolvido aqui, mas que aparece em outra ação, mais emocionalmente complicada. Os Lark são o tipo de gente que trata cordialmente os "bons índios", a quem desprezam na intimidade e com quem são condescendentes aos olhos do público, de maneira a provar seu amor pelos índios, enquanto se dedicam a enganá-los. Eram empresários desastrados e ladrões de galinha, mas também se autoenganavam. Enquanto seus padrões morais para o resto do mundo eram rígidos, sempre conseguiam achar desculpas para suas próprias falhas. São essas pessoas, na verdade, disse meu pai, hipócritas do cotidiano, que são capazes, em situações especiais, de atos monstruosos, se tiverem a oportunidade. Os Lark, de fato, eram críticos ferrenhos do aborto. No entanto, quando tiveram gêmeos, cogitaram sacrificar o mais fraco e (como consideravam na época) deformado, a menina. Toda a reserva soube disso, pois uma das enfermeiras do hospital removeu a gêmea prejudicada. Uma pessoa da tribo, Betty Wishkob, que trabalhava como zeladora noturna, conseguiu adotar a criança. O que nos leva ao outro caso.

Na Questão de Estado de Albert e Betty Wishkob

Albert e Betty Wishkob, ambos membros registrados da tribo Chippewa e moradores da reserva, falecidos sem deixar testamento, com quatro filhos, Sheryl Wishkob Martin, Cedric Wishkob, Albert Wishkob Jr. e Linda Wishkob, nascida Linda Lark. Linda foi informalmente adotada pelos Wishkob e criada pela família como índia. Quando da morte de seus pais adotivos, os demais filhos, que haviam se mudado da reserva, concordaram que Linda continuasse morando na casa de Albert e Betty, situada no lote nº 1002874, que consiste em 65 hectares e foi devolvida ao fundo tribal após a Lei da Reorganização Indígena de 1934. Em 19 de janeiro de 1986, a mãe biológica de Linda Lark Wishkob, Grace Lark, recorreu a este tribunal para ser autorizada a assumir a guarda da filha, agora uma adulta de meia-idade, com a finalidade de administrar seus bens.

Grace Lark alegou que uma doença contraída após Linda ser submetida a uma intervenção médica complexa lhe causou uma depressão profunda, deixando-a mentalmente confusa. Grace Lark declarou abertamente seu interesse na exploração dos 65 hectares que ela afirmava terem sido deixados para Linda após a morte dos pais adotivos.

O último parágrafo era manuscrito, uma anotação lateral apenas para os olhos de meu pai.

Como Linda não tem sangue índio, como não há provas legais de que os Wishkob a adotaram formalmente, como Grace Lark não fez nenhuma tentativa de entrar em contato com os três outros filhos herdeiros envolvidos, como, acima de tudo, Linda Lark Wishkob, na opinião do tribunal, não apenas era mentalmente capaz, mas até mais saudável do que muitos dos que se apresentaram a este tribunal, incluindo sua mãe biológica, o caso foi encerrado com julgamento de mérito.

Estranho, eu disse.
E fica ainda mais estranho, ele respondeu.
Como assim?
O que você está vendo é apenas a ponta de um psicodrama, que por alguns anos consumiu os Lark, que doaram a filha, e os Wishkob, que em sua generosidade resgataram e criaram Linda. Quando os outros filhos dos Wishkob tomaram pé da situação, uma tentativa gananciosa, desastrada e obtusa de se apoderar e lucrar com uma herança que nunca existiu, de uma terra que jamais poderia deixar de ser propriedade tribal, ficaram furiosos. A irmã adotiva mais velha de Linda, Sheryl, partiu para uma ação direta e organizou um boicote contra o posto de gasolina dos Lark. Não satisfeita, ajudou Whitey a solicitar um financiamento para o negócio. Todos vão ao posto do Whitey agora. Whitey e Sonja tiraram os Lark dos negócios. Nesse período, o filho da sra. Lark, Linden, perdeu o emprego em Dakota do Sul e voltou para ajudar a mãe com o negócio, que entrou em decadência. Ela morreu subitamente devido a um aneurisma. Ele culpa os Wishkob, sua irmã, Linda, Whitey e Sonja, e o juiz do caso, eu, pela morte e por sua quase bancarrota, que agora parece inevitável.

Meu pai franziu a testa e passou a mão no rosto.
Eu o vi no tribunal. As pessoas dizem que ele é um grande orador, capaz de encantar o público. Mas não disse uma palavra durante o julgamento.
Será que foi ele...?, perguntei.
O agressor? Não sei. Ele é problemático, com certeza. Depois que a mãe morreu, se meteu com política por uns tempos. Durante o julgamento, é provável que tenha se tornado desagradavelmente consciente das questões de jurisdição sobre a reserva e seu entorno. Ele escreveu uma carta desaforada para o *Fargo Forum*.

Opichi anexou-a com um clipe. Lembro que estava cheia das coisas de sempre — vamos dissolver as reservas; e a típica frase caipira: "Vamos dar uma sova completa neles." Jamais compreenderam que as reservas existem porque nossos ancestrais assinaram operações legais. Mas alguma coisa deve ter entrado lá, pois a próxima notícia de que eu soube foi que Linden estava levantando fundos para Curtis Yeltow, que concorria ao governo de Dakota do Sul e compartilhava das mesmas opiniões. Também ouvi — de Opichi, é claro — que Linden tinha se envolvido com uma sede local da Posse Comitatus. Esse grupo acredita que o xerife local deve ser a autoridade governamental máxima eleita. Lark mora na casa da mãe, pelo que ouvi. É muito discreto e costuma viajar bastante. Ao que parece, para Dakota do Sul. Tornou-se muito misterioso. Opichi diz que tem alguma mulher envolvida na história, mas que só foi vista umas poucas vezes. Ele entra e sai em horas estranhas, mas até agora não há sinal de que esteja traficando drogas ou violando qualquer lei. O que eu sei é que a mãe tinha o seu jeito para incitar a violência emocional. Outras pessoas absorveram seu ódio. Era uma senhora branca pequena, de aspecto frágil. Mas seu sentido de direitos era contagiante. Era venenosa. Talvez Lark tenha esquecido tudo isso, ou talvez tenha absorvido o veneno dela.

Meu pai foi até a cozinha encher a caneca. Eu olhei para as pastas. Talvez tenha sido nesse instante que reparei que todas as opiniões publicadas por meu pai eram assinadas com uma caneta-tinteiro; ele usava uma tinta com um lírico tom de anil. Sua letra era meticulosa, quase vitoriana, aquele estilo floreado de outros tempos. Desde aquela época, soube que havia duas coisas a respeito dos juízes. Sempre tinham cães, e todos tinham alguma mania que os tornava memoráveis. Eis aí, penso eu, o motivo para a caneta-tinteiro, mesmo que em casa ele usasse uma esferográfica. Abri a última pasta da mesa e comecei a ler.

1º de setembro de 1974
Francis Whiteboy, autor da ação
v.
Asiginak, Polícia Tribal e Vince Madwesin, réus

William Sterne, advogado dos recorrentes, e Johanna Coeur de Bois, advogada dos réus.

No dia 13 de agosto de 1973, foi realizada uma cerimônia da Tenda Balançante, na velha casa redonda ao norte do lago da Reserva. A cerimônia da Tenda Balançante é uma das mais sagradas dos Ojibwe e não será descrita aqui a não ser para constar que sua função é a cura do solicitante e a resposta a questões espirituais.

Naquela noite, havia mais de cem pessoas à espera, várias delas, no entorno da multidão, estavam bebendo. Um dos que estavam bebendo era Horace Whiteboy, irmão de Francis, o recorrente neste caso. O líder da cerimônia, Asiginak, pediu a Vince Madwesin, da polícia tribal local, que atuasse como segurança na cerimônia. Vince Madwesin pediu a Horace Whiteboy e aos demais que estavam bebendo que deixassem o local.

É culturalmente inaceitável, até mesmo ofensivo, beber durante uma cerimônia da Tenda Balançante, e Madwesin agiu com acerto ao pedir que os bebedores fossem embora. Boa parte deles, cientes de que estavam desrespeitando profundamente a etiqueta do cerimonial sagrado, retirou-se. Horace Whiteboy foi visto saindo, cambaleante, com os demais bebedores e descendo a rua. No entanto, como afirmado por diversas testemunhas, o espírito na tenda ocupada por Asiginak alertou os ouvintes de que Horace Whiteboy corria perigo.

Horace Whiteboy foi encontrado morto na tarde do dia seguinte à cerimônia. Após se separar do grupo de bebedores na estrada, teria dado meia-volta com a intenção de retornar para a casa redonda. Ao pé da montanha, aparentemente resolveu se deitar. Foi encontrado morto sob alguns arbustos, deitado de costas, sufocado no próprio vômito.

Francis Whiteboy, irmão de Horace, alega negligência nas ações de Asiginak (que estava na tenda e tinha conhecimento, pelos espíritos, de que seu irmão estava em perigo) e Vince Madwesin (que estava de licença não remunerada de sua função de segurança).

O tribunal concluiu que a única responsabilidade de Asiginak foi permitir que os espíritos se manifestassem, através de sua presença, sobre aquilo que sabiam. Essa responsabilidade foi devidamente cumprida.

As ações de Vince Madwesin para assegurar a segurança da cerimônia da Tenda Balançante foram apropriadas e, como estava de licença, e sem remuneração, esse caso não pode constituir uma ação contra a polícia tribal. A responsabilidade de Madwesin era assegurar que os embriagados fossem advertidos. Ele não era responsável pela ação dos bebedores.

Um indivíduo que bebe a ponto de cair num estupor doentio corre o risco de sucumbir à morte acidental. A morte de Horace Whiteboy, ainda que trágica, resultou de suas próprias ações. Ainda que a compaixão pelos alcoólatras devesse ser a regra, cuidar deles como se cuida de uma criança não é a lei. O comportamento de Horace Whiteboy resultou em sua morte, e suas próprias decisões determinaram seu destino.

O tribunal decide a favor dos réus.

E por que esse?, perguntei quando papai voltou.

Já estava tarde. Papai sentou-se, deu um gole no café, tirou os óculos de leitura. Esfregou os olhos, e talvez devido à exaustão tenha falado sem pensar.

Por causa da casa redonda, disse.

A velha casa redonda? Foi lá que aconteceu?

Ele não respondeu.

O que aconteceu com a mamãe, aconteceu lá?

Novamente, nenhuma resposta.

Ele afastou os papéis para o lado e se levantou. A luz iluminou as rugas de seu rosto, transformando-as em rachaduras profundas. Ele parecia ter mil anos de idade.

Capítulo Quatro
O som do silêncio

Cappy era um garoto magricela, de mãos grandes e pés ossudos cheios de cicatrizes, mas tinha maçãs do rosto proeminentes, um nariz reto, dentes brancos e grandes e cabelos lisos, brilhantes e escorridos sobre olhos castanhos. Castanhos como caramelo derretido. As garotas adoravam Cappy, apesar das maçãs do rosto e do queixo sempre arranhados e da falha em uma das sobrancelhas, onde uma pedra lhe abrira um talho na testa. Tinha uma bicicleta azul enferrujada, de dez marchas, que Doe tinha conseguido na missão. Como a casa deles era cheia de ferramentas por todo lado, Cappy a mantinha relativamente em ordem. Mesmo assim, apenas a primeira marcha funcionava. E o freio ficou ruim de repente. Assim, quando Cappy pedalava, o que se via era um garoto com membros de aranha mexendo as pernas tão depressa que pareciam um borrão e, às vezes, arrastando os pés no chão para frear ou, se isso não funcionasse, saltando perigosamente por cima do quadro. Angus tinha uma velha BMX cor-de-rosa, que ele pretendera pintar até se dar conta de que a cor evitava que fosse roubada. A bicicleta de Zack era nova, preta e bacana, presente de seu pai depois de ficar sumido por dois anos. Como legalmente não podíamos dirigir (embora dirigíssemos sempre que possível), as bicicletas nos davam liberdade. Não tínhamos que depender de Elwin ou dos cavalos de Whitey, ainda que os cavalgássemos também, quando podíamos. Não tínhamos que pedir carona para Doe ou para a mãe de Zack, o que era bom na saída da escola, pois eles não nos levariam aonde queríamos ir.

Zack confirmou, ouvindo o barulhento rádio da polícia do padrasto (o que ele fazia constantemente), o local onde o crime contra minha mãe ocorrera. Fora na casa redonda. A velha casa construída com troncos ficava na outra ponta do lago da reserva e o caminho até lá era por uma estrada de terra. Levantei cedo naquela manhã e me vesti em silêncio. Desci a escada com cuidado e deixei Pearl sair. Mijamos juntos do lado de fora, nos arbustos dos fundos. Eu não queria dar a descarga no banheiro dentro de casa. Esgueirei-me de volta, mal abrindo a porta de tela para ela não ranger, e soltando-a devagar para não bater com força. Pearl entrou comigo e me observou, silenciosa, enquanto eu enchia uma sacola com sanduíches de pasta de amendoim. Guardei tudo na minha mochila, junto com um vidro de picles da minha mãe e uma garrafa d'água. Tinha combinado com meu pai de sempre avisar onde eu estava — durante todo o verão, ele me fez jurar. Escrevi a palavra LAGO no bloco de papel que ele deixou para mim em cima do balcão. Arranquei metade de outra folha, anotei outra coisa e enfiei no meu bolso. Pus a mão na cabeça de Pearl e olhei dentro dos olhos claros dela.

Cuide de mamãe, falei.

Cappy, Zack e Angus deveriam encontrar comigo dali a umas duas horas, junto a um toco de árvore, que costumava ser nosso ponto de encontro — logo ao sair da estrada, do outro lado da vala. Deixei o outro bilhete ali, avisando-os que eu já seguira adiante. Meu plano foi esse, pois eu queria ficar sozinho na casa redonda, chegando lá primeiro.

Era uma bela manhã de junho. O orvalho ainda estava fresco sobre os ramos de rosas silvestres e sálvias, cortados no outono passado, mas eu sabia que ia esquentar à tarde. Uma tarde quente e clara. Com carrapatos. Dificilmente alguém saía tão cedo. Apenas dois carros passaram por mim na estrada. Virei na Mashkeeg, uma estada de terra coberta de árvores que margeava o lago. Havia algumas casas junto ao lago, protegidas pela vegetação. Às vezes aparecia um cachorro, mas eu pedalava e passava tão rápido por seus territórios que nem sequer latiam e nenhum veio atrás de mim. Até mesmo um carrapato, que se soltou de uma árvore e veio pelo vento até meu braço, mal conseguiu se segurar. Afastei-o com um peteleco e pedalei ainda mais rápido, até chegar ao caminho estreito que levava à casa redonda. Ainda estava bloqueada pelos cones de construção e barris de óleo pintados. Desconfiei que fosse trabalho da polícia. Empurrei a bicicleta, olhando cuidadosamente para o chão, sob as folhas do mato ao longo do caminho. A área tinha ficado coberta com uma grossa camada de folhas nas últimas semanas. Eu buscava qualquer coisa que outros olhos pudessem não ter visto, como num daqueles romances policiais do Whitey. Mas não vi nada fora de lugar, ou melhor, como estava no meio do mato e tudo estava fora de lugar, não tinha nada no lugar. Nenhuma área arrumada. Algo que não parecesse em ordem. Um frasco vazio, uma tampa de garrafa, um fósforo queimado. O lugar fora minuciosamente vasculhado e não havia nada lá que já não pertencesse ao local. Cheguei à área limpa onde ficava a casa redonda sem encontrar nada que pudesse ser de algum interesse.

    A grama ainda não fora aparada, mas o local onde os carros estacionavam estava coberto de ervas raquíticas. Os cavalos comiam todo o pasto bom, até as raízes, e agora os talos duros raspavam os pneus da bicicleta. O hexágono de troncos ficava numa pequena elevação, cercado de grama crescida, de um verde vivo, alta e densa. Larguei a bicicleta. Fez-se um momento de silêncio profundo. O vento então gemeu baixinho ao passar pelas rachaduras dos troncos prateados da casa redonda. Fui surpreendido pela emoção. O lamento parecia brotar da própria estrutura. O som me preencheu e transbordou. Até que parou. Decidi seguir adiante. Ao subir o morro, uma brisa arrepiou os cabelos da minha nuca. Mas, quando cheguei à casa redonda, o sol se abriu como mãos quentes sobre os meus ombros. O lugar parecia em paz. Não havia porta. Já existira, um dia, mas a grande prancha retangular fora arrancada e estava jogada para um lado. O mato já crescia através das frestas entre as tábuas. Fiquei parado na entrada. O interior estava na penumbra, apesar das quatro pequenas janelas escancaradas em cada lado. O chão estava limpo — nenhum frasco vazio, papéis ou cobertas. Tudo tinha sido recolhido pela polícia. Senti um cheiro distante de gasolina.

    Nos velhos tempos, quando os índios não podiam praticar sua religião — bem, há não tanto tempo assim: até 1978 —, a casa redonda era usada para as cerimônias. As pessoas fingiam que eram bailes e levavam suas Bíblias para os encontros. Naquela época, o farol do carro do padre vindo pela estrada distante brilhava na janela voltada para o sul. Quando o padre ou o superintendente do Departamento de Assuntos Indígenas chegavam, os tambores de água, penas de águia, bolsas de remédios, pergaminhos de casca de bétula e cachimbos sagrados já estavam a bordo de dois barcos a motor, lá no meio do lago. A Bíblia estava aberta e as pessoas liam o Eclesiastes em voz alta. Por que esse trecho da Bíblia?, perguntei uma vez para Mooshum. O capítulo 1, versículo 4, explicava ele. *Geração vai, geração vem, e a terra permanece sempre a mesma.* Nós pensamos assim também. Às vezes, dançávamos quadrilha, contou Mooshum, nosso supremo sacerdote Mide era um animador fantástico.

Havia um velho padre católico que costumava se sentar com os curandeiros. O padre Damien mandou o superintendente para casa. Os tambores de água, as penas e os cachimbos puderam então retornar. O velho padre aprendeu as canções. Nenhum outro padre sabe as canções agora.

Pelo que Zack contou sobre a conversa que ouviu pelo rádio do padrasto, e pelo silêncio de meu pai após mencionar a casa redonda, eu soube da localização geral do crime. Mas não o local exato onde ocorrera. Naquele momento, fui tomado por uma certeza. Eu sabia. Ele a atacou aqui. O velho lugar de cerimônias me comunicou isso — gritou para mim com a voz angustiada de minha mãe, pensei então, e as lágrimas começaram a se formar nos meus olhos. Deixei que corressem pelo meu rosto. Não havia ninguém lá para ver e eu nem mesmo as enxuguei. Fiquei ali, na penumbra da porta, pensando com minhas lágrimas. Sim, as lágrimas podem ser pensamentos, não é?

Concentrei-me na fuga, tal como papai a descreveu. Nosso carro estava estacionado no início da subida, logo depois de alguns arbustos esparsos. Ninguém subiria da estrada por lá, de qualquer modo. Havia uma praia mais além, aonde era possível chegar mais facilmente por uma estrada ao longo da beira do lago, pelo outro lado. Claro que o estuprador — só que eu não usava essa palavra: eu dizia agressor —, o agressor, apostara que este local solitário continuaria deserto. O que significava que ele tinha algum conhecimento sobre a reserva, e implicava mais planejamento. As pessoas iam beber naquela praia à noite, mas para chegar lá vindo da casa redonda era preciso atravessar uma cerca de arame farpado e depois um matagal. O ataque acontecera aproximadamente onde eu estava. Ele a deixara lá para ir buscar outra cartela de fósforos. Bloqueei as imagens de minha mãe aterrorizada e de sua corrida desesperada para o carro. Imaginei a distância que o agressor teve que percorrer para pegar os fósforos de modo a não dar tempo de voltar correndo e alcançá-la.

 Mamãe se levantou e disparou pela porta, colina abaixo até o carro. Seu agressor teria caminhado pelo lado oposto do morro, para o norte, para não tê-la visto. Caminhei na direção que ele teria seguido, pela grama, até a cerca de arame farpado. Levantei o primeiro fio de arame e atravessei a cerca de lado. Outra cerca descia pelo meio do emaranhado de choupos e bétulas até o rio. Segui aquela cerca até a beira do lago e continuei andando para dentro da água.

 Ele devia ter um esconderijo em algum lugar, ou talvez outro carro — provavelmente estacionado perto da praia. Ele foi buscar mais fósforos, uma vez que os dele estavam molhados. Devia ser fumante. Deixara para trás uma cartela extra de fósforos, ou um isqueiro. Seguiu aquela cerca para dentro do lago. Chegou ao esconderijo. Ouviu a batida da porta do carro. Correu de volta para a casa redonda e foi atrás da minha mãe. Mas era tarde demais. Ela conseguiu dar a partida e pisar fundo no acelerador. Fora embora.

 Continuei andando, atravessei a estreita faixa de areia, entrei no lago. Meu coração batia tão forte enquanto avançava com meu raciocínio que não dei pela água. Senti a extrema frustração dele ao ver o carro desaparecer. Visualizei-o pegando o galão de gasolina, quase o jogando contra as luzes de trás do carro. Correu atrás dela, depois voltou. Subitamente, parou, lembrando-se de suas coisas, do carro, de qualquer coisa que tivesse lá, seus cigarros. E do galão. Não poderia ser pego com o galão. Por mais frio que estivesse aquele mês de maio, o gelo derretido, mas a água ainda gelada, teria que entrar no lago e deixar a água encher o galão. E depois disso, com certeza, arremessaria o galão cheio de água tão longe quanto pudesse — e se eu vasculhasse o fundo do lago, lodoso, cheio de vegetação e caracóis, lá eu o encontraria.

* * *

Meus amigos me encontraram sentado na frente da porta da casa redonda, em pleno sol, ainda me secando, o galão de gasolina na grama diante de mim. Fiquei feliz com a chegada deles. Eu por fim entendera que o agressor de minha mãe também tentara atear fogo a ela. Apesar de esse fato ter se mostrado óbvio, ou ao menos implícito pela reação de Clemence no hospital e pelo relato da fuga de minha mãe que meu pai fez para mim, minha compreensão resistira. Com o galão de gasolina na minha frente, comecei a tremer com tanta intensidade que chegava a bater os dentes. Quando alguma coisa me aborrecia àquele ponto, às vezes eu vomitava. Isso não aconteceu no carro, nem no hospital, nem mesmo lendo para minha mãe. Talvez eu estivesse entorpecido. Agora senti nas entranhas o que tinha acontecido com ela. Cavei um buraco para a sujeira e o cobri com um monte de terra. Sentei-me lá, fraco. Quando ouvi as vozes e as bicicletas, os pés de Cappy se arrastando para frear, os gritos, dei um pulo e comecei a esfregar os braços. Não podia deixar que me vissem tremendo como uma menina. Quando se aproximaram, fingi que era por causa da água fria. Angus disse que meus lábios estavam azuis e me ofereceu um Camel sem filtro.

Eram os melhores cigarros que se podiam roubar. O companheiro de Star normalmente fumava genéricos, mas devia ter conseguido algum dinheiro. Angus roubava os cigarros do maço de Elwin, um de cada vez para ele não desconfiar. Daquela vez, roubara dois. Parti meu cigarro cuidadosamente ao meio e dei a outra metade para Cappy. Zack e Angus dividiram o outro. Traguei profundamente até queimar os dedos. Não falamos enquanto estávamos fumando e, ao terminar, catamos as migalhas de fumo de nossas línguas, da maneira como Elwin fazia. O galão de gasolina era um velho latão vermelho desbotado, com faixas douradas na parte de cima e na base. Tinha um bico longo e torto. Sobre o desenho de uma chama amarela, azul com um ponto branco no centro, havia um logo arranhado com grandes letras pretas: CUIDADO.

Eu queria pegá-lo, disse aos meus amigos. Vê-lo queimar. Eles também olhavam para o galão. Sabiam do que se tratava.

Cappy pegou uma lasca da porta quebrada e escavou o chão. Zack mastigava um talo de grama. Olhei para Angus. Ele estava sempre com fome. Disse-lhe que tinha trazido sanduíches e tirei a sacola de dentro da mochila para fazer a divisão.

Primeiro, separamos as fatias de pão cuidadosamente por causa da pasta de amendoim. Depois, recheamos com os famosos picles em pedacinhos crocantes da minha mãe. Por fim, voltamos a fechar os sanduíches. O caldo dos picles salgava a pasta de amendoim, cortava a textura pegajosa, o que facilitava a ingestão de cada pedaço e adicionava um toque picante, azedo, ao amendoim. Quando os sanduíches terminaram, Angus bebeu quase toda a salmoura dos picles e meteu as pimentas vermelhas na boca. Cappy pegou os ramos de endro e mastigou os talos. Zack olhava para longe — às vezes ele era exigente, e acabava por nos surpreender.

Circulamos a água entre nós e eu lhes contei que tinha pensado sobre como o ataque ocorrera. Foi assim, eu disse sem piscar. Ele fez aqui. Indiquei a casa redonda com a cabeça. Fez aquilo e depois queria queimá-la lá dentro, mas seus fósforos estavam molhados. Foi pelo alto do morro e desceu em direção ao lago para pegar fósforos secos. Contei-lhes exatamente como minha mãe tinha escapado. Disse que achava que o agressor havia deixado suas coisas no mato e que eu tinha seguido a cerca até o lago e mergulhado até onde ele afundara o galão. Disse que pelo jeito era fumante, pois fora buscar fósforos extras, ou quem sabe tivesse um isqueiro. Tinha deixado alguma coisa no mato. Se havia deixado suas coisas lá, talvez até mesmo tivesse dormido na floresta. Talvez tivesse fumado e deixado alguma ponta de cigarro. Ou desmanchado o cigarro do jeito que Whitey fazia, desenrolando o papel do filtro e fazendo uma bolinha. Tínhamos que procurar pontas, pistas, qualquer material estranho, qualquer coisa.

Todos nós concordamos. Olhamos para o chão. Cappy levantou os olhos e me encarou.

Que seja, disse ele. Starboy?

Certo, disse Angus, que tinha esse apelido, vamos ver o que conseguimos.

O que conseguimos foram carrapatos do mato. Nossa reserva é famosa por causa deles. Traçamos uma matriz na mata, cruzamos a área da cerca na direção sul, ao longo do lago por cerca de nove metros. Na primavera, se uma pessoa esbarrasse numa toca de carrapatos, onde nidificavam, era coberta por eles. Mas eles avançavam devagar. É possível sacudir boa parte deles, mas não dá para catar todos. Nós nos arrastamos por cima de sucessivas tocas.

Zack gritou uma vez, com voz de pânico. Deu um pulo e eu vi alguns se soltando dele e caindo em cima de Angus e do cabelo brilhante de Cappy.

Cala a boca, bebezão!, disse Angus. Pulgas são muito piores do que isso.

Sei, pulgas, disse Zack. Lembra quando sua mãe bombeou veneno de pulga na sua casa e esqueceu que você estava lá dentro?

Ah, cara, eles fecharam a casa toda e encheram tudo de veneno, disse Angus, examinando o que parecia um pedaço de plástico e depois jogando longe. Esqueceram que eu estava dormindo num canto e me deixaram lá a noite toda. Todas as pulgas vieram para cima de mim, e eu só tinha quatro anos. Deram seu último gole de sangue e morreram nas minhas roupas. Tive sorte de não me chuparem até eu ficar seco.

Elas secaram o seu cérebro, disse Zack. Olha só o que você jogou em mim. Ele segurou um preservativo usado com a ponta dos dedos, balançando-o de um lado para outro. Sem dúvida tinha estado lá durante todo o inverno. Os garotos mais velhos acendiam fogueiras na praia.

Abri a sacola de pão e Zack deixou a camisinha petrificada cair lá dentro. Achamos dezenas mais em seguida, e tantas latas de cerveja que Angus as colocou numa pedra e começou a amassá-las para vender para a reciclagem. O que de longe parecia uma área de vegetação rasteira cerrada, na verdade escondia um depósito de lixo. Havia incontáveis pontas de cigarro. A sacola de pão encheu-se rapidamente com preservativos e pontas de cigarro. Também havia embalagens de doces e bolas amassadas de papel higiênico velho. Ou a polícia não considerou a área relevante ou simplesmente tinha desistido.

As pessoas são nojentas, disse Zack. Cara, tem provas demais aqui.

Ajoelhei-me no chão com a sacola de pão. Os carrapatos se arrastavam por todo o meu corpo. Falei que deveríamos parar e afogar os carrapatos no lago. Saímos então do mato e nos despimos na praia. A maioria dos carrapatos estava nas nossas roupas e só alguns já tinham nos picado, mas Angus tinha um grudado no saco.

Ei, Zack, preciso de ajuda!

Ah, não fode!, disse Zack.

Cappy riu. Por que você não deixa ele aí até ele ficar bem grande? Aí vão te chamar de Três Bolas.

Como o velho Niswi, eu disse.

Ele tinha três mesmo. É verdade. Minha avó sabe, disse Zack.

Cala a boca, disse Cappy. Não quero ouvir a história da sua avó mandando ver com um cara de três bolas.

Já estávamos dentro do lago, espalhando a água, mergulhando e brincando de luta. A sensação era maravilhosa, estávamos morrendo de calor, suados e coçando. Toquei-me mais embaixo para verificar se não havia nenhum carrapato no mesmo lugar onde aquele tinha mordido Angus. Mergulhei e fiquei sob a água o máximo que consegui. Quando saí, Zack estava falando.

Ela disse que batiam na bunda dela como três ameixas maduras.

Sua avó fala qualquer coisa, disse Cappy.

Ela me contou tudo, disse Zack.

Existem avós índias com excesso de igreja e outras sem igreja nenhuma, e que com a idade avançada ficam livres para chocar os jovens. A avó de Zack era do segundo tipo. Vovó Ignatia Thunder. Ela frequentara um colégio interno católico, mas isso só a endurecera ainda mais, dizia, da maneira como endurecia os padres. Ela falava o idioma índio e dos segredos dos homens. Quando se juntava com Mooshum, para lembrar os velhos tempos, meu pai contava que falavam tanta baixaria que o ar ao redor deles mudava de cor.

Quando a água nos deixou entorpecidos, saímos e começamos a rir dos pintos encolhidos uns dos outros.

Zack riu de mim: Você não é pequeno demais para ser um soldado do Império?

O tamanho não importa. Está me julgando pelo meu tamanho?

Zack tinha um Darth Vader, circuncidado, e eu também. Cappy e Angus ainda tinham seus prepúcios, portanto eram Imperadores. Discutimos o que era melhor, ser um Imperador ou um Darth Vader — de que tipo as garotas gostavam mais. Acendemos uma fogueira. Sentamos ao redor, nus, sobre troncos com nomes de outros garotos já esculpidos neles, catando os carrapatos de nossas roupas e lançando-os no fogo com petelecos.

 Worf é um Imperador, disse Angus.

 Com certeza, disse Cappy.

 Que nada, respondi. De qualquer modo, o mais importante seria o Data, pois eles fariam um androide do jeito que as mulheres gostam mais, certo? E com certeza ele seria um Darth Vader. Não o imagino de outro jeito que não seja um Darth.

 Acho que todos naquela nave são Darth, disse Cappy, menos Worf.

 Mas espera aí, disse Zack, um Klingon? Você imaginaria um jumento, cara, mas nem marca o uniforme dele.

 Está questionando a potência de um Klingon?, disse Cappy, levantando-se. Ele olhou para baixo. Levante-se, meu amigo.

 Nenhuma reação. Começamos a rir dele. Ele também riu. Algum tempo depois, queríamos outro cigarro e também estávamos com fome novamente. Angus se afastou para mijar. Entrou no lago e contornou a cerca, indo para a mata.

 Caceta!, gritou.

 Saiu de dentro do mato em seguida, carregando dois pacotes de meia dúzia de cerveja Hamm, um em cada mão. Cappy e Zack gritaram, eufóricos. Eu corri na direção dele. Todas as outras latas que tínhamos encontrado eram de Old Mill ou de Blatz, a cerveja da reserva naquela época. Apesar da dança, dos tambores, dos índios vestidos com penas no comercial da Hamm, éramos um povo adepto da Blatz.

 Largue isso, gritei. Angus ficou paralisado. Colocou os pacotes cuidadosamente no chão.

 Acho que foi ele quem deixou isso lá, eu disse. Acho que isso é uma prova. Deve ter digitais.

 Ahn... Percebi que Angus pensava o mais rápido que podia. Falava rápido também. Será que a água apaga as digitais? Achei isso num isopor aberto. A cerveja estava debaixo da água.

 Você achou o esconderijo dele, disse eu.

 Posso pegar a cerveja?, perguntou Angus.

 Acho que sim, respondi.

 Posso abrir uma?

 Olhei para os meus amigos. Tá valendo, respondi.

Suas mãos dispararam para arrancar as latas dos anéis plásticos.

Se não tem nenhuma digital, a prova principal é que ele bebe Hamm, eu disse. Concluam o que quiserem com isso. Peguei uma cerveja. A lata estava úmida e gelada. Levei-a comigo enquanto seguia Angus de volta ao local do esconderijo. Eu disse que não deveríamos chegar muito perto para não destruir as provas, que seria melhor rastejar até o local e coletar o que encontrássemos por lá.

Rastejar? De novo?, questionou Angus.

Era uma caixa de isopor barata, encostada numa árvore. Havia uma pilha de roupas do lado.

Cappy disse que preferia primeiro beber uma cerveja, para ficar legal, e depois se arrastar para juntar provas antes de ter que entrar no lago de novo para afogar os carrapatos outra vez. Bebemos nossas cervejas.

Desceu bem, disse Angus. Ele tentou esmagar a lata contra a coxa. Ai, disse.

Nós nos separamos e nos arrastamos num círculo, na direção do isopor. Era no limite da pastagem, onde bolos secos de bosta de vaca apareciam aqui e ali. Bebemos as cervejas rapidamente para nos animar ainda mais, sabendo que tínhamos mais uma ou duas para cada um à espera, bem geladas, e que seriam bebidas mais devagar, junto ao fogo. Dessa vez, foi muito mais fácil nos arrastar pelo mato, apesar de Angus ter levantado a perna e disparado um *boogid* na minha direção.

Nada de guerra de *boogid*, disse Zack.

Puxa vida, disse Angus, soltando outro peido.

De repente, Cappy arremessou um disco de bosta pelo pasto, como um *frisbee*, e começou a rir.

Por que o índio ignora um bolo de bosta?

Ninguém respondeu nada.

Porque ele não sabe merda nenhuma!

Ha-ha, disse Zack. Você vai virar o Mc Powwow, que nem seu pai.

Quanto dá quatro paus mais quatro paus?

Uma pauleira de índios num bar, disse Angus com um resmungo. Ele levantou a perna, mas não lhe restava mais nenhum gás.

Era fato que, em casa, Doe, Randall e Cappy às vezes se sentavam em roda para inventar péssimas piadas de índios.

Enquanto nos arrastávamos, comecei a nos observar. Minha pele era de um marrom bem claro. A de Cappy era do mesmo tom, um pouco mais escura. A de Zack era ainda mais fechada. Angus era branco, mas bem bronzeado. Cappy estava esticando, eu vinha logo em seguida, Zack e Angus eram ambos mais baixos do que eu. Juntos, tínhamos tantas cicatrizes que era difícil contar.

Por que quatro índios pelados se aborreceram no meio do mato?, perguntou Cappy.

Não deem corda para ele, eu disse.

Porque estavam com o saco cheio de chatos.

Terrível. Eu ri. Para um cara bonitão, adorado pelas garotas, Cappy era bem sem graça.

Angus se arrastava para longe de mim. Eu mantive a distância. A bunda dele estava cheia de marcas vermelhas, dos disparos de ar comprimido do irmão. Circulávamos aleatoriamente agora, sem seguir nenhum padrão. Não havia mais quase lixo daquele lado da cerca. Presumi que o agressor também tinha ido para o lago, dado a volta na cerca e escondido suas coisas longe da praia. Nos aproximamos do isopor e usei um galho para mexer na pilha de roupas e cobertores.

Os cobertores eram de poliéster vagabundo. Havia uma camisa com aspecto podre e uma calça jeans. Tudo fedia como os fundos do bar do Dead Custer.

Talvez devêssemos deixar isso para a polícia, eu disse.

Se contarmos para eles, teremos que dizer que viemos aqui, disse Zack. Vão descobrir que eu ouço o rádio do Vince e os telefonemas. Vou ficar na merda.

Além disso, tem a cerveja.

Beber metade das provas não parece muito legal, disse Cappy.

Vamos nos livrar disso tudo, disse Zack.

Certo, eu disse.

Voltamos, demos a volta na cerca e acendemos a fogueira. Corremos de volta para o lago e nos livramos dos novos carrapatos. Zack mostrou o lugar onde fora espetado no sovaco. Ele poderia ter morrido, disseram. Os pontos tinham cicatrizado formando um pequeno caminho parecido com um trilho branco, subindo misteriosamente de suas costelas e sob o braço. Voltamos a nos vestir e a nos sentir normais. Sentamos perto do fogo e abrimos o resto das provas.

A terceira bola tinha o mesmo tamanho das outras?, Angus perguntou a Zack.

Não comece com isso de novo, disse Cappy.

Nem sei se a gente deveria falar com a polícia, eu disse. Quero dizer, eles nem acharam o galão de gasolina. Não acharam o isopor. A pilha de roupas.

Aquilo lá fedia. Cheirava a mijo.

Ele se mijou, disse Angus.

A gente devia queimar aquele troço, eu disse.

Minha garganta ardia e fui invadido por um sentimento tão intenso e agudo que me deu vontade de chorar — de novo. Subitamente, ficamos paralisados. Ouvimos o que nos pareceu o tom agudo de um apito de osso de águia, vindo do alto da colina, atravessando a floresta. O vento tinha mudado de direção, e ouvimos uma série de notas trazidas pelo ar que atravessava as rachaduras do barro da casa redonda.

Cappy levantou-se e olhou para a casa redonda.

Angus fez o sinal da cruz.

Vamos nos mandar, disse Zack.

Amassamos as latas de Hamm junto com as outras, empilhamos todas em cima de um pedaço de plástico e as amarramos para serem levadas e Angus poder vendê-las. Em seguida, apagamos o fogo e enterramos o resto do lixo. Amarrei o galão de gasolina à minha bicicleta com um cadarço de tênis e fomos embora. As sombras se alongavam, o ar esfriava e estávamos com fome, daquele jeito que os meninos sentem fome. Irracionalmente famintos, de tal forma que tudo o que víamos parecia apetitoso e a única coisa de que conseguíamos falar no caminho de casa era de comida. Onde poderíamos conseguir comida, e comer, muita comida, e logo. Essa era a nossa preocupação. A mãe de Zack estaria no bingo. Tia Star estava dura ou quebrada, nunca no meio-termo, e era sábado. A essa hora, já teria gastado o que tivesse, e provavelmente não teria sido com comida. As coisas estavam fracas na casa de Cappy naquela semana, ainda que seu pai talvez tivesse feito um cozido. Mas os cozidos de solteiro feitos por Doe eram um lixo. Uma vez ele tinha colocado ameixas secas no chili. Também tinha deixado massa de pão para fora durante a noite e um rato se meteu dentro dela. Randall pegou uma fatia com a cabeça e Cappy pegou o rabo. Ninguém conseguiu encontrar o corpo. Meus amigos não mencionaram minha casa, embora, antes dos acontecimentos, com certeza teríamos ido para lá numa missão de ataque. A casa de Whitey e Sonja ficava no caminho, mas eu odiava quando meus amigos falavam dela. Sonja era minha. Por isso eu disse que eles estavam trabalhando no posto de gasolina. A outra possibilidade era vovó Thunder. Ela morava no condomínio de idosos, num apartamento de um cômodo com uma cozinha completa. Gostava de cozinhar para nós; a despensa era cheia de mantimentos que os outros conseguiam para ela.

Ela vai fazer rabanada com carne, disse Zack.

Ela sempre tem pêssegos em conserva, disse Angus. Tinha a voz reverente.

Mas ela tem um preço, disse Cappy.

Ninguém pode falar de bolas ou a palavra pentelho.

Quem diria uma palavra dessas perto da sua avó?

Alguém pode ficar gozando, por engano.

Gozando? Não fale gozando.

Nem mencione pererecas. Ela vai pensar em xoxota.

Certo, eu disse. A lista de tópicos a serem evitados enquanto nos empanturramos na casa da vovó é bolas, pererecas, xoxotas e picas.

Jamais diga cabeça.

Não fale *wiinag*, nenhuma palavra que rime com poda, ou com alho.

Não falem de nada que lembre o meio das pernas, tipo pau, racha, nada disso. Ela vai levar para o outro lado, acreditem.

Não falem excitado, nem duro.

Quente, teta ou virgem.

Tenho que descer da bicicleta, disse Angus.

Todos descemos. Deixamos as bicicletas no chão. Evitando os olhos uns dos outros, resmungamos alguma desculpa sobre ir dar uma mijada e nos afastamos, sozinhos, para nos aliviar em três minutos daquelas palavras. Quando voltamos, subimos de volta nas bicicletas e continuamos a pedalar, seguindo pela estrada que passava por trás da missão. Quando entramos na cidade, fomos direto para o condomínio dos idosos. Eu me sentia culpado por só ter escrito LAGO para o meu pai e liguei para ele do saguão. Papai atendeu ao primeiro toque, mas quando eu lhe disse que estava na casa de vovó Thunder, pareceu satisfeito e me disse que tio Edward estava mostrando a ele o artigo científico mais recente do primo Joseph e eles estavam comendo algumas sobras. Perguntei, mesmo sabendo a resposta, onde estava mamãe.

Lá em cima.
Dormindo?
Sim.
Amo você, pai.

Mas ele já tinha desligado. As palavras *amo você* ecoaram. Por que eu disse aquelas palavras e por que pelo telefone, quando já sabia que ele estava desligando? O fato de eu ter dito aquilo me deixou furioso e de meu pai não ter respondido me doeu na alma. Uma nuvem vermelha de ódio passou por meus olhos. Minha cabeça também estava vazia pela fome.

Vamos lá, chamou Cappy, se aproximando por trás de mim e me assustando, de forma que meus olhos se encheram de lágrimas de novo naquele dia, o que já era demais.

Cala essa boca, porra, eu disse.

Ele levantou as mãos e se afastou. Eu o segui pelo saguão. Pouco antes de chegamos ao apartamento da vovó, falei atrás dele: Cappy, eu...

Ele se virou. Coloquei minhas mãos no bolso e esfreguei o chão com meus sapatos. Meu pai se recusara, por princípio, a me comprar o tênis de basquete que eu queria, lá em Fargo. Disse que eu não precisava de tênis novo, o que era verdade. Cappy tinha o tênis que eu queria. Ele também tinha colocado as mãos no bolso e olhava para o chão, balançando a cabeça para a frente e para trás. Foi estranho, ele disse o que eu estava pensando, só que mentiu.

Você tem o tênis que eu queria.

Não, você é que tem o tênis que eu queria.

Certo, disse ele, vamos trocar.

Trocamos os tênis. Assim que calcei os dele, me dei conta de que seus pés eram um tamanho maior. Ele caminhou para longe de mim com os pés encolhidos. Tinha ouvido o que eu dissera ao telefone.

Entramos na casa da vovó e é claro que o bife já estava na frigideira, com uma cebola. O cheiro teve um efeito maravilhoso e minha barriga roncou. Eu queria pegar qualquer coisa que pudesse enfiar na boca. Havia uma pilha de sanduíches de geleia em cima da mesa, para darmos uma forrada. Comi um. Ela estava de costas, diante do fogão, e em cima da mesa havia uma tigela de pequenas maçãs secas e doces. Tinha uma macieira atrás do prédio dos idosos e vovó sempre colhia as maçãs. Colhia todas as maçãs da árvore, cortava-as em fatias finas e as colocava para secar no forno, cobrindo as fatias com açúcar e canela. Comi mais um sanduíche de pão branco com geleia. Ela tinha colocado os pratos na mesa e toalhas de papel em cima deles, para absorver a gordura das rabanadas.

Wiisinig, comam, disse ela sem se virar.

Peguei umas fatias de maçã e pus sobre a língua. Olhei para Cappy. Comemos mais um sanduíche cada um e ficamos ali parados, hipnotizados enquanto ela começava a virar as rabanadas. Cada um então pegou um prato e ficamos em pé do lado dela. Ela tirou as rabanadas do óleo borbulhante com um pegador e serviu os nacos dourados e redondos em nossos pratos. Nós agradecemos. Ela botou sal e pimenta na carne. Despejou uma lata de tomates e outra de feijão. Continuamos em pé ali, com nossos pratos estendidos. Ela serviu grandes porções da mistura de carne em cima dos pães fritos. Na mesa, havia um bloco do queijo subsidiado pelo governo. Estava congelado, o que facilitava na hora de cobrir a carne com ele. A fome era tanta que nos sentamos na mesa mesmo. Zack e Angus estavam do lado de fora das portas deslizantes, no pátio. Ela preparou os tacos índios para eles, como os nossos, e os chamou para dentro. Eles se sentaram no sofá e comeram.

Por um bom tempo, ninguém disse nada. Apenas comíamos e comíamos. Vovó cantarolava enquanto cozinhava no fogão. Era pequena e magra, sempre com um vestido florido em tons pastel, meias vermelhas enroladas para baixo como se fosse um toque fashion, e mocassins feitos por ela mesma, de couro de veado. As duas tias de Cappy curtiam peles de animais em seus quintais. Os quintais fediam, mas as peles ficavam perfeitas. Todos os verões, davam uma camurça macia para vovó. Seus mocassins eram enfeitados com pequenas flores cor-de-rosa. Ela prendia os longos cabelos finos e brancos num barrete e usava brincos de conchas brancas. Mantinha uma expressão desdenhosa e astuta no rosto, os olhos eram duas pequenas bolinhas negras e penetrantes. O olhar jamais era doce ou afetuoso, mas sempre alerta e frio. Isso pode parecer estranho em alguém que cozinhava para os garotos. Mas, enfim, ela sobrevivera a diversas mortes e outras perdas e não lhe sobravam sentimentos. À medida que nos entupíamos, comíamos mais devagar. Todos queríamos terminar exatamente ao mesmo tempo, comer e ir embora. Mas vovó Thunder iniciou uma segunda rodada e começamos tudo de novo, comendo ainda mais devagar agora, e ainda mudos. Quando terminei, agradeci e levei meu prato para a pia. Eu já ia dizer que precisava ir para casa quando a sra. Bijiu entrou, sem bater. A pior de todas. Uma mulher gorducha, agitada e barulhenta, imediatamente sentou na minha cadeira e disse: Aaaaaaaaaah!

    Eia, eles comeram bem, disse vovó Thunder.

    Tanque cheio, disse Angus.

    Precisamos ir embora, *Kookum*, disse Zack.

    Apijigo miigwech, disse Cappy. *Minopogoziwag ingiw zaasakok waanag*. Ele sabia que, para realmente alegrar as velhas, devia falar na língua indígena, mesmo sem muita certeza de estar usando as palavras certas.

    Ouçam só esse *Anishinaabe*! Elas de fato ficaram felizes com ele.

    Vão logo..., vovó acenou em direção à porta, satisfeita por termos ido procurá-la.

    Esse aqui, esse aqui mesmo, disse a sra. Bijiu apontando para mim com a cabeça, súbita e intensamente. Está que é um osso duro.

    Nosso ânimo despencou com a expressão.

    Osso duro! A voz de vovó Thunder se animou. Ela se levantou da cadeira. Vou te dizer quem tem um osso duro nas calças ultimamente.

    Jesus Cristo!, exclamou a sra. Bijiu. Eu sei de quem você está falando. Napoleon. Aquele *akiwenzii* fica se esfregando por aí de noite e não sou eu que vou deixar o velho entrar. Mas ele está em ótima forma, nunca fica bêbado. Trabalhou duro a vida toda. Agora, se deita com uma mulher diferente todas as noites!

Garotos, prestem atenção, disse vovó Ignatia. Querem aprender uma coisa? Querem saber como manter seus pintinhos duros a vida toda? Sempre a postos? Tenham uma vida limpa, como o velho Napoleon. O álcool deixa vocês mais rápidos, e isso não é bom. Pão e gordura deixam vocês duros. Ele tem oitenta e sete anos e não só sobe rapidamente, mas aguenta cinco horas de uma vez.

Queríamos sair correndo, mas fomos chamados de volta por uma última revelação. Talvez estivéssemos pensando nos nossos três minutos na mata.

Cinco horas?, indagou Angus.

Porque ele nunca ficava de saliência por aí, desperdiçando sua seiva, gritou a sra. Bijiu. Era fiel à esposa!

Isso é o que ela achava, disse vovó Ignatia, tirando um lenço de dentro da manga.

As duas começaram a rir tão alto que quase engasgaram, e nós quase fugimos pela porta.

Além disso, ele jura que tem uma fórmula secreta.

Voltamos a prestar atenção.

Olha só como eles mudaram de ideia, as duas velhas riram. Será que devemos contar a fórmula secreta do Napoleon?

Se pão e gordura não funcionarem, ele pega pimenta vermelha e esfrega no seu... ali embaixo. A sra. Bijiu fez um certo movimento com a mão em cima do colo, com tanto vigor que nós demos um pulo para fora da porta. As gargalhadas animadas das duas velhas nos acompanharam pelo saguão. Pensei no que a pimenta vermelha tinha feito com Randall e seus amigos. Não havia o menor sinal de que a fórmula de Napoleon tivesse funcionado quando eles saíram correndo, nus, pelo gramado.

Acho que eu gostaria de uma opinião médica antes de experimentar a pimenta, disse para mim mesmo. Mas Angus ouviu. *Uma opinião médica* tornou-se uma daquelas expressões debochadas com que passaram a me provocar. Joe precisa de uma opinião médica. Joe, você já perguntou ao doutor se deveria fazer isso? Eu sabia, enquanto saíamos pelo corredor, que essa gozação não teria mais fim, como o Ops. Pouco antes de sairmos pela portaria do prédio dos idosos, pedi que esperassem. Tirei o tênis de Cappy.

Obrigado, disse-lhe.

Desfizemos a troca. Mas ainda creio que, se aquilo pudesse ter me ajudado, Cappy continuaria andando com o meu velho tênis apertando seus pés.

A luz dos dias intermináveis de verão em junho e o silêncio da terra nos quintais — todos de volta às suas camas ou cozinhas enquanto eu subia devagar com minha bicicleta pela rua. Pearl veio me encontrar quando contornei o canto da casa. Ela se mantinha alerta, olhando para mim, e nunca latia. Você sabia que era eu, falei. Muito bem. Ela se aproximou e abanou o rabo, quatro vezes apenas. Tinha um belo rabo felpudo e altivo, que não combinava com o pelo curto do corpo — ainda que estivesse de acordo com as orelhas longas e peludas de lobo. Farejou minha mão. Cocei suas orelhas até ela sacudir minha mão para longe. Estava faminta. Eu tinha pegado um dos sanduíches de geleia da vovó quando saí de lá e dei-o para Pearl. Ouvi vozes dentro da casa. Deixei minha bicicleta de lado e entrei discretamente. Tio Edward ainda estava lá, no escritório, com meu pai. A cozinha estava bagunçada, provavelmente tinham preparado um lanche. Esgueirei-me para dentro e parei do lado de fora do escritório. Estavam falando alto o suficiente para que eu os ouvisse lá do sofá. Eu podia ficar ouvindo e fingir que dormia quando saíssem. Pude deduzir na mesma hora, pelo tilintar do gelo nos copos, que estavam bebendo. Devia ser o Seagrams V.O., da garrafa que ficava atrás dos pratos, na prateleira mais alta. Estiquei-me para ouvir o que diziam.

Em todos esses anos de casados, nunca tínhamos dormido separados até agora, disse meu pai.

Claro que isso, ao mesmo tempo que me causava repulsa, também me fascinava. Segurei a respiração.

Ela está se isolando até mesmo do Joe. Não fala com ninguém do trabalho, é claro. Não recebe as visitas, nem mesmo sua velha amiga do colégio interno, LaRose.

Clemence disse que também está sendo cortada.

Geraldine. Ah, Geraldine! Deixou cair uma panela, e depois isso. Bem, sei que não foi isso. Eu a assustei, despertei o terror pelo incidente.

O incidente. Bazil.

Eu sei. Mas não posso mencionar isso.

E ele ficou em silêncio. Por fim, meu pai disse, o ataque. O estupro. Acho que estou enlouquecendo também, Edward. Não consigo acompanhar Joe.

Ele vai ficar bem. Ela vai sair disso, disse Edward.

Não sei. Ela está se afastando, ficando fora de alcance.

E quanto à igreja?, perguntou Edward. Será que ajudaria se Clemence a levasse à igreja? Você sabe o que eu penso disso, é claro, mas tem um novo padre de quem ela parece gostar.

Não acho que Geraldine vá encontrar algum conforto lá, depois de todos esses anos.

Todos sabíamos que minha mãe não foi mais à igreja depois que voltou do colégio interno. Ela nunca disse o motivo. Clemence nunca tentou levá-la também, pelo que eu sabia.

Mas e quanto a esse novo padre?, perguntou meu pai.

Interessante. Boa aparência, suponho. Se fizer o seu tipo. Papel principal.

Para quê?

Filme de guerra. Bangue-bangue de segunda. Um homem numa missão suicida. E, acima de tudo, ele é um ex-fuzileiro naval.

Ah, meu Deus, um assassino treinado que virou católico.

Um silêncio sepulcral caiu entre os dois, tão demorado que acabou por parecer ruidoso.

Meu pai se levantou. Ouvi seus passos. Ouvi o barulho sedoso da bebida sendo servida.

Edward, o que sabemos desse padre?

Não muito.

Pense.

Sirva-me outro. Ele é do Texas. Dallas. O mártir católico na parede de nossa cozinha. Dallas. É de onde veio esse padre.

Não conheço Dallas.

Mais corretamente, ele é de uma pequena cidade seca na periferia de Dallas. Tem uma arma. Eu o vi atirando nos esquilos do campo.

O quê? Isso é esquisito para um beneditino. Eles me parecem uma gente mais gentil e atenciosa.

Verdade, em geral, mas ele é novo, recém-ordenado. Ele é diferente de... mas, ah, quem é que se lembra do padre Damien? E, ah, ele é esperto. Faz uns sermões muito questionadores, Bazil. Às vezes me pergunto se é uma pessoa totalmente equilibrada ou, sei lá, se pode ser apenas... inteligente.

Espero que não seja como o anterior, que escreveu aquela carta desaforada para o jornal sobre os encantos fatais das mulheres Metis. Lembra como rimos daquilo? Meu Deus!

Se ao menos se tratasse de Deus. Às vezes, quando estou na Adoração com Clemence, começo a ver dobrado, como agora.

O que você vê?

Vejo dois padres, um espirrando água benta de um aspersório de prata, o outro com uma espingarda.

Uma espingarda de ar comprimido, é claro.

Uma espingarda de ar comprimido, isso. Mas ele é rápido, mortal e preciso.

Quantos roedores?

Uma dúzia ou mais. Todos os corpos no pátio.

Os homens fizeram uma pausa, depois Edward prosseguiu. Ainda assim, isso não faz dele...

Eu sei. Mas a casa redonda. Símbolo das velhas tradições pagãs. As mulheres Metis. Junte tudo numa fogueira só — a tentação e o crime, tudo ardendo como numa oferenda de fogo... oh, Deus.

A voz de meu pai falhou.

Calma, Bazil, calma, disse Edward. Estamos apenas conversando.

Mas a culpa do padre me pareceu plausível. Naquela noite, ali no sofá, onde ouvi sem que eles percebessem, eu achei que talvez fosse verdade o que havia escutado. Só precisávamos de provas.

Devo ter adormecido por pelo menos uma hora. Tio Edward e meu pai me acordaram quando foram para a cozinha, sacudindo os copos e apagando e acendendo as luzes. Ouvi meu pai abrir a porta e se despedir do tio Edward, e ouvi Pearl entrar. Ele falou com ela num tom calmo. Não parecia estar nem um pouco bêbado. Ouvi quando colocou comida no prato dela. Depois, o som de sua eficiente mastigação e trituração. A impressão era de que havia posto um ou dois pratos na pia, mas os deixou lá, sem lavar. Apagou a luz. Enfiei-me nas almofadas do sofá quando ele passou, mas não teria me notado, de qualquer jeito.

Meu pai tinha o olhar de tal forma fixo no alto da escada enquanto subia, degrau por degrau, vagarosamente, que me arrastei para fora do sofá para ver o que ele espiava — uma luz sob a porta do quarto, talvez. Do pé da escada, observei-o aproximar-se pé ante pé da porta, cujo contorno estava escuro. Parou ali e depois seguiu direto. Para o banheiro, imaginei. Mas não. Abriu a porta para o quartinho frio onde minha mãe costurava. Havia um estreito sofá-cama lá, mas era apenas para hóspedes. Nenhum de nós nunca dormira ali. Mesmo quando um deles estava gripado ou resfriado, dormiam na mesma cama. Jamais se protegiam das doenças um do outro.

A porta do quarto de costura estava fechada. Ouvi meu pai se mexendo lá dentro e esperei que fosse sair novamente de lá. Esperava que estivesse procurando alguma coisa. Mas a cama gemeu. E ele ficou em silêncio. Estava deitado lá, junto com a máquina de costura e as caixas de papelão cheias de tecidos bem-dobrados, com um painel perfurado que ele aparafusou na parede e de onde pendiam centenas de carretéis de linha coloridos, as tesouras de diferentes tamanhos, a fita métrica cuidadosamente enrolada e a almofada de alfinetes em formato de coração.

Subi a escada e tirei a roupa, sonolento, mas assim que minha cabeça bateu no travesseiro, me dei conta de que meu pai nem sequer verificara se eu estava em casa. Tinha esquecido completamente de mim. Fiquei deitado na cama, insone, revoltado. Repassava sem parar os acontecimentos do dia. Fora um dia cheio de informações e descobertas traiçoeiras. Relembrei tudo uma vez mais. Depois, retrocedi um pouco, até a noite da panela no chão. Até o pesar tenso dos sentimentos reprimidos enquanto minha mãe flutuava escada acima, até a ansiedade abafada de meu pai enquanto líamos à luz do abajur. Com todo o meu ser, desejei voltar para antes de tudo isso acontecer. Eu queria entrar novamente na nossa cozinha cheirosa e sentar à mesa de minha mãe, antes de ela ter me batido e de meu pai esquecer da minha existência. Queria ouvir minha mãe dar sua risada até roncar. Queria recuar no tempo e impedi-la de voltar ao escritório para buscar seus arquivos naquele domingo. Não parava de pensar em como teria sido fácil ter entrado no carro com ela naquela tarde. Como eu poderia ter me oferecido para aquela tarefa. Eu tinha entrado naquele sulco de remorso — semeado com as sementes do ressentimento — típico dos jovens.

Quando eu entrava no modo de ressentimento, ressentia-me de tudo em que conseguia pensar, até mesmo da pasta que ela fora buscar. Aquela pasta. Alguma coisa me incomodava. A pasta em si. Ninguém tinha mencionado aquilo. Por que ela havia voltado para buscar uma pasta? O que tinha nela? Eu voltara a sentir um arrependimento frágil. Mas eu perguntaria a ela. Ia descobrir mais sobre o que a levara de volta naquele domingo. Houve, lembrei então, um telefonema. Houve um telefonema e o som da voz dela atendendo. Depois ela começou a andar pela casa, arrumando coisas, batendo pratos, agitada, embora só agora eu fizesse a ligação entre uma coisa e outra.

Depois saiu, mencionando a pasta.

Por fim, minha mente desacelerou, filtrando os pensamentos em imagens. Eu estava quase dormindo quando ouvi Pearl se aproximar da janela do quarto. Suas unhas batiam na madeira nua do piso. Virei-me para a janela e abri os olhos. Pearl estava paralisada, as orelhas viradas para a frente, os sentidos concentrados em algo lá fora. Imaginei um guaxinim, ou um gambá. Mas o reconhecimento paciente com que observava, sem latir, despertou-me inteiramente. Arrastei-me para fora da cama até a janela alta, o batente não chegava a meio metro do chão. O luar iluminava o contorno das coisas, sugerindo imagens feitas de sombras. Ajoelhando-me ao lado de Pearl, consegui distinguir o vulto.

Estava no limite do quintal, no emaranhado de galhos. Enquanto eu observava, suas mãos afastaram os ramos e ele olhou na direção da minha janela. Consegui distinguir seus traços claramente — linhas bem-marcadas, a expressão com um travo de amargura, os olhos fundos sob sobrancelhas retas, o denso cabelo prateado —, mas não sabia dizer se essa criatura era homem ou mulher, ou mesmo se estava vivo ou morto, ou em algum estado entre uma coisa e outra. Embora eu não estivesse exatamente alarmado, tinha a nítida sensação de que aquilo que eu via era irreal. Não era humano e, ainda assim, tampouco totalmente inumano. A criatura me viu e meu coração disparou.

Pude ver aquele rosto bem de perto. Havia um brilho por trás de sua cabeça. Os lábios se moviam, mas não consegui entender o que dizia, pareciam apenas repetir as mesmas palavras. As mãos recuaram e os galhos se fecharam diante dele. A criatura se foi. Pearl deu três voltas em torno de si e voltou a acomodar-se no tapete. Adormeci assim que deitei a cabeça no travesseiro, exausto, talvez, pelo esforço mental necessário para admitir aquele visitante na minha consciência.

Meu pai comprou um relógio novo, muito feio, e voltamos a ouvir o tique-taque no silêncio da cozinha. Eu estava de pé diante dele. Fiz duas torradas para mim e as comi em pé, depois fiz mais duas e as coloquei num prato. Ainda não tinha progredido para os ovos, nem aprendera a fazer massa de panqueca. Isso viria mais tarde, depois que eu me acostumasse ao fato de que começara a ter uma vida separada da vida dos meus pais. Depois que eu começasse a trabalhar no posto de gasolina. Meu pai entrou enquanto eu me sentava com as torradas. Resmungou algo e não percebeu que não respondi. Ainda não tinha começado com o café. Em breve, retornaria à vida. Preparou a bebida do jeito antigo, medindo o café moído num bule esmaltado com um ovo dentro para manter o pó no lugar. Pousou a mão de leve no meu ombro. Eu a sacudi. Vestia seu velho roupão azul de lã, com o brasão dourado esquisito. Sentou-se para esperar o café ferver e me perguntou se eu tinha dormido bem.

 Onde?, perguntei. Onde você acha que eu dormi na noite passada?

 No sofá, respondeu ele, surpreso. Ressonava como um cabeça de vento. Eu te cobri com um cobertor.

 Ah, respondi.

 A cafeteira chiou, ele se levantou, apagou o fogo e se serviu.

 Acho que vi um fantasma ontem de noite, contei a ele.

 Ele se sentou na minha frente e olhei-o nos olhos. Eu tinha certeza de que ele ia explicar o incidente e me contar como e por que eu havia me enganado. Estava certo de que diria, como os adultos devem dizer, que fantasmas não existem. Mas apenas olhou para mim, com olheiras inchadas sob os olhos, as rugas escuras se fixando de maneira permanente. Percebi que não tinha dormido bem, ou que nem sequer tinha dormido.

O fantasma ficou parado na beira do quintal, falei. Parecia uma pessoa de verdade.

Sim, eles estão lá fora, respondeu meu pai.

Levantou-se e serviu outra xícara de café, para levar para minha mãe. Quando saiu da cozinha, fui tomado por uma sensação de alarme que logo se transformou em fúria. Olhei com raiva para as costas dele. Ou não tinha se importado de propósito em aplacar meus temores, me contestando, ou simplesmente não me ouvira. E seria verdade que tinha me coberto? Eu não vi cobertor nenhum. Quando voltou, falei agressivamente.

Fantasma. Eu falei fantasma. O que você quis dizer com "eles estão lá fora"?

Serviu-se de mais café. Sentou-se na minha frente. Como sempre, recusou-se a se deixar perturbar por minha raiva.

Joe, disse ele. Eu trabalhei num cemitério.

E daí?

De vez em quando aparecia um fantasma, e daí? Os fantasmas estavam lá. Às vezes eles aparecem, como se fossem pessoas. Reconhecia alguns, de vez em quando, como alguém que eu tinha enterrado, mas em geral não se parecem muito com seus antigos eus. Meu velho chefe me ensinou a identificá-los. Parecem um pouco mais apagados do que os vivos, e apáticos também, ainda que irritáveis. Andam por lá, balançando a cabeça diante das sepulturas, olhando para árvores e pedras, até encontrar as próprias covas. Aí ficam parados lá, confusos, talvez. Nunca me aproximei deles.

Mas como você sabia que eram fantasmas?

Ah, a gente sabe e pronto. Você não soube que a coisa que você viu era um fantasma?

Respondi que sim. Ainda estava furioso. Isso é ótimo, falei. Agora também temos fantasmas.

Meu pai, tão estritamente racional que se recusara a comungar, e depois a até mesmo comparecer às missas, acreditava em fantasmas. Na verdade, até mesmo tinha informações sobre fantasmas que jamais mencionara para mim. Se o tio Whitey tivesse me contado essas coisas sobre fantasmas andando por aí parecendo gente normal, eu saberia que ele estava só querendo me assustar. Mas o humor do meu pai era diferente e eu sabia que, naquele caso, não estava mexendo comigo. E como estava levando meu fantasma a sério, perguntei-lhe o que de fato queria saber.

Certo. Então por que ele estava lá?

Meu pai hesitou.

Por causa da sua mãe, provavelmente. São atraídos por perturbações de todo tipo. Mas, enfim, às vezes um fantasma é alguém do seu futuro. Uma pessoa que desliza pelo tempo, acho que por algum engano. Quem me falou isso foi minha mãe.

A mãe dele, minha avó, era de uma família de xamãs. Ela falava muito dessas coisas, que parecem estranhas a princípio, mas que se tornam verdade mais tarde na vida.

Ela diria para prestar atenção a esse fantasma. Ele pode estar tentando te dizer alguma coisa.

Baixou a xícara de café na mesa e eu me lembrei de que ele tinha dormido no quartinho de costura, e não ao lado da minha mãe, e que ele e tio Edward desconfiavam que o padre fosse suspeito, e que tinham suposto ainda mais coisas que eu não sabia, pois eu havia adormecido. O padre, o galão de gasolina, a pilha de roupas fedorentas, os casos do tribunal, tudo se juntava num emaranhado confuso. Minha garganta ficou ressecada e não consegui engolir. Fiquei sentado ali. Ele ficou sentado na minha frente. O fantasma viera por causa da minha mãe, ou para me dizer alguma coisa.

A última coisa que eu desejava saber era algo que um fantasma quisesse me contar, falei.

Naquele momento, me dei conta de que Randall também tinha visto algo parecido, o que me aliviou. Se esse fantasma, ou o que quer que aquilo fosse, estivesse atrás de Randall, ele poderia resolver com seus remédios. Ele espalhava tabaco. Eu espalharia tabaco. O fantasma iria embora, ou talvez pudesse ajudar minha mãe. Quem sabe? Ela estava lá em cima, com o café esfriando na mesa de cabeceira. Eu sabia que ela não tocaria na xícara, que estaria lá mais tarde. Uma camada oleosa teria se formado sobre aquele troço frio e nojento. Deixaria um círculo escuro na xícara. Tudo o que levávamos para ela voltava com uma mancha ou uma crosta, ou frio, congelado ou duro. Eu estava enjoado de buscar as coisas estragadas dela para jogar fora.

Meu pai baixou a cabeça e apoiou-a na mão fechada. Fechou os olhos. O tique-taque do relógio tomava conta da cozinha ensolarada. Em torno do relógio, havia uma espécie de coroa de raios. Mas os raios eram feitos de plástico e o troço parecia mais um polvo dourado. Mesmo assim, fiquei olhando para o relógio, pois, se olhasse para baixo, teria que ver o alto da cabeça de meu pai. Olhar para aquele couro cabeludo marrom e a mancha estreita de cabelos grisalhos me faria perder o controle. Eu iria desabar, pensei, se olhasse para baixo.

Então eu disse: Mas, papai, é só um fantasma. Podemos nos livrar dele.

Meu pai se ajeitou e esfregou o rosto com as mãos. Eu sei, disse. Não tem porcaria de mensagem nenhuma e nem veio atrás dela. Ela vai melhorar, vai superar isso tudo. Vai voltar a trabalhar na semana que vem. Me falou alguma coisa sobre isso. E está lendo livros, quero dizer, uma revista, pelo menos. Clemence trouxe algumas leituras leves para ela. *Reader's Digest*. Mas é uma coisa boa, não é? O fantasma. Como você acha que vamos nos livrar dele?

O padre Travis, respondi. Ele pode abençoar nosso quintal, sei lá.

Meu pai tomou um gole de café e seus olhos me investigaram por cima da xícara. Percebi que se enchiam com alguma energia. Parecia um pouco com seu antigo eu. Sabia quando estava escutando alguma idiotice.

Então você estava acordado, disse. Ouviu a nossa conversa.

Sim, e sei mais coisas, respondi. Fui até a casa redonda.

Capítulo Cinco
A hora nua

Quando a chuva morna de junho cair, disse meu pai, e as violetas se abrirem. Então ela descerá. Ela ama o cheiro das violetas. Um antigo canteiro, plantado pelo administrador da fazenda da reserva, florescia na parte mais baixa do quintal. Mamãe sentia saudades de sua exuberância. A face tênue das flores brilhava e as rosas silvestres se abriam nas valas num inocente cor-de-rosa. Sentia falta delas também. Mamãe cultivava suas plantas desde as sementes ao longo de todos os anos, desde que eu me lembrava. As caixas de leite com mudas eram colocadas no balcão da cozinha e nos batentes de todas as janelas voltadas para o sul em abril — mas as mudas de amores-perfeitos eram as únicas que resistiam a ser plantadas do lado de fora. Depois daquela semana, esquecêramos de cuidar de todas as outras. Encontramos os talos frágeis secos e quebradiços. Papai jogou as mudas e a terra nos fundos e queimou as caixas de leite junto com o lixo, destruindo as provas de nossa negligência. O que não significa que ela tivesse percebido.

Na manhã em que contei ao meu pai sobre a casa redonda, ele empurrou a cadeira para trás, levantou-se e me deu as costas. Quando se voltou, tinha o rosto calmo e disse que conversaríamos mais tarde. Íamos levar minha mãe para o jardim. Agora. Ele havia comprado plantas ornamentais caras de uma estufa arruinada que ficava a uns vinte quilômetros da reserva. Os fundos das caixas de papelão e bandejas plásticas foram colocados na sombra. Havia petúnias vermelhas, roxas, rosa e rajadas. Girassóis amarelos e laranja. Havia miosótis azuis, margaridas Shasta, calêndulas lavanda e flores de lírio-tocha de um vermelho vivo. Papai deu-me as instruções. Coloquei cada uma das plantas nos canteiros. Mamãe tinha uma roda de trator pintada de branco e cheia de terra, e retângulos de terra combinando ao lado dos degraus da entrada. Acrescentei lobélias e ibéris aos amores-perfeitos nos canteiros estreitos que ladeavam o caminho para a garagem. Deixei todas com as finas etiquetas plásticas para que ela visse. De tempos em tempos, enquanto trabalhava, pensava nos arquivos. O fantasma. Os fragmentos e peças da confusão. A casa redonda. Começava a detestar as conversas com meu pai. Novamente os arquivos. E a implicância com o padre, depois os Lark, e de novo o padre. Mamãe tinha sua horta atrás de casa — ainda estava coberta de palha. Depois que plantei as flores, dei a volta para empilhar os vasos plásticos e guardar as ferramentas.

Deixe isso para fora. Vamos afofar a terra na horta da sua mãe, disse papai.

Para quê?

Ele apenas me devolveu a pá que eu tinha largado e apontou para a beira do quintal, onde mudas de cebola e de tomates e pacotes de sementes de vagem e de ipomeias estavam à espera. Trabalhamos juntos por mais uma hora. Quando terminamos com metade da terra, era hora do almoço. Ele saiu para comprar o resto das plantas. Eu entrei. Estava incumbido de cuidar da minha mãe. Olhei ao redor da cozinha. Havia uma lata de apresuntado no balcão, com uma chave presa na tampa para abri-la. Preparei um sanduíche para mim, comi, e bebi dois copos de água. Havia um pacote de biscoitos recheados de geleia vermelha. Comi um punhado. Fiz então outro sanduíche, coloquei-o num prato com dois biscoitos como decoração. Subi a escada com o prato de comida e um copo de água. Pearl aprendera a ficar de olho e roubar a comida deixada na porta do quarto, por isso agora sempre levávamos os pratos para dentro do quarto. Equilibrei o prato em cima do copo e bati na porta. Nenhuma resposta. Bati mais forte.

Entre, respondeu minha mãe. Entrei. Uma semana tinha se passado desde que ela subira aquelas escadas e o quarto ficara com um odor abafado. O ar estava pesado com sua respiração, como se ela houvesse sugado todo o oxigênio. Ela mantinha as persianas fechadas. Eu queria deixar o sanduíche ali e sair correndo. Mas ela me pediu para sentar.

Deixei o sanduíche e a água na mesa de cabeceira quadrada, da qual eu tinha recolhido tantos sanduíches estragados, copos pela metade e tigelas de sopa fria. Se ela havia comido alguma coisa, eu não tinha visto. Puxei a cadeira leve com o assento forrado para perto da cama. Achei que fosse querer que eu lesse para ela. Clemence e meu pai escolhiam os livros — nada triste ou perturbador. O que significava romances chatos (Harlequin) ou velhas versões condensadas de *Reader's Digest*. Ou aqueles *Favorite Poems*. Papai tinha marcado "Invictus" e "High Flight", que eu lia. Eles provocavam uma risada seca em minha mãe.

Estiquei a mão para acender sua luz de cabeceira — ela não queria abrir a persiana para deixar a luz entrar pela janela. Antes de eu tocar o interruptor, ela segurou meu braço. O rosto era uma mancha pálida no ar opaco e seus traços estavam marcados pelo cansaço. Ela perdera todo o peso, apenas ossos saltados. Os dedos apertaram meus braços com força. A voz estava rouca, como se tivesse recém-acordado.

Ouvi vocês dois. O que estavam fazendo lá fora?
Cavando.
Cavando o quê? Uma cova? Seu pai cavava sepulturas.
Soltei suas mãos e me afastei dela. Sua expressão de aranha era repugnante e as palavras, muito estranhas. Sentei-me na cadeira.

Não, mãe, não eram covas. Falei cuidadosamente. Estávamos afofando a terra de sua horta. E antes disso, eu estava plantando flores. Flores para você olhar, mãe.

Para eu olhar? Eu olhar?
Ela se virou, desviando-se de mim. O cabelo tinha um aspecto oleoso no travesseiro, ainda preto, apenas alguns fios brancos. Dava para ver sua espinha nitidamente através da camisola fina, os ombros pareciam dois nós. Os braços haviam se transformado em gravetos.

Fiz um sanduíche para você, disse a ela.
Obrigada, querido, ela murmurou.
Quer que eu leia para você?
Não, está tudo bem.
Mamãe, preciso falar com você.
Nada.
Preciso falar com você, repeti.
Estou cansada.

Você está sempre cansada, mas está dormindo o tempo todo.

Ela não respondeu.

Foi só um comentário, falei.

Fui atingido por seu silêncio.

Você não consegue comer? Você ia se sentir melhor. Não pode se levantar? Não pode... voltar a viver?

Não, ela respondeu imediatamente, como se houvesse pensado sobre isso também. Não consigo. Não sei por quê. Não consigo e pronto.

Ainda estava de costas para mim, os ombros começaram a tremer levemente.

Está com frio? Levantei, cobri seus ombros com o cobertor e voltei a me sentar na cadeira.

Plantei aquelas petúnias rajadas que você gosta. Olha! Tirei as pequenas etiquetas plásticas do bolso e espalhei-as pela cama. Mãe, plantei todos os tipos de flores. Plantei ervilhas-de-cheiro.

Ervilhas-de-cheiro?

Não tinha plantado ervilhas-de-cheiro, na verdade. Não sei por que disse aquilo. Ervilhas-de-cheiro, repeti. Girassóis! Também não tinha plantado girassóis.

Os girassóis vão ficar enormes!

Ela se virou na cama e olhou para mim. A pele estava cinza em torno dos olhos fundos.

Mamãe, preciso falar com você.

Sobre os girassóis? Joe, eles vão fazer sombra em cima das outras flores.

Talvez fosse melhor plantá-los em outro lugar, disse. Tenho que falar com você.

Sua expressão se abateu. Estou cansada.

Mãe, eles te perguntaram sobre aquele arquivo?

O quê?

Ela olhou para mim com um terror súbito, os olhos se cravando no meu rosto.

Não tinha nenhum arquivo, Joe.

Tinha sim. O arquivo que você foi buscar no dia do ataque. Você me disse que ia buscar um arquivo. Onde está?

O terror em seu rosto se transformou em pânico.

Eu não te falei nada, Joe. Você imaginou isso, Joe.

Seus lábios tremiam. Ela se encolheu feito uma bola, enfiou os punhos fechados na boca e apertou os olhos.

Ouça, mãe. Você não quer que a gente pegue aquele homem?

Ela abriu os olhos. Pareciam dois poços negros. Não respondeu.

Ouça, mãe. Vou achar aquele homem e vou queimá-lo. Vou matá-lo para você.

Ela se sentou repentinamente, reativada, como se levantasse dos mortos. Não! Você, não. Não ouse. Ouça, Joe, você tem que me prometer. Você não vai atrás dele. Não vai fazer nada.

Sim, eu vou, mãe.

Esse rompante de reação súbita disparou algo em mim. Continuei a provocá-la.

Vou fazer isso. Nada vai me impedir. Sei quem é ele e vou atrás dele. Você não pode me impedir porque está de cama. Não consegue sair. Você está presa aqui. E aqui está fedendo. Sabia que está fedendo aqui dentro?

Fui até a janela e já ia abrir a persiana quando minha mãe falou comigo. Quero dizer, minha mãe de antes, aquela que podia me dizer o que fazer, foi ela que falou comigo.

Pare com isso, Joe.

Voltei-me para ela. Estava se sentando. Não havia uma gota de sangue em seu rosto. Sua pele tinha um tom pastoso, sem brilho. Mas ela olhou para mim e falou comigo de maneira firme e impositiva.

Agora você me escute, Joe. Você não vai me atormentar nem me pressionar. Vai me deixar pensar da maneira como quero pensar, aqui. Preciso me curar do jeito que conseguir. Você vai parar de me fazer perguntas e não vai me deixar preocupada. Você não vai atrás dele. Você não vai me aterrorizar, Joe. Já sinto medo suficiente para toda a vida. Você não vai aumentar meu medo. Você não vai aumentar meu sofrimento. Não vai fazer parte disso.

Fiquei em pé junto dela, novamente pequeno.

Disso o quê?

De tudo isso. Ela fez um gesto em direção à porta. Tudo isso é uma violação. Encontrá-lo, não encontrá-lo. Quem é ele?

Você não faz ideia. Nenhuma. Você não sabe. E jamais saberá. Apenas me deixe dormir.

Está certo, respondi, e saí do quarto.

Ao descer a escada, meu coração ficou gelado. Fiquei com a sensação de que ela sabia quem tinha sido. Com certeza escondia alguma coisa. O fato de ela saber quem tinha sido foi um soco no meu estômago. Minhas costelas doíam. Fiquei sem fôlego. Fui direto para a cozinha e saí pela porta dos fundos, para a luz do sol. Sorvi a luz do sol em grandes goles. Era como se eu estivesse preso a um cadáver furioso. Pensei em arrancar cada uma das flores que havia plantado e pisotear as mudas no chão. Mas Pearl veio para perto de mim. Senti minha raiva se apagando.

Vou te ensinar a buscar um graveto, disse.

Fui até o fim do quintal e peguei um toco de pau. Pearl trotou atrás de mim. Abaixei, peguei o toco e me preparei para jogá-lo, mas um borrão passou diante de mim e o toco foi arrancado violentamente da minha mão. Virei-me. Pearl estava a poucos passos, com o toco na boca.

Solte, eu disse. Ela pôs as orelhas de lobo para trás. Eu estava furioso. Cheguei perto e agarrei uma ponta do toco para tirá-lo de sua boca, mas ela rosnou ameaçadoramente e eu soltei.

Certo, eu disse. Então esse é o seu jogo.

Afastei-me alguns passos e peguei outro toco de pau. Agitei-o no ar para jogá-lo. Pearl soltou o toco e disparou na minha direção, com clara intenção de arrancar meu braço. Soltei o toco. Uma vez no chão, ela o farejou, satisfeita. Tentei mais uma vez. Abaixei-me para pegar o toco novamente e, assim que fechei a mão em torno dele, Pearl se aproximou e segurou meu pulso com os dentes. Soltei-o lentamente. As mandíbulas eram tão fortes que ela poderia ter partido o osso. Levantei-me com cuidado, a mão vazia, e ela soltou meu braço. Os dentes ficaram marcados, mas não havia nenhuma perfuração, nem mesmo um arranhão.

Então você não brinca de ir buscar o toco, já entendi, disse a ela.

Meu pai estacionou e tirou outra caixa de mudas caras do bagageiro do carro. Nós as levamos para os fundos e deixamos junto ao canteiro de verduras. Durante todo o resto da tarde, removemos a palha velha, capinamos e preparamos a terra preta. Separamos as raízes velhas e caules mortos, quebramos os blocos de terra para que o solo ficasse fofo e fino. A terra estava profundamente úmida sob a superfície. Densa. Comecei a gostar do que estava fazendo. O solo sugava minha raiva. Pegamos as mudas nos vasos, soltamos delicadamente as raízes antes de acomodá-las nos buracos e ajeitar a terra em torno dos caules. Depois, trouxemos baldes, regamos as mudas e ficamos por ali.

Meu pai tirou um charuto do bolso, olhou para mim e guardou-o de volta.

O gesto me deixou novamente furioso.

Você pode fumar isso aí, se quiser, eu disse. Eu não vou começar. Não vou ser que nem você.

Aguardei a raiva dele suplantar a minha, mas fiquei desapontado.

Vou esperar até mais tarde, disse ele. Não terminamos nossa conversa, não é mesmo?

Não.

Vamos trazer as cadeiras de jardim para fora.

Montei as duas espreguiçadeiras onde podíamos observar nosso trabalho. Enquanto ele estava longe, peguei o galão vazio de gasolina e o coloquei debaixo da minha cadeira. Papai trouxe uma caixa de suco de limão e dois copos. Percebi, pelo tempo que demorou, que tinha levado um copo para ela também. Sentamo-nos com nossos copos de limonada.

Você não perde um detalhe, Joe, disse ele afinal. A casa redonda.

Tirei o galão de gasolina de debaixo da cadeira e coloquei no chão, entre nós dois.

Meu pai olhou para ele.

Onde...?, perguntou ele.

Estava logo abaixo da casa redonda, no mato. Uns cinco metros para dentro do lago.

Dentro do lago...

Ele deixou afundado dentro do lago.

Deus todo-poderoso.

Ele esticou a mão para tocar o galão, mas encolheu o braço de volta. Colocou a mão no braço de alumínio da cadeira. Apertou os olhos para observar as pequenas mudas cuidadosamente plantadas no jardim, depois, devagar, muito devagar, voltou-se para mim sem piscar, com aquele olhar que eu antes achava destinar-se a assassinos, até descobrir que ele lidava apenas com ladrões de galinha.

 Se eu pudesse te dar uma surra, disse, eu faria isso. Mas simplesmente... Eu seria incapaz de te machucar. Além disso, tenho certeza de que, se eu te desse uma surra, não adiantaria nada. Na verdade, faria você se voltar contra mim. Você começaria a fazer as coisas escondido. Então, tenho que te pedir, Joe. Tenho que pedir que pare com isso. Chega de ir atrás do agressor. Chega de ir atrás de pistas. Sei que é minha culpa, pois eu te pus para ler aqueles casos que eu separei. Mas agi errado envolvendo você. Você é curioso demais, Joe. Você me surpreendeu muito. É pena. Você poderia... Se alguma coisa te acontecesse...

 Não vai acontecer nada comigo!

 Eu esperava que meu pai se sentisse orgulhoso. Que soltasse um daqueles seus assobios de surpresa. Esperava que ele me ajudasse a planejar o que fazer em seguida. Como preparar a armadilha. Como pegar o padre. Em vez disso, estava levando um sermão. Encostei-me na cadeira e chutei o galão de gasolina.

 Muito francamente, Joe. Me escute, esse cara é um sádico. Muito além dos limites, uma pessoa que não tem nenhuma... muito além de...

 Muito além da *sua jurisdição*, eu disse. Havia um toque de sarcasmo juvenil na minha voz.

 Bem, você entende um pouco de questões de jurisdição, disse ele, percebendo meu sarcasmo e ignorando-o. Joe, por favor. Estou te pedindo como pai para parar com isso. É um assunto policial, está entendendo?

 De quem? Tribal? Locais? FBI? Eles estão pouco se importando.

 Ouça, Joe, você conhece Soren Bjerke.

 Sim, respondi. Eu me lembro do que você disse sobre os agentes do FBI indicados para cuidar do território indígena.

 O que foi que eu disse?, perguntou ele, temeroso.

 Disse que, se foram indicados para o território indígena, eram novatos ou tinham problemas com a autoridade.

 Disse mesmo?, perguntou meu pai. Ele assentiu, quase com um sorriso.

Soren não é um novato, disse ele.

Certo, papai. Então por que não achou o galão de gasolina?

Não sei, disse meu pai.

Eu sei. Porque ele não se importa com ela. Não de verdade. Não como nós.

Eu tinha me deixado tomar pela fúria agora, ou me deixado levar por cada uma daquelas porcarias de flores de estufa que jamais conseguiriam chamar a atenção de minha mãe. Parecia que qualquer coisa que meu pai fizesse, ou dissesse, era calculado para me deixar louco. Eu estava sufocando ali, sozinho com meu pai naquele fim de tarde silencioso. Uma nuvem cerrada fervia ao meu redor — subitamente, não queria outra coisa a não ser escapar de meu pai e de minha mãe, romper a teia de culpa e proteção deles e de todos aqueles sentimentos repugnantes e desconhecidos.

Preciso ir.

Um carrapato começou a subir pela minha perna. Levantei a calça, peguei-o e o destrocei furiosamente entre as unhas.

Está certo, disse meu pai em voz baixa. Para onde você quer ir?

Qualquer lugar.

Joe, ele disse cuidadosamente. Eu deveria ter dito como me sinto orgulhoso de você. Como me orgulho por você amar tanto sua mãe. Orgulhoso de como descobriu isso. Mas você precisa entender que, se alguma coisa acontecer com você, Joe, que eu e sua mãe... nós não suportaríamos. Você nos dá vida...

Eu dei um pulo. Pontos amarelos pulsavam diante dos meus olhos.

Vocês *me* deram vida, eu disse. É assim que deveria funcionar. Então, me deixem fazer o que eu quero com ela.

Corri para minha bicicleta, subi nela e saí pedalando, contornando-o. Ele tentou me segurar em seus braços, mas eu me esquivei na última hora e pedalei com mais força, escapando de seu alcance.

* * *

Eu sabia que meu pai ligaria para a casa de Clemence e Edward. O posto de gasolina estava fora de cogitação pelo mesmo motivo.

Os pais de Cappy e de Zack também tinham telefone. Sobrava Angus. Pedalei direto para a casa dele, onde o encontrei esmagando o lote de cerveja da noite anterior. Nenhuma das latas era Hamm. Angus tinha o rosto arranhado e os lábios inchados. O fato é que, de vez em quando, Star o surrava com um cinto. E quando ficava bêbado, Elwin dava um jeito disfarçado de encurralar Angus e estapeá-lo — e quase morria de rir. Quem dera ele morresse. Além disso, havia um monte de outros garotos que não gostavam do cabelo de Angus, ou de alguma outra coisa, ou de qualquer coisa. Ele ficou feliz ao me ver.

Aqueles babacas de novo?

Deixa pra lá, respondeu. E entendi que tinha sido sua tia ou Elwin.

Enquanto ajudava Angus a amassar as latas na terra dura como pedra atrás do prédio, contei-lhe o que ouvira meu pai e Edward comentarem sobre o padre, na noite anterior.

Tínhamos que descobrir se o padre bebia Hamm, falei. Os padres nunca bebem?

Se eles bebem?, perguntou Angus. Bebem como o diabo, claro que sim. Começam com o vinho, na missa. E depois enchem a cara todas as noites.

A cada vez que Angus amassava uma lata, seu cabelo voava feito um tapete marrom. Ele tinha um rosto redondo, cílios longos e inocentes. Os dentes eram grandes e desordenados, revelados pelo lábio inferior inchado, apareciam brilhantes e ameaçadores como num rosnado.

Quero ir à missa, falei.

Angus parou com o pé erguido a meio caminho. O quê? Você quer ir à missa? Para quê?

Vai ter missa?

Claro, tem uma às cinco horas. Ainda dá tempo de ir.

A tia de Angus era tão religiosa quanto Clemence, embora eu duvidasse de que ela confessasse que espancava Angus.

A gente pode dar uma olhada naquele padre, eu disse.

Padre Travis.

Isso.

Beleza, cara.

Angus subiu até o apartamento da tia e desceu com o banco de sua BMX cor-de-rosa. Encaixou-o no quadro e prendeu com um parafuso. Guardou a chave de fenda no bolso. Whitey sugeriu essa estratégia e lhe deu a chave quando roubaram sua segunda bicicleta doada pela missão. Da próxima vez que roubarem sua bicicleta, a pessoa vai ficar com a bunda assada de qualquer jeito, disse Whitey. Saímos pedalando pelo caminho mais longo para ficar fora da vista do posto de gasolina, e chegamos às portas da igreja do Sagrado Coração pouco antes de a missa começar. Fui atrás de Angus, fiz a genuflexão e me sentei. Sentamos na fileira da frente. Eu pretendia observar o padre com frieza e calma objetiva — da mesma maneira, vamos dizer, como o capitão Picard observava o assassino ligoniano que sequestrara a chefe de segurança Yar. Compus minha expressão de Picard — imóvel, ainda que inquiridora — no momento em que tocaram o sino para que os fiéis se levantassem. Achei que tinha me preparado. Mas o padre Travis entrou, com um manto verde que mais parecia um cobertor grosseiro, e minha cabeça pareceu inchar e se encher de abelhas.

    Ei, Starboy, minha cabeça está zumbindo como a porra de uma colmeia, sussurrei para Angus.

    Cala a boca, ele respondeu.

    O pequeno grupo de vinte e poucas pessoas começou a murmurar e Angus enfiou um papel dobrado nas minhas mãos. Estava impresso com uma série de respostas e as letras dos cantos. Meus olhos se grudaram no padre Travis. Eu já o vira antes, é claro, mas jamais o observara com muita atenção. Os garotos o chamavam de padre Travis Cara de Paisagem, devido à expressão vazia. As garotas o chamavam de desperdício de padre, devido aos olhos claros sobre as bochechas de mocinho de novela romântica. A pele não tinha marca alguma, com aquela palidez leitosa dos interioranos, a não ser pela cicatriz lívida que serpenteava pelo pescoço. As orelhas eram pequenas e apertadas na cabeça, uma boca grande e recortada, o cabelo curto, com entradas junto às têmporas, mas encorpando-se no centro. Os dentes não apareciam quando falava e o queixo quadrado não se movia, de forma que apenas os lábios se mexiam no rosto imóvel e as palavras pareciam escorregar para fora da boca. Mas então a regularidade mecânica de seus traços, em que a fenda da boca se movia num trabalho contínuo, acabou por me deixar zonzo o suficiente para me fazer sentar. Tive a presença de espírito de deixar o papel cair e poder fingir que o procurava entre os joelhos. Angus me chutou.

Eu vou vomitar se você fizer isso de novo, sussurrei. Assim que demos um jeito, fingindo ir para o fim da fila da santa comunhão, escapamos para fora da igreja e fomos para o parquinho. Angus tinha um cigarro. Fizemos a divisão criteriosamente e fumei minha metade, mesmo que aquilo me trouxesse de volta a sensação rodopiante de infelicidade. Eu devia estar com uma aparência tão ruim quanto me sentia.

Vou procurar o Cappy.

Valeu, eu disse. Por que não? Diga a ele que fugi do meu pai e para ele trazer alguma comida.

Você fugiu? Angus franziu as sobrancelhas. Eu sempre tivera a família perfeita — amorosa, rica segundo os padrões da reserva, estável —, a família da qual ninguém jamais fugiria. Não mais. Ele apertou os olhos, compadecido, e saiu pedalando. Empurrei minha bicicleta até um grupo de arbustos e árvores raquíticas, com a grama aparada por baixo, que demarcava o terreno da igreja. Apoiei a bicicleta numa árvore e me deitei, ignorando os carrapatos. Fechei os olhos. Enquanto estava deitado ali, senti a terra puxando meu corpo. Era como se sentisse de fato a gravidade, que imaginava como um grande ímã fundido colocado no centro da terra. Sentia sua força me envolvendo e drenando minha energia. Eu estava passando dos limites, das fronteiras, indo para um lugar onde nada fazia sentido e Q era um juiz superior com um manto vermelho. Mergulhei num estado sonolento, como se desmaiasse sob a ação de um feitiço. E então despertei com a vibração de alguns passos rápidos. Abri meus olhos e olhei direto para cima, ao longo das dobras de tecido preto, até uma cruz de madeira e o cinto de corda do padre Travis. Do alto de seu tronco rígido, peito largo e queixo em forma de vale, seus olhos incolores brilhavam sobre mim de dentro das pálpebras retas.

Não é permitido fumar no parquinho, disse. Uma das freiras viu você.

Abri os lábios e soltei um som rouco e fraco. O padre Travis continuou.

Mas você é bem-vindo à Santa Missa. E se estiver interessado no catecismo, minhas aulas são aos sábados, às dez.

Ele esperou.

Soltei o mesmo som, de novo.

Você é o sobrinho de Clemence Milk...

O empuxo da gravidade de repente foi revertido e me sentei imediatamente, tomado por uma energia determinada.

Sim, respondi. Clemence Milk é minha tia.

Então, surpreendentemente, encontrei minhas pernas no lugar. Levantei-me. Na verdade, avancei na direção do padre, um pequeno passo, mas na direção dele. Minha boca assumiu o jeito de falar de meu pai.

Posso lhe fazer uma pergunta?

Pode falar.

Onde o senhor estava, perguntei, entre três e seis da tarde do dia quinze de maio?

Que dia foi esse?

A boca ríspida se curvou nos cantos.

Foi um domingo.

Acho que estava oficiando uma missa. Não lembro exatamente. E depois, após a missa, teve a Adoração. Por quê?

Só para saber. Nenhum motivo.

Sempre há algum motivo, disse padre Travis.

Posso lhe fazer outra pergunta?

Não, respondeu o padre. Apenas uma pergunta por dia. Sua cicatriz ganhou vida ao lado da garganta. Brilhava com uma cor vermelha. Você é um bom garoto, foi o que me disse sua tia, tira boas notas. Não cria problemas para seus pais. Seria ótimo se participasse do nosso grupo jovem. Ele sorriu. Vi seus dentes pela primeira vez. Eram demasiadamente brancos e regulares para serem de verdade. Tão jovem e já usava dentadura! E aquela cicatriz, parecia o desenho de uma corda grossa em seu pescoço. Estendeu a mão. A representação de seus traços por um artista inexperiente. Bonito demais para ser bonito, dissera Clemence. Ficamos parados ali. O brilho de sua batina refletido nos meus olhos me assustava. Manteve a mão estendida com firmeza. Tentei resistir, mas minha mão foi em direção à dele por vontade própria. Tinha a palma fria. Uma calosidade lisa e resistente, como a do pai de Cappy.

Então nos veremos lá, e virou-se. Olhou rapidamente para trás, com um esboço de sorriso.

Os cigarros vão te matar.

Continuei no lugar, como se tivesse criado raízes, até ele entrar pela porta para o subsolo da igreja, no alto da colina. Encostei numa árvore e me segurei nela para não cair. Estava tomado por aquela estranha energia. Deixando a árvore me ajudar a pensar. A primeira decisão foi não me odiar por aquilo que acabara de se passar, entre o padre e mim, aquele momento. Dificilmente poderia ter recusado. Recusar-se a apertar a mão de alguém na reserva era como desejar que estivesse morto. Mesmo desejando a morte do padre Travis Wozniak, que fosse queimado vivo, mesmo esse meu desejo dependia de provas seguras de que ele era o agressor de minha mãe. Culpado. Meu pai não aceitaria uma conclusão desprovida de evidências factuais. Cocei as costas na casca áspera da árvore e olhei para o lugar onde o padre desaparecera. A porta para o subsolo da igreja. Eu pretendia obter aqueles fatos e, quando meus amigos chegassem, eu teria ajuda.

Cappy chegou com Angus. Trazia um saco de pão pela metade de salada de batatas e uma colher de plástico. Transformei o saco numa tigela enrolando as bordas, e comi a salada. Era do tipo que misturava mostarda com maionese, picles e ovos. Devia ter sido feita pelas tias de Cappy. Era assim que minha mãe fazia também. Raspei a colher no fundo do saco plástico. Então contei a Cappy e Angus sobre a conversa que eu escutara e que as suspeitas de meu pai recaíram sobre o padre.

Meu pai disse que ele esteve no Líbano.

Tanto faz, disse Cappy.

Que era fuzileiro naval.

Meu pai também era, disse Cappy.

Acho que precisamos descobrir se ele bebe cerveja Hamm, falei. Eu ia perguntar, mas achei que estaria entregando o jogo. Mas consegui o álibi dele. Preciso verificar.

O que dele?, perguntou Angus.

A desculpa dele. Ele diz que estava rezando missa naquele domingo de tarde. É só perguntar para a Clemence.

Será que a gente poderia colocar umas Hamms na porta dele e ver se ele bebe?, perguntou Angus.

Ninguém beberia cerveja em público, muito menos você, Starboy, disse Cappy. Temos que pegá-lo bebendo Hamm na intimidade. Espioná-lo.

Olhar pela janela do padre?

Isso, disse Cappy. Vamos pedalar ao redor da igreja e do convento até o velho cemitério. Depois, passamos pela cerca e escondemos as bicicletas entre os túmulos. Os fundos da casa do padre dão para o cemitério e a cerca é fechada com cadeado, mas dá para atravessá-la. Quando estiver escuro, vamos escondido até a casa.

Padres têm cachorro?, perguntei.

Cachorro nenhum, disse Angus.

Ótimo, falei. Mas naquele momento não estava realmente com medo de ser pego pelo padre. Era o cemitério que me perturbava. Eu vira um fantasma recentemente. Um era o bastante e meu pai me contara que eles visitavam o cemitério quando ele trabalhava lá. Esse cemitério era onde o pai de Mooshum, que lutara em Batoche contra Louis Riel, fora enterrado após ser morto anos antes quando participava de uma corrida de cavalos. Era onde estava o irmão de Mooshum, Severine, que fora padre daquela igreja por um curto período — enterrado numa cova especialmente identificada por tijolos pintados de branco. Um daqueles três que foram linchados por uma multidão em Hoopdance também estava enterrado ali — levaram o corpo do menino para lá porque ele tinha apenas treze anos. A minha idade. E enforcado. Mooshum se lembrava daquilo. O irmão de Mooshum, Shamengwa, cujo nome significava Borboleta-Monarca, estava enterrado lá. A primeira mulher de Mooshum, ao lado de quem ele seria enterrado, estava identificada por uma lápide coberta por uma fina camada de líquen cinza. A mãe dele estava enterrada naquele lugar, aquela que ficou dez anos sem falar depois que o irmão de Mooshum morreu quando ainda era bebê. E lá estava a família do meu pai também, e a da minha avó e a da mãe dela, que tinham alguns membros convertidos. Os homens estavam enterrados no oeste, com os tradicionais. Haviam desaparecido na terra. Pequenas casas foram construídas sobre eles para abrigar e alimentar seus espíritos, mas já tinham se desfeito antes de tudo o mais, transformadas em nada. Eu sabia o nome de nossos ancestrais, por Mooshum, e por meu pai e minha mãe.

Shawanobinesiik, Elizabeth, Pássaro do Trovão do Sul. Adik, Michael, Caribou. Kwiingwa'aage, Joseph, Wolverine.

Mashkiki, Mary, A Xamã. Ombaashi, Albert, Levado pelo Vento. Makoons, O Filhote de Urso, e Pássaro que Abana o Gelo das Asas. Viveram e morreram rápido demais, naqueles anos em que a reserva foi criada, morreram antes que pudessem ser registrados, e em números tão dolorosos que era difícil lembrar sem dizer, como fazia meu pai às vezes ao ler a história local, *e o homem branco apareceu e levou-os para o fundo da terra*, o que soava como uma profecia do Antigo Testamento, mas era apenas uma observação da verdade. E assim, temer o cemitério à noite não era por medo de nossos amados ancestrais que jaziam lá, mas pelo aperto nas entranhas que nossa história causava, e que eu me preparava para absorver. O velho cemitério estava repleto dessas complicações.

Para se aproximar do cemitério pelos fundos, era preciso passar por uma velha que tinha cães. Ninguém sabia quantos ou de que tipo. Ela alimentava os cães da reserva. Sendo assim, sua casa era imprevisível e sempre fazíamos um desvio ao passar por lá. Fomos nos preparando à medida que nos aproximávamos. Cappy tinha uma lata de pimenta. Eu peguei um toco de pau pesado, lembrando como Pearl odiava aquilo e por que motivo. Angus arrancou algumas varas de um salgueiro para usar como chicote. Tínhamos nosso plano de batalha comum e decidimos que eu iria na frente com o pedaço de pau e Cappy viria no final, com a pimenta. A mulher se chamava Bineshi, era pequena e curvada, exatamente como sua casinha precária. Havia duas carcaças de carros no quintal, onde os cachorros se instalavam. Acreditamos que seria possível, se atravessássemos o lugar a toda. Mas, assim que entramos na estrada de terra que passava diante do quintal, os cachorros saltaram de trás dos carros. Dois eram cinza, com pernas curtas, três eram grandes, um era enorme. Saíram como raios em nossa direção, latindo furiosamente. Um pequeno cão cinza disparou e segurou a perna da calça de Angus. Angus o chutou com habilidade, golpeou sua cara com o chicote e continuou pedalando.

Eles sentem o medo, gritou Cappy. Demos uma gargalhada.

Os cães estavam ficando mais ousados, agora que um deles tinha feito o primeiro ataque. Angus soltou um grito horrível. Um cachorro branco e imundo o pegou pelo braço e Angus soltou o chicote e o esmurrou no meio do focinho. O cão não ganiu, nem fugiu, mas voltou a atacar. Angus preparou mais um soco, mas o cão se desviou, baixou a cabeça para a perna dele e rasgou sua calça.

Tirem ele daqui!

Cappy virou. A poeira voou. Ele arrastou o pé no chão e encostou ao lado de Angus, com a lata de pimenta aberta, pegou um punhado e jogou na cara do cachorro. O animal latiu e desapareceu. Mas os outros nos cercaram, sedentos de sangue, as orelhas deitadas para trás. Estalavam e rangiam os dentes como tubarões. Não podíamos largar as bicicletas e correr, pois teríamos que voltar depois para recuperá-las. De qualquer modo, os cães eram mais rápidos e nos alcançariam antes que conseguíssemos pegar velocidade. Nos aproximamos, desajeitados, e fomos empurrando as bicicletas. Cappy jogou pimenta em outro cachorro. Eu acertei dois. Os cães se recuperaram da pimenta e voltaram ao ataque, babando por vingança. Formaram um círculo e avançaram, com as patas contraídas. Cappy deixou a lata cair na estrada e a pimenta se espalhou.

Ah, merda!, disse. A gente vai morrer.

Precisamos de fogo, gritou Angus. Dei uma paulada num cão. Ele saltou para o alto. Subitamente, todos viraram a cabeça. Levantaram as orelhas. Correram em bando para longe. Ouvimos a porta da casinha bater.

Ela deve estar dando comida para eles, disse Cappy.

Maaj!, gritou Angus. Pulamos de volta nas bicicletas e disparamos pela estrada, quase ignorando a ladeira. Depois atravessamos o mato com as bicicletas e passamos com elas por cima da cerca de aramado. Estávamos seguros dentro do cemitério. Já estava quase anoitecendo. Através dos ramos densos dos pinheiros mais abaixo, víamos a luz das janelas da casa do padre. Descemos pedalando para lá. O medo que eu senti de passar pelo cemitério foi substituído pelo alívio. A morte sem cães parecia mais segura. Continuamos com nosso passeio até quase escurecer, apontando para as lápides das sepulturas. Nós três tínhamos ancestrais comuns, espalhados aqui e ali. O ar começava a se agitar e um pássaro da chuva começou a cantar insistentemente no meio da floresta azul.

Está na hora, disse Cappy quando chegamos à base.

O portão estava malfechado com uma corrente. Nós o abrimos até o fim e entramos com as bicicletas. Com trêmula discrição, nós as levamos para um local distante no pátio da igreja. A grama estava aparada, os talos úmidos com o orvalho do anoitecer. Nos esgueiramos ao longo de uma casa pequena de fazenda, nada mais do que uma cabana modernizada. O padre Travis morava sozinho ali. Nós nos agachamos junto de uma moita desgrenhada. De dentro da casa, vinha o murmúrio baixo de uma TV. Engatinhamos até o outro lado da janela, onde o som estava mais alto.

Eu quero olhar, sussurrou Angus.

Ele vai te ver, respondi.

Tem persiana. Angus levantou a cabeça e se abaixou rapidamente.

Ele está sentado lá, assistindo TV.

Ele viu você?

Sei lá.

Voltamos para a parte mais oculta da casa. Ouvimos passos e uma luz súbita saiu pela janela bem em cima de nossas cabeças. Houve uma pausa. A silhueta do padre apareceu atrás da cortina. Nós nos apertamos contra a parede de madeira. Atrás de nossas cabeças, ouvimos um som suave de líquido se derramando.

Cappy articulou a pergunta: Tá mijando? Encolhi os ombros, pois parecia mais que alguém tivesse tirado a tampa de uma garrafa e derramasse a água cuidadosamente dentro da privada. Levou muito tempo, com algumas pausas. Então ouvimos a descarga e a torneira abrindo e fechando, a luz foi apagada e uma porta se fechou.

Ele mija na surdina, disse Cappy.

Bem, ele é um padre, respondeu Angus.

Será que eles mijam diferente?

Não fazem sexo, disse Angus. Sem usar normalmente, pode ser que o encanamento fique enferrujado.

Como se você soubesse, disse Cappy.

Vocês ficam aqui.

Eu me arrastei pelo outro lado da casa, até o brilho azulado da TV. Qualquer pessoa que viesse pelo pátio ou passasse sob os pinheiros escuros teria me visto. Levantei-me, inclinando-me lentamente até a beira da janela. Estava aberta, para deixar entrar a brisa de junho. Deu para ver a nuca do padre Travis. Estava sentado diante da TV, numa poltrona reclinável, perto do cotovelo uma cerveja da cidade, Michelob. Não dava para saber o que estava assistindo a princípio, mas percebi que era um filme. Mas não um filme de TV.

Eu afundei e me arrastei de volta.

Ele tem um videocassete!

O que ele está vendo?

Dessa vez, Cappy foi olhar e, pouco depois, voltou e disse que era *Alien*, que tinha passado numa cidade que ficava a duas horas ao sul da reserva e de que só ouvíramos histórias de virar a cabeça, pois não tínhamos como ir até lá e, além disso, éramos muito jovens. Ainda não havia locadoras na reserva.

Deve ser dele, falei, me esquecendo da janela aberta.

Ele é dono da fita? Dono?

Calem a boca, vocês dois, sussurrou Cappy. A janela está aberta.

Angus encostou-se nas fundações da casa e encolheu as pernas junto ao peito. Juntamos nossas cabeças e falamos baixo.

Deu pra ver bem?

Deu pra ver muito bem. Ele tem uma TV de trinta polegadas.

Foi assim, portanto, que assistimos *Alien* — de pé, na janela, atrás do jovem padre que suspeitávamos ter cometido um crime inominável. O padre Travis até mesmo aumentou o volume e conseguimos ouvir o filme inteiro. Quando os créditos começaram, ele desligou o aparelho e nós nos abaixamos e nos arrastamos até onde deveria ser o quarto. Ainda estávamos sob um delicioso estado de choque. Angus se deitou, pressionando o punho contra a barriga e contraindo as pernas. A luz do banheiro foi mais uma vez acesa e ouvimos o barulho de líquido escorrendo novamente. A escovação dos dentes e bochechos. Foi a vez de a luz do quarto acender. Fomos beirando as fundações da casa. Levantamos lentamente. Havia cortinas e persianas abaixadas, mas com uma fresta entre elas e a janela. As cortinas eram transparentes. Podíamos ver perfeitamente. Assistimos o padre Travis tirar sua batina de mago e pendurá-la. Tinha ombros grandes e musculosos, peitorais que pareciam de pedra. Uma confusão de cicatrizes descia pelo meio do abdômen bem-definido. Ele tirou a cueca e expôs a bunda, depois se virou. Todas as cicatrizes se uniam em um espantoso emaranhado ao redor do pênis e do saco. O equipamento estava lá, mas, obviamente, fora costurado de volta, como Angus disse mais tarde, espantado, contando para Zack. Tudo ali embaixo eram cicatrizes — estriadas, lisas, cinza, roxas.

Entramos em pânico e saímos na maior correria. As luzes se apagaram. Disparamos para nossas bicicletas, mas o padre Travis foi inacreditavelmente rápido ao sair pela porta e, com um movimento preciso, agarrou Angus. Cappy e eu continuamos a correr.

Voltem aqui, vocês dois, disse o padre, com voz firme que chegou perfeitamente até nós. Ou eu arranco a cabeça dele.

Angus gritou. Diminuímos e olhamos para trás. Ele estava segurando Angus pelo pescoço.

Falava a verdade!

Reze sua ave-maria, ordenou o padre.

Ave Maria, engasgou Angus.

Em silêncio, disse o padre.

A boca de Angus começou a se mover. Cappy e eu nos viramos e caminhamos de volta. O vento da noite soprou e os pinheiros suspiraram ao nosso redor. A iluminação trêmula do estacionamento da igreja não alcançava a escuridão sob as árvores. Padre Travis empurrou Angus na sua frente, na direção da casa. Nós vínhamos atrás. Mandou que Cappy abrisse a porta e, uma vez lá dentro, trancou-a com um ferrolho e chutou uma cadeira diante dela.

Como sabem, não tem saída pelos fundos, disse ele. Portanto, podem ficar à vontade.

Jogou Angus no sofá e nós demos um pulo para nos sentarmos, cada um de um lado de Angus, as mãos postas sobre as pernas. Padre Travis vestiu uma camisa xadrez e arrastou sua cadeira reclinável. Virou-se para nos encarar e sentou. Vestia a cueca e a camisa xadrez aberta. O peito era enorme. Notei alguns pesos no chão e barras num canto.

Quanto tempo, disse para mim e Angus.

Estávamos petrificados.

Deram uma boa olhada, não foi? Seus macacos idiotas. Estavam pensando o quê?

Ele me chutou na canela e, apesar de estar descalço, minha perna ficou dormente e eu caí para trás.

Falem alguma coisa.

Mas não conseguíamos.

Certo, soldado, falou para Cappy. Você vai me dizer por que estavam me espionando. Conheço esses dois, mas não te conheço. Qual o seu nome?

John Puxa Perna.

Uma descarga de admiração passou por mim. Como Cappy conseguia inventar um nome falso num momento daqueles?

Puxa Perna. Que tipo de nome doido é esse?

É um antigo nome tradicional, senhor!

Senhor? De onde saiu este "senhor"?

Meu pai era fuzileiro naval, senhor!

Então você o desgraçou, seu merdinha! O filho de um fuzileiro naval espionando um padre. Como se chama seu pai?

O mesmo nome, senhor!

Então você é o Puxa Perna Júnior?

Sim, senhor!

Bem, Puxa Perna Júnior, que tal isso?

Padre Travis abaixou-se e arrancou Cappy para fora do sofá com um puxão firme de sua perna. Cappy caiu no chão com força, mas não gritou.

Puxa Perna, hein? Foi assim que você ganhou esse nome idiota?

Ele lançou um olhar sombrio para Cappy, que começou a tentar se erguer, mas o padre simplesmente esticou a mão e jogou Cappy de volta no sofá.

Certo, Puxa Perna Júnior, qual é o seu verdadeiro nome antigo e tradicional?

Cappy Lafournais.

O mesmo do seu pai?

Isso.

Bom garoto. Ele apontou o dedo grosso para Angus. E eu sei quem é a sua tia.

Em seguida, espetou o dedo na minha cara. Eu não conseguia respirar.

Conheço seu pai e acho que sei por que vocês, três patéticos bundas-sujas, estão aqui, para me espionar. Você. Fiquei pensando na pergunta que você me fez hoje de tarde. Por que teria me perguntado o que eu fazia na tarde de domingo, quinze de maio, em tal e tal hora. Como se quisesse saber meu álibi. Achei engraçado. Depois, me lembrei do que aconteceu com sua mãe. E bingo!

Nossos joelhos, nossos pés, nossos sapatos, tinham adquirido uma importância profunda. Nós os estudávamos intensamente. Dava para sentir o peso de seu olhar cinzento sobre nós.

Você acha que eu machuquei a sua mãe, disse em voz baixa. Então? Responda.

Me deu outro chute. A dormência virou dor.

Foi. Não. Achei que talvez.

Talvez. E a resposta veio num jato, por assim dizer, não foi? Im-pós-si-véu. Então você sabe. E só para vocês saberem, seus vômitos de rato, seus peidos de gato, seus punheteiros pervertidos, eu não usaria meu pau daquele jeito, mesmo que ainda pudesse. Seus fraldas sujas, eu tenho uma mãe e tenho uma irmã. E também já tive uma namorada.

Padre Travis reclinou-se. Levantei os olhos para ele. Observava-nos com as sobrancelhas cerradas, as mãos cruzadas sobre o colo. O olhar tinha aquele brilho de ciborgue. O maxilar parecia prestes a atravessar a pele. Não apenas ele tinha uma cópia do *Alien*, além de uma cicatriz impressionante e terrível, mas havia nos xingado de maneira humilhante sem recorrer a um único dos palavrões usuais. Para não falar da velocidade absurda com que tinha alcançado Angus, dos pesos ao lado da tv, da Michelob bacana. Era quase o bastante para um moleque querer virar católico.

Você já teve uma namorada?

O rosto do padre Travis contraiu-se, branco como um osso. Eu não conseguia acreditar no sangue-frio de Cappy. Por um momento, achei que ele já estava morto. Mas a pergunta de Cappy de forma alguma soara como um insulto, ou de maneira sarcástica. Isso era uma coisa dele. Ele de fato queria saber. Fizera a pergunta da maneira como hoje eu sei que um advogado deve interrogar uma testemunha em potencial. Para saber da pessoa. Ouvir a história dela.

Padre Travis ficou calado por um tempo, mas Cappy manteve seu silêncio atento, querendo ouvir.

Sim, disse o padre Travis por fim. Tinha a voz mais pesada agora, e baixa. Seus magrelos esporrentos, não sabem coisa nenhuma das mulheres ainda. Podem achar que sabem, mas não sabem. Já fui noivo de uma mulher de verdade. Era linda demais. Fiel. Jamais titubeou. Nem mesmo quando eu fui atingido. Ela teria ficado comigo. Fui eu que... Vocês gostam de garotas?

Eu gosto, disse Cappy, o único que ousava responder.

Não perca seu tempo com as vagabundas, disse padre Travis. Você já está no ensino médio?

Vou começar o ensino médio, respondeu Cappy.

Tanto melhor. Tem uma garota bonita lá que ninguém viu. Você é o cara que vai ver quem é ela.

Certo, disse Cappy.

Então, disse padre Travis. Então.

Ele abriu as mãos sobre os braços da cadeira. Observou-nos em silêncio até que finalmente levantamos o rosto e encontramos seu olhar.

Vocês querem saber como isso aconteceu. Querem saber como eu lidei com isso. Querem saber de coisas que não têm o direito de saber. Mas vocês não são garotos ruins. Estou vendo isso agora. Queriam descobrir quem feriu a mãe dele. Olhou para mim.

Eu estava na embaixada dos Estados Unidos em 83 e tive sorte. Estou aqui, certo? A torneira funciona. Tive que cuidar muito bem dela. Caso contrário, infecções. Algum desejo sexual. Tudo sublimado. Eu estava no seminário antes de virar fuzileiro. Tive um momento de revolta. Voltei para casa assim, um sinal. Fim da história. Fui ordenado. E mandado para cá. Alguma pergunta?

Comentei com ele que nenhum outro padre já tinha atirado nos esquilos do campo antes.

As freiras matam eles com gás. Você gostaria de morrer asfixiado com gás dentro de um túnel? Muito melhor morrer de forma limpa, do lado de fora. Eles morrem assim. Ele estalou os dedos. Viram-se e olham para o céu, que tal? Para as nuvens.

Ele não olhava para nós. Não estava olhando para mais nada agora. Acenou com a mão, nos mandando embora. A gente se levantou pela metade. Ele estava distante. Juntou as mãos, cruzando os dedos e apoiando a testa sobre eles. Fomos para a porta, passando ao lado dele, afastando a cadeira silenciosamente e abrindo a tranca. Fechamos a porta com cuidado e fomos pegar as bicicletas. O vento soprava mais forte agora. Batia na cúpula das luzes do pátio, fazendo-as piscar. Os pinheiros gemiam. Mas o ar estava morno. Um vento sul, trazido por Shawanobinesi, o Pássaro do Trovão do Sul. Um vento que trazia chuva.

Capítulo Seis
Datalore

O vento passou por nós como uma massa de nuvens rolando que continuou a avançar até o céu clarear. De uma hora para outra, como se nada houvesse acontecido entre nós, meu pai e eu voltamos a conversar. Ele me contou que tivera uma conversa interessante com o padre Travis, e eu congelei. Mas foi tudo sobre o Texas e os militares; o padre Travis não nos entregou. Quaisquer suspeitas que meu pai tivesse expressado naquela noite para Edward foram desfeitas, ou submersas. Perguntei ao meu pai se ele tinha falado com Soren Bjerke.

E o galão de gasolina?, perguntei.

Pertinente.

Agora que o padre Travis estava fora da lista, eu começara a pensar sobre os casos e as anotações do tribunal que eu e meu pai tínhamos examinado. Perguntei a ele se Bjerke interrogara os Lark, irmão e irmã.

Ele conversou com Linda.

Meu pai franziu o cenho, tenso. Prometera a si mesmo que não me envolveria, que não me faria confidências ou colaboraria comigo. Sabia aonde aquilo ia dar, no que eu poderia me meter, mas não sabia metade da história. E ali estava a coisa que eu não entendia na época, mas agora compreendo — a solidão. Eu estava certo, naquela história éramos só nós três. Ou nós dois. Ninguém mais, nem Clemence, nem mesmo minha própria mãe, ninguém se importava mais com ela do que nós dois. Ninguém mais pensava nela noite e dia. Ninguém mais sabia o que estava acontecendo com ela. Não havia mais ninguém tão desesperado quanto nós dois, meu pai e eu, para termos nossas vidas de volta. Para voltar ao Antes. Assim, de fato, ele não tinha outra escolha. Mais dia menos dia, teria que falar comigo.

Eu devo visitar Linda Wishkob, disse ele. Ela bloqueou Bjerke. Quem sabe... será que você quer vir junto?

Linda Wishkob era magneticamente feia. Com seu rosto mortiço em forma de cunha, tinha acabado de esvaziar o balcão do correio. Fitou-nos com os olhos tontos e esbugalhados; os lábios úmidos e vermelhos pareciam feitos de carne retorcida. O cabelo, uma camada compacta de fios lisos e marrons, se agitava enquanto ela guardava alguns selos comemorativos. Ela os mostrou para o meu pai. Ela me lembrava um porco-espinho de olhos arregalados, até mesmo pelas mãos pequenas e gorduchas, e os dedos com unhas compridas. Meu pai escolheu uma folha com os cinquenta estados da União e perguntou se podia lhe oferecer um café.

Tem café lá atrás, disse Linda. Posso beber de graça. Olhou para o meu pai com desconfiança, mesmo conhecendo minha mãe. Todos sabiam o que tinha acontecido, mas ninguém sabia o que dizer ou o que não dizer.

Não se preocupe com o café, disse meu pai. Eu gostaria de uma palavrinha com você. Tem alguém que possa ficar no seu lugar? Você não está ocupada.

Linda mexeu os lábios molhados para protestar, mas não conseguiu pensar numa desculpa. Em pouco tempo, ela havia acertado as coisas com o supervisor e saiu de trás do balcão. Saímos da agência de correio e atravessamos a rua até o Mighty Al's, lugar que não passava de uma cloaca apertada. Não acreditei que meu pai fosse interrogar alguém nas minúsculas instalações do Mighty's, com suas seis mesas amontoadas. E eu estava certo. Ele não interrogou Linda, mas começou uma conversa idiota sobre as condições do tempo.

Meu pai era imbatível em conversas sobre o tempo. Como em qualquer outro lugar, havia momentos em que o único assunto com o qual as pessoas se sentiam confortavelmente eloquentes era o clima, e meu pai era determinado, podia falar sobre isso para todo o sempre. Esgotado o clima atual, havia o clima ao longo de toda a história conhecida, e de quando nossos parentes viveram, e de seus relatos, ou de que tinha ouvido falar no noticiário. Catástrofes climáticas de todos os tipos. Encerrada essa parte, havia todo o tempo que poderia ocorrer no futuro. Eu já o ouvira especular até mesmo sobre como era o clima na vida depois da morte. Papai e Linda Wishkob conversaram sobre o clima por um bom tempo, até ela se levantar e ir embora.

Você realmente deu uma dura nela, papai.

O quadro-negro com o menu do dia anunciava bufê de sopa de hambúrguer, preço único. Estávamos em nossa segunda tigela de sopa fumegante: carne moída, macarrão da cesta subsidiada, tomate enlatado, aipo, cebola, sal e pimenta. Estava especialmente gostosa naquele dia. Papai também pedira o café do Mighty's, que ele chamava de a escolha estoica. Sempre vinha pelando. Bebeu até o fim, sem alterar a expressão, até terminarmos a sopa.

Eu queria ter uma ideia de como ela estava, disse meu pai. A vida já foi dura o bastante com ela, de verdade.

Eu não tinha entendido muito bem qual a finalidade de termos vindo falar com Linda Wishkob, mas, tudo indicava, algum tipo de troca ocorrera, sem que eu compreendesse.

Papai acabou permitindo que Cappy fosse lá em casa naquele dia. Era uma tarde quente e abafada, e ficamos dentro de casa jogando Bionic Commando, o mais silenciosamente possível, com o ventilador ligado. Como sempre, minha mãe estava dormindo. Alguém bateu de leve na porta. Fui abrir e era Linda Wishkob, os olhos esbugalhados, o uniforme azul apertado, o rosto suado e estúpido, sem nenhuma maquiagem. Aquelas unhas longas nos dedos roliços subitamente me pareceram sinistras, embora estivessem pintadas com um rosa inocente.

Só vou esperar ela acordar, disse Linda.

Ela me surpreendeu, passando direto e indo para a sala. Cumprimentou Cappy com a cabeça e sentou-se ao nosso lado. Cappy deu de ombros e, como fazia algum tempo que não jogávamos e não queríamos parar por uma bobagem, continuamos. Durante anos, o nosso povo lutara para resistir a uma incansável hoste de seres gananciosos e imprevisíveis. Nosso exército se reduzira a uns poucos guerreiros desesperados e nós estávamos desarmados e com fome. Vivíamos a proximidade da derrota. Mas, nas profundezas de nossa comunidade, nossos cientistas haviam aperfeiçoado uma arma de combate sem precedentes. Nosso braço biônico pega, esmaga, dobra, desvia e quebra. É capaz de atravessar armaduras e seus sensores de calor detectam o inimigo mais protegido. O braço biônico reúne em si o poder de todo um exército e só pode ser usado por um único soldado, aquele que conseguir passar no teste. Eu sou esse soldado. Ou Cappy. O Bionic Commando. Nossa missão nos leva pela terra de mil olhos, onde a morte nos espreita em cada esquina, em cada janela. Nosso destino: o quartel-general do inimigo. O coração da fortaleza inexpugnável do nosso odiado inimigo. O desafio: impossível. Nossa determinação: inabalável. Nossa coragem: inigualável. Nosso público: Linda Wishkob.

Ela nos observava num silêncio tão absoluto que acabamos por esquecê-la. Mal respirava ou movia um músculo. Quando minha mãe saiu do quarto e foi até o banheiro de cima, eu também não ouvi, mas Linda, sim. Ela foi até o pé da escada e, antes que eu pudesse dizer ou fazer qualquer coisa, chamou minha mãe pelo nome e começou a subir os degraus. Parei de jogar e dei um pulo, mas o corpo redondo de Linda já estava no alto da escada e ela cumprimentava minha mãe, como se ela não estivesse só pele e osso, cambaleando para longe dela, desorientada, exposta e invadida. Linda Wishkob não parecia dar pela agitação de minha mãe. Com uma espécie de simplicidade alienada, simplesmente entrou no quarto junto com ela. A porta continuou aberta. Ouvi a cama gemer. Linda arrastar a cadeira. E a voz das duas, começando a conversar.

* * *

Alguns dias depois, finalmente uma chuva contínua começou a cair e fiquei dentro de casa pela segunda vez naquele verão, com meus jogos ou desenhando quadrinhos. Angus trabalhava em seu segundo retrato de Worf, mas Star ligou e disse-lhe para ir pegar a sonda desentupidora na casa de Cappy. Estavam na casa de Angus agora, provavelmente bebendo as Blatz de Elwin e desentupindo as imundícies de um ralo fedido. Meus desenhos me entediavam. Pensei em pegar o *Manual* do Cohen escondido, mas a leitura das anotações sobre os casos de meu pai havia me desesperado. Num dia como aquele, eu poderia ter subido e me trancado no quarto para folhear minha pasta secreta de DEVER DE CASA. A presença de minha mãe lá em cima tinha matado esse hábito. Pensei em me arrastar até a casa de Angus, ou até mesmo pegar o terceiro ou quarto livro de Tolkien que meu pai tinha me dado de Natal, mas não estava certo se meu desespero chegava ao ponto de tentar uma dessas coisas. A chuva era do tipo interminável, cinza e encharcada, que deixava a casa fria e triste, mesmo sem o espírito de sua mãe morrendo no andar de cima. Pensei que talvez a água arrastasse todas as plantas do jardim, mas é claro que isso não incomodaria minha mãe. Levei um sanduíche para ela, mas ela estava dormindo. Peguei os livros do Tolkien. Nem bem começara a ler, com a chuva caindo cada vez mais forte, quando, de dentro do dilúvio, como um *hobbit* encharcado, Linda Wishkob chegou para uma nova visita.

Lá foi ela, escada acima, mal olhando para mim. Trazia um pacotinho nas mãos, provavelmente um pedaço de pão de banana — ela comprava bananas maduras e era famosa por seu pão. Uma profusão de murmúrios começou lá em cima — tudo muito misterioso para mim. Por que minha mãe resolveu falar com Linda Wishkob era algo que devia ter me incomodado, ou me deixado alerta, ou pelo menos curioso. Não fiquei. Mas meu pai, sim. Quando chegou em casa e soube que Linda estava lá em cima, falou em voz baixa: Vamos pegá-la numa armadilha.

O quê?

Você vai ser a isca.

Ah, obrigado.

Ela vai falar com você, Joe. Ela gosta de você. Gosta da sua mãe. De mim, ela é desconfiada. Ouça o que estão falando lá em cima.

Por que você quer que ela fale?

Precisamos de toda e qualquer informação; precisamos saber o que ela pode nos contar sobre os Lark.

Mas ela é uma Wishkob.

Adotada, não se esqueça. Lembre-se do caso, Joe, o caso que nós lemos.

Não acho que isso seja relevante.

Bela expressão.

Mas acabei concordando e papai felizmente tinha trazido sorvete. Era o alimento favorito de Linda.

Até mesmo num dia de chuva?

Ele sorriu. Ela tem sangue-frio.

Assim, quando Linda desceu, perguntei se ela aceitava uma taça de sorvete Ela perguntou o sabor. Disse-lhe que era misturado. Napolitano, disse ela, e aceitou a oferta. Nós nos sentamos na cozinha e papai fechou a porta casualmente, dizendo que mamãe precisava descansar, e como fora ótimo Linda ter vindo visitá-la, e que todo mundo tinha adorado o pão de banana.

O tempero é excelente, falei.

Eu só ponho canela, disse Linda, e seus olhos esbugalhados se encheram de prazer. Canela de verdade, compro em vidros, não em lata. De uma seção de produtos importados na Hornbacher's, em Fargo. Não é o tipo de coisa que se consiga por aqui. Às vezes, coloco raspas de casca de limão ou de laranja.

Ela ficou tão feliz que tínhamos gostado do pão de banana que achei que talvez papai não precisasse de mim para que ela falasse, mas ele perguntou: Não estava bom, Joe? E então eu disse que tinha comido no café da manhã, e que até mesmo tinha roubado um pedaço, porque a mamãe e o papai estavam atacando tudo.

Vou trazer dois pães da próxima vez, disse Linda, encantada.

Enfiei uma colherada de sorvete na boca e tentei deixar meu pai atraí-la, mas ele levantou as sobrancelhas para mim.

Linda, falei, eu ouvi... Você sabe, eu fico pensando... Acho que estou fazendo uma pergunta pessoal.

Pode falar, disse ela, o rosto pálido ficando rosado. Talvez ninguém lhe fizesse perguntas pessoais. Pensei rápido e soltei a língua.

Eu tenho uns amigos, sabe, e os pais deles, ou os primos, foram adotados. Adotados de fora da tribo, e isso é complicado, bem, foi o que ouvi. Mas acho que nunca ninguém fala sobre ser...

Adotado?

Linda mostrou os dentinhos de rato de um jeito tão simples e encorajador que me tranquilizou e, subitamente, soube o que eu queria mesmo saber. Eu queria saber a história dela. Comi mais sorvete. Disse que eu tinha gostado muito do pão de banana e que me surpreendi, pois a verdade era que, em geral, eu detestava pão de banana. O que quero dizer é que, de repente, esqueci de meu pai e comecei a conversar com Linda de verdade.

Esqueci de seus olhos esbugalhados, de suas mãos sinistras de porco-espinho e do cabelo ralo, e vi apenas Linda, e queria saber dela, e provavelmente foi por isso que ela me contou.

A história de Linda

Nasci no inverno, começou ela, mas parou para terminar o sorvete. Só após afastar a taça, começou de verdade. Meu irmão nasceu dois minutos antes de mim. A enfermeira acabara de envolvê-lo num cobertor de flanela quando a mãe disse: *Ah, meu Deus, tem outro*, e eu escorreguei para fora, semimorta. Logo depois, comecei a morrer de verdade. De rosa, passei para cinza--azulado, e foi quando a enfermeira tentou me enfiar numa cama aquecida por luzes. A enfermeira foi interrompida pelo médico, que apontou para minha cabeça, meus braços e pernas, todos deformados. Ele se meteu na frente dela e de mim e falou com minha mãe, contou-lhe que o segundo bebê tinha uma deformidade congênita e perguntou se deveria tentar medidas extraordinárias para salvá-lo.

A resposta foi não.

Não, deixe que morra. Mas o médico estava de costas, a enfermeira limpou minha boca com o dedo, me sacudiu de cabeça para baixo e me enrolou bem apertada em outro cobertor, cor-de-rosa. Eu respirei furiosamente.

Enfermeira, disse o médico.

Tarde demais, ela respondeu.

Fui deixada no berçário, com uma garrafa presa no meu rosto enquanto o condado decidia como me levariam para algum outro local transitório. Eu ainda era muito pequena para ser aceita em qualquer instituição do estado, e o sr. e sra. Lark se recusaram a me levar para a casa deles. A zeladora noturna do hospital, uma mulher da reserva chamada Betty Wishkob, pediu permissão para me segurar no colo em seu intervalo. Enquanto me embalava, de costas para a janela de observação, Betty — mamãe — me amamentou. Enquanto me alimentava, mamãe envolveu minha cabeça em sua mão poderosa. Ninguém no hospital sabia que ela estava me amamentando naquela noite, ou que estava cuidando de mim e que decidira ficar comigo.

Isso foi há cinquenta anos. É a minha idade agora. Quando mamãe perguntou se ela poderia me levar para a casa dela, ficaram aliviados e não preencheram uma única folha de papel, pelo menos no começo. E assim eu fui salva pelos Wishkob e criada com eles. Vivi na reserva e fui para a escola como índia — primeiro na missão, depois numa escola pública. Mas, antes disso, mais ou menos aos três anos, fui levada embora pela primeira vez. Ainda me lembro do cheiro de desinfetante e do que eu chamo de *desespero branco*, no qual aparece alguma presença, alguém ou alguma coisa, que sofreu comigo e segurou minha mão. Essa presença ficou comigo. A outra vez em que um agente do serviço social resolveu me levar para um lar mais adequado, eu tinha quatro anos. Fiquei do lado de mamãe, segurando a saia dela — de algodão verde. Escondi meu rosto no cheiro daquele tecido morno. Em seguida, eu estava no banco de trás de um carro que corria em silêncio numa direção infinita. Acordei sozinha, num outro quarto branco. A cama era estreita e os lençóis estavam bem enfiados sob o colchão, e tive que fazer força para sair. Sentei na beira da cama e fiquei esperando, pelo que me pareceu muito tempo.

Quando a gente é pequena, não sabe que está gritando, ou chorando — os sentimentos e o som que saem da gente são uma coisa só. Lembro que abri a boca, só isso, e que não fechei até estar de volta com a mamãe.

Todas as manhãs, até os meus onze anos de idade, minha mãe e meu pai, Albert, tentaram deixar minha cabeça redonda e trabalhar com os meus braços e minhas pernas. Eles me deram um saquinho cheio de areia que mamãe costurou, como um peso. Primeiro eles me acordaram e me levaram para a cozinha. O fogão à lenha estava aceso e eu bebi um copo de leite ralo, azul. Mamãe se sentou numa cadeira da cozinha e me colocou no colo dela. Esfregou minha cabeça, depois colocou os dedos fortes em volta dela e empurrou meu crânio para o lugar.

Você vai ver umas coisas de vez em quando, mamãe me disse uma vez. Sua moleira ficou aberta por mais tempo que a da maioria dos bebês. É assim que os espíritos entram.

Papai se sentou na nossa frente, em outra cadeira, pronto para me esticar da cabeça aos pés.

Ponha os pés para fora, Tuffy, ele disse. Esse era o meu apelido. Coloquei os pés nas mãos de papai e ele me puxou para um lado, enquanto mamãe me segurava firme com as mãos, pressionando minhas orelhas e me puxando na direção oposta.

Meu irmão, Cedric, tinha me dado esse nome, Tuffy, porque sabia que, uma vez na escola, eles me dariam um apelido de qualquer maneira. Não queria que fosse por causa do meu braço ou da minha cabeça. Mas minha cabeça — tão deformada que quando nasci o diagnóstico do médico foi que eu era uma idiota — tinha sido apertada e massageada pela minha mãe. Quando eu já tinha idade suficiente para me olhar no espelho, me achei bonita.

Nem minha mãe nem meu pai jamais me disseram que eu estava enganada. Foi Sheryl quem me deu a notícia quando disse: *Você é tão feia que chega a ser bonita.*

Olhei-me no espelho na primeira oportunidade e percebi que Sheryl estava dizendo a verdade.

A casa onde moramos ainda tem um cheiro distante de madeira apodrecida, cebola, galeirão frito, o cheiro salgado de crianças suadas. Mamãe estava sempre tentando nos manter limpos, e meu pai, sujos. Ele nos levou para a floresta e nos mostrou como espreitar um coelho e preparar um laço. Nós arrancávamos os esquilos do campo de suas tocas com laços e enchíamos vários baldes com amoras. Cavalgávamos um pequeno pônei, pescávamos percas no lago próximo, cultivávamos batatas o ano inteiro para o dinheiro da escola. O trabalho de mamãe não durou muito. Papai vendia lenha, milho, abóbora. Mas nunca passamos fome, e havia afeto em nossa casa. Eu sabia que era amada, pois era complicado para mamãe e papai me manterem a salvo do serviço social, embora eu os ajudasse com meus gritos intermináveis. Isso não quer dizer que era tudo perfeito. Papai bebia às vezes e desmaiava no chão. Mamãe tinha um temperamento explosivo. Nunca me batia, mas gritava e tinha acessos. Pior, ela dizia coisas horríveis. Uma vez Sheryl estava andando pela casa. Havia uma prateleira bem-encaixada num canto. Tinha um vaso de vidro lapidado, de estimação da mamãe. Quando levávamos buquês de flores silvestres para ela,

ela os colocava naquele vaso. Eu a vira lavando o vaso com sabão e polindo-o com uma fronha velha. Sheryl bateu com o braço no vaso e o derrubou, ele caiu no chão com um som límpido e se estilhaçou.

Mamãe estava trabalhando no fogão. Ela se virou, jogou as mãos para cima.

Sheryl, sua idiota, ela gritou. Isso era a única coisa bonita que eu já tive.

Foi Tuffy que quebrou!, Sheryl disse, batendo a porta.

Mamãe começou a chorar, furiosamente, e passou o braço pelo rosto. Fui varrer os cacos para ela, mas ela me mandou deixar, com uma voz tão deprimida que fui procurar Sheryl, que estava se escondendo no seu lugar de sempre, lá no fundo do galinheiro. Quando perguntei por que tinha me culpado, Sheryl me olhou com ódio: Porque você é branca. Eu não guardei nenhum ressentimento contra Sheryl pelo que ela fez então, nós até ficamos próximas mais tarde. Fiquei muito feliz por isso, pois nunca me casei e precisava confiar em alguém quando, há cinco anos, minha mãe biológica me procurou.

Morei num anexo da casinha até meus pais morrerem. Eles se foram, um logo depois do outro, como às vezes acontece com casais que viveram juntos por muito tempo. Aconteceu em poucos meses. Na época, meus irmãos e minha irmã tinham se mudado da reserva, ou construído casas mais perto da cidade. Eu fiquei lá, no silêncio. Uma diferença foi que fiquei com o cachorro, descendente de outro que rosnava para a mulher do serviço social, que morava lá comigo. Papai e mamãe colocaram a televisão na cozinha. Eles assistiam depois do jantar, sentados eretos nas cadeiras da cozinha, de mãos dadas apoiadas sobre a mesa. Mas eu preferia meu sofá. Tenho uma lareira, com um anteparo de vidro e ventiladores que espalham o calor num círculo aconchegante, e ali eu me sento todas as noites do inverno, com o cachorro aos meus pés, lendo ou fazendo crochê enquanto escuto os murmúrios da TV para me fazer companhia.

Uma noite, o telefone tocou.

Atendi com um simples alô. Houve uma pausa. Uma mulher perguntou se quem falava era Linda Wishkob.

É sim, respondi. Senti uma estranha onda de apreensão. Sabia que alguma coisa estava prestes a acontecer.

É a sua mãe, Grace Lark. A voz estava tensa e nervosa.

Coloquei o telefone de volta no gancho. Mais tarde, aquele momento me pareceu muito engraçado. Eu instintivamente rejeitara minha mãe, desliguei-me dela como ela fizera comigo.

Como você sabe, sou funcionária pública. Poderia descobrir o endereço dos meus pais biológicos quando quisesse. Poderia ter ligado para eles, ou, sei lá, ter ficado bêbada e feito um escândalo no quintal deles. Mas eu não queria saber nada sobre eles. Por que iria querer? Tudo o que eu sabia me feria e eu sempre evitei a dor — o que pode ser o motivo para nunca ter me casado ou não ter tido filhos. Não me incomoda ficar sozinha, a não ser por, bem... Naquela noite, depois de desligar o telefone, fiz um chá e me ocupei com palavras cruzadas. Uma delas me confundiu. A pista era vida dupla, doze espaços, e foi a que demorei mais e precisei de um dicionário para chegar à palavra *doppelgänger*, o duplo de uma pessoa.

Eu sempre identifiquei a visita que aparecia para mim como um daqueles espíritos que os remédios de Betty traziam para minha cabeça. A primeira vez foi quando fui tirada de Betty por aquele breve período e colocada no quarto branco. Nas outras vezes, tive a sensação de que havia alguém caminhando ao meu lado, ou sentado atrás de mim, sempre na periferia da minha visão. Um dos motivos para eu deixar o cachorro morar dentro de casa era que ele mantinha essa presença longe. Eu jamais pensara naquela presença como algo relacionado ao meu irmão gêmeo, que foi criado a uma hora de carro da minha casa, mas naquela noite a combinação daquele telefonema vindo do nada e a palavra de doze letras nas palavras cruzadas fizeram minha mente fluir.

Betty me disse que ela não fazia ideia do nome que os Lark deram ao menino, mas ela provavelmente sabia. É claro que, como éramos de gêneros diferentes, éramos gêmeos fraternos e, em tese, não mais parecidos do que qualquer outro irmão e irmã. Na noite em que minha mãe biológica ligou, decidi odiar e me sentir traída pelo meu irmão gêmeo. Ouvi a voz dela pela primeira vez, trêmula, pelo telefone. Ele tinha ouvido a vida toda.

Eu também sempre achei que odiava minha mãe biológica. Mas a mulher simplesmente se identificara como mãe. Minha mente tinha gravado muito bem suas palavras. Durante toda aquela noite e na manhã seguinte, também ficaram girando num loop. No fim do segundo dia, no entanto, a entonação ficou mais fraca. Fiquei aliviada, pois no terceiro dia ela parou. Então, no quarto dia, a mulher ligou de novo.

Começou pedindo desculpas.

Desculpe te incomodar! Continuou dizendo que sempre quis me encontrar, mas tinha medo de descobrir onde eu estava. Me contou que George, meu pai, tinha morrido e que ela morava sozinha e que meu irmão gêmeo era um ex-funcionário dos correios que tinha se mudado para Pierre, em Dakota do Sul. Perguntei o nome dele.

Linden. Era um nome tradicional da família.

O meu também era um nome tradicional da família?, perguntei.

Não, Grace Lark respondeu, apenas combina com o nome do seu irmão.

Ela me contou que George havia escrito meu nome às pressas na certidão de nascimento e que eles nunca tinham me visto. Ela continuou falando sobre como George morrera de um ataque do coração e que ela quase tinha se mudado para Pierre, para ficar perto de Linden, mas que não podia vender a casa. Disse que não sabia que eu morava tão perto, ou teria me ligado há muito tempo.

A conversa fiada deve ter feito com que uma amnésia, como num sonho, tomasse conta da minha mente, pois quando Grace Lark me perguntou se a gente podia se encontrar, se podia me levar para jantar no Vert's Supper Club, eu disse que sim e combinamos o dia.

Quando eu finalmente desliguei o telefone, fiquei olhando por um bom tempo para uma pequena acha de lenha na lareira. Antes da ligação, eu tinha acendido o fogo e estava animada para fazer pipoca. Eu ia jogar as pipocas para o alto e o cachorro as pegaria. Talvez eu me sentasse na cozinha e assistisse um filme, lá na mesa. Ou então ficaria junto do fogo, lendo meu livro, que tinha pegado na biblioteca. O cachorro ia roncar e agitar as pernas, sonhando. Aquelas tinham sido minhas escolhas.

Agora, eu estava presa a outra coisa — um tumulto de sentimentos horríveis vindo à tona. Qual deles eu escolheria para ser o primeiro a me dominar? Eu não conseguia decidir. O cachorro veio e apoiou a cabeça no meu colo e nós ficamos ali até eu perceber que uma das reações que eu podia adotar era o torpor. Aliviada, sem sentir nada, coloquei o cachorro pra fora, deixei-o entrar de volta e fui para a cama.

Então, nós nos encontramos. Ela era tão comum. Eu tinha certeza de que já a tinha visto na rua ou no supermercado ou no banco, talvez. Teria sido difícil não ver alguém, alguma vez, ao longo de uma vida por aqui. Mas eu não a teria identificado como minha mãe, pois não percebi nada familiar ou parecido comigo.

Não apertamos as mãos, e claro que não nos abraçamos. Nós nos sentamos uma de frente para a outra, numa baia de lanchonete forrada de couro.

Minha mãe biológica olhou para mim. Você não é... A voz dela falhou.

Retardada?

Ela se recompôs. Você tem as cores de seu pai, ela disse. George tinha o cabelo escuro.

Grace Lark tinha olhos azuis, com círculos vermelhos ao redor, óculos com aros claros, um nariz afilado, uma boca pequena e arqueada, lábios finos. O cabelo era típico de uma mulher de setenta e sete anos — um permanente justo, grisalho. Usava uma dentadura manchada, brincos grandes de pérolas cultivadas, uma calça azul-clara e sapatos ortopédicos com cadarços, de bico quadrado.

Ela não tinha nada que me chamasse a atenção. Não passava de mais uma velhinha de quem não se tem vontade de se aproximar. Observei, na reserva, pessoas que não se aproximavam de mulheres como ela — não sei dizer o porquê. Um instinto de rejeição, eu acho.

Você quer fazer o pedido?, perguntou Grace Lark, tocando o menu. O que você quiser, você é minha convidada.

Não, obrigada, vamos dividir a conta, respondi.

Eu tinha pensado nisso antes e decidido que, se minha mãe queria amenizar sua culpa de algum jeito, me pagar um jantar seria barato demais. Então fizemos o pedido e bebemos nossos copos de vinho branco seco.

    Jantamos filé de badejo e arroz. Os olhos de Grace Lark se encheram de lágrimas diante de um pote de sorvete de bordo.

    Eu queria ter sabido que você ia ser tão normal. Eu queria nunca ter desistido de você, ela chorou.

    Me senti alarmada pelo efeito dessas palavras sobre ela e rapidamente perguntei: Como vai Linden?

    As lágrimas secaram.

    Ele está muito doente, respondeu. Sua expressão tornou-se fria e direta. Sofre de insuficiência renal, faz diálise. Está esperando por um rim. Eu daria um dos meus, mas não sou compatível e meu rim é velho. George está morto. Você é a única esperança de seu irmão.

    Levei o guardanapo até os lábios e me senti flutuando, fora da cadeira, quase no espaço. Alguém flutuava comigo, quase imperceptível, mas eu sentia sua respiração ansiosa.

    Agora é a hora de ligar para Sheryl, pensei. Eu deveria ter ligado para ela antes. Eu tinha uma nota de vinte dólares comigo e, quando aterrissei, coloquei o dinheiro em cima da mesa e saí pela porta. Fui para o meu carro, mas antes de conseguir entrar, tive que correr até o gramado que cercava o estacionamento. Eu estava vomitando, golfando e chorando quando senti a mão de Grace Lark alisando minhas costas.

    Foi a primeira vez que minha mãe biológica me tocou e, embora eu tivesse me acalmado com o toque de sua mão, pude detectar um tom de triunfo estúpido na voz sussurrante dela. Ela sempre soube onde eu morava, é claro. Empurrei-a para longe, repelindo-a como um animal que foge de uma armadilha.

Sheryl agiu como uma executiva.

    Vou ligar para Cedric, lá em Dakota do Sul. Ouça bem, Tuffy. Vou falar com Cedric para ele desligar o tubo deste Linden e você pode esquecer essa palhaçada.

    Essa é a Sheryl. Quem mais poderia me fazer rir naquelas circunstâncias? Eu ainda estava de cama na manhã do dia seguinte. Avisei que não ia trabalhar por estar doente pela primeira vez em dois anos.

Você não está sequer pensando nisso seriamente, não é?, Sheryl perguntou. Em seguida, como não respondi: Está?

Não sei.

Então vou mesmo ligar para o Cedric. Essas pessoas te abandonaram, te deram as costas, teriam te deixado morrer na rua. Você é minha irmã. Não quero que você doe seus rins. Ei, e se eu precisar de um de seus rins um dia? Já pensou nisso? Guarde sua porcaria de rim para mim!

Eu te amo, Sheryl disse, e eu respondi da mesma forma.

Tuffy, não faça isso, ela me advertiu, mas tinha a voz preocupada.

Depois que desligamos, liguei para o número no cartão que Grace Lark deixara no meu bolso e marquei todos os exames necessários no hospital.

Em Dakota do Sul, fiquei hospedada na casa de Cedric, que era um veterano, e sua esposa, chamada Cheryl, com *C*. Ela me deu toalhinhas que tinham apliques de animais fofos. E sabonetinhos de hotel, que ela preparava. Fez a minha cama. Tentou me mostrar que aprovava o que eu estava fazendo, apesar de o resto da família não concordar. Cheryl era muito cristã, então aquilo fazia sentido.

Mas aquilo não era alguma coisa que eu faria no espírito do "amar ao próximo". Eu já disse que não procuro a dor e não tencionava passar por aquilo se fosse possível suportar a alternativa.

Toda a minha vida, sabendo sem saber, eu esperei que aquilo acontecesse. Meu irmão gêmeo era quem aparecia no canto dos meus olhos, bem ao meu lado. Ele não sabia que estivera lá, disso eu tinha certeza. Quando o serviço social me tirou de Betty e fiquei sozinha na brancura, ele segurou minha mão, sentado comigo, e sofreu. E agora que eu conhecera a mãe dele, entendi algo mais. Numa pequena cidade, as pessoas sabiam, é claro, o que ela havia feito ao me abandonar. Ela teria que voltar sua fúria contra si mesma, sua vergonha, sobre outra pessoa — a criança que escolhera. Ela teria culpado Linden, transferido suas raivas distorcidas para ele. Eu sentira o desprezo e o triunfo em seu toque. Agradeci pela maneira como as coisas acabaram acontecendo. Antes de nascer, meu irmão gêmeo teve a compaixão de me esmagar, de me aperfeiçoar com a deformação, de modo que fosse eu a ser poupada.

Vou lhe dizer uma coisa, disse a médica, uma iraniana, que me deu os resultados dos testes e fez a entrevista: você é compatível, mas conheço sua história. Portanto, acho justo você saber que a insuficiência renal de Linden Lark é culpa dele mesmo. Ele não tem apenas uma, mas duas liminares contra ele. Ele também tentou o suicídio com uma dose maciça de acetaminofeno, aspirina e álcool. E é por isso que ele precisa de diálise. Acho que você deve levar isso em consideração ao tomar sua decisão.

Mais tarde, naquele dia, encontrei com meu irmão gêmeo e ele me disse: Você não precisa fazer isso. Não precisa ser um Jesus.
　　　Eu sei o que você fez, respondi a ele. Não sou religiosa.
　　　Interessante, disse Linden. Ele olhou para mim e disse: Com certeza, nós não somos parecidos.
　　　Compreendi que isso não era um elogio, pois ele tinha boa aparência. Achei que ele guardava os traços mais bonitos da mãe, mas também os olhos dissimulados e a boca de tubarão. Os olhos se moviam pelo quarto. Ele não parava de morder o lábio, assobiando, enrolando o cobertor entre os dedos.
　　　Você é carteira?, ele perguntou.
　　　Trabalho no balcão, principalmente.
　　　Eu tenho um bom roteiro, disse ele, bocejando, uma rota regular. Poderia fazê-la dormindo. Todo Natal, meu pessoal me deixa cartões, dinheiro, biscoitos, esse tipo de coisa. Conheço a vida deles muito bem. Seus hábitos. Cada detalhe. Eu poderia ter cometido o assassinato perfeito, sabe?
　　　Aquilo me pegou de surpresa. Não respondi.
　　　Lark apertou os lábios e olhou para baixo.
　　　Você é casado?, perguntei.
　　　Nááááo... talvez tenha uma namorada.
　　　Ele disse isso, tipo, pobre de mim, com autopiedade. Disse: Minha namorada tem me evitado ultimamente, pois um funcionário do alto escalão do governo começou a pagá-la para

encontrar com ele. Oferece alguma compensação pelos favores dela. Está me entendendo?

Fiquei sem palavras, novamente. Linden me disse que a garota de quem ele gostava era jovem, trabalhava com o governador, tirava boas notas e se destacava, uma gracinha do ensino médio escolhida para um estágio. Uma estagiária índia na administração pegava bem, ele disse, e eu até mesmo a ajudei a conseguir o emprego. Ela é mesmo muito jovem para mim. Eu estava esperando ela crescer. Mas esse funcionário do alto escalão fez ela crescer enquanto eu estava preso no hospital. E vem fazendo isso desde então.

Fiquei constrangida e falei alguma coisa para mudar de assunto.

Você já achou, alguma vez, eu disse, que havia uma pessoa caminhando ao seu lado pela rota, ou logo atrás de você? Alguém lá quando você fecha os olhos e que desaparece quando você abre?

Não, ele respondeu. Você é maluca?

Era eu.

Peguei a mão dele e ele a deixou solta. Ficamos ali sentados juntos, em silêncio. Depois de um tempo, ele tirou a mão e a massageou, como se meu aperto o tivesse machucado.

Nada contra você, disse ele. Isso foi ideia da minha mãe. Não quero o seu rim. Tenho aversão a gente feia. Não quero um pedaço de você dentro de mim. Eu prefiro ficar na lista de espera. Com toda franqueza, você é o tipo de mulher nojenta. Quero dizer, me desculpe, mas você provavelmente já ouviu isso antes.

Posso não ser uma estonteante rainha da beleza, falei. Mas ninguém nunca me disse que eu era nojenta.

Você provavelmente tem um gato, disse ele. Os gatos fingem amar quem quer que dê comida para eles. Duvido que você pudesse conseguir um marido, ou um homem qualquer, a não ser que enfiasse um saco na cabeça. E mesmo assim, teria que tirar de noite. Ah, minha cara, eu sinto muito.

Ele colocou os dedos na boca e pareceu dissimuladamente culpado. Deu um tapa de mentira no próprio rosto. Por que eu digo essas coisas? Feri seus sentimentos?

Você me disse essas coisas para me afastar?, perguntei. Eu tinha começado a flutuar de novo, do mesmo jeito que no restaurante. Talvez você queira morrer. Você não quer ser salvo, certo? Não estou te salvando com alguma finalidade. Você não me deve nada.

    Dever a você?

    Ele parecia realmente surpreso. Tinha os dentes tão alinhados que é claro que recebera tratamento ortodôntico quando jovem. Começou a rir, mostrando toda aquela bela dentadura. Balançou a cabeça, apontou o dedo para mim, rindo tanto que parecia estar tendo um acesso. Quando me abaixei desajeitadamente para pegar minha bolsa, ele ria tanto que quase engasgou. Tentei me afastar dele, chegar até a porta, mas, em vez disso, recuei até a parede e fiquei presa lá, no quarto branco.

* * *

Meu pai ficou sentado à mesa, as mãos cruzadas e a cabeça baixa. Eu não conseguia pensar em nada para dizer, mas o silêncio se tornou tão demorado que disse a primeira coisa que passou pela minha cabeça.

    Muitas mulheres bonitas têm gatos. Sonja? Quero dizer, os gatos moram no celeiro, mas ela dá comida para eles. Você nem mesmo tem um gato. Você tem um cachorro. Eles são exigentes. Veja só a Pearl.

    Linda sorriu para o meu pai e disse que ele tinha criado um cavalheiro. Ele agradeceu e depois disse que tinha uma pergunta.

    Por que você fez aquilo?, perguntou ele.

    Ela queria, respondeu. A sra. Lark. A mãe. Quando todo o processo foi resolvido, eu abominava Linden — essa é a palavra. Abominava! Mas ele se apegou a mim. Além disso, era ridículo, pois agora *eu* me sentia culpada por odiá-lo. Quero dizer, na superfície, ele não era de todo mau. Ele fez doações para instituições de caridade e, às vezes, se convencia num rompante, eu acho, de que eu precisava de sua caridade. Então me dava presentes, flores, lenços bonitos, sabonetes, cartões sentimentais. Disse que lamentava por ter sido cruel, encantou-me por algum tempo, me fez rir. Além disso, não sou capaz de explicar o domínio que a sra. Lark era capaz de exercer. Linden se fechava perto dela, e a insultava pelas costas. Mesmo assim, fazia tudo o que ela mandava. Consentiu porque ela o forçou. E depois disso, como vocês sabem, eu fiquei muito doente.

Sim, disse meu pai, eu lembro. Você contraiu uma infecção bacteriana no hospital e foi enviada para Fargo.

Eu contraí uma infecção do espírito, disse Linda, corrigindo-o com tom preciso. Percebi que tinha cometido um erro terrível. Minha família verdadeira veio me resgatar, me pôr de pé novamente, ela prosseguiu. E Geraldine também, é claro. Além disso, Doe Lafournais me colocou em sua tenda do suor. Aquela cerimônia foi muito poderosa. A voz dela estava melancólica. E tão quente! Randall me deu uma festa. As tias dele me vestiram com um novo vestido com laço, que elas fizeram. Comecei a me curar e a me sentir melhor quando a sra. Lark morreu. Acho que eu não devia dizer isso, mas é verdade. Depois que a mãe morreu, Linden voltou para Dakota do Sul e logo começou de novo, pelo que ouvi.

Começou de novo?, perguntei. O que quer dizer com isso?

Começou a fazer coisas, disse Linda.

Que coisas?, perguntei.

Atrás de mim, eu sentia o peso da atenção de meu pai.

Coisas pelas quais ele deveria ser pego, ela murmurou e fechou os olhos.

Capítulo Sete
A ordem estabelecida

Embora nós o encontrássemos muitas vezes numa esquina da casa, sentado numa cadeira de cozinha amarela e descascada, olhando para a rua, não era assim que Mooshum passava seus dias, era apenas uma pausa para descansar os braços e pernas viscosos. Mooshum se deixava cansar entusiasticamente com uma sequência interminável de atividades rotineiras que mudavam conforme as estações. No outono, é claro, era preciso varrer as folhas. Elas vinham pousar de todo lado no mirrado gramado de Mooshum. Às vezes, ele até mesmo as catava com as mãos para jogá-las dentro de um barril. Deliciava-se queimando o mato. Havia um pequeno hiato depois das folhas e antes de a neve começar a cair. Nesse período, Mooshum comia feito um urso. A barriga ficava redonda, as bochechas inchavam. Preparava-se para a chegada das grandes nevascas. Tinha duas pás. Uma grande e retangular, de plástico azul, usada para a neve fofa, e outra prateada, com uma borda afiada, para a neve acumulada. Também tinha um cortador de gelo, um instrumento cuja lâmina era longa e reta, em vez de côncava como as pás. Ele afiava essa ferramenta com uma lima até deixá-la em condições de facilmente cortar fora um dedo do pé.

O arsenal de batalha de Mooshum ficava de prontidão junto à porta dos fundos durante todo o mês de outubro. Quando a primeira neve caía, ele calçava as galochas. Clemence tinha colado folhas de lixa grossa nas solas. Mais ou menos em noites alternadas, ela trocava as folhas de lixa e punha as botas para secar na calefação. As galochas de Mooshum cabiam por cima de seus mocassins de pele de coelho e das meias térmicas. Vestia calças de trabalho forradas com flanela vermelha e uma parca fofa, laranja fluorescente, que Clemence lhe dera para que pudesse ser encontrado, caso se perdesse na neve. Luvas de couro sem dedos, forradas com pele de coelho, e um gorro com pompom cor-de-rosa chamativo concluía o traje. Saía todo o santo dia com seu traje exuberante e trabalhava com uma ferocidade crescente. Trabalhava como uma formiga e mal parecia se mover. Ainda assim, usava a pá para tirar o lixo da rua e jogá-lo nos latões, limpava a neve não só dos caminhos de pedestres em torno da casa, mas também do acesso dos carros e das laterais das escadas. Mantinha a neve espalhada no nível do solo e do concreto, jamais deixando acumular. Quando não havia neve, apenas o brilho do gelo, ele usava o raspador letal para removê-lo. Quando chegava a época de tudo começar a derreter, mas o solo ainda não podia ser preparado para o jardim, voltava a comer sem parar, recuperando a substância perdida durante a guerra do inverno.

A primavera e o verão significavam ervas daninhas que cresciam com uma insistência obsessiva, animais furtivos, insetos, as vicissitudes do clima. Ele usava o cortador de grama da maneira como a maioria das pessoas da idade dele usava um andador, mas além disso aparando o gramado até o talo. Cultivava uma grande horta com um fervor invisível, arrancando as macegas pela raiz e carregando baldes de água até as plantações de abóboras, novamente sem parecer estar se movendo. Não ligava muito para os jardins de flores, mas Clemence tinha uma área plantada livremente com amoreiras que se misturaram com arbustos de *amelanchier*. Quando os frutos começavam a amadurecer, Mooshum acordava de madrugada para defendê-los. Um espantalho vivo, sentado em sua cadeira amarela, tomando o chá matinal. Para assustar os pássaros, também armara um varal com tampas de lata. Furou as tampas das latas com um martelo e um prego e as amarrou bem próximas para baterem umas nas outras com o vento. Esticou esses fios barulhentos por todo o jardim e sempre era muito cuidadoso para avisar onde os havia pendurado, pois a beira das latas era afiada e um garoto que passasse de bicicleta descuidadamente poderia acabar com a garganta cortada.

Com sua atividade incessante, e pelo visto quixotesca, Mooshum se mantinha vivo. Quando passou dos noventa anos, fez uma cirurgia de catarata e recebeu implantes de dentes falsos nas gengivas murchas. Os ouvidos ainda eram afiados. Ouvia tão bem que reclamava do barulho ocasional da máquina de costura de Clemence vindo pelo corredor e dos lamentos do tio Edward, que murmurava cantos fúnebres enquanto corrigia os trabalhos escolares. Certa manhã, no calor de junho, pedalei até a casa deles. Ele ouviu a bicicleta quando eu ainda estava na estrada principal, mas eu tinha prendido uma carta de baralho com um pregador de roupa junto aos raios da roda. Eu gostava do barulho animado e um ás de ouros também dava sorte. Qualquer um poderia ter me ouvido, mas ninguém teria ficado tão feliz naquele momento ao me ver quanto Mooshum. Ele havia se enrolado numa grande rede de pássaros que estava tentando jogar por cima dos arbustos altos de frutos de viburno, mesmo faltando muito para as frutas amadurecerem.

Encostei a bicicleta na casa, soltei-o da rede e a dobrei. Perguntei-lhe onde estava minha tia e por que o tinham deixado sozinho, mas ele me mandou fazer silêncio e disse que ela estava dentro de casa.

Ela não gosta que eu use a rede. Os pássaros ficam presos e morrem nela, ou perdem os pés.

De fato, das dobras da rede, naquele momento, eu tirei uma patinha de passarinho, as garras minúsculas ainda enroladas num emaranhado de fios. Soltei-a cuidadosamente e mostrei para Mooshum, que olhou para ela, abrindo e fechando a boca.

Deixa eu esconder isso, disse.

Eu vou guardar para mim.

Coloquei a patinha no bolso. Não vou contar para Clemence. Talvez me dê sorte.

Você precisa de sorte?

Guardamos a rede na garagem e fomos para a porta dos fundos. O dia começava a esquentar e já estava quase na hora do cochilo matinal de Mooshum.

Sim, preciso de sorte, falei para Mooshum. Você sabe como são as coisas. Meu pai tinha me deixado de castigo por três dias depois de eu ter saído de bicicleta sem deixar um bilhete. Eu ficara em casa com minha mãe durante todo aquele tempo. E ainda tinha aquele fantasma que eu ainda não conseguira entender. Eu queria perguntar para Mooshum o que aquilo significava.

Os olhos de Mooshum lacrimejaram, mas não foi de pena. O sol começava a ofuscar. Ele precisava dos óculos Ray-

-Ban que o tio Whitey lhe dera no último aniversário. Pegou uma bandana desbotada e velha e passou aquele trapo pelo rosto. Os fios de cabelo pendiam ao redor de seu rosto.

Existem maneiras melhores de se conseguir sorte do que com uma perna de passarinho, me disse.

Nós entramos. Minha tia, que estava vestida para ir limpar a igreja — salto alto, uma camisa branca com babados e jeans listrado e justo —, imediatamente colocou uma jarra de chá gelado e dois copos na mesa.

Eu queria rir e perguntar como ela ia limpar a igreja de salto alto, mas ela me viu olhando para seus sapatos e disse: Eu tiro os sapatos e enrolo os pés em panos para polir o chão.

O que é isso?, Mooshum contraiu a boca, com desagrado.

O mesmo chá medicinal que você toma todo santo dia, papai.

Todos em torno de Mooshum levavam o crédito por sua longevidade e pelo fato de ele ainda estar lúcido. Ou o que parecia lucidez, Clemence dizia quando ele a aborrecia. Seu próximo aniversário estava chegando e Mooshum dizia que faria 112 anos. Clemence se concentrava muito especialmente em mantê-lo vivo até lá, para ele poder aproveitar a festa. Ela estava fazendo grandes preparativos.

Me dá um pouco dessa água suja, Mooshum me pediu quando sentamos.

Papai! Isso te deixa animado.

Não preciso de mais animação. Preciso é de um lugar onde enfiar minha animação.

Que tal a avó Ignatia?, eu queria provocá-lo.

Aquela está toda seca.

É mais nova que você, disse Clemence com uma voz gelada. Vocês velhos vagabundos ficam achando que vão pegar as mais jovens. Esse é o problema de vocês.

É o que me mantém vivo! Isso e o meu cabelo.

Mooshum tocou na longa cabeleira branca e lisa que cultivava havia anos. Clemence insistia em tentar fazer uma trança ou prender o cabelo de Mooshum para trás, mas ele preferia deixar solto, com os fios escorridos pelos lados do rosto.

Ah *yai*. Ele deu um grande gole no chá. Se Louis Riel tivesse deixado Dumont emboscar a milícia naquela época, eu agora seria um primeiro-ministro aposentado. A Clemence aqui poderia ser a governadora da nossa nação indígena em vez de ficar esfregando chão do padre. Ela não perde tempo para me fazer beber esses baldes intermináveis de suco de cipó. Esse troço me atravessa direto, meu garoto. Ops! Ah-ah. É isso que vou dizer quando sujar as calças. Ops!

Não ouse, disse Clemence. Fique com ele até eu voltar e ter certeza de que ele vai ao banheiro. Ela disse que voltaria até meio-dia, uma hora.

Concordei e bebi o chá. Tinha um gosto amargo de casca de árvore. Como Clemence fora embora, podíamos voltar aos negócios. Eu precisava saber sobre o fantasma, em primeiro lugar. Depois, precisava de sorte. Perguntei a Mooshum sobre o fantasma e o descrevi. Disse-lhe que era o mesmo fantasma que aparecera para Randall.

Não é um fantasma então, disse Mooshum.

Então o que é?

Alguém está mandando o espírito dele para você. Alguém que você vai ver.

Pode ser o homem?

Que homem?

Respirei fundo. Que machucou minha mãe.

Mooshum assentiu com a cabeça e ficou imóvel, com o cenho franzido.

Não, provavelmente não, disse ele, por fim. Quando alguém lança seu espírito para você, ele nem sabe, mas a intenção é ajudar. Durante várias semanas, *mon père* sonhou que aquele cavalo o pisoteava. Duas vezes eu vi o anjo que veio levar minha Junesse. Tenha cuidado.

Então me ajude a obter minha sorte, falei. Como devo começar?

Primeiro você vai para o seu *doodem*, respondeu Mooshum. Encontre o *ajijaak*.

Meu pai e o pai dele foram cerimonialmente levados para o clã do grou, ou *ajijaak*. Eles deveriam ser líderes e ter boas vozes, mas, além disso, nada mais me havia sido dito. Foi o que eu disse a Mooshum.

Certo. Você vai direto ao seu *doodem* e observe. Ele vai te mostrar a sorte, Joe.

Ele bebeu o chá, fez uma careta. Sua cabeça então tombou sobre o peito e ele caiu no sono instantâneo dos velhos e dos muito jovens. Ajudei-o a se levantar, de olhos fechados, ele queria ser levado para a cama de armar na sala, onde cochilava de dia, bem ao lado do janelão. A cama fora posicionada de tal forma que, quando ele acordava, olhava direto para o céu morno e eterno.

Quando Clemence voltou, fui embora e pedalei até um lamaçal fora da cidade. As beiradas eram rasas e eu tinha visto uma garça na última vez que passei por lá. Todas as garças, grous e outros pássaros litorâneos eram minha *doodemag*, minha sorte. Havia uma doca de tábuas cinza, faltando algumas. Deitei na madeira morna e o sol me atravessou até os ossos. Não vi nenhuma garça, a princípio. Então vi, no trecho da margem para onde eu olhava, uma garça disfarçada entre a vegetação. Observei aquele pássaro parado. Imóvel. Então, rápido como um gênio, tinha um peixe no bico, que deixou escorregar cuidadosamente pela goela. A garça voltou à posição imóvel, dessa vez sobre uma perna. Eu estava começando a ficar impaciente para que a sorte se mostrasse.

Certo, falei, cadê a sorte?

Com um reflexo de suas longas asas pontiagudas, ela alçou voo e foi para o outro lado do lago, onde ficava a casa redonda, assim como a colina e a queda, um lugar aonde gostávamos de ir nadar. O vento predominante formava ondas e jogava a sujeira e a espuma para este lado do lago. Eu me virei, decepcionado, na beira de uma das falhas das tábuas, e olhei para baixo, para a sombra da doca e através da água clara do lago. Normalmente, ali ficavam filhotes de perca, aranhas-d'água e até uma tartaruga, às vezes, para a gente olhar. Dessa vez, um rosto de criança olhava para mim. Surpreendente, mas vi na mesma hora que era uma boneca, uma boneca de plástico de olhos arregalados, afundada no lago. Sorrindo como se tivesse um segredo, olhos azuis com reflexos brilhantes na íris, recebendo a luz do sol. Levantei-me com um pulo, olhei ao redor e me ajoelhei de novo, para ver melhor. Ocorreu-me que, se havia um brinquedo, era possível que uma criança de verdade pudesse estar atrás dele, presa sob a doca. Uma nuvem passou diante do sol. Pensei em ir atrás de Cappy, mas a curiosidade acabou vencendo e olhei de novo lá para baixo, procurando entre os intervalos das tábuas. Era só a boneca. Uma boneca de menina sendo levada serenamente pelo fundo do lago, com um vestido quadriculado, calcinhas fofas e aquele sorriso travesso. Quando tive certeza de que não havia criança nenhuma com ela, pesquei a boneca e a sacudi, para que a água escorresse pelo encaixe onde a cabeça se juntava ao corpo de plástico. Arranquei a cabeça da boneca para deixar sair o resto da água e ali estava a minha sorte. Bem ali. A boneca estava recheada de dinheiro.

 Empurrei a cabeça de volta para o lugar. Olhei em volta. Tudo em silêncio. Ninguém à vista. Tirei a cabeça e examinei-a mais de perto. A cabeça da boneca estava recheada de notas cuidadosamente enroladas. Achei que fossem notas de um dólar. Cem, duzentos, talvez. Minha mochila estava pendurada atrás do banco da bicicleta. Coloquei a boneca lá dentro e pedalei para o posto de gasolina. Durante o caminho, pensei na minha sorte — ela vinha junto com um sentimento de culpa. Presumi que a pessoa que escondera o dinheiro na boneca fosse uma menina, talvez até mesmo alguém que eu conhecia. Ela teria economizado o dinheiro por toda a vida, juntando as notas aqui e ali, pequenos trabalhos, presentes de aniversário, agrados de tios beberrões. Tudo o que a menina tinha estava naquela boneca e ela havia perdido. Achei que minha sorte seria temporária. Em algum momento apareceria um cartaz digno de pena, ou mesmo uma nota no jornal, uma mensagem desamparada descrevendo a boneca e pedindo-a de volta.

Quando cheguei ao posto de gasolina, apoiei a bicicleta junto à porta e coloquei a boneca por dentro da camisa. Sonja estava atendendo um cliente. Olhei para o quadro de avisos. Havia um anúncio de um banco de esperma de touros e de filhotes de lobo, de um aparelho de som poderoso, fotos duvidosas e descrições de cavalos quarto de milha e baios, e de carros usados. Nenhuma boneca. O cliente finalmente foi embora. Eu ainda estava com a boneca escondida dentro da camisa.

 O que você tem aí?, perguntou Sonja.

Algo que eu tenho que te mostrar em particular.
Já ouvi essa antes.
Sonja riu e eu fiquei vermelho.
Venha, vamos lá dentro.
Passamos pelo balcão e entramos no minúsculo cubículo que ela chamava de escritório. Tinha uma mesa pequena de metal, uma cadeira, uma cama de armar e um abajur entulhados lá dentro. Tirei a boneca de dentro da camisa.
Esquisito, disse Sonja.
Tirei a cabeça.
Puta merda!
Sonja fechou a porta da saleta. Usou as longas unhas cor-de-rosa para tirar o rolo de notas pelo pescoço da boneca e desenrolou duas delas. Eram notas de cem dólares. Sonja enrolou as notas de volta, justas, enfiou-as na boneca e colocou a cabeça de volta. Ela saiu, fechou a porta e pegou três sacos plásticos. Voltou em seguida e enrolou a boneca num dos sacos e depois em outro saco, e então usou o terceiro para carregá-la. Ela me olhava de cima, no escritório escuro. Os olhos eram redondos e o azul era escuro como a chuva.
As notas estão molhadas.
A boneca estava no lago.
Alguém viu quando você pegou? Alguém te viu com a boneca?
Não.
Sonja tirou um malote de lona de uma gaveta. Eu sabia do malote, pois ela levava o dinheiro para o banco duas vezes por dia. Um aviso perto da caixa registradora dizia: "Não há dinheiro no local." Outro do lado dizia: "Sorria, você está sendo filmado." O grande segredo era que a câmara era falsa. Sonja pegou a caixa de alumínio que era fechada com uma chave pequena. Ela pensou por um momento e tirou uma pilha de envelopes brancos de uma gaveta e os colocou dentro da caixa.
Onde está seu pai?
Em casa.
Sonja discou o número e disse: O Joe pode ir comigo fazer umas compras? Voltaremos no fim da tarde.
Aonde a gente vai?, perguntei.
Primeiro, para a minha casa.

Levamos os sacos plásticos com a boneca, o malote e o cofre de metal para o carro. Sonja beijou Whitey na saída e disse que ia fazer o depósito, comprar algumas roupas para mim e outras coisas. A dedução era que ela estava fazendo as coisas que minha mãe teria feito para mim, se estivesse em condições de se levantar e sair.

Claro, disse Whitey, acenando para nós.

Sonja sempre verificava se eu tinha posto o cinto de segurança e dirigia com cuidado. Tinha um velho sedã Buick, que Whitey mantinha funcionando, e era uma motorista cuidadosa, apesar de fumar e jogar as cinzas num pequeno cinzeiro imundo. O resto do carro era aspirado impecavelmente. Saímos da cidade e pegamos a estrada para a área antiga, passamos pelos cavalos no pasto, que olharam para nós e começaram a andar para a frente. Provavelmente reconheceram o barulho do carro. Os cachorros estavam do lado da casa, esperando. Eram as irmãs de Pearl — Ball e Chain. As duas eram pretas, com olhos amarelos intensos e manchas marrons em tufos espalhados pelo pescoço e pelo rabo. O macho, Big Brother, tinha fugido um mês antes.

Whitey construíra uma escada e uma varanda de madeira na frente da casa. Era de madeira tratada e não perdera ainda a cor verde-pálido. A casa era pintada com um azul vaporoso. Sonja disse que pintou daquela cor por causa do nome: Perdidos no Espaço. O arremate era branco ofuscante, mas a porta de tela de alumínio e a porta interna de madeira maciça eram antigas e castigadas. Lá dentro, a casa estava fresca e na penumbra. Cheirava a Pinho Sol e limão, cigarros e fritura velha de peixe. Tinha quatro quartos pequenos. O quarto de casal tinha uma velha cama surrada, coberta com um edredom florido, e a janela dava para o pasto inclinado e os cavalos. O malhado e o Appaloosa tinham se aproximado do arame junto ao quintal. Spook relinchou, uma expressão de afeto. Segui Sonja para o quarto. Ela abriu o armário, que exalou perfume em torno. Ela se virou com um ferro de passar roupa na mão e espetou-o na parede, ao lado da tábua. A tábua estava bem em frente à janela, de onde ela podia observar os cavalos.

Sentei-me na beira da cama, tirei a cabeça da boneca e dei uma nota de cada vez para Sonja. Ela passou cada uma com cuidado, até ficarem lisas e secas, testando o fundo do ferro várias vezes com o dedo. Eram todas de cem. A princípio, colocamos cinco notas cuidadosamente em cada envelope e dobramos a aba, mas sem colar, e os deixamos em cima da cama. Mas faltaram envelopes e pusemos dez notas em cada um. Depois, vinte. Sonja me deu uma pinça e eu catei as últimas notas de dentro dos punhos e tornozelos da boneca. Sonja usou uma lanterna para olhar por dentro do pescoço da boneca. Por fim, encaixei a cabeça de volta.

    Coloque de volta na bolsa, disse Sonja.

    Ela passou o braço na testa e por cima do lábio. Tinha o rosto coberto de gotas de suor, apesar de o calor ainda não ter entrado na casa.

    Ela abanou os braços para cima e para baixo, bateu de leve nas axilas.

    Ufa. Me traga um copo d'água da cozinha. Preciso trocar a blusa.

    Fui até a cozinha e abri o congelador. O poço da casa captava água potável. Sonja sempre tinha uma jarra gelada. Enchi um copo com o logo da cerveja Pabst Blue Ribbon — eles colecionavam copos de cerveja — e bebi tudo. Depois enchi de novo para Sonja. Acho que eu queria que ela bebesse do mesmo copo que eu, mas não pensei realmente nisso. Estava pensando em quanto dinheiro tinha naqueles envelopes. Voltei para o quarto e Sonja estava com uma blusa nova — listrada de rosa e cinza, bem justa no peito. A camisa tinha um colarinho branco rígido e abotoado. Ela bebeu a água.

    Ufa, ela disse.

    Colocamos os envelopes no malote e o malote no cofre de alumínio. Sonja foi ao banheiro, escovou os cabelos e se ajeitou. Ela não fechou a porta totalmente e eu estava sentado na cozinha, olhando para a parede do banheiro. Quando ela saiu, tinha retocado o batom cor-de-rosa, do mesmo tom das unhas e das listras da camisa. Fomos para o carro. Sonja levou a boneca dentro da bolsa plástica. Trancou-a no bagageiro.

    Vamos abrir umas tantas poupanças para a sua faculdade, disse Sonja.

    Primeiro fomos para Hoopdance e o caixa nos mandou falar com o gerente, nos fundos. Sonja disse que queríamos abrir uma conta para mim, uma poupança, e nós dois assinamos os cartões e a moça datilografou a caderneta com o meu nome e o de Sonja, como assinatura conjunta. Sonja entregou três envelopes, e a moça que abria a conta os examinou atentamente.

Eles venderam as terras, Sonja disse, encolhendo os ombros.

A moça contou o dinheiro e datilografou na caderneta. Guardou-a num envelope plástico e a entregou para mim com um gesto firme.

Saí levando a caderneta e fomos para o outro banco de Hoopdance, onde fizemos a mesma coisa. Só que, dessa vez, Sonja mencionou um ótimo jogo de bingo.

Sei, disse o gerente do banco.

Continuamos em frente e fomos para Argus. Num banco, ela disse que eu tinha herdado o dinheiro de um tio senil. Noutro, mencionou uma corrida de cavalos. Depois, repetiu a história do bingo. Levamos toda a tarde, dirigindo pelos pastos com grama nova e plantações com brotos recentes. Num posto de beira de estrada, Sonja parou e abriu o bagageiro. Pegou os sacos com a boneca e a jogou dentro de uma lixeira. Depois disso, paramos na cidade seguinte e compramos hambúrgueres e fritas para a viagem. Sonja não me deixou tomar Coca-Cola; tinha na cabeça alguma ideia de que refrigerante de laranja seria melhor para mim. Pouco me importava. Eu me sentia muito feliz por estar num carro em que Sonja tinha que ficar de olho na estrada e eu podia espiar os seios dela marcando as listras da camisa, antes de olhar para o seu rosto. Sempre que falava com ela, olhava para o seu peito. O cofre com o dinheiro estava no meu colo e eu tinha parado de pensar no dinheiro como dinheiro de fato. Quando afinal todos os depósitos tinham sido feitos e estávamos voltando para casa, verifiquei cada uma das cadernetas e fiz a soma de cabeça. Disse a Sonja que eram mais de quarenta mil dólares.

Era uma boneca bem gordinha, ela disse.

Por que é que não pudemos ficar com pelo menos uma nota?, perguntei. Quando pensei nisso, fiquei desapontado.

Certo, disse Sonja. O negócio é o seguinte. De onde é que veio esse dinheiro? Com certeza vão querer de volta. Vão matar para conseguir de volta, está me entendendo?

Eu não devo contar a ninguém. Óbvio, né?

Você é capaz de fazer isso? Nunca conheci nenhum cara capaz de guardar um segredo.

Eu consigo.

Mesmo para o seu pai?

Claro.

Mesmo para Cappy?

Ela me ouviu hesitar antes de responder.

Eles cairiam em cima dele também, disse ela. Podem até matá-lo! Então, fique de boca fechada e trate de não abrir! Pela vida da sua mãe.

Ela sabia o que estava dizendo. Sabia, sem precisar olhar para as lágrimas que começaram a se formar nos meus olhos. Eu pisquei.

Ok, eu juro.

Temos que enterrar as cadernetas.

Entramos por uma estrada de terra e fomos até uma árvore que o pessoal chamava de árvore do enforcado, um gigantesco carvalho. O sol iluminava seus ramos. Havia bandeiras de oração e tiras de tecido amarradas nela. Vermelhas, azuis, verdes e brancas, as cores dos Anishinaabe dos velhos tempos para as direções, de acordo com Randall. Alguns panos estavam desbotados, outros eram novos. Era a árvore na qual aqueles ancestrais foram enforcados. Nenhum dos assassinos jamais fora julgado. Eu via a terra de seus descendentes, já tomada pelas plantações. Sonja pegou o raspador de gelo do porta-luvas e guardamos as cadernetas no cofre. Ela guardou a chave no bolso da frente da calça jeans.

Marque o dia.

Era 17 de junho.

Traçamos um ponto a partir do sol até o horizonte e depois caminhamos em linha reta, cinquenta passos de onde o sol se poria para dentro da mata. Levamos o que pareceu uma eternidade para cavar um buraco profundo o bastante para o cofre, usando apenas o raspador de gelo. Mas colocamos o cofre lá, cobrimos e colocamos o mato de volta, espalhando folhas secas por cima e em torno.

Invisível, eu disse.

Precisamos lavar as mãos, disse Sonja.

Tinha um pouco de água na vala. Foi a que usamos.

Entendi a história de não contar para ninguém, falei no caminho de casa. Mas eu quero um tênis igual ao do Cappy.

Sonja olhou para mim e quase me pegou de olho na lateral de seu peito.

Certo, respondeu ela. E como você vai explicar de onde tirou o dinheiro para comprá-lo?

Eu digo que estou trabalhando no posto de gasolina.

Ela sorriu. Você quer trabalhar lá?

Fui tomado por um prazer tão intenso que nem consegui falar. Não tinha me dado conta do quanto queria ficar longe da minha casa e como queria trabalhar em algum lugar em que pudesse encontrar e conversar com outras pessoas, qualquer pessoa que aparecesse, pessoas que não estivessem morrendo bem na sua cara. Fiquei assustado por pensar assim tão subitamente.

Cara! Claro que sim!, respondi.

Nada de falar palavrões no trabalho, disse Sonja. Você vai representar alguma coisa lá.

Certo. Dirigimos por mais alguns quilômetros. Perguntei o que eu estava representando.

O empreendedorismo do livre mercado dentro da reserva. As pessoas nos observam.

Quem nos observa?

Gente branca. Estou falando de gente ressentida. Você sabe. Como aqueles Lark, que eram donos do Vinland. Ele passou por aqui, mas foi legal comigo. Tipo, ele não é tão ruim.

Linden?

Sim, esse mesmo.

É melhor você tomar cuidado com esse daí, eu disse.

Ela deu uma risada. Whitey odeia esse cara. Quando sou legal com ele, fica cheio de ciúmes.

Como é que você pode querer deixar Whitey com ciúmes?

De repente, eu também estava com ciúmes. Ela riu de novo e disse que Whitey precisava ser colocado no seu devido lugar.

Ele acha que é meu dono.

Ah.

Eu fiquei sem jeito, mas ela me olhou de repente, um olhar cortante, com um sorriso malicioso, como o da boneca. Então, olhou para longe, ainda com aquele sorriso maníaco.

Isso aí. Acha que é meu dono. Mas vai descobrir que não é, hein? Estou certa?

* * *

Soren Bjerke, agente especial do FBI, era um sueco desengonçado e impassível, cabelo e pele cor de trigo, um nariz magro e ossudo, orelhas grandes. Não dava realmente para ver seus olhos atrás dos óculos — estavam sempre sujos, acho que de propósito. Tinha uma cara desanimada de cachorro triste e um sorriso acanhado e humilde. Mexia-se pouco. Tinha certa maneira de se manter perfeitamente imóvel e atento que me lembrava o *ajijaak*. Suas mãos nodosas estavam pousadas calmamente na mesa da cozinha quando entrei. Fiquei parado na porta. Meu pai tinha posto duas canecas de café na mesa. Pude perceber que eu interrompera a nuvem de concentração entre eles. Minhas pernas ficaram bambas de alívio quando percebi que a visita de Bjerke não era por minha causa.

A presença de Bjerke remetia ao caso Ex Parte Crow Dog e a lei Major Crimes Act, de 1885. Foi quando o governo federal interveio pela primeira vez em decisões tomadas entre os próprios índios, relativas a indenizações e punições. As razões para a presença de Bjerke prosseguiam pelo lamentável ano de 1953 para os índios, quando o Congresso não apenas decidiu tentar dar fim à nossa autonomia, como também aprovou a Lei Pública 280, que estabelecia certa jurisdição civil e criminal de cada estado sobre as terras indígenas dentro de seus limites. Se existe uma lei a ser repudiada, ou modificada, pelos índios até hoje é a Lei Pública 280. Mas, no caso particular de nossa reserva, a presença de Bjerke era uma declaração de nossa soberania banguela. Você já leu até aqui e sabe que estou escrevendo essa história retroativamente, falando daquele verão em 1988, quando minha mãe se recusou a descer a escada e se recusou a falar com Soren Bjerke. Ela havia me atacado e aterrorizado meu pai. Ela flutuara para longe, de tal forma que não sabíamos como trazê-la de volta. Li que certas lembranças que causaram perturbações numa idade vulnerável não se extinguem com o tempo, mas aprofundam-se cada vez mais, voltando e voltando. Ainda assim, muito honestamente, naquele momento, em 1988, enquanto olhava para meu pai e Bjerke na nossa mesa da cozinha, minha cabeça ainda estava recheada de dinheiro, exatamente como a daquela boneca descartada com seus olhinhos forjados com uma expressão dissimulada.

Passei por Bjerke e fui para a sala, pois não queria subir a escada. Não queria passar pela porta fechada de minha mãe. Não queria saber que ela estava deitada lá, respirando lá, e, com seu sofrimento incessante, sugando toda a seiva da animação com o dinheiro. Mas, como não queria passar pela porta de minha mãe, me virei e voltei para a cozinha. Estava com fome. Fiquei na porta, mexendo as mãos até os homens pararem de falar.

Talvez você queira um copo de leite, disse meu pai. Pegue um copo de leite e sente-se. Sua tia nos mandou um bolo. Em cima do balcão estava um pequeno bolo redondo de chocolate, com uma cobertura caprichada. Meu pai indicou-o para mim com um aceno. Cortei quatro pedaços cuidadosamente, servindo-os em pratinhos de sobremesa com um garfo ao lado. Deixei três pedaços na mesa. Servi um copo de leite para mim.

Vou levar esse outro para sua mãe mais tarde, disse meu pai, sinalizando o último pedaço com a cabeça.

Então, sentei-me com os homens. Percebi logo que tinha cometido um erro terrível. Agora que estava sentado junto deles, a verdade me pressionaria a falar. Não a verdade sobre o galão de gasolina. Mas, quando eles pareciam estar me esperando abrir a boca, foi aquilo que soltei, nervoso, perguntando se serviria como prova.

Sim, disse Bjerke. Seu olhar inabalável atravessou a sujeira da lente dos óculos. Vamos tomar seu depoimento. Tudo no devido tempo. Se tivermos uma causa.

Sim, senhor. Bem, me enchi de coragem, talvez eu pudesse dar o depoimento agora. Antes que eu esqueça.

Ele é do tipo esquecido?, perguntou Bjerke.

Não, disse meu pai.

Ainda assim, acabei falando para um pequeno gravador e assinando um papel. Depois disso, vieram algumas perguntas gentis sobre o que eu andava fazendo durante as férias e quanto eu estava medindo e que esporte eu ia escolher no ensino médio. Luta livre, respondi. Eles tentaram esconder a expressão de ceticismo. Ou quem sabe cross-country? Isso parecia mais digno de crédito. Dava para ver que os dois homens estavam satisfeitos por eu estar ali, mas também se esquivando de certo silêncio sombrio de embaraço entre eles, que provavelmente resultava, lembrando hoje daquele dia e hora, de seu impasse. Não tinham mais ideias e nenhum suspeito, estavam inseguros quanto a suas pistas e não conseguiam ajuda alguma com a minha mãe, que agora insistia que o evento se fora de sua mente. O dinheiro ainda latejava para me fazer falar e se revelar.

Tem uma coisa, falei.

Soltei o garfo e olhei para o meu prato vazio. Eu queria outro pedaço, dessa vez com sorvete. Ao mesmo tempo, estava com uma sensação esquisita sobre o que estava prestes a fazer e achei que talvez eu não quisesse comer nunca mais.

Uma coisa?, perguntou meu pai. Bjerke limpou os lábios.

Tinha um arquivo, falei.

Bjerke pousou o guardanapo. Meu pai me olhou por cima do aro dos óculos.

Joe e eu examinamos os arquivos, ele disse para Bjerke, para explicar a minha observação inesperada. Revisamos todos os possíveis processos judiciais em que alguém pudesse...

Não é esse tipo de arquivo, eu disse.

Os dois assentiram com a cabeça pacientemente para mim. Vi então que meu pai percebia que havia algo que ele não sabia no que eu estava prestes a dizer. Ele abaixou a cabeça e olhou para mim. O tique-taque do polvo dourado marcava as horas na parede. Respirei fundo e, quando falei, sussurrei de uma maneira infantil da qual imediatamente me envergonhei, mas que os deixou mais atentos.

Por favor, não digam para a mamãe que eu contei isso. Por favor?

Joe, disse meu pai. Ele tirou os óculos e os colocou sobre a mesa.

Por favor?

Joe.

Está certo. Naquela tarde em que a mamãe chegou do escritório, o telefone tocou. Quando ela desligou, deu para ver que estava chateada. Mais ou menos uma hora depois, ela disse que ia buscar um arquivo. Na semana passada, eu me lembrei desse arquivo e perguntei a ela se ele tinha sido encontrado. Ela disse que não tinha arquivo nenhum. Disse que eu não deveria jamais mencionar um arquivo. Mas tinha um arquivo. Ela foi atrás dele. Esse arquivo é o motivo de tudo o que aconteceu.

Parei de falar e fiquei com a boca aberta. Nós nos olhamos uns para os outros, como três idiotas com a boca suja de migalhas.

Isso não é tudo, disse meu pai subitamente. Isso não é tudo o que você sabe.

Ele se inclinou sobre a mesa daquele jeito dele. Aumentando, parecia crescer. Pensei primeiro no dinheiro, é claro, mas eu não ia desistir daquilo e, de qualquer modo, falar disso agora implicaria Sonja, e eu jamais a trairia. Tentei desconsiderar.

É só isso, falei. Não tem mais nada. Mas ele simplesmente pareceu aumentar ainda mais. Então entreguei um segredo menor, o que muitas vezes é a maneira de satisfazer alguém que sabe, e sabe que sabe, como era o caso de meu pai ali.

Está bem.

Bjerke também se inclinou para a frente. Eu empurrei minha cadeira para trás, um pouco descontrolado.

Tenha calma, disse meu pai. Apenas conte o que você sabe.

Naquele dia em que fomos à casa redonda e achamos o galão de gasolina, também achamos outras coisas lá. Do outro lado da cerca, lá perto da beira do lago. Tinha um isopor e uma pilha de roupas. Não tocamos nas roupas.

E o isopor?, perguntou Bjerke.

Bem, acho que a gente abriu.

E o que tinha dentro?, perguntou meu pai.

Latas de cerveja.

Eu estava prestes a dizer que estavam vazias, mas olhei para o meu pai e entendi que negar estava abaixo de mim e que uma mentira deixaria a mim e a meu pai constrangidos diante de Bjerke.

Dois pacotes de meia dúzia, falei.

Bjerke e meu pai se olharam, assentiram e se recostaram nas cadeiras.

E, sem piscar, entreguei meus amigos para esconder a história do dinheiro. Espantei-me com a velocidade com que aquilo aconteceu. Fiquei chocado pela maneira perfeita como minha confissão encobriu os quarenta mil dólares que eu tinha acabado de embolsar naquele dia com a ajuda de Sonja. Ou sob a orientação de Sonja. Era eu ajudando Sonja, afinal. A ideia tinha sido dela. Foi ela quem não procurou meu pai, ou a polícia. Ela era uma adulta, portanto, teoricamente, era a responsável pelo que acontecera naquele dia. Eu sempre poderia encontrar refúgio naquilo, pensei, e o fato de pensar nisso também me surpreendeu e humilhou a tal ponto que, sentado ali na frente de meu pai e Bjerke, comecei a suar, a sentir meu coração disparar e minha garganta ficar apertada.

 Levantei com um pulo.

 Tenho que ir!

 Ele estava com cheiro de cerveja?, ouvi meu pai perguntar.

 Não, disse Bjerke.

 Tranquei-me no banheiro, ouvindo o que diziam lá fora. Se houvesse uma janela fácil de abrir, eu poderia pular para fora e sair correndo. Coloquei as mãos sob a água e murmurei alguma coisa, e, muito calculadamente, não olhei para o espelho.

 Quando voltei e me aproximei da mesa, vi uma folha de papel ao lado do meu prato de bolo e copo de leite vazios.

 Leia, ordenou meu pai.

 Eu me sentei. Era uma intimação, apesar do papel de rascunho. Ingestão de bebida alcoólica por menor de idade. Mencionava detenção juvenil.

 Também devo intimar seus amigos?

 Eu bebi as doze latas. Fiz uma pausa. Ao longo do tempo.

 Onde estão as latas?, perguntou Bjerke.

 No lixo. Amassadas. Jogadas fora. Eram de Hamm.

 Bjerke não pareceu achar que a marca era relevante. Nem mesmo anotou isso.

 Aquela área estava sob vigilância, disse ele. Sabíamos do isopor e das roupas, mas essas coisas não pertencem ao agressor. Bugger Pourier chegou em casa de Minneapolis para ver a mãe moribunda. Ela o chutou para fora, como sempre, e ele se mudou para lá. Estávamos esperando ele ir buscar a cerveja. Mas acho que você bebeu tudo primeiro.

 Ele falou com um tom distante, mas com alguma compaixão, e senti minha cabeça começar a pulsar com a súbita descarga de adrenalina. Fiquei em pé de novo e recuei, com o papel da advertência nas mãos.

Eu sinto muito, senhor. Eram de Hamm. A gente achou que...

Continuei a recuar até chegar à porta e me virei. Subi a escada como se carregasse chumbo. Passei pela porta de minha mãe sem olhar para ela. Entrei no meu quarto e fechei a porta. O quarto de meus pais dava para a frente da casa, com três janelas que normalmente deixavam entrar o primeiro sol da manhã. O banheiro e o quartinho de costura ocupavam espaços pequenos de cada lado da escada. Meu quarto dava para os fundos da casa e recebia os longos raios dourados do pôr do sol e, sobretudo no verão, era reconfortante deitar na minha cama e observar as sombras radiantes subindo pelas paredes. Minhas paredes eram pintadas de amarelo-claro. Minha mãe pintara as paredes durante a gravidez e sempre dizia que escolhera aquela cor pois serviria tanto para uma menina quanto para um menino, mas que, na metade da pintura, ela já sabia que seria um menino. Sabia porque, sempre que ela ia trabalhar no quarto, um grou passava pela janela, o *doodem* de meu pai, como eu disse. O seu próprio clã era a tartaruga. Meu pai dizia e repetia que minha mãe é quem tinha chamado as tartarugas mordedoras que ela pescou no primeiro encontro deles para intimidá-lo a pedi-la em casamento de uma vez. Só mais tarde eu soube que foram eles que pegaram exatamente a mesma mordedora cuja casca tinha sido gravada com as iniciais do primeiro namorado da minha mãe. Aquele menino morrera, Clemence me contou. A mensagem da tartaruga fora sobre a mortalidade. Como meu pai devia agir com presteza diante da expressão da morte. Enquanto a luz ia sumindo pelos lados das paredes, transformando o amarelo num tom de bronze mais profundo, pensei naquela boneca horrível e o dinheiro. Pensei no peito direito e no esquerdo de Sonja, que, após a observação contínua e sub-reptícia, eu concluíra serem ligeiramente diferentes, e imaginei se algum dia eu saberia qual a diferença exata. Pensei no meu pai, sentado na escuridão crescente lá embaixo, e na minha mãe, no quarto escuro com persianas fechadas diante do nascer do sol do dia seguinte. Havia aquele silêncio que cai na reserva entre o pôr do sol de verão e a noite, antes que as picapes começassem a circular pelos bares, salões de dança e drive-thrus de bebidas. Os sons silenciavam — um cavalo relinchou para além das árvores. Um grito curto e furioso cortou o silêncio quando uma criança foi forçada a entrar em casa. E também o zumbido distante de um motor engasgando, vindo lá do alto da colina da igreja. Minha mãe nunca se deu conta de que os grous são muito previsíveis e interrompem a caça numa determinada hora, quando voltam para seus poleiros. Agora o grou que minha mãe costumava observar, ou seu filho, passou voando devagar pela minha janela. Naquela noite, ele lançou uma imagem em minha parede que não era a de si mesmo, mas de um anjo. Observei aquela sombra. Devido a alguma refração do brilho, as asas arquearam-se sobre o corpo esguio. E então as plumas se incendiaram e a criatura foi consumida pela luz.

Capítulo Oito
Esconde-esconde

O trabalho de minha mãe era conhecer os segredos de todo mundo. As listas originais dos recenseamentos feitos na área que se tornou a nossa reserva remontam a 1879 e incluem uma descrição de cada família por tribo, frequentemente por clã, ocupação, relacionamento, idade e nome original em nossa língua. Muitos adotaram nomes franceses ou ingleses naquela época também, ou foram batizados e assim receberam nomes de santos católicos. A tarefa de minha mãe era rastrear as cada vez mais complexas ramificações e inter-ramificações de cada linhagem. Ao longo das gerações, nós nos transformamos numa trama impenetrável de nomes e ligações. Na ponta de cada ramo, é claro, encontram-se as crianças, aquelas recém-registradas pelos pais, ou com frequência por uma mãe ou pai solteiros, com um espaço no lugar da identificação do progenitor, que, caso fosse conhecido, abalaria os galhos de outras árvores. Filhos de incesto, assédio, estupro, adultério, fornicação fora ou dentro dos limites da reserva, filhos de fazendeiros brancos, de banqueiros, de freiras, de superintendentes do Departamento de Assuntos Indígenas, de policiais e de padres. Minha mãe mantinha seus arquivos trancados num cofre. Ninguém mais sabia a combinação do cofre e agora havia uma pilha de pedidos de registros se acumulando no escritório dela.

* * *

O agente especial Bjerke apareceu na nossa cozinha na manhã seguinte para tratar do problema de como interrogar minha mãe sobre aquele arquivo específico.

Ajudaria se fosse uma mulher? Para conversar? Podemos chamar uma agente para vir do escritório de Minneapolis.

Acho que não.

Meu pai mexeu com a bandeja que havia consertado para levar o café da manhã para minha mãe. Um ovo frito do jeito que ela gostava, torrada com pouca manteiga, um toque de geleia de framboesa de Clemence. Já tinha levado o café com creme e se animara com a possibilidade de que ela se sentasse e bebesse um pouco.

Subi com a bandeja e a deixei numa das cadeiras junto à cama. Ela colocara o café de lado e fingia dormir — percebi pela tensão infinitesimal de seu corpo e pelas falsas respirações profundas. Talvez soubesse que Soren Bjerke tinha voltado, ou então meu pai já dissera alguma coisa sobre o arquivo. Ela se sentiria traída por mim. Eu não sabia se me perdoaria algum dia, e saí do quarto desejando poder ir direto para o posto de Sonja e Whitey, botar gasolina nos carros sob o sol forte, ou lavar os para-brisas, ou limpar o banheiro imundo do posto. Qualquer coisa menos subir aquelas escadas e entrar no quarto. Meu pai disse que era importante que eu estivesse lá, para que ela não pudesse negar.

Teremos que romper sua negação, foram os termos dele, e me senti deploravelmente apavorado.

Os três subimos a escada. Meu pai na frente, Bjerke em seguida e eu por último. Meu pai bateu antes de entrar no quarto, e Bjerke, olhando para os pés, esperou do lado de fora comigo. Meu pai disse algo.

Não!

Ela gritou e ouvimos o barulho de algo jogado longe, que eu sabia ser a bandeja de café da manhã, com os talheres tilintando pelo chão. Meu pai abriu a porta. O rosto brilhava com o suor.

É melhor acabarmos logo com isso.

E assim entramos e nos sentamos em duas cadeiras dobráveis que ele levou para perto da cama. Ele se abaixou, como um cão que sabe que não é bem-vindo, aos pés da cama. Minha mãe se moveu para a outra ponta do colchão e continuou encolhida, de costas para nós, o travesseiro infantilmente cobrindo os ouvidos.

Geraldine, disse meu pai em voz baixa, Joe está aqui com Bjerke. Por favor. Não deixe que eles vejam você assim.

Assim como? A voz dela era como o grasnido de um corvo. Louca? Ele aguenta. Já me viu assim. Mas ele prefere ficar com os amigos dele. Deixe que vá, Bazil. Então eu falo com vocês.

Geraldine, ele sabe de alguma coisa. Ele nos contou.

Minha mãe encolheu-se numa bola ainda menor.

Sra. Coutts, disse Bjerke, peço desculpas por incomodá-la novamente. Eu preferia resolver isso logo e deixar a senhora em paz. Mas o fato é que precisamos de algumas informações adicionais da senhora. Ontem à noite, Joe nos disse que, no dia do ataque, a senhora recebeu um telefonema. Joe acha que se lembra de que esse telefonema deixou a senhora aborrecida. Ele nos contou que, pouco tempo depois, a senhora lhe disse que ia buscar um arquivo e saiu de carro para o escritório. Isso é verdade?

Minha mãe não esboçou nenhum movimento, nenhum som. Bjerke tentou de novo. Mas ela apenas esperou por nossa saída. Não se virou para nós. Não se mexeu. Parecia ter se passado uma hora em que ficamos lá sentados num suspense que logo de transformou em frustração e depois, em vergonha. Meu pai finalmente levantou a mão e sussurrou: Já chega. Saímos do quarto e descemos a escada.

No fim daquela tarde, meu pai levou uma mesa de jogo para o quarto. Minha mãe não reagiu. Depois, colocou as cadeiras dobráveis ao redor da mesa e a ouvi repreendê-lo, agitada, e implorar que ele retirasse tudo de lá. Ele desceu a escada, de novo suado, e me disse que eu deveria estar em casa às seis da tarde, todos os dias, para o jantar, que levaríamos lá para cima para comermos todos juntos. Como uma família novamente, disse ele. Começaríamos essa rotina agora. Eu respirei fundo e peguei a toalha de mesa. Mais uma vez, apesar de minha mãe estar furiosa, meu pai abriu as persianas e até mesmo a janela, para deixar entrar uma brisa. Levamos a salada e um frango assado lá para cima, além dos pratos, copos, talheres e uma jarra de limonada. Quem sabe um gole de vinho amanhã à noite, para algo um pouco mais festivo, disse papai, esperançoso. Ele levou um buquê de flores, que colheu do jardim e que ela ainda não tinha visto. Colocou-o num vasinho pintado. Olhei para o céu verde daquele vaso, o salgueiro, as águas barrentas e as pedras pintadas de um jeito estranho. Eu começaria a me familiarizar sobremaneira com aquela cena congelada durante os nossos jantares, pois não queria olhar para minha mãe, sentada ereta e olhando exausta para nós, como se tivesse acabado de levar um tiro, ou então estivesse adotando o papel de múmia que fingia estar no pós-vida. Meu pai tentava entabular uma conversa todas as noites, e quando eu esgotava meu parco estoque dos acontecimentos do dia, ele começava a inventar, um remador solitário num lago infinito de silêncio, ou quem sabe remando contra a correnteza. Tenho certeza de que o vi batalhando naquele riozinho barrento pintado no vaso. Depois de falar dos pequenos acontecimentos do dia, certa noite ele contou que tivera uma conversa muito interessante com o padre Travis Wozniak, que estivera lá em Dealey Plaza no dia em que John F. Kennedy foi assassinado. O pai de Travis o levara à cidade para ver o presidente católico e sua elegante primeira-dama, que vestia um tailleur num tom de rosa exatamente como o interior da boca de um gato. Travis e o pai desceram pela Houston Street, atravessaram a Elm e resolveram que o melhor lugar para ver o presidente seria no gramado na encosta, logo à direita da passagem tripla. Tinham uma boa visão e ficaram observando a rua na maior expectativa. Pouco antes de os primeiros motociclistas da escolta aparecerem, o cão de caça preto e branco de alguém correu para o meio da rua e foi rapidamente chamado de volta pelo dono. Travis muitas vezes se sentira perturbado mais tarde ao pensar que, se o cão tivesse se soltado em outro momento, talvez quando o comboio de automóveis estivesse passando, atrapalhando a precisão e o tempo dos acontecimentos, ou se tivesse se atirado sob as rodas do conversível presidencial num ato de sacrifício, ou pulado no colo do presidente, o que se seguira podia não ter ocorrido. Isso o atormentava a tal ponto algumas noites que ele ficava acordado, pensando em quantos acidentes desconhecidos e sem consequências, quantas mínimas casualidades, poderiam estar ocorrendo naquele momento, ou deixando de ocorrer, de forma a garantir que ele continuasse respirando uma vez mais, e outra e mais outra. Dava-lhe a sensação de que se equilibrava na ponta de um mastro. Ele vivia à beira das circunstâncias. Disse que o sentimento se tornara mais forte e persistente, também, desde o atentado à embaixada, quando se feriu.

Interessante, disse meu pai. Aquele padre. Um equilibrista.

O padre Travis prosseguiu, descrevendo as motocicletas que precediam o conversível presidencial, e lá estava John F. Kennedy, olhando firme para a frente. Algumas mulheres sentadas na grama tinham levado o almoço e agora estavam ali em pé, ao lado das lancheiras, aplaudindo e gritando como loucas. Elas chamaram a atenção do presidente e ele as olhou diretamente, depois sorriu para Travis, que estava atordoado e confuso ao ver o retrato que havia na sala da casa de todas as famílias católicas ganhar vida. Os tiros soaram como se fossem as explosões do escapamento de um carro. A primeira-dama se levantou e Travis a viu percorrer a multidão com o olhar. O carro parou. Mais tiros se seguiram. Ela se jogou para baixo e foi a última coisa que ele viu, pois seu pai o jogou para baixo também e o cobriu com o próprio corpo. Ele foi lançado no chão tão subitamente, e seu pai era tão pesado, que chegou a morder a grama. Desde então, retornando àquele dia, se lembrava dos talos entre os dentes. Assim que seu pai sentiu a multidão se mover, eles se levantaram. Ondas de confusão se espalharam e o caos tomou conta quando o carro presidencial disparou adiante. As pessoas corriam para a frente e para trás, sem saber que direção era a mais segura, entregues aos boatos crescentes. Ele viu uma família de pessoas negras se jogando sobre a terra, em desespero. O cão de caça malhado tinha se soltado novamente, corria de um lado para outro, o focinho para cima, como se estivesse, na verdade, guiando a multidão e não sendo levado para lá e para cá pelas hordas de pessoas tomadas por uma confusão de sentimentos de pânico e fascínio. Algumas tentavam correr para o lugar onde tinham visto o presidente pela última vez, outras agarravam quem achavam ser responsável por alguma coisa. O povo se ajoelhava e entregava-se a orações, ou ao choque. O cão de caça farejou uma mulher caída e se postou ao lado dela, apontando, muito concentrado e imóvel, para o pássaro empalhado em seu chapéu.

Numa outra noite, eu bem que tentei mas acabei me enrolando com a conversa, e meu pai se lembrou de que era claro que o clã de uma pessoa dos Ojibwe significava muitíssimo num momento em que ninguém mais pertencia a clãs, que isso nos permitia saber nosso lugar no mundo e nossa relação com todos os demais seres. O grou, o urso, o mergulhão, o peixe-gato, o lince, o martim-pescador, o caribu, o rato almiscarado — todos esses e outros animais, em várias divisões tribais, incluindo a águia, a marta, o veado, o lobo — eram clãs aos quais as pessoas pertenciam e por isso eram regidas por relações especiais entre si e com os animais. Esse era, na verdade, disse meu pai, o primeiro sistema da lei Ojibwe. O sistema de clãs punia e recompensava; estabelecia os casamentos e regulava o comércio; determinava os animais que uma pessoa podia caçar e os que deveria poupar, para qual demonstraria piedade diante do *doodem* de um companheiro daquele clã, quais levariam mensagens ao Criador lá no mundo espiritual, ou pelas camadas inferiores da terra, ou para a morada de um parente adormecido. Houve muitas vezes, na nossa família mesmo, como você bem sabe, disse ele para as dobras nas cobertas que eram minha mãe, como quando sua tia-avó foi salva por uma tartaruga. Como vocês lembram, ela era do clã da tartaruga, ou o *Mikinaak*. Quando tinha dez anos, foi levada para uma ilha, para jejuar. Ficou lá num começo de primavera, quatro dias e quatro noites com o rosto pintado de preto, absolutamente indefesa, esperando que os espíritos se tornassem amigos e a adotassem. No quinto dia, como seus pais não retornaram, ela soube que havia algo errado. Ela rompeu a pasta de saliva que selava sua boca sedenta, bebeu água do rio e comeu os morangos que a atormentavam de um canteiro. Fez uma fogueira, pois embora não estivesse autorizada a usar aquilo durante o jejum, levara consigo uma pederneira e uma lâmina. Passou a morar naquela ilha. Preparou uma armadilha para peixes e se alimentou deles. O lugar era afastado, mesmo assim ela ainda se surpreendia com o passar do tempo, uma lua, duas, e ninguém vinha buscá-la. Ela percebeu então que alguma coisa muito ruim tinha acontecido. Também sabia que logo os peixes recuariam para outra parte do lago para o verão e ela passaria fome. Ela então resolveu nadar para o continente, a mais de trinta quilômetros de distância. Partiu numa manhã agradável, com o vento pelas costas. Durante muito tempo, foi ajudada pelas ondas, nadava bastante bem, mesmo enfraquecida pela dieta escassa. Então o vento virou e começou a soprar contra ela. As nuvens estavam baixas e ela era castigada pela chuva fria e insistente. Seus braços e pernas pesavam como troncos encharcados, ela achou que ia morrer e, no desespero, gritou por ajuda. Naquele momento, sentiu algo se elevando debaixo dela. Era uma *mishiikenh* muito grande e velha, uma daquelas tartarugas mordedoras que a ciência nos diz terem se mantido inalteradas por mais de 150 milhões de anos — uma forma de vida assustadora, todavia perfeita. Essa criatura nadou debaixo dela, arrastou-a pela água, manteve-a na superfície depois que suas forças se esgotaram, permitiu que ela se agarrasse ao casco quando ficou exausta, até chegarem à margem. Ela se arrastou para fora da água e virou-se para agradecer. A tartaruga a observou silenciosamente, os olhos eram duas misteriosas estrelas amarelas, até afundar e desaparecer na distância. Ela então encontrou seus irmãos e irmãs. Era verdade sobre o desastre. Eles foram derrubados por uma epidemia devastadora da grande gripe — que, como todas as pandemias, atacava as reservas com maior intensidade. Seus pais estavam mortos e não tinha como saberem onde a irmã fora deixada, além disso as pessoas estavam com medo de pegar a doença mortífera e se mudaram para longe deles, às pressas, de forma que, elas também, as crianças, estavam vivendo sozinhas.

Existem muitas histórias de crianças que se viram forçadas a sobreviver sozinhas, continuou meu pai, incluindo aquelas histórias antigas, em que os bebês eram alimentados pelos lobos. Mas também existem relatos na história antiga da civilização ocidental de pessoas resgatadas por animais. Um desses meus contos favoritos é relatado por Heródoto e fala de Aríon de Mêtimna, o famoso harpista e inventor da métrica ditirâmbica. Esse Aríon resolveu viajar para Corinto e contratou um barco com uma tripulação de coríntios, seu próprio povo, que ele considerava confiáveis, o que só serve para demonstrar como é a própria tribo, disse meu pai, pois mal os coríntios chegaram ao alto-mar resolveram jogar Aríon para fora do barco e se apossar da riqueza dele. Quando soube o que estava para acontecer, Aríon os convenceu a primeiro deixar que ele vestisse seu traje completo de músico para que pudesse tocar e cantar antes de morrer. Os marinheiros ficaram felizes em ouvir o melhor harpista do mundo e se afastaram enquanto Aríon se vestia, pegava a harpa e ia para o convés, onde entoou o nomo ortiano. Quando terminou, conforme prometido, atirou-se ao mar. Os coríntios navegaram para longe. Aríon foi salvo por um golfinho, que o levou de volta para Taenarum. Foi erigida uma pequena estátua de bronze de Aríon com a harpa, em cima de um golfinho, diante da qual eram feitas oferendas, naqueles tempos. O golfinho foi tocado pela música de Aríon — pelo menos é como eu entendo a história, disse meu pai. Imagino o golfinho nadando ao lado do navio — ele ouviu a música e se sentiu devastado, pois qualquer um pode imaginar a emoção com que Aríon tocou sua harpa pela última vez. Mesmo assim, os marinheiros, apesar de amantes da música, pois não se importaram de adiar a morte de Aríon para poder ouvi-lo tocar, não hesitaram. Não deram a volta para resgatá-lo, trataram foi de dividir o dinheiro deles e continuar a viagem. Alguém poderia dizer que esse teria sido um pecado muito pior contra a arte do que deixar que se afogasse, digamos, um pintor, um escultor, um poeta, e certamente um romancista. Todos legariam seus trabalhos, mesmo nos tempos mais antigos. Mas um músico daqueles dias levava sua arte para a cova. Claro que a destruição de um músico dos dias de hoje também seria um crime menor, pois sempre restam inúmeras gravações, a não ser no caso de nossos tocadores de rabeca Ojibwe e Metis. Os músicos tradicionais, como o seu tio Shamengwa, acreditavam dever sua música ao vento e que, assim como o vento, ela partilhava de uma mutabilidade infinita. Uma gravação faria com que essa música se tornasse finita. Assim, seu tio era contra as gravações. Ele proibia qualquer dispositivo de gravação em sua presença, embora, em seus últimos anos, algumas pessoas tenham conseguido copiar suas músicas, pois os gravadores ficaram pequenos o bastante para serem escondidos. Mas eu ouvi, e Whitey confirma, que quando Shamengwa morreu, essas fitas, misteriosamente, se desintegraram ou foram apagadas, de forma que não há nenhuma gravação de Shamengwa tocando, conforme era o desejo dele. Apenas os que aprenderam com ele conseguiam, de alguma forma, reproduzir a música, mas ela se tornara deles também, que é a única maneira de a música se manter viva. Acho, disse meu pai naquela noite para as costas rígidas de minha mãe, os ossos salientes de seus ombros marcando a coberta, que terei que sair amanhã. Minha mãe não se moveu. Ela não dissera uma única palavra desde que começáramos a jantar com ela.

Vou voltar a Bismarck amanhã, disse meu pai. Quero encontrar com Gabir. Ele não vai se recusar a isso. Mas tenho que mantê-lo conectado. E é bom encontrar meu velho amigo. Vamos alinhar nossos alvos, mesmo que ainda não tenhamos ninguém para processar. Mas teremos, tenho certeza disso. Estamos descobrindo as coisas aos poucos e, quando você estiver pronta para nos contar sobre o arquivo e o telefonema, certamente saberemos mais, Geraldine, e então faremos justiça. E isso vai ajudar, acredito. Isso vai te ajudar mesmo que você pareça acreditar por enquanto que não ajudará, que nada pode te ajudar, nem mesmo o imenso amor dentro deste quarto. Então sim, amanhã, não jantaremos no seu quarto e você vai poder descansar. Não posso pedir a Joe que fique esperando por você dessa maneira, que invente conversas com as paredes e com os móveis, embora seja surpreendente os lugares aonde podem ir os pensamentos de uma pessoa. Enquanto estiver em Bismarck, também vou me encontrar com o governador; vamos almoçar e ter uma conversa. Da última vez, ele me disse que participara de uma conferência de governadores. Lá, ele conversou com Yeltow, você sabe, ele ainda é o governador de Dakota do Sul. Descobriu que ele quer adotar uma criança.

O quê?

Minha mãe falou.

O quê?

Meu pai inclinou-se para a frente, apontando como aquele cão de caça, imóvel.

O quê?, ela falou novamente. Que criança?

Uma criança indígena, disse meu pai, tentando manter a voz normal.

Ele continuou, trêmulo.

E é claro que o governador do nosso estado, que, com as nossas conversas, entende muito bem nossos motivos para limitar as adoções por não índios, segundo a Lei do Bem-Estar da Criança Indígena, procurou explicar essa legislação para Curtis Yeltow, que ficou muito frustrado com a dificuldade de adotar essa criança.

Que criança?

Ela se virou nos lençóis, um esqueleto fantasmagórico, os olhos profundamente fixos no rosto do meu pai.

Que criança? De qual tribo?

Bem, na verdade...

Meu pai tentou controlar o choque e a agitação de sua voz.

... para ser honesto, a história tribal dessa criança não foi estabelecida. O governador, é óbvio, é bem conhecido pelo tratamento preconceituoso contra os índios — uma imagem que, de um jeito próprio, está tentando moderar. Você sabe que ele faz essas manobras de relações públicas, como patrocinar escolas para crianças indígenas, ou conceder cargos no governo, auxílios, para estudantes indígenas promissores do ensino médio. Mas esse esquema de adoção explodiu na cara dele. Ele pôs um advogado para apresentar o caso a um juiz do estado, que está tentando passar a questão para a alçada tribal, como é o certo. Todos os presentes concordam que a criança parece índia e o governador diz que ela...

Ela?

Ela é Lakota ou Dakota ou Nakota, ou Sioux, de alguma maneira, como o diz o governador. Mas poderia ser de qualquer tribo. E também que a mãe dela...

Onde está a mãe dela?

Desaparecida.

Minha mãe se levantou na cama. Agarrando o lençol em torno de si, tateando para a frente com a camisola de algodão florida, ela soltou um uivo estranho que atravessou minha espinha. Depois saiu realmente da cama. Cambaleou e agarrou meu braço quando me levantei para ajudá-la. Começou a vomitar. O vômito era impressionante, verde brilhante. Ela gritou novamente e se arrastou de volta para a cama, onde se deitou, imóvel.

Meu pai não se moveu, a não ser para abrir uma toalha no chão, e eu então me sentei em silêncio também. Subitamente, minha mãe levantou e sacudiu as mãos, de um lado para outro, como se lutasse contra o ar. Os braços se moviam com uma violência desconcertante, socando, bloqueando, empurrando. Chutava e se contorcia.

Já passou, Geraldine, disse meu pai, aterrorizado, tentando acalmá-la. Está tudo bem agora. Você está segura.

Ela foi se acalmando até parar. Virou-se para o meu pai, olhando do fundo das cobertas como se de dentro de uma caverna. Os olhos estavam negros, escuros em seu rosto pálido. Ela falou num tom baixo, rouco, que retumbou dentro da minha cabeça.

Fui estuprada, Bazil.

Meu pai não se mexeu, não segurou sua mão, nem ofereceu nenhum tipo de conforto. Parecia congelado.

Não existe prova alguma do que ele fez. Nenhuma. A voz da minha mãe era um gemido.

Meu pai se inclinou para perto dela. Mas tem, sim. Fomos direto para o hospital. E temos a sua própria memória. E outras coisas. Temos...

Eu me lembro de tudo.

Me conte.

Meu pai não olhou para mim, pois tinha os olhos fixos nos de minha mãe. Acho que, se ele a deixasse, ela cairia num silêncio eterno. Eu me encolhi e tentei ficar invisível. Não queria estar ali, mas sabia que, se me mexesse, iria quebrar o momento entre eles.

Teve uma ligação. Era Mayla. Eu só a conhecia por sua família. Ela quase nunca vinha aqui. Só uma menina, tão jovem! Tinha começado o processo de registro da filha. O pai.

O pai.

Ela registrou o nome dele, minha mãe sussurrou.

Você se lembra do nome dele?

Minha mãe ficou com a boca aberta, os olhos fora de foco.

Continue, meu bem. Continue. O que aconteceu depois?

Mayla pediu que eu a encontrasse na casa redonda. Ela não tinha carro. Disse que sua vida dependia disso, e então fui para lá.

Meu pai respirou fundo.

Fui para aquela área gramada e estacionei o carro. Comecei a subir. Ele me abordou enquanto eu subia a ladeira. Pegou as chaves. Depois pegou um saco. Enfiou-o na minha cabeça, foi muito rápido. Era um tecido leve, rosado, macio, talvez fosse uma fronha. Mas me cobriu bastante, passando dos ombros, não dava para ver. Amarrou minhas mãos nas costas. Tentou que eu lhe dissesse onde estava o arquivo e eu lhe disse que não tinha arquivo nenhum. Não sei de que arquivo ele estava falando. Me virou e me fez andar... segurando o meu ombro. Passe por cima disso, vá para lá, disse. Me levou para um lugar.

Aonde?, meu pai perguntou.

Um lugar.

Você não consegue dizer sobre onde foi?

Um lugar. Foi onde aconteceu. Deixou o saco em cima de mim. E me estuprou. Um lugar.

Você subiu ou desceu o morro?

Eu não sei, Bazil.

Passou pelo mato? As folhas te arranharam?

Não sei.

E o chão? Cascalho? Mato? Tinha alguma cerca de arame farpado?

Minha mãe soltou um grito rouco até esvaziar os pulmões e silenciar.

Três tipos de terras se encontram lá, meu pai disse. Sua voz saía apertada, com medo. Concessão tribal, do estado e arrendada. Por isso que estou perguntando.

Saia do tribunal, saia da droga do tribunal, disse minha mãe. Eu não sei.

Tudo bem, ele disse. Tudo bem, continue.

Depois disso, depois. Ele me arrastou até a casa redonda. Levou um tempo para chegar lá. Ele me fez dar uma volta? Eu estava passando mal. Não lembro. Na casa redonda, me desamarrou e tirou o saco e era... uma fronha, uma fronha rosa, lisa. Foi quando eu a vi. Era só uma menina. E a criança brincando no chão. O bebê colocou as mãos na luz que passava pelas frestas das estacas. Tinha acabado de aprender a engatinhar, seus braços cediam, mas ela conseguiu chegar até a mãe. Era índia, era uma garota índia, e foi ela que me ligou. Tinha vindo na sexta-feira e preenchido os papéis. Uma garota discreta com um sorriso bonito, dentes bonitos, batom rosa. Tinha um corte de cabelo tão lindo. Usava um vestido de malha, rosa claro. Sapatos brancos. E estava com o bebê. Brinquei com aquela criança no meu escritório. Então, foi ela quem ligou para mim naquele dia. Ela. Mayla Wolfskin.

Preciso daquele arquivo, ela disse. *Minha vida depende daquele arquivo.*

Ela estava jogada no chão. As mãos estavam amarradas com fita adesiva nas costas. O bebê engatinhou pelo chão de terra. Usava um vestido amarelo com babado e seus olhos eram muito doces. Como os olhos de Mayla. Grandes, castanhos. Muito abertos. Ela viu tudo e estava confusa, mas não chorava porque a mãe dela estava bem ali e por isso achava que estava tudo bem. Mas ele tinha amarrado Mayla, com fita adesiva. Mayla e eu olhamos uma para a outra. Ela não piscou, apenas movia os olhos da criança para mim e para a criança de novo. Sabia que estava me dizendo para cuidar da filhinha dela. Concordei com a cabeça. Então ele entrou e tirou as calças e as chutou para longe. Calças compridas, sociais. Cada palavra está grudada em mim, cada palavra que ele disse. E o jeito como ele falava as coisas, com uma voz de morto, depois animada e depois morta de novo. E alegre. Disse: Eu sou mesmo um bosta doente. Acho que sou uma daquelas pessoas que odeia índios em geral, especialmente quando criaram problemas para o meu pessoal no passado, mas sinto, especialmente, que as mulheres indígenas são umas... Do que ele nos chamou, não quero repetir. Gritou com Mayla, disse que a amava, e que mesmo assim ela teve um filho com outro homem, ela fez isso com ele. Mas ainda a desejava. Ainda precisava dela. Ela o pusera naquela situação esquisita, disse, de amá-la. Você devia ser colocada numa caixa e jogada no lago pelo que fez com as minhas emoções! Ele disse que não tínhamos lugar sob a lei por um bom motivo e mesmo assim continuávamos a rebaixar o homem branco e desonrá-lo. Eu poderia ser rico, mas acho melhor mostrar para vocês, para vocês duas, quem vocês são de verdade. Não vão me pegar, disse. Eu andei fuçando a lei. Engraçado. Deu risadas. Ele me cutucou com o sapato. Conheço a lei tão bem quanto um juiz. Você conhece algum juiz? Não tenho medo. As coisas estão erradas por aqui, disse. Mas, aqui neste lugar, eu faço as coisas da maneira certa para mim. O forte deve governar o fraco. Em vez de o fraco governar o forte! É o fraco que puxa o forte para baixo. Mas não vão me pegar.

 Acho que eu devia ter te mandado para o fundo com o seu carro, ele se virou repentinamente para Mayla. Mas, meu bem, não consegui. Fiquei com muita pena de você e meu coração se rasgou. Isso é amor, né? Amor. Não consegui fazer isso. Mas tenho que fazer, sabe? Toda a merda das suas coisas estão no seu carro. Você não vai precisar de nada no lugar para onde está indo. Sinto muito! Sinto muito! Ele bateu em Mayla e bateu em mim, e nela de novo e de novo e a virou. Você quer me dizer onde está o dinheiro? O dinheiro que ele te deu? Ah, você quer?

Agora você quer? Onde? Ele arrancou a fita. Ela não conseguia falar, mas conseguiu dizer com um engasgo: Meu carro.

    Ele a teria matado naquela hora, mas o bebê se mexeu. O bebê começou a chorar e a piscar, olhou-o nos olhos sem entender. Ah, disse ele, não é isso. Não é isso.

    Não diga mais nada. Não quero ouvir, ele disse para Mayla. Você ainda é dinheiro no banco, disse para o bebê. Vou levar você de volta comigo... a não ser que você, porcaria. Ele se levantou e me chutou, voltou e a chutou com tanta força que ela chegou a soltar um chiado. Depois se inclinou e me olhou no rosto. Disse para mim: Me desculpe. Posso estar tendo um acesso. Não sou uma pessoa ruim, na verdade. Eu não te machuquei, né? Ele pegou o bebê e falou com ela com uma voz infantil, não sei o que fazer com as provas. Que bobo que eu sou. Talvez eu deva queimar as provas. Você sabe, são apenas provas. Colocou-a no chão com cuidado. Abriu a tampa do galão de gasolina. Enquanto estava de costas para mim, derramando a gasolina em Mayla, peguei suas calças, coloquei-as entre minhas pernas e fiz xixi nelas, foi isso o que eu fiz. Eu fiz! Porque eu tinha visto ele acender o cigarro e colocar os fósforos no bolso das calças. Fiquei surpresa por ele não ter percebido que as calças estavam molhadas de xixi, tão envolvido estava com o que pretendia fazer. Tremendo também. Ficava dizendo: Oh não, oh não. Derramou mais gasolina nela e em cima de mim também, mas não no bebê. Então, como não conseguiu acender o fogo com os fósforos que pegou no bolso da calça, se virou e olhou bem sério para o bebê. Ela começou a chorar e nós, Mayla e eu, ficamos deitadas, totalmente imóveis enquanto ele ia acalmar a criança. Disse: Psiu, psiu. Tenho outra cartela de fósforos, até um isqueiro, lá embaixo. E você, ele me sacudiu e falou no meu rosto: *se você se mexer um centímetro, eu mato esse bebê, e se você se mexer um centímetro, eu mato Mayla.* Você vai morrer, se você disser uma só palavra lá no céu depois que estiver morta, eu mato as duas.

* * *

Servi uma tigela de flocos de milho e um copo de leite para mim. Derramei metade do leite no cereal, espalhei açúcar por cima e comi. Enchi a tigela com cereal pela segunda vez, bebi o leite doce do fundo e terminei com o copo de leite. Mergulhei uma vasilha de boca larga no saco de ração de cachorro na entrada, servi a tigela de Pearl e troquei sua água. Pearl ficou junto de mim enquanto eu regava o jardim e os canteiros de flores. Depois, subi na minha bicicleta e fui trabalhar. Vi meu pai antes de sair. Ele ficou no quarto com minha mãe. Ficou sentado ao lado dela toda a noite. Perguntei sobre o arquivo e ele me disse que minha mãe não queria falar sobre aquilo. Ela precisava saber se o bebê estava em segurança. Se Mayla estava em segurança.

O que você acha que tem naquele arquivo?, perguntei.

Algo com que trabalhar.

E Mayla Wolfskin? O que aconteceu com ela?

Ela foi para a escola em Dakota do Sul, disse meu pai. E é parente de LaRose, a amiga de sua mãe. Talvez seja por isso que sua mãe não quer ver LaRose — tem medo de não se segurar, de falar alguma coisa.

Não foi isso que eu quis dizer. O que aconteceu com Mayla Wolfskin, papai? Ela está viva?

Essa é a pergunta.

O que você acha?

Acho que não, disse em voz baixa, olhando para o chão.

Olhei para o chão também, para as curvas de cor clara do linóleo cinza. E para o cinza mais escuro, e os pequenos pontos pretos, formando uma espiral, se olhados com atenção. Observei aquele piso, memorizando seus desenhos aleatórios.

Por que ele a mataria? Pai?

Ele virou a cabeça para o lado e balançou-a, deu um passo à frente e me abraçou. Ficou me segurando ali, sem falar. Depois, me soltou e se afastou.

Quando cheguei ao posto de Whitey e Sonja, parei a bicicleta do lado da porta, onde podia vê-la, e iniciei minhas tarefas. Whitey tinha um receptor de ondas curtas, que pegava o sinal de toda a região. Estava sempre estalando e chiando, com mensagens emboladas da vizinhança do posto. Às vezes, ele desligava e tocava música bem alto. Eu catei todos os papéis de bala, pontas de cigarro, fechos de latinhas de refrigerantes, o resto do lixo que se acumulara no cascalho do posto de gasolina e o mato na estrada. Peguei a mangueira e reguei mais um canteiro de flores num pneu de trator, pintado de amarelo e coberto com as folhas prateadas de sálvia e as flores intensamente vermelhas de lírios--tocha, as mesmas que eu tinha plantado para minha mãe.

  Whitey botava a gasolina nos carros quando os clientes chegavam, conferia o óleo e conversava fiado. Eu lavava os vidros das janelas. Sonja tinha comprado uma cafeteira Bunn e Whitey instalara dois compartimentos de madeira com mesas na lateral direita da loja. O primeiro copo de café de Sonja custava dez centavos e os demais eram de graça, por isso as cabines sempre estavam cheias. Clemence cozinhava para a loja quase todos os dias e havia pão de banana, bolo de café e biscoitos de aveia num pote. Todos os dias, na hora do almoço, Whitey me perguntava se eu queria um lanche de carne da reserva e nos preparava sanduíches de pão branco com mortadela e maionese. De tarde, ele tirava seu intervalo e, quando entrava, Sonja ia para casa tirar um cochilo. Os dois trabalhavam até as sete da noite. Estavam economizando na mão de obra pelos dois primeiros anos, só para começar. Mais tarde, pretendiam contratar uma pessoa para horário integral e ficar abertos até as nove. Eu recebia um dólar por hora, sorvete, refrigerante, leite e os biscoitos que sobravam no fundo do pote.

Quando cheguei em casa, meu pai estava me esperando.
  Como foi o trabalho?
  Foi legal.
  Meu pai olhou para os nós dos dedos, fechou as mãos e franziu a sobrancelha. Começou a falar com sua mão, uma coisa que fazia quando não queria dizer o que tinha que dizer.
  Eu precisei levar sua mãe lá para Minot, hoje de manhã. Para o hospital. Ela vai precisar ficar lá uns dois dias. Eu volto para lá amanhã.
  Perguntei se eu podia ir, mas ele disse que não havia nada que eu pudesse fazer.
  Ela só precisa descansar.
  Ela dorme o tempo todo.
  Eu sei. Ele fez uma pausa e, finalmente, olhou para mim, um alívio. Ela sabe quem foi, disse. É claro, mas mesmo assim não quer me dizer, Joe. Ela tem que superar as ameaças dele.

Você tem alguma ideia?

Não posso dizer, você sabe disso.

Mas eu deveria saber. Ele é daqui, pai?

Faria sentido... mas não vai aparecer aqui. Sabe que será pego. Vai ter alguém para sua mãe identificar, ele disse, logo, logo. Mas não logo o bastante. Ela vai melhorar quando isso começar. Tenho certeza de que vai se lembrar do local também... de onde aconteceu. O choque de contar. Mas depois, um pouco mais de determinação.

E sobre Mayla Wolfskin? Ele ficou com ela? E o bebê? É o mesmo bebê que o governador está querendo adotar?

A expressão de meu pai disse que sim. Mas o que ele disse foi: Eu queria que você não tivesse ouvido tudo que foi dito, Joe. Mas não podia interromper sua mãe. Fiquei com medo que ela parasse de falar.

Concordei. Durante todo o dia, as palavras de minha mãe ficaram contaminando a superfície de tudo o que eu fiz, como um óleo escuro.

Em seu juízo perfeito, ela jamais teria descrito aquilo tudo na sua frente.

Eu precisava saber. É bom eu saber, falei.

Mas foi um veneno para mim. Eu estava começando a sentir isso.

Tenho que voltar para lá amanhã, disse meu pai. Você prefere ficar com a tia Clemence ou com o tio Whitey?

Eu fico com Whitey e Sonja. Assim eles podem me levar para o trabalho.

No dia seguinte, depois do trabalho, voltei para a casa velha com Sonja e Whitey. Levamos Pearl com a gente. Clemence ia olhar a casa e regar o jardim, então deixamos tudo trancado e eu não precisei ir lá por um tempo. O que me deixou feliz. Em breve seria o aniversário de Mooshum. Todo mundo estaria lá. Eu ia encontrar meus primos. Mas, por enquanto, ficar com Sonja e Whitey era como se eu estivesse de férias. As coisas poderiam ser normais. Na casa deles, eu ia dormir no sofá e assistir televisão. Whitey cozinhava umas comidas diferentes, pois já fora cozinheiro profissional; sempre tinha vinho ou cerveja no jantar e drinques depois, e música. Barulho. Eu não tinha ideia de como estava precisando de barulho.

Entramos no Silverado de Whitey e ele imediatamente apertou o botão do toca-fitas. Os Rolling Stones explodiram pelos subwoofers e fomos com as janelas abertas, o vento batendo até entrarmos na estrada de terra. A partir dali, viajamos com os vidros fechados por causa da poeira. Estávamos numa cabine de barulho — nós três, gritando mais alto que a ventilação e as batidas graves. Tudo era diversão com Whitey — bem, diversão por quatro horas, por seis cervejas ou três doses —, mas, naquele momento, nós ríamos com todas as coisas e negócios do dia. As tias de Cappy eram tão econômicas que só abasteciam o carro com um dólar de gasolina de cada vez. Era o que custava de gasolina para ir e voltar. Tomavam café de graça todas as vezes. Uma estudante universitária veio para estudar a vovó Thunder. Levava a vovó para passear de carro todos os dias — antes de tudo ela ia fazer suas compras, visitar os amigos e a família. Algumas vezes, depois, ela deixava a garota pegar o caderno para anotar algum ensinamento. Ela estava tendo uma ótima velhice.

Perguntei a Whitey sobre Curtis Yeltow e ele me disse que eu não acreditaria nas coisas que aquele cara já tinha aprontado e como havia livrado a cara. Sobreviveu a uma batida em cheio com um trem de carga, bêbado. Chamou uns índios de pretos do mato. Achou que era engraçado. Teve uma amante em Dead Eye. Comprou ouro e guardou no porão da mansão do governador. E armas? Aquele lá é um fanático por armas. Coleciona escudos de guerra. Artesanato indígena de contas. Homenageia o bom selvagem, mas tentou depositar lixo nuclear em terra sagrada dos Lakota. Disse que a Dança do Sol era uma espécie de adoração ao diabo. Esse é o Yeltow. Ah, e é todo bronzeado. Vaidoso.

Chegamos em casa e Whitey entrou para começar a preparar o jantar, enquanto Sonja e eu cuidávamos dos cavalos. Enquanto limpávamos o celeiro, a música trovejava pela janela aberta da casa e dava para ouvir o barulho da TV também. Assim, tinha barulho enquanto levávamos o feno para fora e alimentávamos os cavalos, barulho quando pegamos o cortador e barulho dos cachorros, sempre, quando eles nos recebiam alegremente e latiam para nos lembrar de botar comida nas suas tigelas.

Sonja deixava os cavalos no celeiro à noite e examinava com atenção os cachorros, para ver se tinham carrapatos, como estavam suas gengivas e a sola das patas.

O que você aprontou hoje?, ela perguntava para cada cachorro. Falava em tom de bronca. Não foi no meio dos carrapichos de novo, né? Você está com cheiro de quem comeu bosta! Quem foi o safado que você deixou morder seu rabinho lindo, Chain? Vou te bater com o chicote se você sair desse terreno, você sabe disso.

Sonja falou do mesmo jeito com os cavalos enquanto os levava para as baias, e então Whitey chegou e lhe deu uma cerveja gelada. Havia um lugar bem ali fora onde o pasto descia para o oeste e a grama ficava dourada ao pôr do sol. Eles montaram duas cadeiras reclináveis ali e colocaram mais uma para mim. Bebi refrigerante de laranja e eles beberam mais uma ou duas cervejas, e agora a música vinha do aparelho de som de Whitey, colocado na escada. Então os mosquitos chegaram zumbindo, em formação de ataque, e fomos para dentro.

Whitey trocara gasolina por badejo fresco naquele dia e já tinha limpado o peixe. Os filés estavam na geladeira, mergulhados numa forma de bolo cheia de leite. Ele bateu uma massa fina e espumosa com cerveja. Havia uma salada de repolho com raiz-forte. Sempre tinham sobremesa. Sonja fazia questão de sobremesa, disse Whitey.

Ela gosta da boca doce. Já ouviu falar do creme de amora maravilha? Eu preparei uma receita para ela uma vez. Ou bolo de maionese? Você nem sente o gosto da maionese. Mas ela gosta é de chocolate. É louca por chocolate. Se eu cobrir meu pau de chocolate, ela não me larga nunca mais.

Com o passar da noite, ele foi se soltando, é claro, dizendo coisas, até que Sonja o colocou na cama.

Depois de ajeitá-lo, Sonja voltou e preparou o sofá para mim. Era um sofá velho com cheiro de cigarro, forrado com um tecido marrom estampado com bolotas cor de laranja. Sonja enfiou as beiradas de um lençol sob as almofadas e me deu um saco de dormir quadriculado, com o zíper quebrado. Ela ligou a televisão, apagou as luzes e se aconchegou na outra ponta do sofá. Ficamos vendo TV juntos por mais uma hora, talvez duas.

Conversamos sobre o dinheiro, sussurrando por causa de Whitey. Sonja me fez jurar, mais uma vez, de novo, que eu não iria — nunca, jamais — contar para ninguém.

Estou me borrando de medo. E é bom você se borrar também. Ficar de olhos abertos. Não dê bobeira, Joe.

Então falamos sobre o que faríamos com o dinheiro. Sonja me fez prometer que eu iria para a faculdade. Ela disse que queria que sua filha, Murphy, fosse. Ela batizou a bebê de Murphy pois esse nunca seria o nome de uma stripper. Mas a filha mudara o nome para London. Se eu pudesse voltar no tempo, disse Sonja, jamais teria deixado minha filha com minha mãe enquanto eu trabalhava. Minha mãe teve uma influência ruim para a neta, se dá para acreditar.

Sonja gostava de assistir programas de entrevistas, filmes antigos. Às vezes, eu adormecia com a TV ligada, mas antes eu tentava me manter o maior tempo possível em suspenso, entre o sono e a vigília. Uma porta podia se abrir por um momento, num sonho, mas imediatamente eu me virava no sofá. O peso suave dela na ponta do sofá. Eu sentia seu calor quando esticava a sola dos pés por dentro do saco de dormir, que virou meu lugar preferido para dormir, pois disfarçava minha ereção.

Todas as noites, Sonja me dava um travesseiro da cama dela. O travesseiro cheirava a xampu de damasco, além de alguma outra coisa por baixo — algo com um toque de decadência erótica, como o interior de uma flor murcha. Eu afundava o rosto naquilo. Cochilava, sonhava e voltava ao chiado luminoso da TV. As risadas gravadas dos programas em baixo volume. Sonja em transe envolvida pelo brilho azul, agora bebendo água gelada. Lá fora, o zumbido dos insetos no verão. Os cachorros acordando para dar uns latidos vez ou outra, para um cervo lá longe na pastagem. E Whitey, felizmente, roncando atrás da porta do quarto. Na terceira ou quarta noite, enquanto eu entrava e saía do paraíso, Sonja envolveu meu tornozelo na palma da mão e apertou. Começou a acariciar o peito do meu pé, distraidamente, e fui de repente atravessado por uma descarga surda de prazer, que precisei conter. Soltei um gemido surpreso e ela largou meu pé. Pouco depois, ouvi um estalo e dei uma olhada nela. Estava comendo um *pretzel*.

* * *

Whitey adorava romances baratos de camicazes. Tinha uma parede com prateleiras da altura exata dos livrinhos de banca sobre samurais, tramas com ataques ninja, suspenses de espionagem, Louis L'Amours, ficção científica, Conan. Ele iniciava o dia às seis da manhã com uma xícara de café e um livro de bolso. Enquanto eu comia, ele lia passagens em voz alta ao meu lado, murmurando: *suas ancas ágeis fremiam com expectativa predatória enquanto ela tomava posição na noite sem lua e sem alma, decidindo sobre a maneira exata de quebrar a espinha dele... Os caninos afiados como punhais de Ragna brilharam com o reflexo dos faróis... Sabia que sua vida chegaria ao fim assim que os olhos dele encontrassem aquele olhar implacável de obsidiana...* Se estivesse completamente absorvido pela trama, continuava a ler enquanto Sonja servia um prato de bacon e uma frigideira com sua especialidade matinal — uma mistura de batatas em cubos, ovos, pimenta picada e presunto, fritos numa frigideira e grelhados até o queijo cheddar da cobertura começar a borbulhar e ficar tostado. Chamava de caçarola matinal. Logo depois de comermos, Whitey marcava a página e deixava o livro de lado. Sonja lavava os pratos rapidamente, a gente pulava para a picape, ia até o posto de gasolina e destrancava as bombas. Abríamos às sete da manhã. Sempre tinha alguém esperando para abastecer.

Naquele dia, aconteceram duas coisas que não foram muito boas. A primeira foram os brincos de brilhante de Sonja, que Whitey disse nunca ter visto antes.

Vocês já viu, sim. Ela abriu um sorriso provocante.

Os brincos brilhavam na cozinha escura. Ela estava de luvas amarelas, esfregando vigorosamente a frigideira antes de sairmos para o trabalho.

São falsos, disse ela.

Belas falsificações, disse Whitey. Ele a olhou furtivamente. Depois, de um jeito insolente, com raiva, enquanto ela não estava olhando para ele. A calça jeans dela também parecia nova e era tão justa que me fez lembrar o livro de Whitey; *suas ancas ágeis fremiam* etc. Fomos para a caminhonete. Whitey não ligou o rádio. No meio do caminho para a cidade, Sonja esticou o braço para ligar o toca-fitas e Whitey deu um tapa na mão dela para longe dos controles. Eu estava sentado no banco dobrável atrás deles. Aconteceu bem na minha frente.

Tudo bem, disse Sonja para mim, por cima do ombro. Whitey está deprimido. Está de ressaca.

A boca de Whitey ainda estava cerrada daquele jeito raivoso. Olhava fixamente para a frente.

Isso, disse ele. Ressaca. Mas não o tipo de ressaca que você está pensando.

Whitey cuspia como um presidiário — uma cuspida fina e exata. Como se tivesse passado um período inteiro de sua vida sem fazer outra coisa a não ser cuspir. Ele desceu do carro, bateu a porta, cuspiu, acertou uma lata, *ping*, e continuou andando, mesmo com uma pessoa esperando na bomba de gasolina. Sonja pegou o carro, estacionou e destrancou o posto. Deu-me as chaves das bombas sem olhar para fora e me disse para atender aquele carro. Essa foi a segunda coisa ruim.

Eu já tinha visto aquela pessoa, ele era familiar, mas não o conhecia. O rosto era correto e regular, mas não tinha boa aparência. Um homem branco, de cabelos castanhos, olhos fundos, de constituição frouxa, ainda que grandalhão, um homem grande e bem-vestido — camisa branca, calça marrom, cinto e sapatos de couro com cadarços. Os cabelos longos estavam uniformemente penteados para trás das orelhas, o traçado do pente visível. As orelhas pequenas e corretas, coladas à cabeça, eram esquisitas. Lábios finos, de um tom vermelho escuro, como se tivesse febre. Quando sorriu, vi seus dentes brancos e retos, como de um comercial de dentadura.

Me aproximei para atendê-lo.

Complete, ele disse.

Destranquei as bombas e enchi o tanque. Lavei as janelas e perguntei se queria que eu conferisse o óleo. O carro estava empoeirado. Era um velho Dodge.

Não precisa. A voz era muito simpática. Começou a contar notas de cinco de um maço. Me deu três delas. Meu carro estava com sede, disse. Dirigi a noite toda. Mas então, como vai você?

Os adultos às vezes reconhecem um garoto e falam como se o conhecessem, mas na verdade conhecem seus pais, ou um tio, ou foram professores de alguém. É esquisito, e além disso ele era um cliente. Por isso, fui educado e respondi que estava bem, obrigado.

Ah, que bom, disse ele. Ouvi dizer que você é um bom garoto.

Comecei a prestar atenção nele, enquadrá-lo. Um bom garoto? O segundo homem branco a me dizer isso naquele verão. O que pensei foi: *Isso pode acabar comigo.*

Sabe — ele me olhou com firmeza —, eu gostaria de ter um filho como você. Não tenho filhos.

Puxa, que pena, respondi, num tom que sugeria o contrário. Agora eu estava desconcertado. Ainda não conseguia identificá-lo.

Ele suspirou. Obrigado. Sei lá. Acho que é uma questão de sorte, criar uma boa família, essas coisas. Uma família amorosa. É muito bom. Dá uma vantagem na vida pra você. Até um garoto índio como você pode ter uma boa família e contar com uma vantagem dessas, eu acho. E talvez até se equiparar com um garoto branco da sua idade, quem sabe? Que não tenha uma família amorosa.

Virei-lhe as costas para me afastar.

Ah, eu falei demais. Volte aqui! Ele tentou me dar outra nota de cinco. Continuei andando. Ele olhou para baixo e girou a chave. O motor engasgou e pegou. Bem, esse sou eu, disse em voz alta. Sempre falando demais. Mas, ele bateu na lateral do carro, diga o que quiser, você é o filho do juiz!

Virei-me.

Minha irmã gêmea teve uma família índia amorosa e eles ficaram ao lado dela nos dias difíceis.

E partiu em seguida, e pelo que Linda tinha me dito, eu sabia que acabara de falar com Linden Lark.

Decidi que queria me demitir e voltar para casa naquele momento. Estava furioso com Whitey. Tinha servido gasolina para o inimigo. Sonja também me incomodava. Ela veio lá de dentro do posto, mascando chiclete. Enquanto mastigava, aqueles brincos se moviam e brilhavam. Ela tinha prendido o cabelo num cone sedoso, com grampos esmaltados rosa-shocking. Aquele jeans parecia tinta em suas pernas. Era como se a manhã fosse durar para sempre. Eu precisava ficar porque Whitey tinha ido embora. Então, lá pelas onze horas, ele voltou e percebi que tinha bebido algumas cervejas. Sonja fingiu, ostensivamente, que não notava o silêncio dele ao entrar e sair.

Ao meio-dia, Sonja nos preparou sanduíches com o pão e a carne do isopor, e não houve piadas sobre a boa qualidade de nossos filés da reserva, ou se eu preferia o meu bem passado. Ela apenas me entregou o sanduíche e uma lata de refrigerante Shasta de uva. Mais tarde, ela deu o sanduíche de Whitey para mim. O dele tinha alface, mas comi assim mesmo enquanto o observava trocar um pneu para LaRose. Minha mãe, Clemence e LaRose já tinham sido inseparáveis numa certa época. No pequeno álbum de fotos de mamãe, havia fotos delas da época do colégio interno. Ela sempre falava de como era ir para a escola com elas. LaRose aparecia nas histórias. Mas, quando se tratava do presente, elas não se visitavam muito e, quando o faziam, ficavam só as duas conversando sem parar, afastadas das outras pessoas. Seria o caso de imaginar que elas tinham algum segredo, só que isso já vinha acontecendo havia anos. Algumas vezes, Clemence se juntava e, do mesmo jeito, eram só as três e mais ninguém.

LaRose estava sempre lá, mesmo sem estar. Mesmo ao olhar e falar diretamente com a gente, parecia que seus pensamentos estavam em algum outro lugar, evasivos. LaRose já tivera tantos maridos que ninguém mais sabia qual era seu sobrenome. Começara como uma Migwan. Era magra, tinha ossos finos, lembrava uma ave fumando cigarrilhas, com o cabelo sedoso preso com um grampo de contas brilhantes em formato de flor. Sonja saíra para falar com LaRose, e ali estávamos nós. Três bebedores de refrigerante assistindo um suado Elvis índio tentando soltar os parafusos enferrujados da roda. Fazia força. O pescoço inchava, os braços se contraíam. A barriga havia amortecido com aquelas cervejas noturnas, mas os braços e o peito ainda eram vigorosos. Ele apoiou o peso na chave. Nada. Acocorou-se sobre os pés. Até mesmo a poeira estava quente naquele dia. Ele deu um tapa na chave, levantou-se de súbito e a jogou no meio do mato. Mais uma vez, olhou desconfiado para Sonja.

Não me olhe com essa cara de cobra, seu idiota, disse ela, só porque não consegue soltar a porra de um parafuso.

LaRose levantou as sobrancelhas curvadas e deu as costas para os dois.

Vamos, disse para mim. Preciso de outro maço de cigarros.

Ela colocou a mão nas minhas costas, com um jeito de tia. Me levou para a frente. Entramos na loja e ficamos sozinhos. Ela esticou o braço por trás do balcão e pegou o que precisava. Pouco me importava o quanto LaRose fosse arisca, eu ia interrogá-la. Perguntei se ela era parente de Mayla Wolfskin.

É minha prima, muito mais nova do que eu, disse LaRose. O pai dela era Crow Creek.

Você foi criada com ela?

LaRose acendeu uma cigarrilha preguiçosamente e quebrou o fósforo com movimentos exagerados do pulso.

O que está havendo?

Só quero saber.

Você é do FBI, Joe? Eu falei com aquele cara branco de óculos sujos que Mayla foi para o colégio interno em Dakota do Sul, e que depois ia para Haskell. Tinha um programa lá em que os mais espertos eram levados para algum trabalho especial no governo, algo assim. Pagavam uma bolsa e tudo. Mayla saiu nos jornais — minha tia recortou o artigo. Foi escolhida para um estágio. Ela estava tão linda. Com um lenço branco na cabeça, um vestido sem manga que provavelmente ela fez na aula de economia doméstica, e meias três-quartos. É só o que eu sei. Ela trabalhou para aquele governador, sabe? Ele fez aquele monte de coisas ruins. Se livrou de tudo.

Sonja entrou e fez a venda das cigarrilhas que ela já estava fumando. Olhei para fora e vi que Whitey estava indo para o Dead Custer.

Ah, merda, disse Sonja. Isso não é nada bom.

LaRose disse: Meu pneu.

Eu vou consertar.

Ela sorriu para mim — o reflexo de um sorriso. Tinha um rosto triste e calmo, que jamais se mostrava realmente alegre. A pele morena, delicada e sedosa, olhando bem de perto, dava para ver que tinha rugas finas, e dava para sentir um toque do cheiro do talco de rosas. Um dente de prata brilhou enquanto ela fumava.

Vai lá, meu garoto.

Eu queria fazer mais perguntas sobre Mayla, mas não com Sonja por perto. Primeiro, fui procurar a chave no meio do mato. Quando voltei, vi que as mulheres tinham aberto as cadeiras reclináveis e colocado numa faixa de sombra junto à parede do posto. Estavam bebendo vaca-preta.

Vá em frente! Sonja acenou. A fumaça se soltava de seus dedos. Eu cuido dos clientes, se vier algum.

Olhei para os parafusos da roda. Levantei-me e entrei na garagem de Whitey para pegar a catraca.

Aaah, disse LaRose quando saí com a ferramenta.

Boa escolha, disse Sonja.

Escolhi o soquete do tamanho certo para encaixar na velha porca. Coloquei toda a minha força no cabo. Mas ela não se moveu. Atrás de mim, ouvi Cappy, Zack e Angus saltando com as bicicletas e aterrissando junto das bombas, levantando uma onda de terra.

Me virei. O suor estava pingando.

O que tá pegando?, perguntou Cappy.

Eles ignoraram LaRose e, mais elaboradamente, Sonja. Aproximaram-se e ficaram em volta do pneu vazio.

Enferrujado, cara.

Todos tentaram a catraca uma vez. Zack até mesmo subiu em cima do cabo e pulou de leve, mas a porca parecia soldada. Cappy pediu o isqueiro de Sonja e esquentou a porca. Também não funcionou.

Você tem WD-40?

Mostrei para Cappy onde estava, em cima da bancada do Whitey. Cappy esguichou um pouco na base e esfregou a porca com terra e dentro do soquete. Encaixou a chave, mais apertada.

Sobe nela de novo, disse para Angus.

Dessa vez ela cedeu, deixamos o carro apoiado no macaco e rolamos o pneu até a garagem. Whitey tinha uma caixa d'água no galpão para achar os furos dos pneus, e era ótimo para vedá-los, mas, é claro, ele estava lá no Dead Custer.

Eu saí e olhei para Sonja.

Talvez você devesse ir buscá-lo, ela disse, desviando o olhar, e percebi que ela havia tirado os brincos de brilhante.

Trouxemos o Whitey para fora só depois de três cervejas. LaRose saiu com o pneu consertado. O movimento aumentou de repente, mas tudo se acalmou de novo. Fechamos o posto e entramos na caminhonete. Nenhum dos dois encostou no toca-fitas. Dirigimos de volta em silêncio, mas Sonja e Whitey simplesmente pareciam cansados agora, tudo por conta do calor. Em casa, as coisas aconteceram como de costume — ajudei Sonja com as tarefas. Comemos, ninguém falou muito. Whitey bebeu, mal-humorado, mas Sonja ficou no 7Up. Eu dormi no sofá, com um ventilador em cima de mim, e o cabelo de Sonja se movendo suavemente em torno de seu perfil, sob a luz safira.

Alguma coisa se quebrou. As luzes estavam apagadas e não tinha lua. Estava tudo escuro, mas o ventilador ainda soprava em cima de mim. No quarto, vozes baixas, veementes. A voz de Whitey elevando-se gradualmente. Um golpe surdo. Sonja.

Para com isso, Whitey.

Foi ele que te deu?

Não tem ele nenhum. É só você, meu bem. Me solta. O estalo de um tapa, um grito. Não. Por favor. Joe está lá fora.

Que se foda!

Agora, ele começara a xingá-la, um palavrão atrás do outro.

Levantei e fui até a porta. Meu sangue latejava e fervia. O veneno tomava conta de mim e me atacava os nervos. Achei que fosse matar Whitey. Eu não estava com medo.

Whitey!

Ficaram em silêncio.

Venha aqui fora brigar comigo!

Tentei lembrar o que ele me ensinara sobre bloquear socos, manter os cotovelos altos e o queixo para baixo. Ele finalmente abriu a porta e eu pulei para trás, com os punhos para cima. Sonja tinha acendido o abajur. Whitey vestia uma cueca samba-canção estampada com pimentas vermelhas. Seu penteado anos cinquenta escorria em mechas sobre a testa. Ele levantou as mãos para jogar o cabelo para trás e eu o soquei no estômago. O soco reverberou pelo meu braço. Minha mão ficou dormente. Quebrei a mão, pensei, e me senti realizado. Balancei na frente dele, mas ele segurou meus braços dizendo: Ai, merda, ai, merda. Joe. Eu e Sonja. Isso é entre mim e ela, Joe. Fique fora disso. Você já ouviu falar de traição? Sonja está me traindo. Algum babaca deu um par de brincos de diamante...

Bijuteria, ela gritou.

Eu reconheço um diamante quando vejo um.

Ele me soltou e se afastou. Tentou recuperar alguma dignidade. Levantou as mãos.

Não vou tocar nela, está vendo? Mesmo que esse babaca com quem ela está andando lhe tenha dado brincos de diamante. Não vou tocar nela. Mas ela é suja. Voltou os olhos para ela, vermelhos e cheios de lágrimas agora. Suja. Um outro cara, Joe...

Mas eu sabia que isso não era verdade. Sabia de onde aqueles brincos tinham vindo.

Fui eu que dei para ela, Whitey, eu disse.

Você deu? Ele cambaleou. Tinha uma garrafa no quarto. E como é que você deu esses brincos para ela?

Foi no aniversário dela.

No ano passado.

Babaca, que diferença isso faz para você?! Eu achei esses brilhantes no banheiro do posto. E você está certo. Não são bijuterias. Acho que são zircônias cúbicas genuínas.

Certo, Joe, disse ele. Conversa fiada.

Ele olhou lacrimejante para Sonja. Encostou-se na porta. Então franziu a testa para mim. *Babaca, que diferença isso faz para você?!*, resmungou. Bela maneira de falar com seu tio. Você passou da linha, garoto. Ele levantou a mão com a garrafa e apontou o dedo do meio para mim.

Você. Passou. Da. Linha.

Bom, ela é minha tia, respondi. Então eu posso dar um presente de aniversário para ela. Babaca.

Ele matou a garrafa com um grande gole, jogou-a para trás e inclinou-se para a frente. Você vai ver uma coisa, rapazinho!

A garrafa fez barulho ao se quebrar, ele recuou, os braços em torno da cabeça. Sonja chutou-o porta afora, para o chão da sala, e disse: Desvie dele. Cuidado com o vidro. Você vem aqui para dentro, Joe.

E trancou a porta atrás de mim.

Entre, disse, apontando para a cama. Vá dormir imediatamente. Eu fico esperando.

Ela se sentou na cadeira de balanço e colocou o gargalo da garrafa quebrada cuidadosamente na mesinha ao seu lado. Eu me meti na cama, entre os lençóis. O travesseiro tinha o cheiro do creme de cabelo de Whitey e eu o empurrei para longe e me deitei em cima do braço. Sonja apagou a luz e eu olhei para o espaço escuro.

Ele pode estar morto lá fora, falei.

Não está não. Aquilo não foi nada. E eu sei como bater nele.

Aposto que ele diz a mesma coisa sobre você também.

Ela não respondeu.

Por que você disse aquilo?, ela perguntou. Por que falou que tinha me dado os brincos?

Porque eu dei.

Ah, o dinheiro.

Não sou idiota.

Ela ficou em silêncio. Depois a ouvi chorando baixinho.

Eu queria uma coisa bonita, Joe.

Viu o que aconteceu?

Foi.

Foi o que você disse. Não toque no dinheiro. E onde você guardou aqueles brincos?

Eu joguei fora.

Não jogou, não. Aquilo são diamantes.

Mas ela não respondeu. Apenas continuou se balançando.

*　*　*

Na manhã seguinte, Sonja e eu saímos cedo. Não vi Whitey.

Foi curar a ressaca na floresta, disse Sonja. Não se preocupe. Vai se comportar por um bom tempo agora. Mas talvez seja melhor você ficar com Clemence esta noite.

Fomos para a cidade, sem música. Fiquei olhando para a sarjeta pela janela.

Me deixa aqui agora mesmo, falei quando passamos pela casa de Clemence e pelo desvio para nossa casa. Estou fora.

Ah, querido, não, ela disse. Mas encostou e parou o carro. Tinha feito um rabo de cavalo, preso com um laço verde. Vestia um jogging de corrida verde berrante, com detalhes brancos e tênis aveludado. Naquele dia, tinha pintado os lábios de vermelho carmim. Eu devo ter olhado para ela com uma expressão trágica, pois ela repetiu: Ah, querido, não. Eu estava pensando em alguma coisa do tipo: Aquele vermelho intenso de seus lábios, se estivesse marcado em mim, me beijado, teria me queimado como sangue solidificado, atravessando minha carne e deixando uma marca negra na forma dos lábios de uma mulher. Eu sentia pena de mim mesmo. Ainda a amava, mais do que nunca, mesmo ela tendo me traído. Seus olhos azuis tinham um brilho infernal.

 Vamos lá, ela disse. Vou precisar de ajuda. Por favor?

 Mas eu saí do carro e subi a rua.

A porta dos fundos da cozinha estava aberta. Entrei e chamei.

 Tia Cle?

 Ela veio do porão com um vidro de geleia de *amelanchier* e disse que achava que eu estava trabalhando.

 Pedi demissão.

 Seu preguiçoso. Trate de voltar para lá.

 Balancei a cabeça, sem conseguir olhar para ela.

 Ah. Eles começaram de novo? Whitey voltou com essa história?

 Foi.

 Você fica aqui, então. Pode dormir no quarto antigo de Joseph — é o quarto de costura agora, mas serve. Mooshum está no quarto de Evey. Montei a cama dele lá. Ele não dorme na cama macia de Evey.

 Naquele dia, fiquei ajudando Clemence. Ela mantinha uma bela horta, como a da minha mãe um dia, e as vagens já estavam no ponto. Tio Edward estava trabalhando no lago, nos fundos, tentando acertar a drenagem e a vazão, avaliando as larvas de mosquitos, e eu o ajudei. Whitey trouxe minha bicicleta, mas eu nem saí para ver a cara dele. Comemos bife de veado com mostarda e cebolas douradas. A televisão deles, como sempre, estava no conserto, a cem quilômetros de distância, e eu estava com sono. Mooshum foi cambaleando para o quarto de Evey e eu, para o de Joseph. Mas quando abri a porta do quarto e vi a máquina de costura encaixada ao lado da cama e as pilhas de tecidos e o painel perfurado na parede coberto com centenas de carretéis brilhantes de linha, quando vi os retalhos e a caixa de sapato com zíperes e a mesma almofada de alfinetes em forma de coração, só que a de mamãe era verde empoeirada, pensei em meu pai entrando no nosso quarto de costura, todas as noites, e como a solidão tinha escoado por baixo da porta daquele quarto, espalhando-se pelo corredor e tentando entrar no meu próprio quarto. Perguntei para Clemence: Você acha que Mooshum se incomodaria se eu deitasse lá com ele?

Ele fala dormindo.

Não me importo.

Clemence abriu a porta do quarto de Evey e perguntou se Mooshum se incomodava, mas ele já ressonava levemente. Clemence disse que tudo bem, então eu me fechei no quarto. Tirei a roupa e me ajeitei na cama do meu primo mais velho, que era cheia de fiapos e puída, com cheiro de pó. O ronco de Mooshum era o ronronar de um homem muito velho. Eu adormeci imediatamente. Em algum momento, pouco antes de o sol nascer, pois tinha claridade no quarto, eu acordei. Mooshum estava falando, de fato, então me virei e cobri a cabeça com um travesseiro. Eu cochilei, mas alguma coisa que ele disse me segurou, e pouco a pouco, como um peixe fisgado no escuro, comecei a voltar para a superfície. Mooshum não estava apenas falando aleatoriamente, como uma pessoa desconectada, soltando fragmentos da linguagem dos sonhos. Estava contando uma história.

Akii

No começo, era apenas uma mulher comum, disse Mooshum, boa em algumas tantas coisas — tecer redes, apanhar coelhos, tirar e curtir o couro. Gostava de fígado de veado. Chamava-se Akiikwe, Mulher da Terra, e, como dizia seu nome, era uma pessoa sólida. Tinha ossos pesados e um pescoço curto e grosso. Seu marido, Mirage, aparecia e desaparecia. Olhava para as outras mulheres. Ela o flagrou diversas vezes, mas ficou com ele. Era um caçador ousado, apesar do comportamento, e os dois sabiam sobreviver bem. Sempre conseguiam comida para os filhos, e até mesmo uma refeição extra lhes aparecia pelo caminho, pois ela especialmente, Akii, conseguia descobrir onde encontrar os animais quando sonhava. Tinha um coração arguto e olhar infinito, com o qual mantinha os filhos na linha. Akii e o marido nunca eram mesquinhos e, como eu disse, sempre sabiam encontrar comida, mesmo no meio do inverno — isto é, até o ano em que nos forçaram para dentro dos limites. O ano da reserva.

    Alguns tinham um pedaço de chão como o homem branco, e jogaram lá umas sementes, mas uma fazenda de verdade leva alguns anos até poder sustentar alguém durante o inverno. Nós caçamos todos os animais antes da Lua do Pequeno Espírito e não sobrou mais nenhum coelho. O agente do governo prometera suprimentos para nos compensar pela perda de nosso território, mas nunca vieram. Deixamos nossas fronteiras e seguimos de volta para o Canadá, mas os caribus havia muito tinham desaparecido, não sobrou nenhum castor, nem sequer um rato almiscarado. As crianças choravam e o velho cozinhava tiras de suas calças de couro de alce para mastigarem.

    Durante esse período, todos os dias, Akii saía e sempre voltava com algum pequeno petisco. Ela abriu um buraco no gelo e, com grande esforço, ela e o marido o mantiveram aberto dia e noite, onde pescaram até o dia em que ela pegou um peixe que disse para ela: *Meu povo vai dormir agora e você vai passar fome.* É claro que ela não conseguiu pegar nenhum outro peixe depois disso. Ela viu Mirage olhando para ela de um jeito estranho e o olhou de volta. Ele mantinha as crianças atrás dele quando dormiam e o machado ao seu lado, sob o cobertor. Estava cansado de Akii, então fingiu que conseguia ver a coisa acontecer. Algumas pessoas nesses tempos de fome ficaram possuídas. Um *wiindigoo* podia lançar seu espírito para dentro de uma pessoa. Essa pessoa se tornaria um animal e veria seus irmãos humanos como carne de caça. Era o que estava acontecendo, foi o que seu marido concluiu. Ele imaginou que os olhos dela começavam a brilhar no escuro. A coisa a fazer era matar a pessoa imediatamente. Mas não antes de chegar a um acordo sobre a questão. Não se podia agir sozinho. Havia uma maneira certa para se matar um *wiindigoo*.

    Mirage reuniu alguns homens e os convenceu de que Akii estava se tornando muito poderosa e logo sairia de controle. Ela havia cortado o braço para que a criança bebesse o sangue, então o bebê poderia estar se tornando *wiindigoo* também. Ela olhava como se fosse atacar seus filhos e seguia cada movimento deles. Então, quando tentaram amarrá-la, ela lutou. Foram necessários seis homens para segurá-la e saíram num estado lastimável — mordidos e cortados. Outra mulher levou as crianças para longe, para que não vissem o que iria acontecer. Mas uma delas, o filho mais velho, foi deixada lá. A única pessoa que podia matar um *wiindigoo* era alguém do mesmo sangue. Se o marido a matasse, o povo de Akiikwe poderia se vingar. Poderia ter sido uma irmã, ou um irmão, mas eles se recusaram. Então deram uma faca para o menino e o mandaram matar a mãe. Ele tinha doze anos. Os homens a seguraram. Ele deveria cortar o pescoço dela. O menino começou a chorar, mas disseram-lhe que ele tinha que fazer aquilo de qualquer jeito. O nome dele era Nanapush. Os homens o pressionaram a matar a mãe, tentaram encorajá-lo. Mas ele ficou zangado. Enfiou a faca num dos homens que seguravam sua mãe. Mas o homem vestia um casaco de couro e o ferimento não foi muito profundo.

Ah, disse a mãe dele, você é um bom filho. Você não vai me matar. Você é o único que eu não vou comer! Então ela lutou com tanta força que se soltou de todos eles. Mas eles conseguiram derrubá-la.

Nanapush sabia que ela havia feito aquela ameaça de comer os homens porque estava sendo atacada. Era uma boa mãe para os filhos e os ensinara a viver. Então os homens a pegaram de novo e a amarraram com cordas. Seu marido a amarrou numa árvore e a deixou lá para congelar e morrer de fome. Ela gritou e brigou com as cordas, mas acabou ficando quieta. Eles acharam que ela estava enfraquecendo e a deixaram passar a noite sozinha. Mas o vento *chinook* começou a soprar e o frio diminuiu. Ela comeu a neve. Devia haver algo bom na neve, pois ela, com seus dedos fortes, desfez os nós e soltou as cordas. Começou a caminhar para longe. Seu filho arrastou-se para fora da tenda e resolveu ir com ela, mas eles foram seguidos e capturados quando chegaram ao lago. Mais uma vez, os homens a amarraram.

Mirage então aumentou ainda mais aquele mesmo buraco onde Akii pescou, onde o gelo estava mais fino. Os homens resolveram colocá-la na água, todos eles, de forma que nenhum ficaria com a culpa. Eles reforçaram os nós e, dessa vez, amarram uma pedra em seus pés. E a enfiaram pelo buraco, dentro da água congelante. Vendo que ela não voltou à tona, eles se afastaram, menos o filho, que não queria ir com eles. Ele se sentou no gelo ali e cantou a canção da morte dela. Quando seu pai passou por ele, o menino pediu sua arma e disse que ia atirar na mãe, caso ela saísse.

Naquele momento, o pai talvez não estivesse pensando muito bem, pois entregou a arma para Nanapush.

Assim que os homens saíram de vista, Akii quebrou o gelo com a cabeça para sair. Ela conseguiu se soltar da pedra e respirou o ar que fica logo abaixo da camada de gelo. Nanapush ajudou-a a sair da água e a envolveu com seu cobertor. Eles foram para a mata e caminharam até não terem mais forças para continuar. A mãe tinha sua pederneira e o acendedor num bolso junto à pele. Eles acenderam uma fogueira e construíram um abrigo. Akii contou para o filho que, enquanto esteve debaixo da água, o peixe falou com ela e se desculpou e disse que ela precisava de uma canção de caça. Ela cantou essa canção para o filho. Era uma canção de búfalo. Por que uma canção de búfalo? Por que o peixe sentia saudade do búfalo. Quando o búfalo se aproxima dos lagos e dos rios, nos dias quentes de verão, eles soltam seus carrapatos gordos na água para os peixes comerem, e sua bosta atrai outros insetos que os peixes também apreciam. Eles gostariam que o búfalo voltasse. Perguntaram-me para onde o búfalo tinha ido, disse Akii. Eu não sabia responder. O menino aprendeu a canção, mas disse que achava que era inútil. Ninguém via um búfalo havia anos.

Ambos dormiram naquela noite. Dormiram e dormiram. Quando acordaram, estavam tão fracos que acharam que seria mais fácil morrer. Mas Nanapush tinha um pouco de arame para uma armadilha. Arrastou-se para fora e preparou a armadilha a poucos metros de seu pequeno abrigo.

Se um coelho ficar preso, ele vai me dizer onde estão os animais, disse Akii.

Voltaram a dormir. Quando acordaram, havia um coelho tentando se soltar da armadilha. A mãe arrastou-se até o animal e ouviu o que ele dizia. Então arrastou-se de volta para perto do filho com o coelho.

O coelho entregou-se para você, disse ela. Você precisa comê-lo e jogar cada um dos ossos dele no meio da neve, para que ele possa viver novamente.

Nanapush assou o coelho e o comeu. Três vezes ele mandou que a mãe comesse um pouco, mas ela recusou. Ela escondeu o rosto no cobertor, para ele não ver seu rosto.

Vá agora, disse ela. Ouvi a mesma canção do coelho. O búfalo sempre revirava a terra, de forma que a grama crescia melhor para os coelhos comerem. Todos os animais sentem falta do búfalo, mas também sentem falta dos verdadeiros Anishinaabeg. Pegue a arma e viaje direto para o oeste. Um búfalo voltou lá daquele horizonte. A velha espera por você. Se você voltar e eu estiver morta, não chore. Você tem sido muito bom para mim.

E Nanapush partiu.

* * *

Mooshum parou de falar. Ouvi sua cama ranger, depois seu ressonar leve, quase um ronco. Eu estava frustrado e pensei em sacudi-lo para que acordasse e me contasse o resto da história. Mas acabei dormindo também. Quando acordei, voltei a imaginar o que teria acontecido. Mooshum estava na cozinha, bebendo a sopa de aveia com calda de bordo que adorava tomar de manhã. Perguntei a ele quem era Nanapush, o garoto que ele mencionou na história. Mas ele me respondeu uma coisa completamente diferente.

Nanapush? Mooshum soltou uma risadinha como um chiado seco.

Um velho chegado à loucura! Que nem eu, só que pior. Ele devia ter sido extirpado. De cara para o perigo, com certeza se comportava feito um idiota. Quando era preciso ter autodisciplina, a ganância levava a melhor com Nanapush. Ele envelheceu cedo, com seus absurdos e mentiras. O velho Nanapush, como o chamavam, ou *akiwenziish*. Às vezes, aquele velho desgraçado fazia milagres com seu comportamento grosseiro e repulsivo. As pessoas o procuravam, mesmo que em segredo, em busca de curas. Por acaso, quando eu era jovem, eu mesmo lhe levei cobertores e fumo e ele me ensinou o segredo sobre como agradar minha primeira mulher, cujos olhares começavam a se perder. Junesse era um pouco mais velha do que eu, e na cama ela exigia paciência de um homem que acabara de chegar à maturidade. O que devo fazer? Implorei ao velho. Me diga!

Baashkizigan! Baashkizigan!, disse Nanapush. Não tenha vergonha. Vá com calma na próxima vez e, se houver resistência outra vez, pense em remar até o outro lado do lago contra o vento forte, e só pare quando a canoa chegar à praia.

E assim eu segurei minha mulher e aprendi a respeitar o velho. Ele agia feito maluco para separar os amigos dos inimigos. Mas falava a verdade.

E a mãe dele?, perguntei. E a mulher que nenhum homem conseguia matar? Quando ela o mandou em busca do búfalo. O que aconteceu?

De que porra você está falando, meu garoto?

Sua história.

Que história?

A que você me contou esta noite.

Esta noite? Não contei história nenhuma. Dormi a noite inteira. E dormi bem.

Certo, pensei. Vou ter que esperar ele cair no sono e apagar de novo. Talvez, dessa vez, eu escute o final.

Então esperei a noite seguinte, tentando me manter acordado. Mas eu estava cansado e acabei cochilando. Dormi um bom tempo. Até que, nos meus sonhos, ouvi um som, um leve mastigar, e acordei para encontrar Mooshum sentado de novo. Tinha esquecido de tirar as dentaduras e elas estavam frouxas. Ele estava batendo os dentes, sem falar, como fazia às vezes quando estava muito zangado. Até que os dentes caíram de sua boca e ele encontrou as palavras.

* * *

Ah, aqueles primeiros anos na reserva, quando eles nos espremeram! Presos dentro de alguns quilômetros quadrados. Passamos fome enquanto as vacas dos colonos engordavam nos pastos cercados de nossas antigas regiões de caça. Naqueles primeiros anos, nosso pai branco, com a barriga grande, comia dez patos no jantar e nem sequer mandava os pés para nós. Foram anos ruins. Nanapush viu sua gente passar fome e morrer, depois sua mãe foi atacada, chamada de *wiindigoo*, mas os homens não conseguiram matá-la. Eles estavam em lugar nenhum. Morrendo. Mas agora, no meio de sua fome, o coelho lhe dera alguma força e ele resolveu ir atrás daquele búfalo. Ele pegou a machadinha de sua mãe e a espingarda de seu pai.

Enquanto se arrastava pela mata, quilômetro após quilômetro, Nanapush cantava a canção do búfalo, mesmo que ela o fizesse chorar. Partia seu coração. Ele se lembrou de quando não passava de um garotinho e os búfalos enchiam o mundo. Uma vez, quando era pequeno, os caçadores chegaram até o rio. Nanapush subiu numa árvore para ver de onde vinham os búfalos. Eles cobriam a terra naquela época. Eram infinitos. Ele vira aquela glória. Para onde tinham ido?

Alguns velhos diziam que os búfalos haviam desaparecido num buraco na terra. Outros tinham visto os homens brancos atirando em milhares deles de dentro de um vagão, deixando-os apodrecer. De qualquer forma, já não existiam mais. Ainda assim, Nanapush continuou, trôpego, quilômetro após quilômetro, cantando a canção do búfalo. Ele pensou que devia haver um motivo. Até que, finalmente, olhou para baixo. Viu rastros de búfalo! Achou aquilo difícil de acreditar. A fome faz com que a pessoa veja coisas. Mas, depois de seguir os rastros por algum tempo, viu que eram de um búfalo de fato. Uma velha fêmea, tão demente e decrépita quanto Nanapush viria a ser, e eu, e todos os sobreviventes daqueles anos, os últimos de tantos.

O frio aumentava continuamente. Nanapush prosseguia com dificuldade, seguindo os rastros do búfalo, que entravam e saíam de uma área difícil, coberta com muita floresta e arbustos, sob a qual, pensou Nanapush, ela iria procurar abrigo. Mas não procurou. Ela saiu subitamente para um planalto amplo, onde o vento soprava contra os dois com uma força assassina. Nanapush sabia que teria que atirar na fêmea imediatamente. Ele reuniu toda a vontade que ainda restava em seu corpo faminto e prosseguiu, mas o búfalo se manteve à frente, avançando com mais facilidade do que ele contra a neve.

Nanapush entoou a canção do búfalo com toda a força de seu peito, seguindo adiante. Até que, por fim, naquela brancura infernal, a búfala ouviu sua canção. Ela parou para ouvir. Virou-se na direção dele. Os dois agora estavam a uns cinco metros de distância. Nanapush viu que a criatura não passava de um couro pendurado sobre os ossos saltados. Ainda assim, ela já fora imensa e, em seus olhos marrons, havia uma tristeza profunda que abalou Nanapush, mesmo em todo seu desespero.

Velha mulher búfalo, odeio ter que te matar, disse Nanapush, pois você conseguiu sobreviver com determinação e coragem, mesmo que sua gente tenha sido destruída. Você deve ter se tornado invisível. Mas, enfim, você é a única esperança para a minha família, talvez você estivesse à minha espera.

 Nanapush cantou a canção novamente, pois sabia que a búfala esperava para ouvi-la. Quando terminou, ela permitiu que ele apontasse direto para seu coração. A velha desabou, ainda olhando para Nanapush com toda aquela expressão, e Nanapush caiu ao lado dela, exaurido. Após alguns minutos, ele se levantou e enfiou a faca na barriga dela. Uma baforada de vapor com cheiro de sangue o reanimou e ele trabalhou rapidamente, arrancando as entranhas e limpando a cavidade das costelas. Enquanto trabalhava, mastigava fatias cruas do coração e do fígado. Mas suas mãos ainda tremiam e as pernas fraquejavam. Ele sabia que não pensava com clareza. A neve então começou a cair. Ele foi cercado pelo uivo cego.

 Os caçadores nas planícies conseguem sobreviver construindo um abrigo de couro de búfalo recém-arrancado, mas é perigoso ir para dentro do animal. Todo mundo sabe disso. Mas em seu delírio, cego e atraído pelo calor, Nanapush se enfiou dentro da carcaça. Uma vez lá dentro, foi dominado pelo súbito bem-estar. De barriga cheia e com o calor se fechando ao seu redor, ele desmaiou. E enquanto estava inconsciente, tornou-se um búfalo. A búfala adotou Nanapush e ensinou-lhe tudo o que ela sabia.

 Claro que, quando a tempestade se foi, Nanapush descobriu que estava congelado junto às costelas da búfala. Ficou preso rapidamente pelo sangue congelado. Nanapush tinha arrastado a espingarda com ele e a deixou onde podia dispará-la, e assim conseguiu abrir um buraco para respirar, apesar de ter ficado surdo por vários dias devido à explosão. Não soube fazer a arma funcionar novamente. Ele usou o cano para impedir que o buraco por onde o ar entrava congelasse de novo e esperou. Para manter o espírito animado, começou a cantar.

 Depois que a tempestade passou, sua mãe foi procurá-lo. Ela se salvou derrubando um porco-espinho de uma árvore. Ela o matou com muito cuidado e queimou os espinhos até a carne dele, para aproveitar todas as partes. Ela começou a procurar o filho quando a neve parou de cair. Até mesmo preparou um trenó e o arrastou, para o caso de ele estar ferido ou, na melhor das hipóteses, ter matado algum animal. Ela logo viu a forma escura e peluda semienterrada na neve. Correu, o trenó saltando ao seu lado, mas quando chegou até a búfala, seus joelhos fraquejaram de terror, surpresa por ouvir o animal cantando a canção que ela aprendera com o peixe. Mas sua mente clareou e ela riu. Entendeu imediatamente que seu filho tolo havia se aprisionado lá dentro. E assim foi, Akii arrancou Nanapush para fora da búfala, amarrou-o ao trenó e o arrastou para a floresta. Lá, ela construiu um abrigo com galhos e acendeu uma fogueira para descongelá-lo. Depois disso, os dois usaram o trenó para ir e voltar muitas vezes, transportando cada pedacinho da búfala de volta para sua família e seus parentes.

Quando os homens receberam a carne da mulher que haviam tentado matar, e do filho que a protegera, sentiram vergonha. Ela foi generosa, mas pegou os filhos e não voltou para o marido.

Muitas pessoas foram salvas por aquela velha búfala, que se entregou para Nanapush e sua mãe impossível de matar. O próprio Nanapush disse que, sempre que ficava triste com as muitas perdas que sofreu ao longo da vida, sua velha avó búfala conversava com ele e o confortava. Essa búfala sabia o que tinha acontecido com a mãe de Nanapush. Ela disse que a justiça *wiindigoo* deve ser feita com muito cuidado. Um lugar devia ser construído para que as pessoas pudessem fazer as coisas de uma maneira boa. Ela disse muitas coisas, ensinou Nanapush, e assim, enquanto viveu, Nanapush tornou-se sábio em sua estupidez.

* * *

Mooshum caiu duro para trás, soltou um grande suspiro e recomeçou com seu ronco suave. Eu também apaguei na cama, tão rápido quanto Nanapush dentro da búfala, e quando acordei esqueci a história de Mooshum — embora me lembrasse dela mais tarde naquele dia, quando meu pai veio me buscar e disse a palavra carcaça. Estava muito pálido e excitado, e, falando com o tio Edward, disse: *Eles jogaram a carcaça daquele desgraçado na prisão.* Naquele momento, me lembrei de toda a história de Mooshum, nítida como um sonho, e, ao mesmo tempo, soube que tinham prendido o estuprador de minha mãe.

Quem é ele? Quem?, perguntei ao meu pai enquanto subíamos a rua.

Em breve, disse ele.

Em casa, minha mãe estava de pé, limpando, circulando pela casa com a velocidade de uma aranha. Depois, caía ofegante numa cadeira, interrompendo as tarefas recém-iniciadas ou pela metade. Levantou-se de novo, mais parecia um bonequinho do jogo da forca. Agitou-se de um lado para outro, da geladeira para o fogão, do fogão para o freezer. Depois de seu longo retiro, essa energia pulsante era perturbadora. Ela saíra do zero para os cem quilômetros por hora e isso parecia errado, embora imagino que meu pai estivesse gostando e se apressasse para concluir os projetos dela. Eles não deram por mim, e eu saí.

Agora que tinham jogado a carcaça na prisão, agora que alguma coisa estava sendo feita, me senti leve. Era como se pudesse simplesmente voltar a ter treze anos e aproveitar meu verão. Estava feliz por ter me demitido do posto de gasolina. Fui andar pela estrada.

A casa de Cappy, também cercada de projetos inacabados, ficava uns cinco quilômetros a leste do campo de golfe de Hoopdance. O campo de golfe atravessava a reserva, o que era um problema ainda por resolver entre a cidade e o conselho tribal. Teria o conselho tribal o direito de arrendar terra para o clube de golfe que ia além da reserva e cuja maior parte do lucro se destinava a não índios? E quem é responsável se um jogador de golfe for atingido por um raio? Se essa questão tinha chegado ao meu pai, eu não sabia, mas todo mundo achava que os índios deveriam poder jogar golfe lá de graça — e é claro que não podiam. Algumas vezes, Cappy e eu pedalávamos até lá para procurar bolas perdidas, que planejávamos vender de volta para os jogadores. Quando cheguei à casa dele e sugeri fazer isso, no entanto, ele disse que queria fazer outra coisa, mas não sabia o quê. Eu também não sabia. Então fomos até a casa de Zack e Angus estava lá e nós quatro nos juntamos.

A praia do lago mais perto da cidade tinha uma igreja — ou, para ser mais exato, tinha uma igreja bloqueando o acesso. A igreja era dona da estrada até a praia e tinha colocado uma porteira que poderia estar trancada. Depois da porteira, cartazes — proibido bebidas alcoólicas, proibido ultrapassar, proibido tudo. Na praia católica, havia uma estátua desbotada de Nossa Senhora cercada de pedras. Estava coberta de rosários, um deles pertencera à tia de Angus. Por causa daquele rosário, acho que acreditávamos ter o direito de ficar lá. É claro que, como a terra fora dada à Igreja Católica quando estávamos desesperados, na mesma época em que Nanapush matou a búfala, a verdade é que não só tínhamos o direito, mas éramos donos da terra, da igreja, da estátua, do lago e até da casinha do padre Travis Wozniak. Éramos os donos do cemitério que se espalhava pela colina atrás da igreja, e da bela floresta de carvalhos junto ao cemitério. Mas donos ou não de toda aquela história, quando chegamos lá pedalando bravamente montanha acima, pulando a porteira e correndo até a praia, nos deparamos com o Encontro de Jovens com Cristo — EJC.

Quando passamos por eles, estavam sentados de pernas cruzadas em círculo, na extremidade do gramado aparado. Com uma olhada rápida, pude ver que era uma mistura de garotos da reserva, muitos dos quais eu conhecia, e estranhos, provavelmente voluntários das escolas de ensino médio e faculdades católicas. Eu já vira esses voluntários viajando em bandos, de camisetas laranja brilhantes com imagens do Sagrado Coração pintadas em preto sobre o peito. A maioria das pessoas que falavam com eles já era convertida, o que devia ser uma decepção. De qualquer modo, passamos rapidamente e deixamos nossas bicicletas no cais. Atravessamos o mato numa curva até outra faixa de praia mais reservada.

Vamos esconder nossas calças, disse Angus, caso um deles apareça para roubar nossas roupas. Os ladrões de roupas não costumavam aparecer, mas depois de ficarmos pelados, espalhando água por meia hora, chegaram dois visitantes. Um era alto, de um louro sujo, encurvado, mais velho, provavelmente universitário, com as espinhas mais horríveis que se podiam imaginar. O outro visitante, bem, era o oposto dele. Ela era, pode-se dizer, um sonho. E foi assim que passamos a chamá-la depois. Garota dos Sonhos. Pele de caramelo. Olhos castanhos, grandes e doces. Cabelos castanhos lisos, presos atrás com uma bela fita. Shorts. Curvas. Os seios forçando delicadamente a camiseta feia, cor de laranja com o Sagrado Coração. Eu estava relaxando de costas, olhando para o céu, quando tudo aconteceu. Me virei e vi que meus amigos haviam sumido. Tinham ido para mais perto da beira, estavam de pé, com água pela cintura, batendo nas ondulações com as mãos. Cappy puxava o cabelo para trás enquanto falava e, subitamente, percebi que ele parecia muito mais velho e forte do que Zack, Angus ou eu mesmo. Nadei para perto e fiquei em pé ao lado de meus amigos.

Então vou pedir para você sair, disse o espinhento.

E eu vou te perguntar como assim, respondeu Cappy.

Novamente, só para deixar claro — o garoto da Juventude Católica levantou o indicador e apontou para o céu, um gesto que Angus passou a copiar desde aquele dia. Esta praia é reservada para atividades autorizadas pela igreja, disse o jovem católico. Estou pedindo educadamente que saiam.

Que nada, disse Cappy. Não queremos sair. Ele espirrou água através da mão fechada. Estava espirrando preguiçosamente na direção da Garota dos Sonhos. Ela não dissera nada. Mas tinha os olhos em Cappy.

O que você acha? Ele sinalizou com a cabeça para ela. Acha que a gente tem que sair?

A Garota dos Sonhos respondeu, com voz clara: Acho que vocês têm que ir.

Certo, disse Cappy, se é o que você diz. E saiu andando da água.

Olhei de lado para Cappy quando ele passou. Seu pau pendia pesado entre as pernas. Ouvimos um grito. Do sujeito.

Volte!

O espinhento correu para arrastar Cappy de volta para a água. Cappy empurrou-o para o lado e a Garota dos Sonhos se afastou, mas deu uma boa olhada para trás. Cappy deu uma rasteira no soldadinho de Deus, agarrou-o como um lutador de luta livre e começou a mergulhar sua cabeça na água. Não o afogou muito, não mais do que fazíamos entre nós de brincadeira, mas o sujeito gritou de novo e Cappy parou.

Ei, cara, Cappy o segurou pelo ombro. O espinhento vomitou no lago e nós nos afastamos. Desculpa, cara, disse Cappy. Ele esticou o braço para lhe dar um tapinha nas costas da camisa cor de laranja, mas o rosto do rapaz começou a ficar muito roxo e ouvimos seus dentes de trás rangendo.

Ele está pirando, sei lá, disse Cappy. E, de repente, o cara se dobrou e começou a se agitar descontroladamente, sacudindo a cabeça, e teria afundado ali mesmo se a gente não o segurasse e o levasse para a praia. Nós o deitamos. Eu era o único que tinha meias. Enrolei uma e enfiei na sua boca. Nos revezamos segurando o sujeito, falando com ele, ao mesmo tempo que nos vestíamos rapidamente. Ele parou com o ataque e eu tirei a meia. Mandamos Angus ir chamar o padre Travis.

Enquanto Angus ia até lá e o cara começava a respirar direito, ainda ofegante, Cappy perguntou: O que a gente faz agora? Pensa rápido, Número Um.

Entramos para a Juventude Católica, eu disse.

Isso, disse Zack. Em busca de uma nova forma de vida. A JC, um povo primitivo adorador do rosário...

Saquei, disse Cappy. Nós nos convertemos. Esse cara nos converteu.

Isso mesmo, disse o espinhento, entreabrindo os olhos. Ele desmaiou e vomitou de novo. Nós o viramos de lado para ele não engasgar, e ele cuspiu e acordou.

Estamos bem, cara, disse Cappy. Você nos mostrou o caminho. Sentimos uma fagulha descendo sobre nós.

Foi o que aconteceu, falei. A fagulha.

Jesus salva, disse Zack, e repetimos isso várias vezes, como um canto em voz baixa e crescente, que pareceu hipnotizar o espinhento, cujo nome descobrimos ser Neal, e que se levantou conosco, erguendo a mão trêmula junto com a gente para sentirmos o espírito. Avançando com o espírito sobre nós, atravessamos o mato totalmente vestidos, num pequeno aglomerado em torno do encharcado Neal, repetindo em voz alta tudo o que Zack dizia. O Espírito Santo está sobre nós! *Bem* em cima de nós. Aleluia! Oremos ao Cristo Feito Homem. Oremos por Sua Ressuereção. Leite da Sagrada Mãe. Cordeiro de Pelo Amor de Deus. Fruto do Ventre Sagrado! Zack era um católico imprestável. O padre Travis tinha se afastado do pelotão devido a algum negócio urgente de momento e só agora vinha correndo de volta com Angus. A batina voava em torno das pernas. Mas era tarde demais. Tudo o que ele viu fomos nós, cercados por um bando de camisetas laranja, se abraçando, chorando, jogando as mãos para o alto. Tudo o que ele pôde fazer quando Cappy se jogou em cima dele, gritando *Obrigado, obrigado, Jesus!*, foi bater nas costas de Cappy com força suficiente para fazê-lo gemer e me olhar como um falcão engaiolado. Achei melhor não encarar o padre Travis de volta depois daquele olhar. Eu me virei e esbarrei na Garota dos Sonhos, que estava mais afastada dos acontecimentos, com a verdade e Cappy saindo do lago em seus pensamentos. Pude ver essas coisas em seu rosto. E vi que não havia conflito. O que valia tanto quanto dizer que ela estava apaixonada.

Chamava-se Zelia e tinha viajado desde Helena, no estado de Montana, para converter os índios, nenhum dos quais vivia em tendas e muitos tinham a pele mais clara que a dela, o que a deixou confusa.

Zack perguntou por que ela não tinha ficado em Montana e convertido os índios que moravam lá.

Que índios?, ela perguntou.

Ah, eles, disse Cappy rapidamente. Os índios de Montana são todos mórmons e testemunhas de Jeová, e essas coisas todas. Ninguém chega perto deles. Você tem que continuar convertendo por aqui. Muitos são pagãos por aqui.

Ah, disse Zelia. Bem, nós não entramos em outras missões tanto assim, de qualquer maneira.

Ela era mexicana, de uma família muito unida. Foram contrários a que trabalhasse numa missão em região perigosa, contou, mas ela encontrou seu caminho, afinal.

Na verdade, você também é índia, eu disse a ela. Ela pareceu ofendida, e eu completei: Talvez você seja uma nobre maia.

Você provavelmente é asteca, disse Cappy. Isso foi mais tarde, naquele dia. Tínhamos feito inscrição para os dois últimos dias do programa de verão do padre Travis, a fim de estar com a Garota dos Sonhos. Ela e Cappy tinham começado a flertar.

Sim, acho que você é asteca. Cappy olhou para ela com ar de gozação. Você vai direto ao peito de um homem e arranca o coração dele.

Ela desviou o olhar, mas sorriu.

Zack levantou o punho e arfou, com um barulho de esguicho. *Padump. Padump.* Mas nenhum dos dois olhou para ele. Nós três sabíamos que não havia esperança. Cappy era o único. Mesmo assim, queríamos ficar perto dela, esperando que tentasse nos converter de verdade.

Em casa, a energia de minha mãe diminuíra apenas um pouco. Havia duas faixas com cores diferentes no seu rosto. Notei que tinha passado ruge. Estava tomando comprimidos de ferro, e outros. Tinha seis garrafas de alguma coisa dentro do armário da cozinha. Ela tinha preparado panquecas de *amelanchier* para o jantar. Mamãe e papai permaneceram céticos e me ouviram contar sobre como eu tinha entrado para o Encontro da Juventude Católica, e que deveria ir à igreja amanhã.

Encontro da Juventude? Meu pai franziu os olhos. Você se demite do Whitey para entrar para um grupo de encontro da juventude?

Eu fui embora do Whitey porque ele bateu na Sonja.

Minha mãe ficou rígida.

Certo, disse meu pai rapidamente. O que vocês encontram?

Nós dramatizamos situações da vida. Tipo, se oferecessem drogas pra gente. Imaginamos que Jesus está lá para ficar entre, digamos, o Angus e o traficante. Ou eu e o traficante, por exemplo, não que isso vá acontecer.

Está certo, disse meu pai, vocês são bebedores de cerveja, pelo que eu me lembro. Será que Jesus arranca as latas das garras de vocês? Derrama tudo no chão?

É isso que devemos visualizar.

Interessante, disse minha mãe. A voz dela estava neutra, formal, nem cáustica nem falsamente entusiasmada. Eu poderia pensar que era a mesma mãe, apenas com o rosto encovado, cotovelos apontando, pernas finas. Mas eu estava começando a notar que ela estava algo diferente da mãe anterior. A que eu pensava como a minha verdadeira mãe. Acreditei que minha verdadeira mãe fosse emergir em algum momento. Que eu ia ter a minha mãe de volta. Mas agora tinha entrado na minha cabeça que isso podia não acontecer. A maldita carcaça tinha roubado isso dela. Alguma parte calorosa dela se fora e poderia não voltar. Seria preciso tempo para conhecer essa nova mulher formidável, e eu tinha treze anos. Eu não tinha esse tempo.

* * *

O segundo dia do Encontro da Juventude com Cristo foi melhor que o primeiro — ganhamos nossas camisetas de manhã e as vestimos imediatamente por cima das roupas, alisando os corações sagrados envoltos em espinhos impressos sobre nossos próprios corações. Descemos até o lago e começamos a mover os lábios, acompanhando as canções que todos os demais no grupo sabiam. Neal agora era nosso melhor amigo. Os outros garotos da reserva, verdadeiros devotos cujos pais eram diáconos e assadores de tortas para os enterros, disseram a Neal que nós quatro éramos o pior bando da escola, o que não era absolutamente verdade. Apenas estavam tentando ajudar Neal a se impressionar consigo mesmo, pois desde o começo ele confessara sua baixa autoestima. Por azar, para nós e nossas chances de salvação de longo prazo, o Encontro da Juventude com Cristo era um acampamento que durava apenas duas semanas. Tínhamos sido convertidos faltando apenas um dia para o final. Então participamos de sessões expressas. E como eles estavam empacotando todo o aprendizado de duas semanas para nós, não tínhamos muito com que contribuir.

Uma garota, Ruby Smoke, cuja irmã conhecíamos, disse que tinha dado à luz uma serpente. Senti Zack se agitando do meu lado e lhe dei uma cotovelada forte. Angus conhecia o roteiro e murmurou um graças a Deus, mas Cappy disse: Que tipo de cobra era?, com uma voz inabalável, e o padre Travis inclinou-se para a frente, olhando-o de lado.

Ruby era uma garota grande, com laquê no cabelo curto, pintado com faixas vermelhas, e brincos de argola. Maquiagem aos montes. Seu namorado, Toast, não lembro de seu nome verdadeiro, ninguém lembra, também estava lá — muito magro, com calção de basquete e um jeito deprimido. Ele olhou para Cappy, sem malícia, e disse: Nenhuma que te interesse. Uma serpente é uma serpente.

Cappy levantou as mãos: Só estou perguntando, cara! E olhou fixamente para o chão.

Mas, como você está interessado, disse Ruby, era uma serpente enorme, marrom, com linhas atravessadas. Tinha olhos dourados e uma cabeça triangular, como uma cascavel.

Uma cobra-covinha, falei. Você pariu uma cobra-covinha.

O padre Travis parecia tomado de fúria, mas Ruby parecia satisfeita.

Tudo bem, padre, disse ela. O tio de Joe é professor de ciências.

Na verdade, prossegui, encorajado, me parece que você pariu uma jararaca, que é de longe a cobra mais venenosa do mundo. Se ela picar sua mão, é preciso cortar seu braço. Esse é o tratamento. Mas você também pode ter parido uma surucucu, que chega a três metros e fica emboscada no mato esperando sua vítima. Pode derrubar uma vaca. Não dá para ver quando a jararaca dá o bote, ela se move como um raio.

Todos concordaram com a cabeça para Ruby, excitados, e alguém disse: É isso aí, Ruby! Ela parecia orgulhosa de si mesma. Então o padre Travis falou: Algumas vezes, as coisas acontecem muito rapidamente mesmo, e é por isso que neste encontro de grupo trabalhamos para preparar vocês para esses momentos que têm a velocidade de um raio. Esses momentos não são tentações, na verdade. Reagimos por instinto. A tentação é um processo mais lento e nós o sentimos mais ao amanhecer, logo depois de acordar, e à noite, quando estamos relaxando, cansados, mas ainda não estamos prontos para adormecer. É o momento da tentação. É por isso que aprendemos estratégias para nos manter ocupados, para orar. Mas um veneno de ação rápida, isso é diferente. Atinge-nos com uma rapidez cega. Podemos ser picados pela tentação a qualquer momento. É um pensamento, uma direção, um ruído no cérebro, um palpite, uma intuição que nos leva a lugares mais sombrios do que jamais imaginamos.

Eu fiquei paralisado, tomado por um estranho pânico diante de suas palavras.

Demos as mãos e fizemos uma roda, baixamos as cabeças e rezamos a ave-maria, que ninguém precisa ser católico para saber nessa reserva, pois as pessoas a resmungam a toda hora, no mercado, nos bares, pelos corredores da escola. Foi o que fizemos então, mencionando o fruto de vosso ventre várias vezes, uma frase que Zack achava irresistível e não conseguia sequer pronunciá-la com medo de começar a rir. Boa parte do dia prosseguiu daquele jeito — confissões, exortações, lágrimas, orações dramáticas. Momentos tenebrosos em que tínhamos que olhar nos olhos uns dos outros. Digo tenebrosos porque tive que olhar nos olhos de Toast, que eram buracos ardentes, indecifráveis, que pertenciam a um cara, então para que servia aquilo, afinal? Cappy teve que fixar os olhos de Zelia. Aquilo deveria ser um encontro de almas. Uma coisa espiritual. Mas Cappy disse que nunca tinha ficado com o pau tão duro em sua vida.

* * *

A energia vibrante que tomara minha mãe se consumira e ela estava descansando — mas no sofá, não trancada no quarto. Depois que cheguei em casa, meu pai me chamou para ir sentar ao lado dele numa velha cadeira enferrujada da cozinha, junto do jardim. A noite estava fresca e o ar agitava os ramos dos plátanos que margeavam o quintal. O grande algodoeiro se agitava barulhento junto à garagem. Meu pai inclinou a cabeça para trás, para receber o lento sol poente no rosto.

Perguntei a ele sobre a maldita carcaça e ele procurou pensar no que dizer.

Quem é?

Meu pai balançou a cabeça.

É o seguinte, disse, é o seguinte. Ele estava escolhendo as palavras com muito cuidado. Teremos uma audiência preliminar e o juiz vai decidir se ele pode ser acusado. Mas mesmo agora, podemos estar forçando a mão. O advogado está preparando um pedido de soltura. Gabir está em cima, mas ele não tem um argumento. A maioria dos casos de estupro não chega tão longe, mas nós temos Gabir. A defesa está falando em processar o Departamento de Assuntos Indígenas. Mesmo a gente sabendo que foi ele. Mesmo com tudo se encaixando.

Quem é? Por que não podem simplesmente enforcá-lo?

Meu pai apoiou a cabeça nas mãos e eu me desculpei.

Não, disse ele, soturno. Eu gostaria de poder enforcá-lo. Acredite. Eu me imagino o juiz carrasco de um velho faroeste; daria a sentença alegremente. Mas além de brincar de caubói na minha imaginação, existe a justiça Anishinaabe tradicional. Nós teríamos nos reunido para decidir seu destino. Mas no nosso atual sistema...

Ela não sabe onde aconteceu, eu disse.

Meu pai baixou a cabeça. Não temos onde nos apoiar. Nenhuma jurisdição clara, nenhuma descrição exata de onde o crime ocorreu. Ele virou um pedaço de papel e desenhou um círculo, bateu com o lápis no meio. Fez um mapa.

Aqui é a casa redonda. Logo atrás, tem o loteamento Smoker, que está tão dividido que ninguém consegue tirar nenhum proveito de lá. Então essa faixa foi vendida — terra arrendada. A casa redonda está na extremidade da concessão tribal, onde nosso tribunal tem jurisdição, mas claro que não sobre um homem branco. Então, a lei federal se aplica. Descendo até o lago, também é concessão tribal. Mas só de um lado, um canto de lá pertence ao parque estadual, onde se aplicam as leis estaduais. Do outro lado daquele pasto, mais florestas, temos uma extensão de terra da casa redonda.

Certo, falei, olhando para o desenho. Ótimo. Por que ela não pode inventar um lugar?

Meu pai virou a cabeça e olhou para mim. A pele sob seus olhos tinha uma cor cinza-avermelhada. As bochechas eram sacos murchos.

Não posso pedir a ela que faça isso. Então, o problema continua. Lark cometeu o crime. Em que terra? Terra tribal? Terra arrendada? Propriedade branca? Do estado? Não podemos processar se não sabemos que leis aplicar.

Se tivesse acontecido em algum outro lugar...

Claro, mas aconteceu aqui.

Você sabe disso desde que a mamãe contou.

E você também, disse meu pai.

* * *

Desde que minha mãe rompera o silêncio na minha frente e pôs em movimento tudo o que se seguiu, insisti que meu pai contasse o que estava acontecendo. E, até certo ponto, ele me contou, mas não tudo, de forma alguma. Nada falou sobre os cachorros, por exemplo. No dia seguinte à nossa conversa, o grupo de busca e salvamento veio até nossa reserva. De Montana, pelo que Zack escutou.

Estávamos pedalando sem destino, dando cavalinhos de pau na terra, circulando pelo grande pátio de cascalho perto do hospital, saltando sobre moitas secas de alfafa e touceiras de marias-sem-vergonha. Era sábado e Zelia, junto com os outros chefes do acampamento, estava fazendo o último passeio de ônibus para o Jardim da Paz. Após sua oficina de liderança, todos iriam embora. A oficina durou três dias, e Cappy estava incorporando Worf.

Ele fez seu desafio Klingon para mim, *Heghlu meh qaq jajvam*, tentou dar um cavalinho de pau de 360 graus e caiu de cara na terra.

Hoje é um bom dia para morrer!, gritou.

E é mesmo, cacete!, respondi.

Angus era melhor quando imitava Data. Por favor, prossigam com esse divertido exercício de ciclismo, disse. É deveras intrigante. E levantou um dedo.

Naquele momento, Zack chegou e nos contou o que estava acontecendo lá no lago, com as equipes de busca e salvamento, polícia e caminhonetes rebocando barcos de pesca confiscados. Quando chegamos ao lago, conseguimos vê-los, os cachorros e seus treinadores em quatro botes de alumínio com motores de popa, que não tinham mais de quinze HP. Os cães eram de diversas raças; tinha um dourado, um pequeno que parecia uma mistura da Pearl com o vira-lata sarnento da reserva de Angus, um labrador preto e magro e um pastor-alemão.

Estão procurando um carro que afundou, disse Zack. Pelo menos é isso que eu sei.

Eu sabia que era o carro de Mayla. Pelo que mamãe tinha dito, eu sabia que seu agressor tinha mandado o carro para o fundo do lago. Também sabia que estavam procurando por Mayla. Eu não conseguia deixar de imaginar o que ele teria feito para deixar seu corpo pesado e dar um jeito de colocá-la de volta naquele carro. Não queria pensar nessas coisas, mas minha mente não conseguia se livrar desses pensamentos horríveis. Vigiamos os caras do resgate o dia todo, os cães farejando o ar por cima da água, e seus treinadores observando cada movimento deles. Era um negócio lento. Eles se deslocavam pela água, calmos, metódicos, lançando uma rede invisível pelo fundo do lago. Trabalharam até escurecer, depois pararam e montaram suas próprias barracas e um refeitório perto da água.

* * *

No dia seguinte, estávamos lá cedo e chegamos mais perto, na verdade, incrivelmente perto. Não era o que pretendíamos. Largamos nossas bicicletas e nos esgueiramos em direção ao acampamento — havia uma eletricidade renovada no lugar. Algum objetivo fora estabelecido e vimos quando dois mergulhadores saíram num dos barcos e afundaram no local de mergulho que todos conhecíamos. Havia um barranco inclinado e, no local onde encontrava a praia, sabia-se que a profundidade aumentava imediatamente, chegando ao que imaginávamos uns trinta metros, mas na verdade eram seis. Havia um penhasco acima do local, onde nos acomodamos e observamos ao longo do dia. Estávamos com fome, com sede, falando em nos mandar de lá, quando um reboque veio sacudindo pela estrada esburacada. Aproximou-se de ré o máximo possível da água, até onde o pessoal do resgate podia sinalizar com segurança. Ficamos escondidos atrás da vegetação, e lá estávamos quando o carro, um Chevy Nova marrom, foi puxado para fora, escorrendo água e plantas aquáticas. Claro que esperávamos ver um corpo, e Angus sussurrou para nos prepararmos — íamos ter pesadelos. Ele tinha visto seu tio afogado. Mas não havia ninguém no carro. Estávamos olhando do meio do mato, mas empoleirados diretamente de onde tínhamos uma visão perfeita do interior do carro. Vimos a água enlameada escorrer para longe. As janelas foram todas puxadas para baixo. Logo abriram as portas. Ninguém, nada, pensei a princípio, a não ser uma coisa.

 Uma coisa que me provocou um choque, uma perturbação na superfície que depois foi se aprofundando, ao longo de todo aquele dia, de toda a tarde e depois à noite, até eu revivê-lo no momento em que adormecia, para me despertar.

 No vidro de trás do carro havia um amontoado de brinquedos — alguns de plástico, um urso de pelúcia amassado talvez, todos encharcados e empilhados, de tal forma que era difícil distinguir o que era cada um a não ser por um retalho, um pedaço de pano quadriculado azul e branco, que correspondia à roupa da boneca recheada de dinheiro.

Capítulo Nove
O último adeus

Mooshum nasceu nove meses depois do acampamento de coleta de frutas silvestres, um momento feliz, quando as famílias se encontravam no meio da floresta. Fui colher frutinhas com meu pai, Mooshum sempre dizia, e voltei com a minha mãe. Achava isso uma grande piada e sempre comemorava sua concepção, não seu nascimento, pois na verdade se convencera de que tinha nascido em Batoche, durante o cerco em 1885, do que meu pai, intimamente, duvidava. Era verdade, no entanto, que Mooshum ainda era criança quando sua família abandonou sua confortável cabana, suas terras, seu celeiro e o poço de água fresca e fugiu de Batoche depois que Louis Riel foi preso e condenado à forca. Eles desceram para a fronteira, onde não eram esperados exatamente de braços abertos. Apesar disso, foram recebidos por um chefe de surpreendente bom coração, que disse ao governo dos Estados Unidos que os brancos talvez abandonassem seus filhos mestiços e os deixassem sem terra, mas que os índios recebiam essas crianças em seus corações. Os generosos nativos de sangue puro enfrentaram tempos difíceis nos anos seguintes, enquanto os mestiços, que já sabiam cuidar da terra e criar animais, se saíram melhor e começaram a tomar conta do lugar e, até mesmo, a olhar com superioridade para aqueles que os tinham resgatado. Contudo, à medida que Mooshum ia seguindo a vida, abandonava seus costumes Michif. A primeira coisa foi o catolicismo, depois começou a falar Chippewa puro, sem nenhuma mistura com francês, e até mesmo fez um traje caprichado de dança para *powwow*, apesar de continuar a dançar a giga e a beber. Ele voltou para o cobertor, como se dizia naqueles tempos. Não que vestisse um cobertor. Mas às vezes jogava um em cima das costas, ia caminhando até a casa redonda e participava das cerimônias na mata. Era amigo de todos os encrenqueiros que se embebedavam por lá, assim como de todos que lutavam desesperadamente para manter a reserva, uma terra que mudava sob seus pés segundo os caprichos do governo, as contagens de cabeça dos índios pela agência e por uma coisa a que chamavam loteamento. Muitos agentes enriqueceram ou roubaram as rações naqueles anos, e muitas famílias foram deixadas de lado e morreram por não receber o que lhes fora prometido.

E agora, disse Mooshum, no dia em que nos reunimos para comemorar seu aniversário, tem comida em abundância. Comida por toda parte. Índios gordos! Nunca ninguém viu um índio gordo na minha época.

Vovó Ignatia sentou-se com ele, sob o tradicional caramanchão que tio Edward e Whitey ergueram para a festa de aniversário de Mooshum. Tinham colocado ramos de bétulas frescos por cima para ficarem na sombra, e as folhas ainda estavam frescas e brilhantes. Os mais velhos se sentaram em cadeiras de jardim com trançado de plástico e beberam chá quente, apesar do dia de calor. Clemence instruiu para que eu me sentasse com Mooshum, ficasse de olho nele e cuidasse para que o calor não o deixasse prostrado. Vovó Ignatia balançava a cabeça para os índios gordos.

Eu fui casada com um índio gordo uma vez, contou para Mooshum. Sua pica era comprida, mas só a ponta da cabeça aparecia debaixo da barriga. E é claro que eu não gostava de ficar debaixo dele de jeito nenhum, com medo de ser esmagada.

Miigwayak! É claro. E o que você fazia?, perguntou Mooshum.

Eu pulava para cima, naturalmente. Mas aquela barriga, nossa! Ficou do tamanho de uma montanha e não dava para ver o outro lado. Eu gritava: Você ainda está aí atrás? Grita para mim! Como a maioria dos índios gordos, ele tinha a bunda magra. Rapaz, aqueles músculos das bochechas lá de trás também eram poderosos. Ele me balançava como se fosse um número do circo. Então, eu gostava mesmo dele, aqueles foram bons tempos.

Awee, disse Mooshum. A voz dele estava melancólica.

Mas, infelizmente, não era para durar, disse vovó Ignatia. Um dia estávamos dando no couro e ele parou. Às vezes ele se cansava, é claro, com aquele peso todo, então eu simplesmente continuei bombeando lá em cima. O mastro ainda estava de pé, duro como aço. Mas achei que tinha dormido, estava muito quieto. Grita para mim!, falei. Mas ele não respondeu. Nossa, que esquisito ele dormir no meio disso tudo! Deve estar tendo um sonho espetacular, eu penso na hora. Então, eu não paro até chegar ao fim — que chegou várias vezes para mim, *eyyyy*. Finalmente, saí de cima dele. Nossa, ele está durando!, penso. Vou engatinhando em volta, para a outra ponta dele. Não demora e vejo que não está respirando. Dou uns tapas no seu rosto e não adianta nada. Está morto e longe, meu querido marido gordo. Chorei por aquele homem durante um ano inteiro.

Awee, disse Mooshum. Uma morte feliz. E um amante digno para você, Ignatia, pois te deixou satisfeita mesmo do outro lado. Eu desejo morrer assim, mas quem pode me dar essa chance?

Ele ainda levanta?, perguntou Ignatia.

Não por conta própria, respondeu Mooshum.

Eyyyy, disse Ignatia. Após cem anos de trabalho duro, seria um milagre. Se você rezasse um pouco mais, ela disse com uma gargalhada.

Mooshum sacudia os ombros frágeis. Rezar para ficar de pau duro! Essa é boa. Talvez eu devesse rezar para São José. Ele era carpinteiro, sabia trabalhar com pau.

As freiras nunca mencionaram o santo padroeiro do *manaa*!, Mooshum disse. Vou rezar para São Judas, o que cuida das causas perdidas.

E eu vou rezar para Santo Antônio, o que cuida de objetos perdidos. Você é tão velho que provavelmente nem encontra mais a pica nessas calças que a Clemence te enfiou hoje.

Sim, essas calças. São de um tecido bom.

Um dos meus outros maridos, disse Ignatia, o que tinha o pau pequeno, teve umas calças como essas. Altíssima qualidade. Trepava como um coelho. Entrava e saía rapidinho, mas durante horas. Eu só ficava deitada lá, imaginando coisas na minha cabeça, cuidando dos meus próprios pensamentos. Era relaxante. Eu não sentia nada. Então, um dia, alguma coisa aconteceu. Eita!, gritei. O que te aconteceu? O negócio cresceu?

Sim, eu reguei, ele disse, no meio do entra e sai. E botei adubo.

Uau!, eu gritei, tem mais alguma coisa. O que você usou?

Estou brincando, mulher. Eu deixei maior com argila do rio. Ah, não!

De repente, eu não sentia nada de novo.

Caiu, disse ele.

A *wiinag* toda?

Não, só a argila. Ele ficou muito desanimado. Ah, meu amor, disse ele, eu queria tanto te fazer gritar feito uma fêmea de lince. Eu daria a vida para te fazer feliz. Eu disse para ele: Tudo bem, vou te ensinar um outro jeito.

Então ensinei uma ou duas coisas para ele e ele aprendeu tão bem que eu soltava uns barulhos que ele nunca tinha ouvido. De qualquer modo, uma vez, a gente tinha um lampião balançando num gancho, na altura do pé da cama. Ele estava em cima de mim, como um coelho, e o lampião se soltou do gancho e o acertou na bunda. Eu ouvi ele contar isso para os amigos. Eles estavam às gargalhadas e aí ele disse: Mas eu tive sorte. Se estivesse no ato que a minha velha me ensinou, que deixa ela tão feliz, aquele lampião teria me acertado na cabeça.

Uau!, Mooshum espirrou o chá pela boca. Entreguei um guardanapo para ele, porque Clemence já tinha me incumbido de não deixar que ficasse com comida no cabelo, o qual, contra a vontade dela, estava do jeito que ele gostava, escorrido ao redor do rosto em mechas oleosas.

Uma pena a gente não ter se experimentado quando éramos jovens, disse Ignatia. Você está enrugado demais agora para me agradar, mas pelo que me lembro, você era bem bonitão.

E era mesmo, disse Mooshum.

Sequei o chá que escorria por seu pescoço antes que atingisse o colarinho branco e engomado da camisa. Virei a cabeça de algumas garotas, prosseguiu Mooshum, mas enquanto minha linda esposa era viva, cumpri com minhas obrigações católicas.

Grande coisa, resmungou Ignatia. Você era fiel ou não? (Ambos pronunciavam *faithful*, que quer dizer fiel, como *fateful*, que significa fatal. Na verdade, todos os *th*s dessa conversa viravam *t*.)

Eu era fiel, respondeu Mooshum. Até certo ponto.

Que ponto?, perguntou Ignatia, cortante. Ela era sempre favorável às aventuras extraconjugais das mulheres, mas totalmente intolerante em se tratando dos homens. Ah, espera aí, meu velho, como é que eu já ia me esquecendo? Até certo ponto! *Eyyyyy*, muito engraçado.

Anishaaindinaa. Sim, é claro, ela morava lá neste certo ponto, aquela Lulu. E você teve um filho com ela.

Eu me espantei, surpreso, mas nenhum dos dois percebeu. Será que todo mundo sabia que eu tinha um tio de que nunca ouvira falar? Quem era esse filho de Mooshum? Tentei fechar minha boca, mas ao olhar em volta, vi, obviamente, que um grande número dos convidados eram Lamartine e Morrissey, e então Ignatia falou o nome dele.

Aquele Alvin, ele soube se cuidar.

Alvin, um amigo do Whitey! Alvin sempre dera a impressão de ser da família. Bem. Quando conto essa história para os brancos eles se surpreendem, e quando conto para os índios sempre têm uma história parecida. E normalmente descobrem sobre os parentes quando namoram as pessoas erradas ou, de qualquer modo, quando começam a entender a família em algum momento na adolescência. Talvez porque ninguém cogitasse explicar o óbvio, que sempre esteve lá, ou então, quando criança, eu simplesmente não ouvira aquilo antes. De qualquer modo, agora eu me dava conta de que o Angus era meu primo, de algum jeito, como Star era uma Morrissey e sua irmã, mãe de Angus, já fora casada com o irmão mais novo de Alvin, Vance, mas como Vance era filho de um pai diferente de Alvin, a ligação se enfraquecia. Será que eu já tinha ouvido um nome para esse tipo de primo, pensei enquanto estava ali, ou deveria perguntar para Mooshum e Ignatia?

Com licença, falei.

Ah, sim, meu rapaz, que educado! A vovó Ignatia de repente me percebeu sentado ali e me encarou com seus olhos agudos de corvo.

Se o Alvin é meu meio-tio e a irmã de Star foi casada com Vance e eles são os pais de Angus, o que o Angus é meu?

Alguém com quem você pode se casar, grasniu vovó Ignatia. *Anishaaindinaa*. Brincadeira, rapazinho. Você poderia se casar com a irmã de Angus. Mas você fez uma boa pergunta.

Ele é um quarto seu primo, respondeu Mooshum com firmeza. Você não o trata como um primo-irmão, mas é alguém mais próximo do que um amigo. Você o defende, mas não *adé a morde*.

Foi assim que ele falou: *adé a morde* (*to the death*). Hoje em dia, a maioria de nós pronuncia os *th*s do inglês, como em *the death*, a morte, a não ser que a pessoa tenha crescido falando o Chippewa, mesmo assim deixamos escapar muitos *d*s e *t*s no lugar do *th*, por puro hábito. Meu pai achava que, sendo um juiz, era importante pronunciar até o último *th*. Minha mãe, por sua vez, não. Quanto a mim, deixei meus *d*s para trás quando fui para a universidade e adotei o *th*. Assim como muitos índios. Certa vez, escrevi um poema horrível sobre os *d*s abandonados, que flutuavam pelas reservas, e uma amiga leu. Ela achou que tinha alguma coisa ali naquela ideia e, como era formada em linguística, escreveu um artigo sobre o assunto. Muitos anos depois daquele artigo, nós nos casamos, e, de volta para a reserva, percebi que, assim que cruzávamos a fronteira, lá se iam os *th*s e os *d*s eram retomados. Mas, mesmo sendo doutora em linguística, ela não conhecia uma palavra para aquele tipo de primo que Angus era para mim. Achei a definição de Mooshum a melhor, com sua afirmação de que eu devia defender Angus, mas até um limite. Não precisava morrer por ele, o que era um alívio.

Naquele momento, outras pessoas chegaram e se sentaram com a gente, uma multidão na verdade, todas ao redor de Mooshum, e a festa inteira voltou sua atenção para onde ele estava sentado, sob o caramanchão. Pessoas com câmeras se posicionaram cuidadosamente e minha mãe e Clemence posaram para fotos com a cabeça de Mooshum entre as delas. Clemence então correu para dentro de casa e um burburinho irrompeu, atravessado pelas exclamações das crianças pequenas empurradas para a margem da multidão: O bolo! O bolo!

Como Clemence e Edward estavam às voltas com suas câmeras, meus primos Joseph e Evey tiveram que carregar aquele bolo extraordinário. Clemence tinha montado um enorme bolo em camadas, com glacê aromatizado com uísque, o favorito de Mooshum, apoiado numa base de masonita coberta com uma folha de papel laminado. O bolo era do tamanho do tampo da mesa, com o nome de Mooshum em letras elaboradas e com pelo menos uma centena de velas, já acesas, queimando resplandecentes enquanto meus primos avançavam cautelosamente. As pessoas comemoravam em volta deles. Cheguei para o lado quando eles colocaram o bolo bem na frente do rosto de Mooshum. Era espetacular. Ignatia parecia sentir inveja. As chamas pequenas refletiam-se nos velhos olhos turvos de Mooshum enquanto cantavam o *Parabéns para você* em Ojibwe e em Inglês e depois a versão Michif. As velas brilharam mais intensamente enquanto queimavam, escorrendo cera na cobertura até se transformar em meros tocos.

Assopra! Faça um pedido!, as pessoas gritavam, mas Mooshum parecia hipnotizado pela luz. A vovó Ignatia inclinou-se e falou em seu ouvido. Ele concordou, finalmente, ficou de pé diante do bolo e, naquele momento, uma brisa inesperada começou a soprar pelo caramanchão, apenas uma rajada. Era de imaginar que apagaria as velas, mas pelo contrário. O fogo recebeu oxigênio para uma última labareda e, quando isso aconteceu, as pequenas chamas se uniram numa maior, que incendiou a mistura de cera com a cobertura de uísque. O bolo pegou fogo com um sopro silencioso e as chamas subiram o suficiente para agitar os cachos oleosos de Mooshum enquanto ele chegava para a frente, com os lábios contraídos. Ainda guardo a imagem em minha mente da cabeça de Mooshum cercada pelas labaredas. Só os olhos deliciados e o sorriso alegre estavam visíveis, e ele parecia devorado pelas chamas. Meu avô e o bolo poderiam ter se acabado ali mesmo se o tio Edward não tivesse a presença de espírito de esvaziar a jarra de limonada sobre a cabeça de Mooshum. Da mesma forma providencial, Joseph e Evelina, que ainda seguravam a base de masonita, correram com o bolo incandescente para a entrada da garagem, onde as chamas se extinguiram após consumir o glacê alcoólico. Tio Edward voltou a ser o herói do dia quando simplesmente raspou a cobertura queimada com uma grande faca de pão. Declarou que o resto do bolo era comestível e, na verdade, ainda melhor depois de flambado. Alguém trouxe as latas de sorvete e a festa recomeçou. Disseram-me para levar Mooshum para dentro, para se recuperar da emoção. Uma vez lá dentro, Clemence tentou cortar os cachos chamuscados.

O fogo não chegara a atingir a pele ou o couro cabeludo, mas ter se incendiado o deixara muito agitado. Ficou impaciente para que Clemence cortasse apenas as partes do cabelo que estavam irremediavelmente negras e enrugadas.

Certo, estou tentando, papai. Mas os pedaços fedem, está vendo?

Ela desistiu.

Aqui, Joe. Você fica com ele!

Ele estava deitado no sofá, com as almofadas, coberto com uma manta, nada além de um feixe de gravetos com um grande sorriso. A dentadura branca tinha se soltado com a excitação e fui buscar um copo d'água, onde ele a mergulhou. Infelizmente, peguei um copo de plástico opaco, do tipo que as crianças estavam usando para beber o refresco. Enquanto estava de costas, um dos pequenos, de quatro anos, passou a mão no copo e correu lá para fora, bebendo alegremente a água da dentadura, imitando os primos mais velhos, até pedir mais refresco para a mãe e ela ver o que havia no fundo. Mas eu fiquei sentado junto de Mooshum, alheio a esses dramas. Meus primos estavam na casa, mas eram muito mais velhos do que eu e se dedicavam a seguir as ordens constantes de suas mães. Meus amigos, que tinham prometido vir, ainda não haviam chegado. Essa festa não tinha hora para acabar. Mais tarde iam dançar, violino, uma guitarra e teclado, mais comida. Meus amigos deviam estar esperando o churrasco de caça do Alvin, ou a comida que viria de suas próprias casas. Quando uma festa dessas começava na reserva, sempre ganhava vida própria. Havia uma tradição de pessoas aparecerem sem ser convidadas e todas as festas tinham provisões prontas — assim como para aqueles que chegavam bêbados e agitados demais. Mas, afastado de tudo isso, deitado no estado em que se encontrava no sofá da sala, Mooshum estava protegido. Parte disso, mas em condições de roncar. Fiquei sentado ali com ele enquanto ele embarcava no sono. Mas quando Sonja entrou, ele se pôs alerta como um soldado. Os trajes dela devem ter penetrado em seu inconsciente. Ela vestia uma blusa de camurça macia, que se prendia aos seios como um pecado imperdoável. E aquele jeans deixava suas pernas mais longas e esguias. Meus olhos se arregalaram. Botas de caubói novas, de pele de lagarto. E aqueles brilhantes nas orelhas. Eles vibravam sob a luz suave.

Abaixei-me quando ela tentou me beijar no alto da cabeça e me levantei para ela sentar na minha cadeira, mas fiquei na sala, de braços cruzados, olhando para ela. Eu sabia que ela havia comprado a camisa com o meu dinheiro que estava na boneca, e parecia cara. Tinha usado boa parte do meu dinheiro de novo. E aquelas botas! Todo mundo iria notar.

Sonja se inclinou junto a Mooshum. Conversavam numa voz irritantemente baixa, e ela sacudia a cabeça, rindo. Ele olhava para ela com uma expressão suplicante, desdentada, escorrendo uma admiração embasbacada. Ela se inclinou e o beijou no rosto, segurou a mão dele, disse mais alguma coisa e os dois riram, gargalhando como uns bobos até eu sentir nojo e me afastar.

Meus pais estavam sentados na área dos adultos, sob o caramanchão, e minha mãe, apesar das poucas palavras, ao menos assentia enquanto meu pai falava com ela. A banda estava se acomodando perto do galpão. Nos fundos, Whitey e os outros bebedores estavam sentados no chão, passando uma garrafa. Whitey já estava embriagado de um jeito soturno. Sentado num canto do quintal, olhava para a festa, tentando situar as coisas com a visão duplicada, resmungando pensamentos sombrios, que por sorte soavam incompreensíveis. Vi Doe Lafournais e a tia de Cappy, Josey. Star e a mãe de Zack também estavam lá, e o irmão e a irmã mais novos dele. Mas nada de Zack, Angus ou Cappy. Não quis perguntar onde estavam, pois podiam estar metidos em alguma coisa, então peguei minha bicicleta que estava ao lado da garagem e fui embora. Estava certo de que Zelia tinha algo a ver com a ausência de Cappy, e ainda mais quando, ao me aproximar da igreja, encontrei Zack e Angus descendo o morro em zigue-zague, o mais devagar que conseguiam, mas nada de Cappy.

Ele ficou para trás. Eles vão se encontrar no cemitério quando escurecer, disse Zack.

Nós três nos sentimos atormentados pelo pensamento, mesmo tendo desistido de Zelia no primeiro dia. Pedalamos de volta para a festa, que estava ficando animada com os dançarinos de jiga indo para o meio da grama, vovó Ignatia entre eles, apresentando seus passos elaborados. Comemos de tudo o que conseguimos, roubamos umas cervejas e as entornamos em latas de refrigerante vazias. Bebemos e ficamos por lá, ouvindo a banda, observando Whitey se pendurar em Sonja enquanto os dois dançavam, até ficar tarde. Meu pai mandou que eu fosse de bicicleta para casa e eu fui, cambaleando pelo quintal. Levei Pearl para o meu quarto e já estava quase dormindo quando ouvi meus pais chegando em casa. Ouvi quando subiram a escada, conversando em voz baixa, e depois entrando no quarto, como sempre faziam antes. Ouvi quando fecharam a porta e aquele último estalo da fechadura, significando que estava tudo bem e em segurança.

* * *

Se as coisas pudessem permanecer assim — tudo bem e em segurança —, se o agressor morresse na cadeia. Se ele se matasse. Eu não conseguia conviver com o "se".

Eu precisava saber, disse ao meu pai na manhã seguinte. Você tem que me dizer qual a aparência da carcaça.

Vou te dizer quando puder, Joe.

A mamãe sabe que ele pode se safar?

Meu pai passou o dedo sobre os lábios. Não exatamente, não. Bem, sim. Mas nós não conversamos. Isso a derrubaria novamente, disse ele apressado. Seu rosto se contorceu. Cobriu a expressão com as mãos, como que para apagá-la.

Eu tenho que cuidar dela, ficar de olho nele.

Balançou a cabeça, e após um tempo levantou-se e com passos pesados foi até sua mesa. Enquanto procurava a chave no bolso, vi a calva marrom, vulnerável, na sua cabeça, as mechas brancas. Passara a trancar essa gaveta em especial, mas agora a abriu e tirou uma pasta. Aproximou-se de mim, abriu-a e pegou uma fotografia. Uma foto de ficha policial. Colocou-a nas minhas mãos.

Sua mãe ainda não resolveu se vai falar com mais alguém, disse ele. A decisão é dela. Então, não fale sobre isso.

Um homem bonito, mas com má aparência, robusto, coloração pálida e olhos pretos e brilhantes, o branco não aparecia, somente um traço lívido. A boca entreaberta mostrava uma dentadura completa e branca, e os lábios eram finos e vermelhos. Era o cliente. O sujeito que comprou gasolina no dia em que me demiti.

Eu já vi ele antes, falei. Linden Lark. Comprou gasolina no Whitey.

Meu pai não olhou para mim, mas contraiu o queixo e apertou os lábios.

Quando?

Deve ter sido pouco antes de o prenderem.

Meu pai pegou a foto com a ponta dos dedos e a enfiou de volta na pasta. Dava para ver que tocar na foto fazia seus dedos doerem, que a imagem muda transmitia uma força penetrante. Ele trancou a pasta de volta na gaveta com força e ficou olhando para os papéis espalhados sobre a mesa. Relaxou a mão fechada sobre o coração, abriu-a e mexeu num botão da camisa.

Comprou gasolina no Whitey.

Ouvimos minha mãe lá fora. Ela estava espetando estacas que cortara no chão, junto aos tomateiros. Em seguida, iria rasgar lençóis velhos em tiras para prender os caules ácidos, de cheiro penetrante, para que subissem com segurança. As plantas já ostentavam flores em formato de estrela, de um amarelo suave, amargo.

Ele nos estudou, disse meu pai em voz baixa. Sabe que não podemos detê-lo. Acha que pode escapar. Como o tio dele.

O que quer dizer?

O linchamento. Você sabe disso.

História antiga, pai.

O tio-avô de Lark participou do linchamento. Por isso o desprezo, eu acho.

Eu me pergunto se ele tem noção de como as pessoas daqui se lembram disso, falei.

Conhecemos as famílias dos homens que foram enforcados. Conhecemos as famílias dos homens que os enforcaram. Sabemos que nossa gente era inocente do crime pelo qual foram enforcados. Um historiador local desencavou a história e comprovou a inocência.

Lá fora, minha mãe estava guardando as ferramentas. Elas faziam barulho dentro do balde. Ela abriu a mangueira e começou a regar o jardim, a água se espalhando suavemente de um lado para outro.

Nós vamos pegar ele de qualquer jeito, falei. Não vamos, pai?

Mas ele fitava a mesa como se estivesse atravessando o tampo de carvalho até a pasta sob ele, e o papelão que cobria a foto e, através da foto, talvez outra foto ou algum registro da antiga brutalidade que ainda não deixara de sangrar.

* * *

Depois que sua mãe morreu, Linden Lark manteve a fazenda próximo a Hoopdance. Ele ficou morando na casa, uma construção frágil de dois andares, a pintura descascada, que um dia tivera jardineiras e grandes hortas de verduras. Agora, é claro, todo o terreno fora tomado por ervas daninhas e isolado pela fita da polícia. Cachorros tinham vasculhado redobradamente todo o local, assim como os campos e florestas no entorno da casa, e nada encontraram.

Nada de Mayla, falei.

Papai conversou comigo mais tarde naquele dia — a casa estava em silêncio. Eu tinha ficado jogando. Ele entrou. Dessa vez, me contou as coisas. O governador de Dakota do Sul afirmou que a criança que ele queria adotar tinha vindo de uma agência de serviço social de Rapid City e a declaração fora confirmada. As pessoas de lá disseram que, cerca de um mês antes, alguém, acreditava-se ter sido um homem, havia deixado a bebê dormindo na cadeirinha do carro, na seção de móveis usados da loja da Goodwill. Um bilhete preso com alfinete no casaco da criança informava a quem a encontrasse que os pais estavam mortos.

É a filha de Mayla?

Meu pai fez que sim.

Mostramos a foto para a sua mãe. Ela identificou a criança.

Onde está mamãe agora?, perguntei.

Meu pai levantou as sobrancelhas, ainda surpreso.

Acabei de deixá-la no trabalho.

Poucos dias depois de ter identificado o bebê, minha mãe começou a trabalhar em horário normal no escritório. Havia trabalho acumulado, avaliações de parentesco por consanguinidade, buscas genealógicas de curiosos interessados em possíveis avós romantizadas entre princesas índias. Havia crianças que retornavam quando adultas, gente adotada e separada de suas tribos, basicamente roubadas pelas agências estaduais do serviço social, e também aqueles que haviam desistido de ser índios, mas cujos filhos ansiavam por essa ligação e dedicavam as férias familiares a uma busca na reserva, para explorar sua origem. Tinha muito a fazer, e isso foi antes mesmo de o dinheiro dos cassinos atrair as hordas de aspirantes a índios. Ao que parece, ela conseguia trabalhar, desde que Lark estivesse na cadeia. Desde que o bebê estivesse a salvo. Havia dias em que as coisas pareciam normais — mas era uma normalidade com a respiração suspensa. Soubemos que a menina estava com os avós, George e Aurora Wolfskin. Fora entregue a eles em caráter permanente, ou ao menos até que Mayla retornasse. Se ela retornasse. Então, lá pelo quarto dia, minha mãe disse ao meu pai que ela precisava falar com Gabir Olson e com o agente especial Bjerke, pois, agora que a segurança da criança não era mais um problema, subitamente ela se lembrava de onde fora parar a pasta desaparecida.

Certo, disse meu pai. Onde?

Onde eu deixei, debaixo do banco da frente do carro.

Meu pai saiu e voltou com a pasta de papel pardo nas mãos.

Eles foram para Bismarck novamente e eu fiquei com Clemence e Edward. As faixas do aniversário tinham caído. As latas de cerveja foram amassadas. As folhas haviam secado no caramanchão. As coisas tinham voltado a se acalmar na casa de Clemence e Edward, mas era uma calma alegre, pois sempre alguém aparecia para uma visita. Não só parentes e amigos, mas pessoas que vinham só para conhecer Mooshum, estudantes ou professores. Eles ligavam um gravador para gravá-lo falando dos velhos tempos, ou falando Michif, ou Ojibwe ou Cree, ou todas essas línguas juntas. Mas ele não lhes contava muita coisa, na verdade. Todas as suas histórias verdadeiras surgiam à noite. Dormi no quarto de Evey com ele. Uma ou duas horas da madrugada, eu acordava para ouvi-lo falar.

A casa redonda

Quando mandaram que matasse sua mãe, disse Nanapush, uma grande fenda se abriu em seu coração. Tão profunda que o atravessou para sempre. No que havia antes, o amor pelo pai e a crença em tudo o que o pai fizera jaziam esfacelados e descartados. E não apenas aquela única crença, outras também. Era verdade que poderia haver *wiindigoog* — gente que perdeu todos os pudores humanos em tempos de fome e desejava a carne dos outros. Mas as pessoas também podiam ser falsamente acusadas. A cura para um *wiindigoo* muitas vezes era simples: grandes quantidades de sopa quente. Ninguém tinha tentado dar sopa para Akii. Ninguém havia consultado os velhos e sábios. As pessoas que ele amava, incluindo seus tios, simplesmente se voltaram contra sua mãe, e por isso Nanapush não podia mais acreditar neles ou no que dissessem ou fizessem. Do lado da fenda onde Nanapush estava, no entanto, viviam seus irmãos e irmãs mais jovens, que haviam chorado pela mãe. E sua mãe também. E também o espírito da velha búfala, que lhe servira de abrigo.

Aquela velha mulher búfala deu suas visões para Nanapush. Disse-lhe que ele sobrevivera por fazer o oposto de todos os outros. Onde eles abandonaram, ele salvou. Onde foram cruéis, ele foi gentil. Onde traíram, ele foi fiel. Nanapush decidiu então que seria imprevisível em todas as coisas. Como tinha perdido completamente a confiança na autoridade, decidiu se manter afastado dos demais e pensar por si mesmo, mesmo fazendo as coisas mais ridículas que lhe ocorressem.

Você pode ir por esse caminho, disse a anciã búfala, mas mesmo que você se transforme num tolo, as pessoas, com o tempo, irão considerá-lo um sábio. Irão até você.

Nanapush não queria que ninguém fosse até ele.

Isso não será possível, disse a mulher búfala. Mas posso lhe dar algo que vai te ajudar — olhe em sua mente e veja o que estou pensando.

Nanapush olhou em sua mente e viu uma construção. Viu até mesmo como fazer a construção. Era a casa redonda. A velha búfala continuou falando.

Seu povo foi reunido certa vez por nós, búfalos. Vocês sabiam caçar e nos usaram. Seus clãs lhe deram leis. Vocês tinham muitas regras segundo as quais se comportavam. Regras que nos respeitavam e forçavam vocês a trabalhar juntos. Agora nós nos fomos, mas como você uma vez se abrigou em meu corpo, é capaz de compreender. A casa redonda será meu corpo, as estacas, minhas costelas, o fogo, meu coração. Será o corpo de sua mãe e deve ser respeitado da mesma maneira. Assim como a intenção da mãe é a vida de seu bebê, seu povo deve pensar em seus filhos.

E foi assim que aconteceu, disse Mooshum. Eu era um jovem quando as pessoas fizeram a construção — seguiram as instruções de Nanapush.

* * *

Sentei-me para olhar para Mooshum, mas ele se virou e voltou a roncar. Fiquei acordado, pensando naquele lugar na montanha, o vento sagrado na grama, e como a estrutura gritou para mim. Via parte de algo maior, uma ideia, uma verdade, mas apenas um fragmento. Não via o todo, apenas uma sombra daquele estilo de vida.

Eu estava lá havia três ou quatro dias quando Clemence e tio Edward foram a Minot comprar uma geladeira nova. Saíram de manhã cedo, antes de eu levantar. Mooshum tinha acordado às seis, como sempre. Bebeu o café, comeu tudo, os ovos, a torrada e as batatas assadas com manteiga que Clemence tinha aprontado, até mesmo a minha parte. Quando desci para a cozinha, peguei uma fatia de bolo de carne que ela deixara para o almoço, enfiei no meio de dois pedaços de pão branco com ketchup. Perguntei ao meu tio Mooshum o que ele queria fazer naquele dia e ele olhou de um jeito vago.

Você pode sair sozinho. Ele acenou com a mão. E estou muito bem aqui.

Clemence disse que eu tinha que ficar com você.

Saaah, ela me trata como um bebê vomitando. Você vai! Você vai e se divirta!

Ele foi trôpego até o melhor armário de Evey e mexeu no conteúdo da gaveta de cima, até achar uma velha meia cinza. Sacudindo a meia na minha frente, olhou para mim com uma expressão significativa e enfiou a mão lá dentro. Estava usando a dentadura, o que normalmente significava companhia. Com um ar maroto de triunfo, ele tirou uma nota amassada de dez dólares da ponta da meia e acenou com ela para mim.

Pegue isso! Vá em frente, aproveite a vida. *Majaan*!

Não peguei a nota.

Você está aprontando alguma coisa, Mooshum.

Aprontando, disse ele, sentando-se, aprontando. Disse então em seguida, em tom indignado: Como um homem pode ser um homem!

Talvez eu possa te ajudar, falei.

Eh, que assim seja. Clemence deixa minha garrafa no alto do armário da cozinha. Você poderia pegar para mim!

Ainda não era nem meio-dia, mas me perguntei que mal poderia fazer. Ele já tinha vivido o bastante para merecer um gole de uísque quando quisesse. Clemence lhe tinha dado uma dose no dia do aniversário, e depois baldes de chá do pântano para compensar o efeito. Eu estava em cima do balcão, tentando achar o lugar onde Clemence havia escondido a garrafa, quando Sonja entrou pela porta dos fundos. Trazia uma bolsa plástica de compras com alças fortes, e, a princípio, achei que tinha feito mais compras com meu dinheiro e estava vindo mostrar as novidades para Clemence. Desci com a garrafa na mão e disse, em tom beligerante: Então você saiu para mais uma excursão ao shopping! Fiquei diante dela. Vamos ter que desenterrar aquelas cadernetas, falei. A gente vai voltar e pegar todo aquele dinheiro de volta, Sonja.

Certo, disse ela, os olhos azuis com um toque de mágoa. Tudo bem.

Parem com essa conversa de dinheiro. Mooshum se aproximou de Sonja com passos incertos. Pegou seu braço. Falou com delicadeza.

Este velho tem dinheiro e uma garrafa também, *ma chère niinimoshenh*.

Mooshum puxou Sonja e sua pesada sacola de compras para o quarto.

Dê o fora daqui agora, disse para mim. Fora! Ele estendeu a mão para a garrafa.

Mas eu não me mexi.

Não vou a lugar nenhum, falei. Clemence me mandou ficar.

Eu os segui para o quarto. Eles olharam para mim, desolados. Sentei-me na cama.

Não vou sair, pelo menos até ver o que tem na sacola.

Mooshum bufou, indignado. Arrancou a garrafa da minha mão e tomou um gole rápido. Sonja sentou-se, carrancuda, e bufou entre os lábios. Ela vestia uma daquelas calças de moletom cor-de-rosa e uma camiseta decotada; um coração de prata, na ponta de um cordão de prata, apontava para a linha sombreada onde os seios se apertavam. O cabelo brilhava com a luz da janela atrás.

Joe, ela disse, este é o presente de aniversário de Mooshum.

O que é?

O que está na bolsa.

Bem, dê a ele, então.

É... ah... um presente de gente grande.

Presente de gente grande?

Sonja fez uma cara que significava "óbvio".

Minha garganta fechou. Olhei de Mooshum para Sonja, de um para o outro. Eles não se encaravam.

Vou pedir com toda gentileza que você saia, Joe.

Mas enquanto falava, começou a tirar coisas de dentro da bolsa; não eram exatamente roupas — faixas de pano e coisas com lantejoula e franjas brilhantes, e longas mechas de cabelo e peles. Sandálias de salto alto com longas tiras de couro. Eu já tinha visto essas coisas antes nela, na minha pasta com a etiqueta DEVER DE CASA.

Não vou sair. Sentei ao lado de Mooshum, em sua cama de armar baixa.

Você é demais! Sonja olhou firme para mim. Joe! Sua expressão endureceu de um jeito que eu nunca tinha visto antes. Saia daqui, ela ordenou.

Não vou, respondi.

Não? Ela se levantou, mãos na cintura, enchendo as bochechas e bufando, louca.

Eu também estava furioso, mas o que eu disse me surpreendeu.

Você vai me deixar ficar aqui. Porque, se não deixar, vou contar ao Whitey sobre o dinheiro.

Sonja franziu a sobrancelha e se sentou de novo. Ela segurava um tecido brilhante. Olhava fixamente para mim. Um olhar distante, perplexo, tomou conta de seu rosto. Um verniz brilhante cobriu seus olhos, fazendo-a parecer muito jovem.

É mesmo?, disse ela. Sua voz estava triste, um sussurro. É mesmo?

Eu devia ter saído, imediatamente. Em meia hora, desejaria ter ido embora, mas também fiquei feliz por ter ficado. Jamais tive um sentimento único quanto a tudo o que aconteceu depois.

Dinheiro de novo, *saaah*, gritou Mooshum, com asco. O que me fez pensar sobre o dinheiro e os brincos de diamantes de Sonja.

Peguei a garrafa de Mooshum e bebi. O uísque me acertou e meus olhos também se encheram de lágrimas.

Ele é um bom garoto, disse Mooshum.

Sonja não tirava os olhos de mim. Você acha mesmo? Você realmente acha que ele é um bom garoto? Ela se sentou e bateu com o sutiã brilhante que tinha nas mãos no próprio joelho.

Ele cuida bem de mim. Mooshum bebeu e me ofereceu a garrafa novamente. Passei para Sonja.

Você vai contar para o Whitey, é?

Ela sorriu de um jeito feio, um sorriso que me golpeou. Em seguida, entornou um longo gole. Mooshum bebeu e passou a garrafa de volta para mim. Sonja apertou os olhos até o azul ficar preto. Então é você e Whitey. Tá certo. Vou me arrumar no banheiro. Vocês dois, rapazes, fiquem bem aqui. E se você disser uma única palavra para alguém, Joe, eu corto o seu pintinho fora.

Meu queixo caiu e ela soltou uma gargalhada má. Não dá para ter as duas coisas, seu garotinho falso e mentiroso. Não vou mais bancar a mamãe para você.

Ela tirou um toca-fitas do fundo da bolsa, ligou-o na tomada e enfiou uma fita cassete no aparelho.

Quando eu voltar, ligue a música, ordenou. Seguiu então pelo corredor até o banheiro com a bolsa.

Mooshum e eu ficamos sentados em silêncio na cama de armar. Agora eu me lembrava dos dois conversando em voz baixa na festa, e como aquilo tinha me aborrecido. Minha cabeça começou a zumbir. Dei outro gole da garrafa de Mooshum. Após um tempo, Sonja voltou, fechou e trancou a porta atrás dela, e então virou-se para nós.

Acho que nós dois ficamos boquiabertos diante dela.

Aperte o play, Joe, ela rosnou.

A música começou, uma série distante de gemidos e cantos distantes. O cabelo de Sonja estava preso para cima, num cone metálico que parecia uma fonte, jorrando uma cascata de cabelos, mais do que ela realmente tinha, por cima dos ombros e das costas. Estava com uma maquiagem pesada — as sobrancelhas eram asas negras, os lábios eram de um vermelho cruel. Uma capa formal de seda cinza pendia do pescoço até as pernas, cobrindo os braços. Ela tirou uma longa adaga ondulada da manga. Ergueu os braços como uma deusa antiga, prestes a sacrificar uma cabra, ou um homem amarrado a uma laje de pedra. Segurou a adaga com ambas as mãos, depois com uma só, olhando-a fixamente. Pressionou um botão invisível. A adaga iluminou-se e brilhou. A música mudou para uma série de gemidos contínuos, guturais, que foram substituídos por ganidos súbitos. A cada gemido agudo, ela cortava uma parte do velcro que segurava a capa. Provocou-nos por algum tempo. O manto tinha aberturas nas laterais. Um peitoral de metal aparecia. Uma perna com as tiras da sandália subindo até a coxa. Finalmente, após um coral de cantos e uivos, um grito súbito. Depois, silêncio. Ela deixou cair o manto. Segurei o braço de Mooshum. Eu não queria perder um só segundo olhando para ele, mas também não queria que ele caísse para trás e batesse a cabeça. Nunca, jamais me esqueci dela na gloriosa penumbra do quarto de Evey. Alta nos saltos daquelas sandálias. Com o cabelo preso num cone que quase tocava o teto. As pernas se alongavam para sempre e ela usava uma calcinha de biquíni que parecia fundida em ferro, trancada a cadeado. A barriga era lisa e flexível, não sei como podia ter aquela firmeza. Jamais a vira se exercitar. E os meus amores, seus seios, também protegidos por pedaços minúsculos de uma armadura plástica, pressionados pelas costuras da placa peitoral, que tinha moldados falsos mamilos eretos. Peles e lenços esvoaçavam em torno dela. Ela segurava a adaga com os dentes e começou a esfregar e trabalhar sobre a pele e o tecido por todo seu corpo. Ela usava luvas finas de vinil. Tirou uma delas, chicoteou-se levemente com ela e a passou ao longo do cinto de castidade, e então me acertou no rosto. Quase desmaiei. Agarrei Mooshum novamente. Ele ofegava de felicidade. Sonja me deu um tapa certeiro no olho com a outra luva. Os tambores começaram. A barriga e o quadril de Sonja passaram a girar em um tempo diferente — tão rápido que o movimento ficou borrado. Mooshum me deu a garrafa. Engasguei. Sonja virou. Me chutou no joelho. Inclinei-me com dor, mas meus olhos jamais a deixavam. O tambor ficou em silêncio. Ela brincou com as tiras de couro que mantinham a armadura peitoral inteira e subitamente as soltou. E lá estavam eles. Cobertos apenas por borlas douradas que ela girou primeiro numa direção, depois noutra, deixando-nos hipnotizados. Eu estava zonzo quando o tambor parou. A respiração de Mooshum estava entrecortada. Eu ouvia o final da fita estalando. Ela puxou os laços das sandálias e as tirou, jogando-as na minha cabeça. Soltou o cone do cabelo, que caiu em torno de seu rosto como uma cachoeira selvagem. Lançou o cone em mim também. Descalça, aproximou-se e começou a mexer os quadris seguindo o uivo dos lobos, mas quando desceu até o chão com o biquíni de ferro e puxou lentamente uma chave presa a um fio de seda, Mooshum estava pronto. Ele arrancou a chave dos dedos dela e, sem sequer um tremor de seu velho pulso, abriu o cadeado, soltou-o e o jogou para o lado, e lá estava uma tanga minúscula de pelo macio e negro. Bem, era uma pele de coelho. Mas e daí? Ela subiu no colo de Mooshum, mas com cuidado para não soltar o peso. Segurou os seios com as borlas nas mãos.

 Feliz aniversário, meu velho, disse ela.

 O sorriso de Mooshum se iluminou. Lágrimas corriam pelas rugas de seu rosto. Ele passou os braços em torno da cintura dela, apoiou a testa entre seus seios, e respirou profundamente, gemendo. Não respirou de novo.

 Oh, não. Sonja afastou os braços e baixou-o com cuidado na cama. Encostou o ouvido no peito dele e escutou.

 Não estou ouvindo o coração dele, disse ela.

 Também me agarrei a Mooshum. Será que a gente faz ressuscitação boca a boca? RCP? O quê? Sonja?

 Eu não sei.

 Baixamos os olhos para ele. Os olhos estavam fechados. Estava sorrindo. Eu nunca o tinha visto com um aspecto tão feliz.

 Está sonhando agora, disse Sonja, ternamente. As palavras dela irromperam de um soluço. Está indo embora. Não vamos incomodá-lo. Ela se inclinou sobre Mooshum, alisando o cabelo dele para trás e murmurando.

Ele abriu os olhos uma vez, sorriu, e fechou-os de novo.

Talvez seu coração esteja batendo, afinal! Sonja ajoelhou-se e encostou o ouvido no peito dele novamente, mordendo o lábio.

Ouvi uma ou duas batidas, disse aliviada.

Atordoado, observei os sinais de vida de Mooshum. Mas ele não se mexeu.

Pegue as minhas coisas, disse Sonja, com a cabeça ainda no peito de Mooshum. Sim, disse ela. Tem uma batida. Está muito devagar mesmo. E acho que ele deu uma respirada.

Andei pelo quarto juntando as coisas dela, levei tudo para o banheiro e guardei na sacola de compras. Levei o moletom e o tênis para o quarto e fiquei de costas enquanto ela se vestia. Eu não conseguia olhar para ela.

Quando terminou de se vestir, pegou a sacola de compras onde estava sua roupa de stripper e a largou nos meus pés.

Fique com isso, toque uma punheta em cima, não me importa, disse ela. Ela catou uma borla que eu não tinha visto no chão e jogou no meu rosto.

Eu sinto muito, de verdade, falei.

Sentir muito não muda nada. Mas eu não poderia ligar menos. Você sabe de onde eu sou?

Não.

Da periferia de Duluth. É uma bela cidade, não é?

É, eu acho.

Eu estudei numa escola católica. Terminei a oitava série. Sabe como eu consegui completar?

Não.

Minha mãe. Minha mãe era católica. Isso. Ela ia à igreja. Ela ia... ela trabalhava com os barcos. Sabe o que ela fazia?

Não.

Ela ia com os homens, Joe. Sabe o que isso significa?

Resmunguei alguma coisa.

Foi assim que eu vim ao mundo. Ela tentou ter o próprio dinheiro também. Sabe o que isso significa, Joe?

Não.

Ela apanhou muito. Ela se drogou também. E sabe o que mais? Nunca conheci meu pai. Nunca o vi, mas minha mãe era boa para mim às vezes, e às vezes não, sei lá. Saí da escola, tive minha filha. Não aprendi nada. Nada. Minha mãe disse que se você não tem nada, pode tirar a roupa. Só ficar dançando, certo? Não fazer mais nada, só dançar por aí. Eu tinha uma amiga, ela estava fazendo isso, ganhando dinheiro. Eu disse que sim, que eu não ia fazer nenhuma outra coisa. Você acha que eu fiz alguma outra coisa?

Não.

Fiquei presa naquela vida. Então eu conheci o Whitey, sabe. Eles abrem mais bares para dança durante a temporada de caça. Whitey me paquerou. Me seguiu por todo o circuito. Whitey começou a me proteger. Me pediu para largar aquilo. Venha morar comigo, dizia ele. Eu não perguntei se ele iria se casar comigo. Sabe por quê, Joe?

Não.

Eu te digo. Eu não achava que eu valia um casamento, era por isso. Não valia um casamento. Por que até mesmo um Elvis do lado de lá do morro, com uma ponte nos dentes, um velho com tanta educação quanto eu, um bêbado que me bate, por que até mesmo um cara como ele se casaria comigo, hein?

Eu não sei. Achei que...

Você achou que éramos casados. Bem, não. Whitey não me fez a honra, embora eu tenha ganhado um anel barato. Estou cagando agora. E você. Eu te tratei bem, não foi?

Tratou.

Mas o tempo todo você só estava ficando excitado. Dando uma boa olhada nos meus peitos, achando que eu não sabia. Você acha que eu não percebia?

Meu rosto estava tão vermelho e quente que minha pele queimava.

Sim, eu percebi, disse Sonja. Dê uma boa olhada agora. Close-up. Está vendo isso?

Eu não conseguia olhar.

Abra a porra dos seus olhos.

Eu olhei. Uma fina cicatriz branca subia pelo lado e dava a volta pelo mamilo do peito esquerdo.

Meu gerente fez isso comigo, Joe, com uma gilete. Eu não topei encarar uma festa de caçadores. Você acha que suas ameaças me assustam?

Não.

Isso mesmo, não. Você está chorando, não é? Pode chorar o quanto quiser, Joe. Muitos homens choram depois de fazer alguma coisa ruim para uma mulher. Eu não tenho mais uma filha. Eu pensava em você como meu filho. Mas você apenas se transformou em mais um bosta de um homem. Mais um babaca me-dá-me-dá, Joe. É isso que você é.

Sonja se foi. Fiquei sentado com Mooshum. O tempo afundou. Minha cabeça tinia como se tivesse um despertador dentro dela. Às vezes, com os mais velhos, a respiração fica tão superficial que não pode ser discernida. A tarde passou e o dia perdeu a cor até ele finalmente se mexer. Seus olhos se abriram e fecharam em seguida. Corri para pegar água e lhe dei um gole.

Ainda estou aqui, disse ele. Sua voz soava fraca, desapontada.

Continuei sentado com Mooshum, na beira de sua cama, pensando em seu desejo de uma morte feliz. Tive a oportunidade de ver a diferença entre os seios direito e esquerdo de Sonja, mas desejava nunca ter tido. No entanto, estava feliz por ter visto. O conflito dentro de mim rachava meu cérebro. Cerca de quinze minutos antes de Clemence e Edward voltarem com a geladeira, olhei para os meus pés e vi a borla dourada junto ao pé da cama. Peguei-a e guardei no bolso do meu jeans.

Não guardo a borla numa caixa especial, nada disso — não mais. Está na gaveta de cima do meu armário, onde tudo vai parar, como a meia perdida de Mooshum, onde ele guardava o dinheiro. Se minha mulher algum dia viu que eu tinha aquilo, nunca disse nada. Jamais contei a ela sobre Sonja, nunca mesmo. Não lhe contei como joguei o resto da roupa de Sonja na lata de lixo perto da administração tribal, onde o Departamento de Assuntos Indígenas passava para recolher. Ela nunca saberia que eu tinha deixado, de propósito, aquele suvenir num lugar onde eu esbarraria nele ao acaso. Pois sempre que o via, me lembrava da maneira como tratei Sonja e da maneira como ela me tratou, ou de como eu a ameacei e de tudo o que aconteceu depois, de como fui apenas mais um. Como aquilo me aniquilou quando realmente pensei a respeito. Um babaca me-dá-me-dá. Talvez eu fosse. Ainda assim, depois de pensar por um bom tempo sobre aquilo — na verdade, ao longo de toda a minha vida —, eu quis ser algo melhor.

* * *

Doe tinha construído uma pequena varanda na frente da casa e ela estava repleta de porcarias úteis — como costumam ficar todas as nossas varandas. Havia pneus para neve em sacos de lixo pretos, macacos enferrujados, uma minichurrasqueira amassada, ferramentas detonadas e brinquedos de plástico. Cappy estava arriado no meio de toda aquela tralha, numa velha cadeira reclinável. Passava as mãos pelo cabelo enquanto olhava as tábuas arranhadas pelos cachorros. Nem sequer levantou os olhos quando me aproximei e sentei num velho banco de piquenique.

 Oi.
 Cappy não reagiu.
 E aí, *aaniin*...
 De novo, nada.
 Depois de mais um monte de nada, acabou que Zelia tinha voltado para Helena com o grupo da igreja, o que eu já sabia, e mais um pouco de nada depois, Cappy soltou: Eu e Zelia, a gente fez uma coisa.
 Uma coisa?
 A gente fez todas as coisas.
 Todas as coisas?
 Tudo o que a gente conseguiu pensar... bem, pode ter mais, mas a gente tentou...
 Onde?
 No cemitério. Foi na noite do aniversário do seu Mooshum. E depois que a gente fez umas coisas lá...
 Numa sepultura?
 Sei lá. A gente estava mais para longe das sepulturas, mais para o lado. Não foi exatamente numa sepultura.
 Ainda bem, poderia dar má sorte.

Com certeza. Depois, fomos para o porão da igreja. Fizemos mais umas duas vezes lá.

O quê?

Na sala de catecismo. Tem um tapete.

Fiquei em silêncio. Minha cabeça boiava. Boa jogada, falei por fim.

Isso, e aí ela foi embora. Não posso fazer nada. Estou sofrendo. Cappy olhou para mim como um cachorro moribundo. Bateu no peito e murmurou. Dói bem aqui.

Mulheres, falei.

Ele olhou para mim.

Elas vão te matar.

Como você sabe?

Não respondi. O amor dele por Zelia não era como o meu por Sonja, que se transformara em algo contaminado por humilhação, traição e por ondas ainda maiores de sentimentos que me dilaceravam e me puxavam para o fundo. Em contraste, o amor de Cappy era puro. Seu amor apenas começava a se manifestar. Elwin tinha uma pistola de tatuagem e negociou com ele em troca de trabalho. Cappy disse que iria até a casa de Elwin para que ele gravasse o nome de Zelia em letras grandes atravessadas no peito.

Não, falei. Deixa isso. Não faça isso.

Ele se levantou. Vou fazer!

Só consegui convencê-lo a esperar quando disse que seus peitorais aumentariam com a malhação e que então as letras poderiam ser ainda maiores. Ficamos sentados por um bom tempo, eu tentava distrair Cappy, mas sem sucesso. Finalmente fui embora quando Doe chegou em casa e mandou Cappy ir rachar lenha. Cappy foi pegar o machado e começou a partir as toras com golpes tão enlouquecidos que temi que ele fosse arrancar a própria perna. Disse-lhe para pegar leve, mas ele apenas me olhou com desprezo e acertou uma acha com tanta força que ela foi parar a três metros de distância.

Vagueando de volta para casa, onde minha mãe e meu pai deviam estar de volta à tarde, o sentimento de não querer ir para lá retornou. Tampouco queria ir para qualquer lugar onde Sonja pudesse estar. Pensar nela me fazia pensar em tudo o mais. Na minha cabeça, veio a imagem daquele retalho de pano quadriculado de branco e azul, e o conhecimento que eu insistia em afastar de que a boneca estava naquele carro. Ao jogar a boneca fora, obviamente eu destruí uma prova, algo que talvez pudesse revelar o paradeiro de Mayla. Onde ela jazia, num lugar tão obscuro que nem mesmo os cães eram capazes de encontrá-la. Afastei o pensamento de Mayla de minha mente. E Sonja. Também tentei não pensar na minha mãe. Ou sobre o que poderia ter acontecido em Bismarck. Todos esses pensamentos eram motivos para eu não querer ir para casa, ou querer ficar sozinho. Eles caíam sobre mim, velando minha mente, cobrindo meu coração. Mesmo enquanto pedalava, tentava me livrar dos pensamentos, desviando com a bicicleta pelos montes de terra atrás do hospital. Comecei a seguir violentamente para cima e para baixo, saltando tão alto que, quando aterrissava, meus ossos sacudiam. Girando. Derrapando. Levantando nuvens de poeira que enchiam minha boca até eu ficar enjoado e com sede, o suor pingando, até afinal conseguir ir para casa.

    Pearl ouviu a aproximação da bicicleta e se postou no final da entrada do carro, esperando. Desci da bicicleta e encostei minha testa na dela. Desejei poder trocar de lugar com ela. Eu estava segurando Pearl quando ouvi minha mãe gritar. E gritar mais uma vez. E então ouvi a voz baixa do meu pai atravessando os gritos dela. A voz dela mudou e ficou mais baixa, exatamente como eu na bicicleta, batendo forte até cair num murmúrio atônito.

    Fiquei lá fora, segurando a bicicleta, apoiado nela. Pearl estava junto de mim. Por fim, meu pai abriu a porta de tela dos fundos e acendeu um cigarro, coisa que eu nunca o tinha visto fazer. Tinha o rosto amarelado de exaustão. Os olhos estavam tão vermelhos que pareciam contornados com sangue. Ele se virou e me viu.

    Eles o soltaram, não foi?, perguntei.

    Ele não respondeu.

    Não foi, pai?

    Após um momento, ele tragou o cigarro e olhou para baixo.

    Toda a eletricidade do veneno que a pedalada tinha drenado de mim retornou e comecei a descarregar no meu pai, em palavras. Palavras estúpidas.

Você só consegue prender bêbados e ladrões de cachorros.

Ele olhou para mim surpreso, depois deu de ombros e bateu a cinza do cigarro.

Não se esqueça dos transgressores e disputas de custódia.

Transgressores? Ah, claro. Tem algum lugar onde não se possa estacionar dentro da reserva?

Experimente a vaga do presidente tribal.

E os casos de custódia. Nada além de dor. Você mesmo disse. Você tem zero autoridade, pai, um grande zero, nada que você possa fazer. Para que fazer alguma coisa?

Você sabe por quê.

Não, não sei. Gritei para ele e entrei para ficar com minha mãe, mas não havia nada com que estar quando cheguei lá. Os olhos vazios fitavam a superfície da geladeira e, quando entrei na sua frente, ela falou com uma voz estranha, calma.

Oi, Joe.

Depois que meu pai entrou, ela foi para cima com um passo lento, reverente, com ele segurando seu braço.

Não a deixe, pai, por favor. Eu disse isso em pânico, quando ele desceu sozinho. Mas ele nem sequer olhou para mim para responder. Parei diante dele, sem jeito, balançando as mãos.

Por que você faz isso?, perguntei para ele, numa explosão. Para que se incomodar?

Você quer saber?

Ele se levantou, foi até a geladeira, deu uma olhada e pegou alguma coisa lá do fundo da prateleira. Trouxe para a mesa. Era uma das panelas intocadas de Clemence, deixada ali havia tanto tempo que o macarrão tinha ficado escuro, mas como ficou encostada na serpentina no fundo da geladeira, tinha congelado e ainda não fedia.

Por que eu continuo. Você quer saber?

Com uma batida raivosa, ele virou a panela sobre a mesa. E a levantou. O negócio despencou, coberto com uma penugem branca de mofo, mas mantendo o formato ovalado. Meu pai se levantou novamente e pegou a caixa de talheres de cima do balcão. Achei que ele tinha enlouquecido e, observando-o, eu mal podia falar.

Papai?

Vou ilustrar para você, filho.

Ele se sentou e balançou dois garfos diante de mim. Depois, friamente concentrado, depositou uma grande faca no alto do macarrão congelado e, ao redor dela, foi empilhando um garfo e mais outro, e mais um sobre o anterior, acrescentando uma colher aqui, uma faca de manteiga, uma colher maior, uma espátula, até ter tudo mais ou menos organizado numa estranha escultura. Pegou as outras quatro facas que minha mãe sempre mantinha afiadas. Eram boas facas, todas de aço até o cabo de madeira. Equilibrou-as precariamente sobre os outros talheres. Depois, reclinou-se, coçando o queixo.

É isso, disse.

Devo ter parecido assustado. Estava assustado. Ele se comportava como um louco.

É isso o quê, pai?, perguntei cuidadosamente. Do jeito como se fala com alguém delirante.

Ele coçou a barba rala e grisalha.

Isso é a lei indígena.

Concordei e olhei para o edifício de facas e talheres sobre o bolo de comida que já começava a se desfazer.

Certo, pai.

Ele apontou para a base da composição e levantou as sobrancelhas para mim.

E então? Decisões podres?

Você andou mexendo no velho *Manual* do Cohen do meu pai. Você vai ser um advogado se não for para a cadeia antes. Ele cutucou a massa escura de macarrão. Veja o caso *Johnson versus McIntosh*. O ano é 1823. Os Estados Unidos têm 47 anos e todo o país se baseia em tomar posse das terras indígenas o mais rapidamente possível, de qualquer maneira imaginável por um ser humano. A especulação imobiliária é o mercado de ações daqueles tempos. Todo mundo está nisso. George Washington. Thomas Jefferson. Assim como o presidente da Suprema Corte, que redigiu a decisão desse caso e fez a fortuna da própria família. A loucura pela terra é incontrolável pelo governo nascente. Os especuladores adquirem direitos sobre terras indígenas protegidas por tratados e sobre terras ainda pertencentes e ocupadas por índios — os brancos praticamente apostam na varíola.

Considerando o volume absurdo de propinas para que esse caso intragável chegasse até o tribunal, um caso defendido por ninguém menos do que Daniel Webster, a decisão foi surpreendente. Não foi pela decisão em si, que ainda cheira mal, mas pelo *obiter dicta*, os termos extras e subordinados usados na sentença. O juiz Marshall fez todo um desvio para despojar os índios de todos os títulos de todas as terras vistas — ou seja, "descobertas" — pelos europeus. Em linhas gerais, ele sustentou a doutrina medieval da descoberta num governo supostamente fundamentado nos direitos e liberdades individuais. Marshall concedeu o título absoluto à terra ao governo e deixou aos índios nada mais que o direito de ocupação, que pode ser tirado a qualquer momento. Até hoje suas palavras são usadas para prosseguir com a desapropriação de nossas terras. Mas o que é particularmente irritante para uma pessoa inteligente hoje em dia é que a linguagem que ele usou sobreviva na lei, que diz sermos selvagens que vivem da floresta e que deixar a terra para nós seria deixá-la num estado de inutilidade imprestável, que nosso caráter e religião são tão inferiores que o gênio europeu superior por certo deve afirmar sua ascendência para todo o sempre.

Então eu entendi. Apontei para a base do bolo de macarrão.

Suponho que aqui esteja *Lone Wolf versus Hitchcock*.
E *Tee-Hit-Ton*.

Perguntei ao meu pai sobre a primeira faca que ele colocou em cima da massa, para dar equilíbrio.

Worcester versus Geórgia. Agora, essa seria uma fundação melhor. Mas esta aqui — ele mexeu num fio de macarrão especialmente nojento no meio da gororoba com a ponta do garfo —, esta aqui é a que eu aboliria neste minuto caso eu tivesse o poder dos xamãs do cinema. *Oliphant versus Suquamish*. Ele mexeu o garfo e o fedor me envolveu. Tirou-nos o direito de processar os não índios que cometem crimes em nossa terra. Então, mesmo que...

Ele não conseguiu continuar. Eu esperava que fôssemos limpar aquela sujeira logo, mas não.

Então, mesmo que eu pudesse processar Lark...

Certo, pai, falei, mais calmo. E como é que você consegue fazer isso? Como consegue continuar aqui?

A massa começava a descongelar e escorrer. Meu pai ajeitou as peças aleatórias de garfos e facas de maneira a formar uma construção que se sustentasse por si só. Tinha erguido as facas boas de mamãe cuidadosamente. Apontou para as facas com a cabeça.

Essas são as decisões que eu e muitos outros juízes tribais procuramos tomar. Decisões sólidas, sem opiniões dispersas ao redor. Tudo o que fazemos, não importa o quanto seja trivial, deve ser elaborado cuidadosamente. Estamos tentando construir uma base sólida para a nossa soberania. Tentamos forçar os limites do que nos é permitido, dar um passo além da borda. Um dia, nossos registros serão analisados pelo Congresso e decisões sobre a ampliação de nossa jurisdição serão tomadas. Algum dia. *Queremos o direito de processar os criminosos de todas as raças em todas as terras dentro de nossos limites originais.* E é por isso que procuro manter um tribunal rigoroso, Joe. O que faço agora é para o futuro, apesar de, para você, parecer pequeno, trivial ou aborrecido.

* * *

Agora, éramos eu e Cappy tentando nos arrebentar na pista de bicicleta. Pedalamos até a obra, pois ele já havia cortado todos os tocos de lenha do seu quintal, reduzindo-os pedaço por pedaço até transformá-los em gravetos. Mesmo assim, isso não fora o bastante e ele queria ir montar nos cavalos de Sonja. No estado de espírito em que se encontrava, achei que montaria os cavalos até que morressem. Além disso, eu não queria encontrar Sonja, ou Whitey, mas estava desesperado para distrair Cappy, então disse a ele que, depois de pedalarmos por aí e encontrarmos Angus, iríamos cavalgar, embora eu não pretendesse de fato fazer isso. De tempos em tempos, numa pausa ou depois de um tombo, Cappy fechava a mão sobre o coração e alguma coisa estalava. Acabei perguntando o que era.

É uma carta dela. E eu escrevi uma resposta, disse ele.

Estávamos ofegantes. Tínhamos corrido. Ele tirou a carta dela do envelope e acenou para mim, e depois a enfiou cuidadosamente no envelope rasgado. Zelia tinha aquela letra redonda bonitinha, de todas as meninas do ensino médio, com bolinhas pequenas servindo de ponto para os *is*. Cappy acenou com outro envelope, fechado, com seu próprio nome e endereço.

Preciso de um selo, disse.

Pedalamos então até a agência de correio. Torci para que Linda não estivesse trabalhando naquele dia, mas ela estava. Cappy pegou o dinheiro e comprou um selo. Não olhei para Linda, mas senti seus tristes olhos esbugalhados em cima de mim.

Joe, ela chamou. Eu fiz aquele pão de banana que você gosta.

Mas eu dei as costas para ela e saí pela porta, à espera de Cappy.

Aquela senhora pediu para eu te entregar isto aqui, disse Cappy. Ele me deu um tijolo embrulhado em papel-alumínio. Senti seu peso. Subimos nas bicicletas e fomos pedalar atrás de Angus. Pensei em largar o pão de banana do lado de um muro, ou na sarjeta, mas não larguei. Fiquei com ele na mão.

Chegamos à casa do Angus e ele saiu, mas disse que sua tia tinha mandado que ele fosse se confessar, o que nos fez rir.

O que é isso?, ele indicou o tijolo na minha mão.

Pão de banana.

Estou com fome, disse ele. Joguei o tijolo para ele, que foi comendo no caminho para a igreja. Ele comeu todo aquele troço, o que foi um alívio. Fez uma bola com o papel-alumínio e guardou no bolso. Ia vender para a reciclagem junto com suas latas. Eu achei que, enquanto Angus estivesse dentro da igreja se confessando, eu e Cappy esperaríamos lá fora, sob o pinheiro, onde havia um banco, ou lá no parquinho, apesar de não termos um cigarro para fumar. Mas Cappy colocou sua bicicleta no bicicletário, ao lado da de Angus, e eu estacionei a minha também.

Ei, falei. Você vai entrar?

Cappy já estava no meio da escada. Angus disse: Não, vocês podem esperar aí fora, não precisa.

Eu vou me confessar, disse Cappy.

O quê? Você já foi batizado? Angus parou.

Fui. Cappy continuou em frente. Claro que fui.

Ah, disse Angus. E fez a crisma depois?

Fiz, disse Cappy.

Quando foi sua última confissão?, Angus perguntou.

O que você tem com isso?

Quero dizer, o padre vai perguntar.
Eu digo para ele.
Angus olhou para mim. Cappy parecia falar muito a sério. Estava com uma cara que eu nunca tinha visto antes, ou, para ser mais exato, a expressão em seu olhar ficava mudando — entre o desespero, a raiva e uma espécie de doce arrebatamento sonhador. Aquilo me deixou tão perturbado que o agarrei pelos ombros e falei na sua cara.
Você não pode fazer isso.
Cappy então me deixou aterrorizado. Ele me abraçou. Quando se afastou, pude ver que Angus estava ainda mais horrorizado.
Olha, acho que errei a hora, disse ele. Vamos lá, Cappy, vamos nadar.
Não, não, você acertou a hora, disse Cappy. Ele tocou os nossos ombros. Vamos entrar.

Lá dentro, a igreja estava quase vazia. Havia algumas pessoas esperando seu lugar no confessionário e outras mais na frente, rezando aos pés da Nossa Senhora, diante da qual havia uma prateleira de velas votivas brilhando dentro de copos de vidro vermelho. Cappy e Angus deslizaram pelo banco do fundo e se ajoelharam, curvando-se. Angus estava mais perto do confessionário. Ele olhou de lado para mim, por cima da cabeça inclinada de Cappy, fez uma careta, revirando os olhos, e balançou a cabeça na direção da porta da igreja, como se dissesse: Tire ele daqui! Depois que Angus entrou no confessionário e fechou a cortina de veludo, pôs a cabeça para fora e fez aquela careta de novo. Eu me espremi pelo banco para perto de Cappy e disse: Primo, por favor, eu imploro, vamos dar o fora daqui. Mas Cappy estava com os olhos fechados e, se me ouviu, não deu nenhum sinal. Quando Angus saiu, Cappy se levantou como um sonâmbulo, entrou no confessionário e fechou a cortina.
Ouvimos os sons enigmáticos — a janelinha do padre deslizando, os sussurros indo e vindo — e então a explosão. O padre Travis eclodiu pela porta de madeira do confessionário e teria pegado Cappy se ele não tivesse rolado para fora da cortina e saísse quase de gatinhas, quase saltando por cima do banco da

igreja. O padre correu para trás, bloqueando a saída, mas Cappy já tinha disparado para longe de nós, derrubando os bancos para a frente, caindo sobre os assentos a cada pulo numa série de saltos de tirar o fôlego que terminaram perto do altar.

    O rosto do padre Travis estava tão branco que as sardas cor de ferrugem, normalmente invisíveis, se destacavam como se tivessem sido pintadas com um lápis bem-apontado. Ele não trancou as portas atrás dele antes de avançar na direção de Cappy — um erro. Também não contou com a velocidade de Cappy, tampouco com sua prática em escapar do irmão mais velho em espaços confinados. Assim, apesar de todo o treinamento militar, padre Travis cometeu diversos erros táticos quando foi atrás de Cappy. Aparentemente, bastaria ao padre caminhar pelo centro da igreja e encurralar Cappy atrás do altar com toda a facilidade, e Cappy jogou com isso. Fingiu estar confuso e deixou o padre se aproximar a grandes passadas antes de disparar pelo corredor lateral e fingir tropeçar, o que levou o padre a virar para a direita por cima de um dos bancos. Quando o padre estava no meio do banco, Cappy derrubou o genuflexório e correu para a porta aberta, onde esperávamos ao lado de dois homens aparvalhados. O padre Travis poderia tê-lo interceptado se tivesse corrido direto para o fundo, mas tentou passar por cima do genuflexório e acabou se atrapalhando com as estações da Via Crucis. Cappy saiu. O padre tinha as pernas maiores e compensou a vantagem, mas, em vez de descer os degraus, Cappy, com a prática que todos nós tínhamos em deslizar pelo corrimão de ferro, aproveitou-se disso e ganhou impulso, um gracioso empurrão que o fez pousar na estrada de terra com o padre perto demais para que ele pudesse pegar a bicicleta.

    Cappy tinha aquele tênis bom, mas notei que o do padre Travis também era. Não estava correndo com os sóbrios sapatos pretos clericais, talvez estivesse jogando basquete ou correndo antes de vir para a igreja ouvir as confissões. Os dois dispararam furiosamente pela estrada empoeirada que ia da igreja até a cidade. Cappy atravessou a rodovia corajosamente, seguido do padre. Cappy atravessou quintais que conhecia bem e desapareceu. Mas mesmo de batina, que tinha levantado e enrolado no cinto, o padre estava bem atrás dele, seguindo na direção do Dead Custer Bar e do posto de gasolina do Whitey. Ficamos maravilhados com suas panturrilhas brancas e musculosas brilhando no sol.

    O que a gente faz?

    Fique preparado, eu disse.

    Angus e eu tiramos nossas bicicletas do bicicletário e levamos a de Cappy no meio. Esperávamos que ele tivesse se afastado do padre Travis o bastante para poder pular na bicicleta e pedalarmos para longe. Observamos o pedaço da estrada que era visível mais além por cima das árvores, porque era onde Cappy apareceria se o padre não o pegasse. Cappy logo apareceu. O padre veio pouco depois. E então eles sumiram e Angus disse: Ele está tentando despistá-lo com um zigue-zague entre as casas do Departamento de Assuntos Indígenas. Ele também conhece aqueles terrenos. Nos voltamos para olhar o próximo trecho da estrada onde apareceriam de novo e, novamente, Cappy vinha na frente, com o padre não muito atrás. Cappy conhecia as entradas da frente e dos fundos de cada construção, e disparou para dentro e para fora do hospital, do supermercado, do abrigo para idosos, do pequeno cassino que tínhamos naquela época. Deu duas voltas pelo Dead Custer, entrou e saiu do posto do Whitey. Pegou a estrada que passava pela velha Bineshi, esperando surpreender os cachorros e que eles segurassem a batina do padre com os dentes, mas os dois conseguiram atravessar. Cappy foi saltitando pela descida do cemitério como se jogasse amarelinha e, em seguida, os dois deram uma volta que os levou por dentro do parquinho — era algo fascinante de assistir. Cappy agitou os balanços e saltou pelas barras do trepa-trepa, mal tocando o chão. O padre Travis pousou como um macaco, com os nós dos dedos no chão, mas continuou correndo. Dispararam morro acima, duas pequenas cifras, aumentando à medida que Cappy corria para nós, pronto para pular na bicicleta e sair pedalando. Teríamos conseguido. Ele teria conseguido. Chegou muito perto. O padre Travis conseguiu uma última explosão de velocidade que o trouxe a um braço da gola da camisa de Cappy. Cappy flutuou para longe daquela mão. Mas ela desceu e agarrou sua roda de trás.

    Cappy pulou da bicicleta, mas o padre Travis, com o rosto vermelho, o peito chiando, segurava-o pelos ombros e o erguia. Angus e eu largamos nossas bicicletas para defender seu caso. Embora não pudéssemos saber ao certo o que Cappy pretendia confessar, agora estava evidente. Ele confessou o que temíamos que fosse confessar.

Padre, isso não está parecendo legal, disse Angus.

Solte ele, por favor, padre Travis. Tentei imaginar a voz do meu pai naquela situação. Cappy é menor de idade, falei. Aquilo talvez fosse absurdo, mas o padre Travis estava segurando Cappy pela camisa agora e tinha levantado o punho, mas interrompeu o movimento pela metade.

Um menor, continuei, que veio lhe pedir ajuda, padre Travis.

Um rugido como o de Worf reteve o padre Travis e ele jogou Cappy no chão. Ele levantou o pé, mas Cappy rolou para longe. Pegamos nossas bicicletas, pois o padre não estava se mexendo. Estava de pé ali, respirando sofregamente, a cabeça baixa, olhando por debaixo das sobrancelhas. De alguma forma, tínhamos conseguido ganhar o terreno moral naquele momento e sabíamos disso. Subimos nas bicicletas.

Bom dia, padre, disse Angus.

O olhar de padre Travis nos fulminou quando saímos pedalando.

* * *

Caralho, merda!, eu disse para Cappy depois. O que deu em você?

Cappy deu de ombros.

Você contou a ele sobre o porão da igreja, onde vocês fizeram tudo?

Contei tudo, respondeu Cappy.

Caralho, merda!

Clemence franziu o cenho para o meu vocabulário.

Desculpe, tia, falei. Tínhamos ido para a casa de Clemence e Edward na esperança de que estivessem comendo, o que não estavam, mas isso não teve importância, pois Clemence sabia o motivo de irmos para lá e imediatamente esquentou seu macarrão com hambúrguer de sempre, serviu o chá do pântano de costume, só que misturado, especialmente para nós, com uma lata de limonada. Ela deu comida para Mooshum, pois ele comia sempre que alguém mais comia, mas seu tremor se tornara tão pronunciado que não conseguia tomar sopa.

Por que você contou para ele?, perguntei.

Eu não sei, disse Cappy, talvez pelo que ele disse sobre a mulher dele. Ou o que ele me falou: *Você é o cara que vai ver quem é ela*, lembra?

Ele disse "ver quem é ela", e não, você sabe. Estava sendo delicado com Cappy, mesmo que Clemence não estivesse nos ouvindo. Embora Cappy tivesse feito sexo, fizera num patamar mais alto, então não usei nenhuma palavra com conotação sexual. Ele se zangava quando eram associadas a qualquer coisa que tivesse acontecido entre ele e Zelia.

Você poderia ter ido procurar seu pai, seu irmão mais velho, conversado com eles, eu disse.

Mas fiquei feliz por ter ido falar com o padre Travis, disse Cappy, sorrindo.

A corrida de Cappy já estava se tornando história e sua reputação iria disparar. A do padre Travis tampouco fora comprometida, pois jamais víramos um padre em tão boa forma.

O tamanho de suas panturrilhas!, dissera Clemence.

O último padre não correria dez metros, disse Mooshum. Eu o vi caindo no nosso quintal uma vez, bêbado como um gambá. Aquele padre velho era mais pesado que você e seus amigos magricelas juntos. Ele gargalhou. Mas esse novo tem seu orgulho. Vai precisar de muitas orações para superar a corrida de Cappy.

Deus ajude os esquilos esta semana, disse o tio Edward ao passar pela sala.

Clemence trouxe um pano de prato e amarrou em torno do pescoço de Mooshum. Entre as mordidas, ele disse: Eu já contei pra vocês, garotos, de quando corri mais do que o Johnson Papa-Fígado? De como aquele velho desgraçado costumava seguir os índios, nos matar e comer nossos fígados? Era um *wiindigoo* branco, mas quando eu era jovem e fugi, corri mais do que ele e o retalhei, pedaço por pedaço, e paguei-lhe na mesma moeda. Arranquei sua orelha com os dentes, e depois o nariz. Querem ver o polegar dele?

Você contou para eles, disse Clemence, empenhada em fazer com que o alimento seguisse pela goela dele. Mas Mooshum queria falar.

Agora escutem aqui uma coisa, meninos. As pessoas dizem que Johnson Papa-Fígado teria escapado de um grupo de índios mastigando as tiras de couro cru que prendiam suas mãos. Diz a lenda que ele matou o garoto índio que o vigiava e cortou a perna do pobre. Supostamente, aquele malandro fugiu com a perna para o mato e sobreviveu comendo-a, até chegar a território amigo.

Abra, ordenou Clemence, e encheu sua boca.

Mas não foi assim que aconteceu, disse Mooshum. Pois eu estava lá. Eu estava caçando com alguns guerreiros Pés-Pretos e eles capturaram o Papa-Fígado. Planejavam entregar ele aos índios Corvo, pois ele tinha matado muitos de seu povo. Eu estava junto com o jovem Pé-Preto, que deveria vigiá-lo, mas ele queria tanto matar Johnson que suas mãos formigavam.

Falei com Papa-Fígado na língua dos Pés-Pretos, que ele entendia um pouco. Papa-Fígado, disse eu, metade dos Pés-Pretos te odeia tanto que vamos te botar pelado num espeto e te esfolar vivo. Mas primeiro eles vão te cortar as bolas e dar para as velhas comerem, bem diante dos teus olhos.

Imagine só!, disse Clemence.

Os olhos dos Pés-Pretos brilharam, disse Mooshum. Eu disse para o Papa-Fígado que a outra metade dos Pés-Pretos queria amarrá-lo firmemente entre dois de seus melhores cavalos de guerra para que o puxassem em direções opostas. Os olhos dos garotos Pés-Pretos faiscaram como velas ao ouvir aquilo. Falei para Johnson Papa-Fígado que ele devia decidir quais desses dois destinos ele preferia, para que a tribo fizesse os preparativos. Depois, demos as costas para o Papa-Fígado e fomos esquentar as mãos no fogo. Deixamos que ele trabalhasse nas tiras de couro que prendiam seus pulsos. Também estava com os tornozelos amarrados com cordas bem fortes. Estava amarrado à árvore com outra tira de couro, pela cintura. Ele tinha muito trabalho a fazer com os dentes, que não eram tão firmes, e esse era o ponto. Você nunca viu os dentes de um caçador branco, mas eles não têm os hábitos dos índios de esfregá-los com um graveto de bétula. Eles deixam os dentes apodrecerem. Dá para sentir o bafo deles a mais de um quilômetro antes de serem avistados. O hálito deles tem um cheiro pior do que todo o resto, o que é um bocado, hein? Os dentes do Papa-Fígado não eram diferentes dos de nenhum outro caçador de peles. E agora ele tentava mastigar as cordas. Volta e meia, nós o ouvíamos xingar e cuspir — lá se foi um dente, e depois mais outro se partiu. Nós o levamos ao pânico, até ele ter mastigado tanto que só sobraram as gengivas. Nunca mais ele ia poder morder um índio. Mas nosso plano era que ele ficasse totalmente desamparado. Aquele jovem Pé-Preto e eu. Ele tinha uma poção da avó que deixava a pessoa vesga. Assim que o Papa-Fígado caiu no sono e começou a roncar, pingamos aquele remédio nos seus olhos. Agora, ele não podia acertar nenhum tiro. Teria que virar xerife. Isso é, se os Corvos não o matassem. Mesmo assim, não se deixa uma cascavel viva para te morder na próxima vez que cruzar seu caminho, foi o que eu disse para o Pé-Preto, mesmo que não tenha dentes.

Eu gostaria de não ter que entregá-lo aos Corvos, disse o rapaz.

Eles precisam de diversão, respondi. Mas, se por acaso ele escapar, seria bom a gente ter certeza de que não vai poder puxar o gatilho de uma arma. Poderíamos cortar seus dedos, mas então os Corvos diriam que nós roubamos uma parte dele.

Tem uma lacraia que se morder as mãos de um homem, elas incham tanto quanto aquelas luvas sem dedos e ficam assim pelo resto da vida, me disse o Pé Preto. Então acendemos umas tochas pequenas e fomos procurar esse bicho, mas enquanto estávamos longe, o Papa-Fígado conseguiu fugir. Quando voltamos, tudo o que encontramos foram as tiras mastigadas e o chão cheio de dentes marrons e quebrados. Ele escapou. Depois, inventou a história de ter comido a perna do índio, pois, a não ser que tivesse uma boa história, quem ia acreditar num paspalhão desdentado e vesgo?

Exatamente, disse Clemence.

Awee, vou sentir saudades daquela Sonja, disse Mooshum, piscando para mim.

O quê?

Ah, disse Clemence. Whitey disse que ela se mandou. Fingiu que estava doente ontem e, quando ele voltou para casa, encontrou o armário vazio. Ela levou um dos cachorros com ela. Foi embora naquele carro velho dela, que ele tinha acabado de consertar, para ficar mais macio.

Será que ela vai voltar?, perguntei.

Whitey me contou que o bilhete dela dizia que ela nunca voltaria. Ele disse que dormiu com o outro cachorro, estava arrasado. Ela disse que o melhor era ele corrigir o que tinha feito. Amém!

As notícias me deixaram zonzo e disse a Cappy para irmos para algum outro lugar. Ele agradeceu a Clemence com sua polidez de sempre e fomos pedalando juntos para longe, devagar. Por fim, chegamos à estrada que levava até a árvore do enforcado, onde Sonja e eu enterráramos os documentos das cadernetas de poupança, embora fosse um longo caminho até lá. Paramos as bicicletas e eu contei toda a história para Cappy — o encontro da boneca, como eu mostrei para Sonja, a ajuda que ela me deu para depositar o dinheiro naquelas contas, e que tínhamos guardado as cadernetas na caixa de latão. Contei sobre como Sonja insistiu para que eu não contasse para ele, para que ele não corresse perigo. Depois contei sobre os brincos de diamante dela, e sobre as botas de pele de lagarto, e sobre a noite em que Whitey bateu nela e como pareceu que ela estava planejando se livrar dele, e sobre a quantia que eu tinha encontrado.

Ela pode ir pra bem longe com isso, disse ele, e desviou o olhar, ofendido.

Certo, eu deveria ter te contado.

Ficamos sem falar por um tempo.

A gente devia ir desenterrar a caixa, de qualquer jeito, disse ele. Só para ter certeza. Talvez ela tenha lhe deixado algum dinheiro, disse Cappy. Sua voz estava neutra.

O bastante para tênis como o seu, falei, e voltamos a pedalar.

Eu quis trocar com você, disse Cappy.

Está tudo bem. Eu gosto do meu agora. Aposto que ela me deixou a porra de um bilhete. É nisso que eu aposto.

Fizemos uma curva para a direita.

Havia duzentos dólares, uma caderneta e um pedaço de papel.

Querido Joe,
O dinheiro é para o seu tênis. Também estou te deixando uma caderneta, para você pagar uma faculdade subsidiada no leste.

Olhei a caderneta. Era de dez mil.

Trate bem a sua mãe. Algum dia você poderá merecer a boa educação que recebeu. Eu posso ter uma nova vida com o $. Nunca mais daquilo que você viu.
Amor, de qualquer jeito,
Sonja

Que porra, eu disse para Cappy.
O que ela quis dizer com aquilo que você viu?
Eu resisti. Queria contar tudo da dança, cada gemido, cada movimento deslizante, e lhe mostrar a borla. Mas minha língua foi refreada por uma vergonha obscura.
Nada, respondi.
Dividi o dinheiro com Cappy e guardei a caderneta e a carta no bolso. A princípio, ele não quis aceitar o dinheiro, mas eu lhe disse que era para ele pegar um ônibus e ir visitar Zelia, em Helena. Dinheiro para viagem, pois. Ele dobrou as notas na mão.
Começamos a voltar para casa, mas, a meio caminho, espantamos uma dupla de patos de dentro de uma vala cheia de água.
Uns dois quilômetros depois, Cappy deu uma risada. Conheço uma boa. Sabe por que os patos não jogam bola? Ele não esperou eu responder. Para não empatar! Ainda achando graça de sua esperteza, ele me deixou em casa, onde eu ia jantar com meu pai e minha mãe. Entrei e, apesar de estarmos silenciosos e distraídos, ainda sob algum tipo de choque, estávamos juntos. O jantar tinha inhame caramelizado, de que eu não gostava muito, mas comi assim mesmo. Também tinha presunto cozido e uma tigela de ervilhas frescas, da horta. Minha mãe fez uma pequena oração para abençoar a comida e conversamos sobre a corrida de Cappy. Eu até contei a piada de Cappy. Ficamos longe do fato de Lark existir, ou de qualquer coisa relacionada aos nossos verdadeiros pensamentos.

Capítulo Dez
A essência do mal

Linda Wishkob rolou para fora do carro e se arrastou até nossa porta. Deixei meu pai atender e escapuli pela porta dos fundos. Finalmente tinha conseguido elaborar meus pensamentos sobre Linda e seu pão de banana; apesar de não fazerem muito sentido, não conseguia me livrar deles. Linda era responsável pela existência de Linden. Ela salvou o irmão, mesmo já sabendo que ele era a essência do mal. Ela agora me repugnava do mesmo jeito que ela sentia repugnância por ele e por sua mãe biológica, apesar de meus pais não terem o mesmo sentimento. Acabou que, enquanto eu estava no quintal dos fundos correndo de um lado para outro com a Pearl, brincando de pegador, embora nunca nos tocássemos, apenas girando ao redor um do outro, correndo sem parar, Linda Wishkob passava algumas informações para meu pai. O que ela lhe disse o fez acompanhar minha mãe até o escritório dela e voltar nos dois dias que se seguiram. No terceiro, meu pai pediu que ela lhe preparasse uma lista de compras para o mercado.

Insistiu que fôssemos nós dois, no lugar dela, e que ela trancasse a porta e que ficasse com Pearl dentro de casa. Por tudo isso, deduzi que Linden Lark estava de volta na área. Minha mente não iria além disso. Eu não estava pensando sobre isso, não suportava ficar pensando nisso. Era algo completamente fora da minha cabeça quando meu pai pediu que eu fosse ao mercado com ele. Eu estava me preparando para ir encontrar Cappy para conseguir uma nova série de saltos ainda mais rápidos nos montes de terra. Não gostei de ter que ir ao mercado com meu pai, mas ele disse que nós dois seríamos necessários para decifrar e encontrar exatamente todas as coisas que minha mãe queria — o que me pareceu verdade quando vi sua letra inclinada, em que até o nome das marcas estavam indicados e pequenas notas aconselhavam as escolhas corretas.

O fato de termos um verdadeiro supermercado na reserva não era pouca coisa. Antes, além do armazém de produtos subsidiados, a comida vinha de uma pequena loja, a precursora Puffy's Place. A velha loja vendia, principalmente, produtos não perecíveis — chá, farinha, sal, manteiga de amendoim — complementados por um suprimento de verduras da horta ou carne de caça. Vendia bijuterias, mocassins, fumo e chiclete. Para comida de verdade, nosso pessoal tinha que percorrer mais de trinta quilômetros para fora da reserva e deixar o nosso dinheiro nos bolsos de lojistas que nos olhavam desconfiados e aceitavam nossos pagamentos com desprezo. Mas, com nosso próprio mercado agora, administrado por gente da tribo e com o nosso próprio pessoal contratado para embalar e armazenar os produtos, tínhamos algo especial. Mesmo com a máquina de pipoca quebrada na entrada, as portas automáticas se fechando em cima das velhas avós, e as crianças deixando a máquina de chiclete tão suja que não dava mais para ver as cores dentro dela, era o nosso próprio mercado. Os caminhões chegavam lá, como num mercado normal, descarregavam e iam embora.

Meu pai e eu caminhamos ao longo da parede coberta de cartazes manchados de *powwows* e de anúncios de carros. Pegamos um carrinho de compras. Papai abriu a lista.

Feijões rajados.

Mostrei que mamãe tinha escrito que sacudíssemos e examinássemos o saco plástico de feijões, para ver se não continha pedrinhas. Encontramos os feijões no corredor de macarrão.

Uma pedrinha parece igual a um feijão, disse para meu pai, virando a embalagem retangular para cima e para baixo.

Deveríamos estocar, disse meu pai, jogando seis ou sete sacos dentro do carrinho. Estão baratos. Podemos espalhar os feijões numa frigideira e procurar as pedras quando chegarmos em casa.

Extrato de tomate, tomates enlatados — Rotel, que vem com pimenta —, quatro latas de cada. Cinco quilos de carne para hambúrguer. Magra, se encontrar, dizia a lista.

Magra? Por que ela quer magra?

Menos gordura, respondeu meu pai.

Eu gosto de gordura.

Eu também.

Ele jogou alguns pacotes no carrinho.

Cominho, eu li. Encontramos o cominho no corredor de temperos.

Ela estava fazendo comida extra para levar para Clemence, uma retribuição por todos os jantares.

Eu li. Alface, cenoura e cebola, e deveríamos cheirar as cebolas para verificar se não estavam podres por dentro.

Frutas. Qualquer fruta que esteja boa, disse meu pai, olhando a lista por cima do meu ombro. Acho que podemos tomar essa decisão, de algum jeito, em relação às frutas. O que você acha?

Olhamos para uma pilha de melões. Alguns estavam manchados. Havia uvas. Tudo com manchas. Havia um balde de frutas silvestres locais e algumas ameixas. Papai escolheu um melão e encheu um saco de papel com ameixas e outro de tela plástica com frutas silvestres.

Compramos galinha e um pacote anêmico de pedaços cortados para fritar, e contamos todos os pedaços, como ela mandou. Compramos outro pacote, só de coxas. Compramos molho de churrasco e um pacote de batatas fritas Old Dutch, para mim. Um par de latas de sopa de cogumelos foi para dentro do carrinho. No final da lista, leite e manteiga, e um quilo em tabletes, com sal, e um quilo em embalagem integral, doce. Creme.

O que ela quer dizer com embalagem integral? Meu pai parou ao meu lado e franziu a testa para o papel. Segurava uma caixa de creme numa das mãos. Por que doce? Por que salgada?

Eu estava empurrando o carrinho na frente do meu pai, e então vi Linden Lark primeiro. Ele estava inclinado sobre a luz fria da geladeira aberta de carne. Meu pai deve ter olhado para cima logo depois de mim. Houve um momento em que tudo o que fizemos foi olhar. E então, movimento. Meu pai largou o creme, disparou para a frente e agarrou Lark pelos ombros. Fez com que ele girasse e o jogou para trás, depois o agarrou pelo pescoço com ambas as mãos. Como já disse, meu pai era um tanto desastrado. Mas ele atacou com um instinto de raiva súbita tão intenso que seus movimentos pareceram precisos como os de um dublê de cinema. Lark bateu a cabeça contra as prateleiras de metal da geladeira. Uma caixa de banha foi esmagada e Lark escorregou pela gordura cremosa, arranhando a parte de trás da cabeça na parte inferior da caixa, batendo nas prateleiras. As portas de vidro bateram de encontro aos braços de meu pai, que caía junto com Lark, ainda segurando. Papai manteve o queixo para baixo. O cabelo caíra em mechas por cima das orelhas e seu rosto estava escurecido pelo sangue. Lark se debateu, incapaz de reagir com um aperto semelhante ao do meu pai. Eu também estava em cima dele, com as latas de tomates Rotel.

O fato é que Lark parecia estar sorrindo. Se alguém é capaz de ser esganado e apanhar com uma lata e ainda sorrir, era o que ele estava fazendo. Como se estivesse animado com nosso ataque. Eu esmaguei a lata na sua testa e abri um corte bem em cima do olho. Uma sombria e pura alegria tomou conta de mim ao ver seu sangue. Sangue e creme. Bati com toda a força que consegui e alguma coisa — o choque, ou minha euforia, ou a euforia de Lark — fez com que meu pai soltasse a garganta dele. Lark chutou para o alto e empurrou com toda a força. Meu pai foi escorregando para trás. Com um impacto forte, ele caiu no corredor e Lark fugiu, se arrastando, atrapalhado.

Foi quando meu pai sofreu seu primeiro ataque cardíaco — que acabou sendo dos pequenos. Nem mesmo médio. Apenas um pequeno. Mas foi um ataque cardíaco. No meio do corredor do mercado, sobre o creme derramado e latas rolando, ao lado do xampu Prell, o rosto do meu pai ficou amarelo, sem brilho. Ele fez força para respirar. Ele olhou para mim, perplexo. E como estava com a mão sobre o peito, perguntei: Você quer uma ambulância?

Quando ele acenou que *sim*, perdi a noção de tudo. Caí de joelhos e Puffy fez o chamado.

Tentaram me dizer que eu não poderia ir junto com ele para o hospital, mas eu resisti. Fiquei com ele. Não conseguiram fazer com que o deixasse. Eu sabia o que acontece quando se deixa um pai ou uma mãe se afastarem demais.

* * *

Ficamos em Fargo por quase uma semana, passando os dias no Hospital St. Luke. No primeiro dia, meu pai fez uma operação que é rotina hoje em dia, mas que era novidade na época. Incluía a inserção de *stents* em três artérias. Ele parecia fraco e menor na cama do hospital. Apesar de os médicos afirmarem que ele estava indo bem, é claro que eu sentia medo. Só conseguia olhar para ele, a princípio, do corredor. Quando foi levado para o próprio quarto, as coisas melhoraram. Todos nos sentamos juntos e conversamos sobre nada, e sobre tudo. Isso parece estranho, mas estar ali logo virou uma espécie de férias, seguros, juntos, com uma conversa vaga. Caminhamos pelos corredores, fingimos estar chocados com a comida sem graça, e mais conversa sobre nada.

À noite, minha mãe e eu voltávamos para o quarto que dividíamos no hotel. Tínhamos camas individuais. Em outras viagens, nós três sempre ficamos empilhados juntos, mamãe e papai numa cama de casal. Eu dormia numa cama extra em algum canto. Aquela era a primeira vez, pelo que conseguia lembrar, que ficava sozinho em algum lugar apenas com minha mãe. Havia um constrangimento, sua presença física me incomodava. Fiquei feliz por ela ter trazido o velho roupão atoalhado de papai, o mesmo que ela o perturbava para que ele se livrasse. O tecido estava gasto em alguns pontos, a manga, descosturada, as bordas, esgarçadas. Pensei que tinha trazido para ele, mas vestiu-o na primeira noite. Achei que ela havia esquecido o próprio roupão, estampado com flores douradas e folhas verdes. Mas, na segunda manhã, acordei cedo e olhei para ela, que ainda dormia. Vestia o roupão de papai. Fiquei atento à noite para ver se ela estava vestindo o roupão de propósito, e com toda a certeza ela foi para a cama com ele. O quarto não estava frio. Ocorreu-me, nos dias seguintes, enquanto eu zanzava pelo parque do hospital, que também gostaria de vestir alguma coisa de papai. Seria algo que nos uniria, de algum jeito.

Eu precisava tanto dele. Eu não conseguia meditar sobre aquela necessidade, tampouco minha mãe e eu éramos capazes de falar do assunto. Mas o fato de ela vestir o roupão dele sinalizava para mim como ela precisava do conforto da presença dele de uma forma muito básica, que hoje eu compreendo. Naquela noite, perguntei-lhe se tinha trazido uma camisa extra de papai e ela fez que sim quando perguntei se poderia vesti-la. Ela me deu a camisa.

Ainda tenho muitas de suas camisas, e gravatas também. Ele comprava todas as suas roupas na Silverman's, em Grand

Forks. Eles ofereciam as melhores roupas masculinas; ele não comprava muito, mas era meticuloso. Usei as gravatas do meu pai durante toda a faculdade de direito, na Universidade de Minnesota, e no exame da ordem dos advogados depois. Quando me tornei procurador público, usava suas gravatas na última semana de tribunal de todos os julgamentos. Também levava a caneta-tinteiro dele, mas fiquei com medo de perdê-la. Ainda a tenho, mas não assino minhas opiniões no tribunal tribal com ela do mesmo jeito que ele. As gravatas fora de moda são o bastante, a borla dourada na minha gaveta e o fato de que sempre tive uma cadela chamada Pearl.

Eu estava usando a camisa de meu pai no dia em que ele deixou de ser evasivo, no penúltimo dia de nossa permanência lá. Ele me viu com sua camisa e me olhou, intrigado. Minha mãe tinha saído para pegar um café e me sentei com ele. Era a primeira vez que eu ficava realmente a sós com ele. Não me surpreendeu que, mesmo com os cortes ainda cicatrizando, ele resolvesse recordar a situação, perguntar se eu tinha alguma ideia do paradeiro de Lark. Eu estivera pensando a mesma coisa, mas é claro que não sabia de nada. Se Clemence tinha dito alguma coisa para minha mãe quando conversavam no telefone do hotel, eu não tinha ideia. Mas naquela noite eu recebi uma ligação; foi quando minha mãe saiu para comprar o jornal. Era Cappy.

Algumas pessoas da nossa família fizeram uma visita, disse ele.

Eu não sabia do que ele estava falando.

Aqui?

Não, *lá*.

Onde?

Eles o pegaram.

O quê?

O Holodeck, idiota. Foi uma situação parecida com aquela em que Picard era o detetive. Lembra? O poder de persuasão?

Certo. Senti minha alma lavada, estava tomado de alívio. Certo. Ele está morto?

Não, apenas convencido. Eles o pegaram de jeito, cara. Ele não vai se aproximar de vocês. Pode contar para o seu pai e sua mãe.

Depois da ligação, fiquei pensando em como contar a eles. Como fazer para parecer que eu não sabia que tinham sido Doe, Randall e Whitey, e até mesmo o tio Edward, que foram atrás de Lark, quando o telefone tocou de novo. Minha mãe havia voltado. Percebi que a ligação fora de Opichi quando ela perguntou se havia algo errado no escritório. A cadência da voz, espremida no fone, mas aguda e intensa. Minha mãe sentou-se na cama. O que quer que ela tivesse ouvido, não era bom. Finalmente, ela colocou o fone no gancho e se encolheu na cama, de costas para mim.

Mãe?

Ela não respondeu. Lembro-me do zumbido das luzes no banheiro. Dei a volta na cama e me ajoelhei ao lado dela. Ela abriu os olhos e olhou para mim. A princípio, pareceu confusa e seus olhos percorreram meu rosto, quase como se estivesse me vendo pela primeira vez, ou pelo menos depois de uma longa ausência. Então ela encontrou o foco e contraiu a boca, apertada. E murmurou.

Acho que as pessoas o espancaram.

Isso é bom, falei. Boa!

E então, Opichi contou, ele voltou dirigindo completamente louco e explodiu o posto de gasolina. Falou alguma coisa para Whitey sobre a namorada rica dele. Como a namorada rica de Whitey estava bem-ajeitada e que ele estava pensando em se juntar com ela. Ele saiu dirigindo, gritando, rindo de Whitey. Ele escapou. Whitey foi atrás dele com uma chave. Do que ele estava falando? Sonja não é rica.

Eu fiquei sentado ali, de boca aberta.

Joe?

Apoiei a cabeça nas mãos, os cotovelos nos joelhos. Depois de algum tempo, deitei com um travesseiro sobre minha cabeça.

Este quarto está quente, disse minha mãe. Vamos ligar o ventilador.

Nós nos acalmamos e fomos a um pequeno restaurante chamado 50s Cafe, comer hambúrguer, batata frita e tomar milk-shake de chocolate. Comemos em silêncio. Então, de repente, minha mãe colocou o hambúrguer na mesa. Deixou-o no prato e disse: Não.

Ainda mastigando, olhei para ela. A leve inclinação de sua pálpebra a deixava com um ar crítico.

Tem alguma coisa errada com o hambúrguer, mãe?

Seu olhar me atravessou, cravado por um pensamento. A ruga fina como uma faca se aprofundou entre suas sobrancelhas.

Foi algo que o papai me disse. Uma história sobre um *wiindigoo*. Lark está tentando nos comer, Joe. Não vou deixá-lo fazer isso, disse ela. Serei eu quem vai impedi-lo.

Sua determinação me aterrorizou. Ela pegou a comida e, calculada e lentamente, começou a comer. Não parou até terminar tudo, o que também me assustou. Era a primeira vez desde o ataque que ela comia toda a comida que tinha no prato. Depois voltamos para o quarto e nos preparamos para deitar. Minha mãe tomou um comprimido e adormeceu imediatamente. Fiquei olhando para as placas finas de isolamento acústico do teto. Se olhasse para elas com bastante atenção, conseguia sentir meu próprio coração desacelerando. Meu peito se abriu e meu estômago parou de se contrair. Contei devagar e uniformemente 78 buracos aleatórios na placa bem em cima da minha cabeça, e 81 na do lado. Se minha mãe fosse atrás de Lark, ele a mataria. Eu sabia disso. Contei de novo os furos, diversas vezes.

* * *

No dia em que deixamos Fargo, acordei cedo. Minha mãe estava acordada, no banheiro, fazendo barulhos de escovação e bochechos. Ouvi o barulho da água do chuveiro caindo. As cortinas do hotel eram tão pesadas que eu nem sabia que a água caía forte lá fora também. Uma daquelas raras chuvas de agosto, que abafam as labaredas empoeiradas das estradas, acabava de cair. Uma chuva que lava as folhas esbranquiçadas pelo pó. Uma chuva que penetra nas rachaduras da terra e faz reviver a grama marrom. Que faz o milho crescer mais meio metro e permite que o feno seja cortado uma segunda vez. Uma chuva suave que dura dias. Havia uma friagem no ar que durou todo o caminho até em casa. Minha mãe dirigia com os limpadores de para-brisa ligados. O mais aconchegante dos ruídos para um menino sonolento no banco de trás. Meu pai se manteve alerta ao lado de minha mãe, coberto com uma colcha de retalhos. De vez em quando eu abria meus olhos, só para olhar para eles. Ele estava com a mão esticada sobre o banco, apoiada na perna dela, acima do joelho. Ocasionalmente, ela tirava uma das mãos do volante e a repousava sobre a mão dele.

Durante este caminho pacífico, tão parecido com minhas primeiras lembranças de viajar com meus pais, ocorreu-me o que eu precisava fazer. Um pensamento desceu sobre mim enquanto eu estava sob minha velha colcha macia. Eu o afastei. O pensamento voltou a cair em cima de mim. Três vezes eu o empurrei para longe, cada uma mais difícil. Cantarolei para mim mesmo. Tentei falar, mas minha mãe pôs o dedo nos lábios e apontou para meu pai, que adormecera. O pensamento ocorreu de novo, mais insistente, e, dessa vez, deixei-o entrar e o analisei. Refleti sobre essa ideia até sua conclusão. Afastei-me de meus pensamentos. Eu me observava pensar.

O pensamento chegou ao fim.

Quando chegamos em casa, Clemence tinha preparado o chili. Puffy havia entregado todos os mantimentos que tínhamos comprado. Tudo o que precisávamos estava guardado nos armários e na geladeira. Logo vi minha caixa de batatas fritas, deixada em cima da bancada. Pensei nas latas de tomate que eu tinha usado como armas. Clemence provavelmente as tinha aberto e misturado ao chili. Todos os dias, desde o mercado, eu gostaria de ter aberto a cabeça de Lark. Eu me imaginei matando-o de novo e de novo. Mas como não matei, a primeira coisa de manhã seria visitar o padre Travis. Resolvi que iria me juntar à turma de catecismo das manhãs de sábado. Achei que ele me deixaria fazer isso. Também esperava que, se eu o ajudasse depois da igreja, ele poderia notar como os esquilos do campo tinham sido expulsos de seus túneis pela chuva e agora engordavam com a grama fresca. Era preciso lidar com eles. Eu esperava que o padre Travis me ensinasse a atirar nos esquilos, para que eu conseguisse alguma prática.

* * *

Eu não estava começando exatamente do zero em se tratando de me tornar um católico. Os padres e freiras estavam lá desde o início de nossa reserva. Mesmo os índios mais tradicionais — as pessoas que mantinham vivas as antigas cerimônias em segredo — também haviam sido marteladas com o catolicismo no colégio interno, ou tinham feito amizade com alguns dos padres mais interessantes, como fora o caso de Mooshum por algum tempo, ou tinham resolvido aumentar suas chances incorporando os santos à adoração do cachimbo sagrado. Todo mundo tinha familiares extremamente devotos, ou que pelo menos observavam a fé; Clemence, por exemplo, tentara me persuadir inúmeras vezes. Ela convencera minha mãe (não se incomodou com meu pai) a me batizar e fizera uma campanha para minha primeira comunhão e crisma. Eu sabia no que estava me metendo. O Esquadrão de Deus não fora doutrinário, mas minhas aulas seriam repletas de listas. Confissão: I. Sacramento. II. Anual. III. Sacrilégios. IV. Legais. Graça: I. Real. II. Batismo. III. Eficaz. IV. Elevação. V. Habitual. VI. Iluminação. VII. Imputada. VIII. Interior. IX. Irresistível. X. Natural. XI. Preveniente. XII. Sacramental. XIII. Santificadora. XIV. Suficiente. XV. Substancial. XVI. Nas refeições. XVII. Também havia o pecado Real, Formal, Habitual, Material, Moral, Original e Venal. Havia tipos especiais de pecados: aqueles contra o Espírito Santo, Pecados de Omissão, Pecados dos Outros, Pecar pelo Silêncio e o Pecado de Sodoma. Havia Pecados Clamando ao Céu por Vingança.

    Havia, é claro, as definições de cada uma dessas categorias listadas. O padre Travis pregava como se o Concílio Vaticano II jamais tivesse ocorrido. Ninguém olhara por cima de seu ombro até então. Rezava a missa em latim, se estivesse com vontade, e durante vários meses no inverno passado tinha virado o altar de costas para a congregação e conduzido os mistérios com uma espécie de floreio mágico, segundo Angus. Nas aulas de catecismo, ele acrescentava matérias ou as eliminava. Na manhã de sábado, me deixou entrar no porão da igreja e me mandou sentar na cantina. Obedeci, tentando não olhar para baixo, para o tapete, para não pensar em Cappy. Bugger Pourier, emendando-se novamente após anos de vida desregrada nas cidades, era o único outro aluno na sala escura. Era um homem triste e magro, com o nariz de palhaço inchado e vermelho de bebedor de longa data. Suas irmãs o vestiram com roupas limpas, mas ele ainda cheirava a mofo, como se dormisse num canto embolorado. Examinei os folhetos e ouvi padre Travis falar sobre cada um dos membros da

Santíssima Trindade. Depois da aula e de Bugger ir embora, perguntei ao padre Travis se eu poderia receber instruções pessoais na semana seguinte.

Você tem algum objetivo em mente?

Eu quero ser crismado até o final do verão.

Nós recebemos uma visita do bispo na primavera e todo mundo é crismado então. O padre me olhou. Qual é a pressa?

Isso ajudaria as coisas.

Que coisas?

As coisas em casa, talvez, se eu pudesse rezar.

Você pode rezar sem ser crismado. Ele me entregou um folheto.

Além do mais, disse, você pode rezar apenas falando com Deus. Pode usar suas próprias palavras, Joe. Não precisa ser crismado para poder rezar.

Padre, tenho uma pergunta.

Ele esperou.

Eu tinha ouvido uma frase havia muito tempo e a guardara na minha mente. Perguntei: O que são Pecados Clamando aos Céus por Vingança?

Ele inclinou a cabeça para o lado, como se estivesse ouvindo um som que eu não podia ouvir. Depois, percorreu o livro de catecismo e apontou para a definição. Os pecados que clamavam por vingança eram assassinato, sodomia, enganar um trabalhador, oprimir os pobres.

Eu achei que sabia o que era sodomia e acreditava que incluía estupro. Portanto, meus pensamentos estavam cobertos pela doutrina da Igreja, um fato que descobri logo no primeiro dia.

Obrigado, disse ao padre Travis. Eu volto na segunda.

Ele concordou, os olhos pensativos.

Sim, tenho certeza de que você vai voltar.

No domingo, me sentei com Angus na missa e, na segunda de manhã, estava na igreja logo depois do café da manhã. Chovia de novo, e eu havia comido uma enorme tigela de mingau de aveia preparado por minha mãe. Tinha me deixado mais lento na bicicleta e agora se acomodava morno e pesado em meu estômago. Eu queria voltar a dormir, e, pelo jeito, o padre Travis também. Ele parecia pálido e talvez não tivesse dormido muito bem. Ainda não tinha se barbeado. A pele sob seus olhos estava azulada e seu hálito tinha um forte cheiro de café. O balcão da cantina estava cheio de caixas de comida cuidadosamente empilhadas e as latas de lixo estavam cheias.

Teve algum velório aqui embaixo?, perguntei.

A mãe do sr. Pourier morreu. O que significa que provavelmente o vimos pela última vez. Ele pretendia se reconciliar com a igreja enquanto ela ainda estava consciente. A propósito, tenho um livro para você. Ele me estendeu uma velha edição de bolso de *Duna*. Então. Podemos começar pela Eucaristia? Eu vi você na missa com Angus. Você entendeu o que estava acontecendo?

Eu tinha memorizado o folheto, portanto respondi que sim.

Pode me dizer?

Houve uma partilha dos alimentos que levam a graça a nossas almas.

Muito bem. Mais alguma coisa?

O corpo e o sangue de Cristo estavam presentes no vinho e nos biscoitos?

Hóstias, isso. Mais alguma coisa?

Enquanto eu destruía minha mente, a chuva parou. O clarão repentino do sol bateu no vidro empoeirado das janelas do porão e fez girar a poeira no ar. O porão foi recortado por véus cintilantes de luz.

Hum, alimento espiritual?

Certo. O padre Travis sorriu para a luz que dançava no ar ao nosso redor, vinda da janela. Como somos só nós dois, que tal levarmos a aula lá para fora?

Segui-o pelos degraus, saímos pela porta lateral e fomos pelo caminho sob os pinheiros, que pingavam. O caminho de grama dava a volta pelo ginásio e pela escola, passava pela fileira de árvores e retornava à estrada onde ocorrera a parte mais dramática de sua corrida com Cappy. Enquanto caminhávamos, ele me disse que, para estar preparado para a Eucaristia, quando me tornaria parte do Corpo Místico de Cristo, eu teria que me purificar através do sacramento da confissão.

A fim de se purificar, você precisa compreender a si mesmo, prosseguiu padre Travis. Tudo o que está lá fora no mundo também está em você. O bem, o mal, o pecado, a perfeição, a morte, tudo. Então, nós estudamos nossas almas.

Tudo bem, falei em voz baixa. Olha, padre! Um esquilo do campo!

Sim. Ele parou e olhou para mim. Como vai sua alma?

Olhei em torno, como se minha alma fosse aparecer para que eu a examinasse. Mas ali estava apenas o rosto cuidadosamente planejado, excessivamente belo, do padre Travis, os olhos claros de brilho misterioso, os lábios esculpidos.

Não sei, respondi. Eu gostaria de acertar alguns esquilos.

Ele começou a andar de novo e, vez ou outra, eu olhava para ele, mas ele não falava. Por fim, quando entramos sob as árvores, ele disse: O mal.

O quê?

Temos que enfrentar o problema do mal para poder compreender a sua alma, ou qualquer outra alma humana.

Certo.

Existem diferentes tipos de mal, sabia disso? Há o mal material, que causa o sofrimento sem se referir aos humanos, mas afetando-os profundamente. Doença e pobreza, calamidades naturais de qualquer tipo. Males materiais. Quanto a esses, não há nada que possamos fazer. Temos que aceitar que sua existência é um mistério para nós. O mal moral é diferente. É causado por seres humanos. Uma pessoa faz algo de propósito para outra, para causar-lhe dor e tormento. Isso é um mal moral. Então você veio aqui, Joe, para investigar sua alma com a esperança de ficar mais próximo de Deus, pois Deus é só bondade, poder, cura, misericórdia e assim por diante. Ele fez uma pausa.

Certo, respondi.

Então você deve se perguntar por que um ser com tamanha grandiosidade e poder permite tamanha barbaridade — que um ser humano seja autorizado por Ele a ferir diretamente outro ser humano.

Alguma coisa doeu em mim, atravessando-me diretamente. Continuei andando, de cabeça baixa.

A única resposta para isso, e não é uma resposta integral, disse padre Travis, é que Deus fez dos homens agentes livres. Podemos escolher o bem antes do mal, mas também o oposto. E para proteger nossa liberdade humana, Deus não intervém com frequência, não com muita frequência, ao menos. Deus não pode fazer isso sem retirar nossa liberdade moral. Você compreende?

Não. Mas sim.

A única coisa que Deus pode fazer, e faz o tempo todo, é extrair o bem de uma situação ruim.

Fiquei gelado.

Ele o faz, disse padre Travis, levantando a voz ligeiramente. Em todas as instâncias, Joe. Em toda e qualquer instância do coração. Como o padre daqui, você sabe muito bem que enterrei crianças e famílias inteiras mortas em acidentes de carro e jovens que fizeram coisas terríveis, e até mesmo gente com sorte o bastante para morrer velha. Sim, eu vi isso. Todas as vezes em que há algum mal, algum bem surge de lá — pessoas nessas circunstâncias escolhem fazer um pouco mais de bem, demonstram um amor incomum, tornam-se mais fortes em sua devoção a Jesus, ou ao seu santo de predileção, ou alcançam algum tipo de comunhão excepcional com suas famílias. Eu já vi isso em pessoas que seguem caminhos próprios, seus membros mais tradicionais, e jamais vêm à missa, a não ser nos enterros. Eu os admiro. Eles vêm para os velórios. Mesmo sendo pobres a ponto de não terem nada, dão a última coisa que lhes resta desse nada para outro ser humano. Jamais somos tão pobres que não possamos abençoar outra pessoa, não é mesmo? Portanto, é assim que todo mal, seja moral ou material, resulta no bem. Você vai ver.

Parei de caminhar. Olhei para o campo, não para o padre Travis. Passei o livro que ele me dera de uma mão para a outra. Senti vontade de jogá-lo longe. Os esquilos do campo estavam aparecendo por todo lado, soltando seus guinchos alegres.

Eu com certeza gostaria de acertar uns esquilos, falei entre os dentes.

Não iremos fazer isso, Joe, disse padre Travis.

* * *

Na metade do verão, nossa velha e empoeirada cidade da reserva reluzia, lavada pela chuva, enquanto eu pedalava ladeira abaixo, passando pelas casas do Departamento de Assuntos Indígenas, subindo a rua depois do lugar da torre de água, rumo aos lotes dos Lafournais. Havia três loteamentos contíguos e, apesar das diversas divisões, jamais deixaram de pertencer à família. As casas eram ligadas por trechos de estrada e de caminhos estreitos, mas a casa de Doe era a principal, a mais próxima da estrada, em estilo de rancho, e Cappy estava lá, encostado no corrimão da varanda, a camisa aberta e um par de pesos junto aos pés.

Parei e fiquei sentado no banco da bicicleta.

Alguma garota apareceu para te ver puxar ferro?

Não veio ninguém, disse Cappy. Ninguém que mereça essa visão.

Ele fingiu rasgar a camisa e bateu no peito liso. Tinha melhorado desde a semana passada — recebera duas cartas de Zelia.

Vem cá. Ele me obrigou a subir na varanda e levantar os pesos por um tempo.

Você tem que pedir para o teu pai te comprar uns pesos. Você pode malhar no quarto até ficar apresentável.

Apresentável do jeito que você imagina que é. Tem alguma cerveja?

Melhor do que isso, disse Cappy.

Ele enfiou a mão no bolso da calça jeans e tirou de lá um saco de sanduíche protegendo cuidadosamente um baseado solitário.

Ei, irmão de sangue!

Mim ser o pica grossa, *kemo sabe*, meu irmão de fé, disse Cappy.

Resolvemos ir fumar no alto do morro. Seguindo pela pequena crista coberta de árvores que saía da rua de Cappy, caminhávamos até um ponto mais alto de onde víamos o campo de golfe de perto, embora não fôssemos vistos. Já observáramos os empenhados jogadores antes — índios e brancos —, ajeitando os quadris, lançando olhares sagazes, balançando para tacadas hábeis, ou desastrosas. Tudo o que faziam era engraçado: estufando o peito ou arrebentando os tacos de golfe. Sempre observávamos o arco da bola, caso não conseguissem encontrá-la. Ainda tínhamos nosso balde cheio de bolas de golfe. Cappy pegou alguns pães, duas maçãs, refrigerante, além de uma única cerveja, e colocou num saco plástico, amarrando-o ao guidão. Saímos pedalando, levamos as bicicletas até a vegetação no fim da estrada e subimos o morro a pé, ao longo da crista, até o nosso ponto de observação.

O chão estava quase seco. A chuva fora sugada pelas folhas porosas e pela terra sedenta. Os carrapatos praticamente tinham desaparecido. Recostamo-nos num carvalho, que oferecia uma sombra perfeita. Segurei o baseado por muito tempo. Passa adiante, chefinho, disse Cappy. Eu me perdi nos meus pensamentos. O mato estava áspero e murcho. Bebemos a cerveja. Um pequeno grupo de homens barrigudos, de chapéus brancos e camisas amarelas, algum tipo de equipe, apareceu e nós rimos de todos os movimentos que faziam. Mas eram bons jogadores e não perderam nenhuma bola. Houve uma pausa depois que passaram. Fumamos o baseado e comemos os pedacinhos de fumo com a comida. Cappy virou-se para mim. Seu cabelo estava muito comprido agora, ele o jogava para trás com um movimento certeiro da cabeça. Angus e Zack tentavam tirar o cabelo dos olhos, mas não conseguiam imitar Cappy tão bem. Era um gesto que deixava as garotas doidas.

Como é que você foi assistir à missa e fazer catecismo com aquele babaca?

As notícias voam rápido, falei.

É, disse Cappy, com certeza. Ele não ia desistir. Por quê?, perguntou novamente.

O que você acha, falei, um cara cuja mãe sofreu o que sofreu e a essência do mal aparece diante dele?

A essência do mal, ah sim, o cara de piche que matou Yar. Lark, portanto.

Sem motivo algum. A essência do mal aparece na porra do mercado e seu pai tem uma porra de um ataque cardíaco tentando matar o cara. Você não acha que um moleque que testemunha isso tudo não precisa de auxílio espiritual?

Cappy olhou para mim. Nada a ver.

Certo. Eu me perdi pelo verde da grama aparada por um tempo.

Nada a ver, disse ele outra vez. Tem alguma outra coisa.

Certo, eu disse. Preciso praticar tiro. Tipo, achei que ele me ajudaria a atirar nos esquilos. Mas ele só me deu um livro.

Cappy riu. Seu idiota!

Pois é. Imitei o padre Travis falando: *Não iremos fazer isso, Joe. O bem sempre brotará do mal. Você vai ver.*

Você verá? Ele disse isso?

Foi.

Que babaca. Se isso fosse verdade, todas as coisas boas começariam nas coisas ruins. Se você quiser atirar, disse Cappy, poderia ter ido falar com o seu tio.

Briguei com o Whitey.

Melhor eu. Você pode me procurar. A qualquer hora. Qualquer hora, meu irmão. Eu caço desde os dois anos. Peguei meu primeiro cervo com nove anos.

Sei disso. Mas não seria apenas para acertar esquilos. Você sabe disso.

Talvez. Talvez eu saiba.

Você sabe o que é. Do que estou falando.

Eu sei. Acho que sei. Cappy concordou com a cabeça, olhando para um novo grupo de jogadores de golfe, indígenas dessa vez, que não acertavam.

Então, se você sabe, também sabe que não vou implicar mais ninguém.

Implicar. Palavrão de advogado.

Quer que eu defina?

Vá se foder! Sou seu melhor amigo. Sou seu imediato.

Também sou seu imediato. Vou fazer sozinho, ou não vou fazer.

Cappy riu. Enfiou a mão no bolso de trás da calça rapidamente e de lá tirou um maço esmagado de cigarros de seu irmão. Merda, me esqueci disso.

Estavam amassados, mas não partidos. Dessa vez, notei que os fósforos eram do posto do Whitey.

Agora ele tem fósforos, falei.

Meu irmão que pegou. Eu nunca fui lá. Mas Randall disse que ele está tocando em frente, vai alugar vídeos. Enfim, de volta ao assunto.

Que assunto?

Eu não preciso saber. A gente vai pegar a espingarda de matar veado do meu pai e praticar, porque, Joe, você não acerta um caminhão de lado.

Talvez não.

E aí, o que você vai fazer quando o lado do caminhão ficar puto e partir pra cima de você? Puta falta de sorte. Não posso deixar que isso te aconteça.

A não ser pela espingarda dele. Não posso usar a arma dele.

Só para praticar. Depois, roubam a arma do Doe quando ele estiver fora. Quando a casa ficar vazia. A gente esconde a arma, a munição. E a gente não está aqui para achar graça de velho maluco, não é?

Não.

Estamos de olho.

Para o caso de ele aparecer. Eu sei que ele joga golfe. Pelo menos, jogava. Linda me contou.

Todo mundo sabe que Lark joga golfe, o que é bom. Qualquer um pode errar um veado e acertar um jogador de golfe.

* * *

Pedalamos de volta para a casa de Cappy e fomos até o lugar onde Cappy começara a praticar, aos cinco anos de idade.

Meu pai me ensinou com uma .22, disse Cappy, só esquilos do campo ou das árvores, nem dá para falar em coice. Então, na primeira vez em que fomos caçar veados, ele me deu seu rifle 30.06. Falei para ele que estava com medo do coice e ele me disse que não era pior do que a .22, "te juro, filho, é só ir com calma", ele me disse. E aí derrubei meu primeiro veado com um tiro. Sabe por quê?

Porque você é um imperador?

Não, meu filho, porque não senti o coice. Não fiquei preocupado com o coice. Atirei com suavidade. Às vezes você aprende numa 30.06 e se contrai quando puxa o gatilho, porque não consegue prever o coice. Eu queria poder te ensinar numa .22, como meu pai fez, mas você já está estragado.

De fato, me sentia estragado. Sabia que ia puxar o gatilho com força, sabia que ia me contrair, sabia que ia me atrapalhar com o ferrolho, que ia ficar com ele preso, como provavelmente ficaria vesgo ao mirar um alvo.

Colocamos algumas latas sobre uma cerca e atiramos nelas, e depois colocamos mais latas e atiramos de novo. Cappy atirou primeiro, impecável, mostrando para mim exatamente o que fazer, mas não consegui acertar nenhuma das que sobraram. Talvez eu fosse o único garoto de toda a reserva que não sabia atirar. Meu pai não se preocupou com isso, mas Whitey tentou me ensinar. Eu simplesmente não era bom naquilo. Não conseguia mirar direito.

Sorte a sua não ser um índio dos velhos tempos. Ia passar fome, disse Cappy.

Talvez eu precise de óculos. Estava desanimado.

Talvez seja melhor você fechar um olho.

Estou fazendo isso.

O outro olho.

Os dois?

Isso, talvez melhore.

Acertei três de dez. Atirei até quase acabarmos com a munição, que era cara, um problema, como Cappy assinalou. Não podíamos deixar ninguém saber que eu estava praticando. Ele não podia pedir munição para Doe sem explicar o motivo. Também decidimos que eu só ia praticar quando não houvesse ninguém em casa. Na verdade, Cappy disse que teríamos que procurar um lugar mais afastado para eu praticar — podíamos nos afastar uns dois pastos de lá que ficaríamos fora de vista, mas as pessoas nos escutariam.

Temos ainda que conseguir o dinheiro, porém ir de carona até Hoopdance ou conseguir que alguém nos leve. Eu vou à loja de material e compro a munição.

Não, falei, eu tenho que ir sozinho.

E discutimos a favor e contra até eu ter que ir embora. Eu tinha um horário rígido — minha mãe me disse que mandaria a polícia atrás de mim se eu não aparecesse em casa até as seis da tarde.

A polícia?

Foi só uma força de expressão, ela disse. Talvez o tio Edward. Você não ia querer que ele fosse te procurar, não é mesmo?

Não, eu não queria o tio Edward me procurando naquele seu carrão, dirigindo devagar, abrindo o vidro e perguntando a todo mundo que por acaso estivesse na rua. Então fui para casa. Eu tinha o dinheiro que Sonja me deixara. Cem dólares escondidos no meu armário, naquela pasta escrita DEVER DE CASA. Pensar em Sonja era como cutucar uma ferida. Enquanto pedalava para casa, elaborei um plano para que minha mãe me levasse a

Hoopdance. Ela ainda achava que eu estava tendo aulas de catecismo. Eu podia precisar de velas, quem sabe. Ou de sapatos, para servir de coroinha.

Os sapatos eram um bom detalhe. Depois do trabalho, no dia seguinte, ela me levou até a sapataria e comprou os sapatos sociais, o que lamentei, pelo desperdício de dinheiro. Mas entrei na loja de equipamentos e material esportivo com uma desculpa qualquer, e ela ficou do lado de fora enquanto eu comprava quarenta dólares de munição para o rifle de Doe. O vendedor não me conhecia e examinou a nota grande cuidadosamente. Fiquei olhando as tintas, as bolas e cestas de basquete, a seção de golfe, as gavetas de pregos e os rolos de arame, os vidros para conservas, as pás, ancinhos, serras, e vi os galões de gasolina à venda. Exatamente iguais ao que eu tinha encontrado no lago.

Acho que está certo, disse o vendedor, me entregando o troco.

Quando saí, disse para minha mãe que tinha comprado uma surpresa para papai, que deveria estar fazendo repouso. Além da munição, comprei iscas artificiais para percas, o peixe que mais gostávamos de pescar. Eu dizia uma mentira atrás da outra e tudo me soava muito naturalmente, assim como a franqueza antes. Ao voltar para casa me dei conta de que meus engodos não tinham nenhuma consequência, já que eu me dedicava a um objetivo que, na minha cabeça, não era de vingança, mas de justiça.

Pecados Clamando aos Céus por Justiça.

Talvez eu tenha murmurado isso em voz alta. Estava numa espécie de transe, olhando para a estrada, pensando em quanta prática eu precisaria.

O que foi que você disse?

Minha mãe mantivera a vantagem. Assumira um comportamento protetor em relação ao meu pai, o que a fizera adotar uma autoridade firme, porém, mais que isso, havia aquilo que ela me dissera em Fargo, quando pousou o hambúrguer no prato. *Serei eu que vai impedi-lo.* Não, não será, pensei. Mas ela estava cortante como uma lâmina, como se, durante o tempo em que ficara vegetando no quarto fechado, na verdade estivesse afiando a si mesma. E lá em Fargo tínhamos conversado sobre papai, sobre as coisas que os médicos disseram. Havíamos ponderado os fatos e as perguntas. Ela me tratara como alguém mais velho, e isso também continuava. Ela via demais, não tinha mais aquela paciência delicada comigo. Deixara de ser condescendente comigo. Não achava mais graça nas coisas que eu fazia. Era como se tivesse esperado que eu crescesse naquelas semanas e agora não precisasse mais dela. Se o que ela esperava era que eu agisse por conta própria, confiando em meus instintos, era exatamente o que eu estava fazendo. Mas eu ainda precisava dela. Precisei que me levasse de carro a Hoopdance. Não, eu precisava dela de um jeito que agora se perdera para mim. Na volta de Hoopdance naquele dia, depois de ter murmurado aquela frase sobre Pecados Clamando aos Céus, perguntei-lhe abertamente o que meu pai não perguntava. Era algo infantil, mas também maduro.

Mãe, falei, por que você não podia ter mentido? Por que não disse que a fronha tinha escorregado? Que você tropeçou em alguma coisa, levantou o pano e viu o terreno? Que sabia onde aconteceu? Não importa *onde*, se você só dissesse o lugar.

Ela ficou em silêncio por tanto tempo que achei que não responderia. Eu não percebi nenhuma raiva nela, nem surpresa ou constrangimento, apenas um momento de concentração.

Eu gostaria de saber, disse afinal, por que não consegui mentir. Na semana passada, no hospital, fiquei sentada ali, olhando para o seu pai e de repente desejei ter mentido desde o princípio. *Eu queria ter mentido, Joe!* Mas não sei onde aconteceu. E seu pai sabia que eu não sabia. E você também sabia. Eu disse para vocês dois. Como podia mudar minha história depois? Cometer perjúrio? E, lembre-se, eu também sabia que eu não sabia. O que aconteceria com meu sentimento sobre quem eu sou? Mas, se eu tivesse compreendido todas as consequências do fato de eu não saber exatamente o lugar onde aconteceu, de ele ser libertado, a arrogância que mostrou, eu teria mentido.

Fico feliz por você dizer isso.

Ela olhou fixamente para a frente.

Estava claro que não falaria mais. Olhei para a estrada vindo em nossa direção e pensei: Se você tivesse mentido, se tivesse alterado sua história, e daí? Você é minha mãe. Eu continuaria amando você. O papai continuaria amando você. Você mentiu para salvar Mayla e o bebê. Fez isso facilmente. Se eles pudessem processar Linden Lark, eu não seria obrigado a mentir sobre a munição ou treinar para fazer uma coisa que alguém tem que fazer. E rapidamente, antes que minha mãe encontrasse sua própria versão de *impedi-lo*. Não havia mais ninguém que pudesse fazer aquilo. Percebi isso. Eu só tinha treze anos e, se fosse pego, apenas seria submetido às leis para menores, sem falar que havia claras circunstâncias atenuantes. Meu advogado poderia destacar minhas boas notas e usar a reputação de bom garoto que, aparentemente, eu adquirira. Ainda assim, não é que eu quisesse fazer aquilo, ou mesmo achasse que poderia fazer. Eu atirava mal e sabia disso. Não conseguiria melhorar muito. Além da realidade da coisa. E assim não deixei toda aquela história entrar na minha cabeça de uma vez. Deixava apenas uma peça se encaixar, e depois mais uma. Ficamos de novo em silêncio. Pouco depois, reconheci a próxima peça. Eu teria que ir procurar Linda Wishkob. Teria que descobrir se o irmão dela ainda jogava golfe, com certeza, e se ele seguia algum tipo de programação. Teria que arranjar umas bananas mais maduras, ou comprar bananas verdes e deixar, estrategicamente, que ficassem passadas.

Depois de três dias praticando tiro, apareci na agência de correios com um saco de bananas que vigiei atentamente no meu quarto. Estavam moles e manchadas, mas não tinham ficado pretas.

    Linda olhou pela janela, por cima da balança, os olhos redondos brilhando. E aquele insuportável sorriso de cachorro. Comprei seis selos para Cappy e lhe entreguei o saco de bananas. Ela pegou o saco com suas patinhas gorduchas e, quando abriu, todo o rosto se iluminou, como se eu tivesse lhe dado algo precioso.

    São de sua mãe?

    Não, falei, são minhas.

    Ela corou, tomada de prazer e surpresa.

    Estão perfeitas, disse. Vou cozinhar quando chegar em casa e levo amanhã, depois do trabalho.

    Fui embora. Eu tinha aprendido, com o erro cometido com o padre Travis, que a educação inusitada de um garoto da minha idade era algo que despertava suspeitas imediatas. Eu teria que manter meu roteiro até chegar o momento certo. Precisaria de mais uma conversa, várias conversas talvez, antes de ousar uma ou duas perguntas sobre o irmão de Linda. Assim, tratei de estar por perto no dia seguinte, às cinco horas, quando Linda estacionou o carro na entrada da garagem. Olhei pela janela e falei com papai: É a Linda. Aposto uma grana que ela trouxe pão de banana.

Já ganhou, disse ele, sem levantar os olhos.

Ele estava bebendo água. Lendo o *Fargo Forum* de ontem. Mamãe desceu as escadas. Vestia calça preta e camiseta rosa. O cabelo estava fofo e pintado com um preto brilhante. Usava brincos de contas pretas e rosa e estava descalça. Vi que tinha pintado as unhas dos pés de rosa. Havia uma leve maquiagem colorida — suas feições estavam mais acentuadas. E aquela loção com suave perfume de limão quando passou. Aproximei-me dela. Fiquei atrás dela quando abriu a porta e aceitei o usual tijolo de papel laminado. Ela estava vestida para o papai. Eu não era tão idiota para não perceber aquilo. Estava bonita para se manter animada. Linda entrou, sentou-se na sala de estar e meu pai largou o jornal.

Joe, aqui está outro pão para você. Ela tirou outro tijolo da bolsa. Ela não me agradeceu pelas bananas na frente dos meus pais, o que me surpreendeu. A maioria dos adultos acha que tudo o que uma pessoa mais jovem faz deve ser de conhecimento comum. Vangloriam-se do menor gesto de um garoto. Eu estava preparado para encenar um ato com as bananas que dei de presente para Linda, mas ela não me expôs a essa situação. No entanto, começou com o assunto do tempo com meu pai. Exatamente como tinham feito antes, vieram com seu trivial assunto favorito de conversas infindáveis. Claro que minha mãe se fechou e foi para a cozinha, fazer chá e fatiar o pão de banana. Resolvi experimentar uma encenação totalmente diferente, e me sentei afastado deles, no sofá. Cedo ou tarde, eles percorreriam toda a atmosfera e diriam algo importante. Ou papai sairia e eu poderia falar de golfe. Estavam na chuva: quantos milímetros em cada condado, e se teríamos granizo. Falaram do granizo que já tinham visto, e os vários tipos de danos que causava, quando bocejei, me deitei e fechei os olhos. Fingi ter adormecido de maneira profunda e impermeável, me mexendo um pouco e respirando com uma regularidade tão densa que tinha certeza de que eles se convenceriam. Deixei meu corpo ficar bem relaxado e pesado. Eles falavam de granizo grande como bolas de golfe, redondos como ervilhas, granizo que penetrava pelas telhas como tiros de chumbinho. O sofá era grande, as almofadas, envolventes. Acordei uma hora mais tarde. Minha mãe me chamava baixinho pelo nome, sentada na beira do sofá, batendo na minha perna. Como às vezes acontecia quando eu saía de um sono inesperado, não sabia exatamente onde estava. Fiquei de olhos fechados. A voz da minha mãe e a sensação de infância de sua mão acariciando meu tornozelo, que era como ela sempre me acordava, me encheram de paz. Deixei minha consciência afundar para um esconderijo de infância ainda mais antigo, onde nada poderia me tocar.

Quando finalmente acordei, estava tudo escuro, a casa em silêncio. Pearl dormia, um sono ofegante, enroscada sobre o tapete oval trançado da sala. Uma manta de tricô me cobria. Chutei-a para longe e senti frio. Tinha perdido o jantar e estava com fome, me enrolei na manta e fui descalço para a cozinha. Pearl se levantou e me seguiu. Um prato de comida coberto por papel laminado brilhou na mesa. A lua estava cheia novamente e a cozinha, tomada por uma energia pálida. Agora que já vivi um pouco mais, entendo o que me aconteceu na cozinha naquela noite, e por que aconteceu então. Durante meu sono, baixei a guarda. Os pensamentos que protegiam meus pensamentos se desfizeram. Fui deixado com meus verdadeiros pensamentos. Meu conhecimento do que eu planejara. Com esses pensamentos, veio o medo. Eu jamais sentira medo de verdade antes, não por mim. Pela minha mãe e pelo meu pai, sim, mas o medo fora compartilhado e imediato, não em segredo. E meus terrores de perda mais intensos não se materializaram. Apesar dos danos, meus pais estavam dormindo no andar de cima, no mesmo quarto, na mesma cama. Mas compreendi que aquela paz era temporária. Lark apareceria novamente. A menos que encontrassem Mayla morta, ou que ela aparecesse viva e o acusasse de sequestro, ele estava livre para caminhar sobre a terra.

Eu faria o que precisava fazer. Essa ação estava diante de mim. Sob a estranha luminosidade, fui tomado por um sentimento de terror tão intenso que meus olhos se encheram de lágrimas e um único e intenso suspiro, um soluço talvez, uma contração de dor, explodiu do fundo de meu peito. Fechei os punhos na colcha e apertei-os contra meu coração. Não queria que o som escapasse. Não queria dar voz a esse sentimento obscuro. Mas eu estava nu e minúsculo ante seu poder. Não tinha escolha. Abafei meus ruídos para que só eu pudesse ouvi-los saindo de mim, brutos e alheios. Deitei-me no chão, deixei que o medo me cobrisse e tentei continuar respirando enquanto ele me sacudia, como faz um cachorro com uma ratazana.

Entreguei-me a seu feitiço pelo que pareceu meia hora, e depois ele se foi. Eu não sabia se ele me deixaria ou não. Eu contraíra meu corpo com tanta força que senti dor ao soltá-lo. Estava dolorido quando me levantei do chão, como um velho com dor nas juntas. Arrastei-me lentamente escada acima até a cama. Pearl ficou ao meu lado o tempo todo. Aninhou-se junto de mim. Deixei que ficasse comigo agora. Ao cair num sono mais obscuro, compreendi que tinha aprendido algo. Agora que conhecia o medo, também sabia que não era permanente. Por mais poderoso que fosse, suas garras sobre mim se soltariam. E ele iria passar.

* * *

Eu não poderia usar as bananas uma segunda vez, então decidi esbarrar em Linda ao meio-dia. Eu sabia que quase todos os dias ela levava o próprio almoço, mas uma vez por semana se concedia algo diferente, o que as mulheres sempre gostavam no Mighty — a sopa e o bufê de salada. Eu conferia a janela todos os dias, ou entrava para tomar um refrigerante de uva. No terceiro dia, vi Linda se aproximar do café com seu alegre caminhar de caminhão Tonka. Acenou para Bugger, que estava sentado na estreita faixa de grama manchada entre as duas construções. Parou e deu-lhe um cigarro. Foi uma surpresa para mim ver que ela fumava, mas descobri depois que ela carregava o maço só para dar um cigarro quando alguém pedia. Parei minha bicicleta onde eu poderia vê-la e entrei atrás de Linda. Claro que ela conhecia todo mundo e falava com todos. Não me viu até se sentar. Fingi vê-la inesperadamente. Seus olhos se arregalaram com a excitação.

Joe!

Eu me aproximei e fiquei olhando ao redor, como se procurasse meus amigos, até ela perguntar se eu estava com fome.

Um pouco.

Então sente.

Ela pediu uma porção de camarão. Então, sem me perguntar, pediu uma segunda porção. A coisa mais cara do cardápio. E um café para ela mesma, e um copo de leite para mim, que estava crescendo diante dos olhos dela. Dei de ombros. Tentei parecer constrangido ao sentar ali.

Não se preocupe, disse Linda. Quando seus amiguinhos aparecerem, você pode ir com eles. Eu não me importo.

Legal, respondi. Eu não queria... mas obrigado assim mesmo. O que eu tenho só dava para um refrigerante. Você sempre pede o camarão?

Nunca! Linda piscou os olhos para mim. É como um agrado. Hoje é um dia especial, Joe. É meu aniversário.

Eu lhe desejei feliz aniversário. Então me ocorreu que também era o aniversário de seu irmão gêmeo. Será que eu poderia mencioná-lo? Então me lembrei de algo sobre a história de seu nascimento.

Mas não era inverno quando vocês dois nasceram?

Ah, sim, você tem boa memória. Mas eu nasci apenas fisicamente naquele dia, sabe? Do jeito como foi minha vida, nasci diversas outras vezes. Escolhi a data de um desses momentos importantes para ser o meu aniversário.

Concordei. Snow Goodchild nos trouxe as bebidas. Dava para ouvir o chiado dos camarões e das batatas fritas. De repente, eu estava com muita fome. Fiquei feliz por Linda me pagar o almoço. Esqueci que a odiava e lembrei que gostava de conversar com ela, que ela sempre amara meus pais e que estava tentando ajudar, mesmo agora. O aperto na garganta desapareceu. O momento certo para as perguntas chegaria. Tomei um copo de leite gelado e depois bebi água nos copos plásticos ondulados.

Que dia você escolheu? O dia em que Betty te levou do hospital para casa?

Não, respondeu Linda, escolhi o dia em que a assistente social me trouxe para casa pela segunda vez. Ficou marcado no calendário da Betty. Ela só anotava as coisas mais especiais no calendário dela. Então eu sabia que ela me amava, Joe.

Que bom, falei. Então fiquei sem saber o que dizer. Estávamos numa conversa adulta e era só até ali que eu conseguia ir. Estava empacado. Esperava que Linda me perguntasse sobre como estavam as férias de verão, ou se eu estava com saudade da escola, as coisas que os adultos falavam comigo, quando não perguntavam sobre meu pai. Ninguém jamais perguntava sobre minha mãe, explicitamente. Em vez disso, faziam algum comentário — vi sua mãe indo para o trabalho, ou vi sua mãe no posto de gasolina. O conselho tribal havia advertido Lark que ele estava impedido de entrar na reserva, mas não havia como de fato impedir isso. Não iria funcionar melhor do que a persuasão. Quando as pessoas diziam ter visto minha mãe, isso significava que estavam de olho nela. Achei que Linda fosse fazer algum comentário do tipo. Mas ela me surpreendeu.

Sabe, Joe, tenho que te dizer uma coisa. Lamento ter salvado a vida do meu irmão. Eu gostaria que ele estivesse morto. Pronto, falei.

Fiz uma pausa e disse: Eu também.

Linda assentiu e olhou para as mãos. Os olhos saltaram novamente. Joe, ele diz que vai ficar rico. Diz que nunca mais vai ter que trabalhar. Está certo de que terá dinheiro no banco agora, diz que vai arrumar a casa e morar lá para sempre.

É mesmo? Fiquei tonto ao pensar em Sonja.

Isso tudo estava numa mensagem na minha secretária eletrônica. Ele disse que uma mulher lhe daria o dinheiro em troca de alguma coisa, e riu.

Não, ela não vai, eu disse. Meu cérebro clareou e vi a garrafa quebrada na mesa do lado de Sonja. Vi o olhar no rosto dela quando ela largou a bolsa de Red Sonja. Lark não iria ficar com ela.

São coisas de adultos, disse Linda. Provavelmente não fazem nenhum sentido para você. Mas também não faz sentido para mim.

Nossas porções de camarão chegaram e ela tentou colocar ketchup na lateral. Sacudiu o vidro com ambas as mãos, como uma criança. Peguei a garrafa dela e bati no fundo, com cuidado, com a base do punho, como meu pai fazia, soltando uma porção grudenta e precisa de ketchup.

Ah, eu nunca consigo fazer isso, disse Linda.

É o jeito certo. Coloquei um pouco de ketchup no meu prato. Linda concordou e experimentou a técnica.

A gente sempre aprende algo novo, disse ela, e começou a comer, empilhando os pequenos rabos cor-de-rosa, que pareciam de plástico, ao lado das cestinhas em que vieram as porções.

O que ela dissera sobre o irmão era tão cheio de complexidade adulta que me derrubou. Não era essa a maneira como eu pretendia trazer Linden Lark para a conversa. Eu não sabia se poderia conseguir mais alguma informação. Então disse a coisa mais segura para contornar sua franqueza.

Nossa, está quente.

Mas ela não iria conversar sobre o tempo comigo. Ela assentiu, fechou os olhos e disse humm, enquanto comia seu camarão de aniversário.

Devagar, Linda, disse para si mesma. Riu e limpou os lábios.

Tenho que fazer isso, pensei.

Certo, falei. Entendi a história do seu irmão. Claro. Agora ele acha que vai virar um ricaço escroto. Mas eu só estava pensando, será que você sabe quando ele joga golfe? Se é que ele joga golfe? Ainda?

Ela manteve o guardanapo nos lábios e piscou para mim por cima do papel branco.

Quer dizer, eu disse, preciso saber porque...

Enfiei um punhado de batatas fritas na boca, mastiguei e pensei furiosamente.

... porque, e se meu pai resolver ir jogar golfe? Eu acho que golfe seria uma coisa boa para ele. Mas não podemos correr o risco de encontrar Lark por lá também.

Ah, certo, disse Linda. Ela parecia em pânico. Eu nunca tinha pensado nisso, Joe. Eu não sei com que frequência, mas sim, Linden joga golfe e gosta de chegar lá bem cedo, assim que abrem o campo, às sete horas. Porque ele não dorme bem. Não que eu ainda conheça seus hábitos. Eu deveria conversar com seu...

Não!

Como assim?

Estávamos paralisados, olhando por cima da comida. Dessa vez, peguei dois camarões e comi um de cada vez, franzindo a testa, separei os rabos e os comi também.

Isso é uma coisa que eu mesmo quero fazer. Uma coisa de pai e filho. Uma surpresa. O tio Edward tem tacos de golfe. Tenho certeza de que vai nos emprestar. Nós dois vamos lá. Só eu e meu pai. É uma coisa que eu quero fazer. Certo?

Ah, com certeza. Isso é legal, Joe.

Comi tão rapidamente, aliviado, que terminei todo o prato e ainda peguei algumas batatas de Linda e o resto de sua salada, até compreender que já tinha tudo o que precisava — as informações e o acordo de manter o segredo. O que me deu uma sensação de alívio e o retorno do temor girando ao meu redor.

Bugger passou flutuando pela janela. Estava pedalando minha bicicleta.

Tenho que ir, disse para Linda. Obrigado, mas Bugger está roubando minha bicicleta.

Corri lá para fora e alcancei Bugger, que só estava na metade do estacionamento. Ele ziguezagueava devagar e não desceu da bicicleta, apenas olhou para mim com seus olhos zangados. Caminhei ao lado dele. Na verdade, não me incomodava de caminhar, pois não me sentia muito bem. Tinha comido muito e muito depressa, estava com o estômago nervoso, como meu pai às vezes dizia ficar. Além disso, afinal aqueles camarões congelados tinham viajado alguns milhares de quilômetros lá de onde vieram até pousar no meu prato. Precisei cobrir os rabos com um guardanapo, enquanto Linda esperava pela conta. Agora, a caminhada parecia melhor do que os solavancos da bicicleta. Eu também queria me afastar das pessoas, caso precisasse vomitar.

Enquanto caminhava ao lado de Bugger sob o sol quente, comecei a me sentir melhor e pouco mais de um quilômetro depois estava bem. Bugger não parecia seguir um destino que fizesse sentido para mim.

Posso pegar minha bicicleta agora?

Preciso ir a um lugar primeiro, disse ele.

Aonde?

Preciso ver se foi apenas um sonho.

O que é que foi apenas um sonho?

Se o que eu vi foi apenas um sonho. Preciso ver.

Fosse o que fosse, já foi, falei. Você deixou passar. Posso pegar minha bicicleta?

Bugger estava se afastando muito da cidade, seguindo o caminho contrário ao da casa de Cappy. Fiquei com medo de que ele pudesse desviar para a frente de um carro. Então, convenci-o a dar a volta, falando de vovó Ignatia e de sua generosidade com a comida.

Verdade. Um homem fica com fome pedalando desse jeito, disse Bugger.

Fomos para o condomínio dos idosos e ele largou a bicicleta na minha frente. Foi cambaleando para longe, como um homem preso por uma força magnética. Dei a volta e pedalei de volta para a casa de Cappy. Tínhamos planejado treinar os tiros, mas Randall estava lá, tinha saído mais cedo do trabalho, e estava consertando sua cauda de plumas na mesa da cozinha. As longas e elegantes penas de águia se abriam cuidadosamente para fora do círculo onde se encontravam, e ele trabalhava numa delas, que estava solta. Randall tinha um belo traje tradicional de *powwow*, a maior parte herdada do pai, apesar de suas tias terem bordado padrões de flores nas braçadeiras de veludo e nos aventais. Quando estava completamente vestido, era uma visão magnífica. Sua regalia, como o traje era chamado, tinha todo tipo de coisa, comuns e fora do comum. Duas penas gigantes da cauda da águia dourada encimavam o cocar, usado no alto da cabeça. Estabilizadas por pedaços de uma antena de carro, as penas balançavam presas a molas de canetas esferográficas. As ligas elásticas da velha cinta de uma das tias eram cobertas por pele de veado e com os guizos do tornozelo costurados nelas. Ele tinha um bastão de dança supostamente tirado de um guerreiro Dakota, mas que na verdade fora feito numa aula de artesanato do colégio interno. Fossem quais fossem as origens das partes do traje de Randall, todas estavam adaptadas a ele agora, cada pena fixada e reforçada com lascas de madeira e cola-tudo, as solas dos mocassins feitas e refeitas com couro cru. Randall ganhou alguns prêmios em dinheiro, mas ele dançava porque Doe tinha dançado, e também porque o traje em movimento era ótimo para chamar a atenção das meninas. Ele estava se preparando para o nosso *powwow* anual de verão naquele fim de semana. Doe, como de costume, tomaria conta do microfone, contando piadas e cuidando para que tudo corresse, como sempre dizia, pelo bom caminho.

Vamos lá, vamos pegar ancestrais para a tenda do suor do Randall, disse Cappy. Nós sempre jogávamos tabaco para aquelas velhas pedras. Por isso elas eram os ancestrais. Nem sempre buscávamos as pedras. Preferíamos cuidar do fogo, mas Randall prometera que, se Cappy conseguisse fazer pegar seu velho carro vermelho da reserva, poderia dirigi-lo.

Havia um deslizamento de cascalho na terra deles que se enchia com água na primavera, onde se encontravam os tipos certos de pedras se a gente procurasse direito. Randall sempre precisava de um número certo, ditado pelo tipo de suor que ele iria dar. Arrastamos um velho trenó de plástico para coletar as pedras. Levava algum tempo para encontrá-las. Precisava ser o tipo certo de pedra, que não rachasse muito facilmente, ou não explodisse quando estivesse em brasa, e fosse molhada dentro do poço da tenda do suor. Tinham que ser de determinado tamanho, que permitisse a Randall tirar da nossa pá com sua galhada de veado. Encontrar vinte e oito ancestrais era uma boa tarde de trabalho, e mais frequentemente, caso Randall estivesse com pressa, saíamos para áreas fora da reserva, onde havia depósitos de pedras, para carregar na picape do Doe. Mas dessa vez precisávamos ficar sozinhos.

Contei para Cappy o que Linda me dissera sobre o golfe matinal.

Cappy chutou a grama em torno e se abaixou para soltar uma rocha cinza e arredondada.

Então você precisa agir, disse Cappy, antes que Lark mude de hábito. Você tem que pegar o rifle do Doe enquanto estivermos no *powwow*.

Só a ideia de roubar Doe me causava um sentimento sombrio de estar afundando, e aqueles camarões começaram a se agitar nas minhas entranhas. Mas Cappy estava certo.

Você tem que entrar lá no sábado, entre oito e dez da noite, disse Cappy. Há uma possibilidade remota de Doe ou Randall precisarem voltar lá para pegar alguma coisa, depois de tirar as bandeiras. Mas com certeza Randall estará lá fora, batendo os cascos até essa hora. Ou se contorcendo. E com certeza meu pai não vai poder largar o microfone. E aí você vai, Joe. E estou falando em invadir mesmo. Deixe tudo uma bagunça. Você vai precisar de um pé de cabra para o armário onde as armas ficam. Eu pensei nisso. E roubar umas outras coisas, ou fingir. Tipo a TV.

Eu não tenho como carregar isso!

É só tirar da tomada e deixar jogada por lá. Pegue o aparelho de som do Randall — ah não, vai estar com ele —, pegue a caixa boa de ferramentas. Mas deixe tudo espalhado pela varanda, como se um carro tivesse passado na hora e te assustado.

Isso.

E então a arma. Atenção para pegar a espingarda certa no armário. Eu vou te mostrar.

Certo.

E leve uns dois sacos plásticos pretos para enrolá-la, porque ela tem que ficar escondida.

Não posso levar para casa, eu disse. Vou precisar esconder em algum outro lugar.

Como lá no mirante, no mato atrás do carvalho, disse Cappy.

Depois que empilhamos os ancestrais junto do buraco da fogueira, passamos o resto da tarde marcando a trilha que eu usaria e escolhendo um esconderijo que eu pudesse encontrar no escuro. A lua estaria em quarto crescente, mas é claro que poderia estar coberta por nuvens. Precisávamos ter certeza de que eu conseguiria fazer tudo usando uma lanterna. E também, depois disso, eu teria que voltar para o *powwow* — três quilômetros de distância — andando pelos campos e trilhas sem usar a bicicleta, para que ninguém me visse. Nos últimos dois anos, eu tinha acampado com a família de Cappy — um trailer para as tias, uma cabana para os homens. Uma fogueira. Randall pulando as cercas. Se esgueirando. Acordávamos na manhã seguinte com ele desmaiado, ainda com o perfume discreto de alguma garota. Meus pais concordavam que eu fosse novamente este ano. E, mesmo se dissessem não dessa vez, eu daria um jeito de ir. Era preciso.

* * *

Aqueles camarões, ou outra coisa que eu tinha comido, ficaram comigo durante toda a semana. Eu me sentia mal olhando para a comida e tonto ao olhar para a minha mãe ou para o meu pai, então não olhei para ninguém e quase não comi. Dormi a maior parte do tempo. Dormia como se estivesse nocauteado, e não conseguia sair da cama de manhã. Um dia, ao acordar, peguei o livro que o padre Travis tinha me dado. *Duna* é um livro grosso, com três figuras sombrias caminhando num deserto sob uma pedra enorme. Abri ao acaso e li algo sobre um garoto tomado por um terrível sentimento de determinação. Joguei o livro para o outro lado do quarto e o deixei lá. Muitos meses depois daquela manhã, eu leria aquele livro uma vez, e depois outra e mais outra. Foi o único livro que eu li durante um ano inteiro. Minha mãe disse que eu devia estar crescendo. Eu a ouvi dizer isso. Ou escutei sem que ela soubesse. Ouvir as conversas se tornara um hábito então. Meus disfarces haviam se tornado uma necessidade e não tinha outro jeito, eu era obrigado a fazer aquilo. Se Lark se mudasse ou fugisse, ou fosse envenenado como um cachorro, ou pego por qualquer motivo, eu estaria livre. Mas eu não confiava que meus pais fossem me contar qualquer uma dessas coisas, e assim eu precisava ficar atrás das portas, ou sob as janelas abertas e ouvir, sem nunca ouvir aquilo que eu desejava. E é claro que o fim de semana do *powwow* chegou.

    Mamãe e papai me deixaram acampar com os rapazes do Doe, como os chamavam, e eu fui de carona com eles na traseira da picape de Randall, sentado no meu saco de dormir. Cinco dólares no bolso para a comida. Randall nos levou tão rápido pela estrada de terra que nossos dentes batiam e quase fomos jogados para fora do bagageiro, mas chegamos a tempo de nos instalar no nosso lugar habitual. A família de Cappy sempre estacionava o trailer no lado sul, na extremidade do círculo do acampamento do *powwow*, logo acima dos campos de feno. Naquela época do ano, o feno costumava estar pronto para ser cortado de novo. Em pé, na beira do campo, observei a plantação ondular suavemente sob uma aragem, abrindo-se e repartindo-se como o cabelo de uma mulher. A família gostava de acampar na periferia, o que lhes permitia ficar longe do que Suzette e Josey chamavam de "o agito". As irmãs de Doe eram gorduchas e alegres. Elas faziam a dança tradicional das mulheres e, quando estavam se arrumando dentro do trailer apertado, ele sacudia com seus movimentos pesados e explosões de risadas. Seus maridos não dançavam, mas ajudavam com a organização e com a segurança.

A primeira coisa que fizemos ao chegar foi tirar as espreguiçadeiras do bagageiro da picape. Decidimos o lugar onde cavar o buraco da fogueira e colocamos as cadeiras ao redor. Era importante termos um lugarzinho onde os visitantes pudessem chegar e tomar chá, ou beber refresco de um dos galões térmicos que Suzette e Josey prepararam antes. Também tinham isopores — um cheio de sanduíches, picles, potes de feijão e de salada de batata, pão feito em casa, geleia, maçãs, tijolos de queijo subsidiado. O outro estava cheio de cachorros-quentes e coelho frito frio. Pouco depois, os filhos casados de Suzette e Josey chegaram e estacionaram suas velhas carretas rebaixadas em torno do acampamento. Quando as portas se abriram, os netos saíram pulando como bolas de basquete. Eles juntaram as outras crianças dos acampamentos vizinhos e saíram pelos terrenos do *powwow* num furacão de cabelos ao vento, pernas correndo e braços socando. De vez em quando, algum aviso era feito pelos alto-falantes, mas eram apenas testes. Doe não entrou de verdade até o meio-dia. Deu as boas-vindas inúmeras vezes e lembrou aos dançarinos que a Grande Entrada seria às treze horas.

Podem calçar os sapatos de dança! Sua voz de locutor era suave e quente como calda de caramelo. Ele adorava dizer "Oh, nossa!", "Caramba, estou lascado!" e "Eita!". Adorava piadas. Piadas fáceis e horríveis.

Ontem mesmo um cara branco me perguntou se eu era um índio de verdade. Não, respondi, Colombo falou bobagem. Os índios de verdade estão na Índia. Eu sou um verdadeiro Chippewa.

Chapa o quê? E como é que você não tem tranças?

Fiz chapinha, respondi. A palavra antiga para nós é Anishinaabe, vocês sabem. *Eyyyy*. Às vezes, não podemos contar alguma coisa para uma verdadeira Anishinaabe. Ela te olha daquele jeito e você bota o rabo entre as pernas e pede anistia, anish-tia. *Eyyyy*.

Doe anunciou crianças perdidas. *Papoose* à solta! Aqui está um menino em busca de sua família. Não se assuste quando vier pegá-lo, mamãe, ele não está coberto com pintura de guerra. É só ketchup e mostarda. Ele estava se preparando para enfrentar a Quinta Cavalaria ao lado da barraca de cachorro-quente.

Quando anunciou os tambores, ele cumprimentou um de cada vez, com palavras especiais para todos: Rabo de Urso, Vento Inimigo, Rio Verde. As arquibancadas começaram a se encher de gente e Suzette e Josey mandaram os maridos instalar as cadeiras de jardim na beira da arena, ao sul, para evitar a luz do pôr do sol, longa e ofuscante, que pareciam se estender para sempre pela noite. Cappy e eu montamos nossa tenda com a coberta quadrada, onde Randall poderia se vestir e se arrumar. Suzette e Josey adoravam um dançarino masculino para ter assunto, e ficavam perguntando quando Cappy e eu começaríamos. Cappy tinha dançado até os dez anos de idade.

Estou te fazendo uma roupa nova para a dança da pradaria. Josey sacudiu o dedo para ele.

Cappy apenas sorriu para ela. Ele jamais dizia não para alguém. Ele e Randall tinham cortado alguns brotos de bétula em suas terras e armamos uma sombra onde as tias poderiam receber a brisa. O dia foi esquentando e as pesadas ombreiras de miçangas, o couro curtido, os peitorais de osso e os xales de lã, os grandes cinturões enfeitados com conchas de prata e figuras ornamentais, e todas aquelas franjas de couro, tudo devia pesar uns trinta quilos, ou mais. Suzette e Josey eram gordas, mas incrivelmente fortes, de tal forma que se movimentavam com a maior dignidade sob o peso de toda aquela tradição, sem sofrer um colapso. Randall, por sua vez, quase não carregava peso, mas estava coberto com tantas penas que Cappy disse que ele parecia ter rolado no meio de um bando de águias. Usava ceroulas com aventais e tanga pendurados na frente e atrás.

Cuidado para não perder o tapa-sexo, disse Cappy. Você não vai querer que ninguém veja o que você não tem.

Cala a boca, minhoquinha, respondeu para Cappy. E você, espirro, nem comece, disse para mim.

Ele levantou um espelho e pintou duas faixas pretas na testa, até as sobrancelhas, depois por baixo dos olhos e ao longo das bochechas. Os olhos de Randall subitamente se transformaram nos olhos impenetráveis de um guerreiro. Ele nos encarou sob as penas oscilantes do cocar.

Manda brasa, disse Cappy.

É isso aí, disse Randall. Observe o efeito.

Ele saiu para o sol e se esticou ao lado do trailer do vendedor de algodão-doce. Randall disse que as ceroulas vermelhas eram tradicionais, mas Cappy e eu achávamos que elas detonavam seu visual.

Uma garota com um top de couro se afastou dos amigos. Bebendo refrigerante por um canudo, ela ficou com cara de beijo olhando Randall ensaiar seus movimentos. Ele colocou o pé sobre o engate do trailer e se curvou para tocar os dedos do pé, como se estivesse fazendo um alongamento. Fez isso duas vezes e, na terceira, soltou um *boogid*. Tentou disfarçar, como se nada tivesse acontecido. A garota soltou uma gargalhada tão forte que engasgou e cuspiu o refrigerante.

Aprenda com o mestre, disse Cappy. O que quer que Randall faça, faça o contrário.

A família de Angus tinha chegado e estava saindo e se espalhando em torno do carro, e nós fomos buscá-lo para irmos atrás de Zack. Quando nós quatro nos reunimos, precisamos de rabanada, fomos pegar algumas, e estávamos comendo na sombra das barraquinhas quando algumas garotas da escola vieram falar com a gente. Elas sempre falavam primeiro com Angus, depois com Zack, depois se voltavam para seu verdadeiro alvo, Cappy. O nome de todas as garotas do nosso ano era alguma variável de Shawn. Havia Shawna, Dawna, Shawnee, Dawnali, Shalana, e simplesmente Dawn e Shawn. Tinha também uma garota chamada Margaret, em homenagem à sua avó, que trabalhava nos correios. Acabei falando com Margaret. Dawn, Shawn e as outras tinham os cabelos enrolados para trás do rosto, duros de laquê, sombra nos olhos, batom, dois pares de brincos em cada orelha, jeans apertado, camisetas listradas justas e colares de prata brilhantes. Até hoje eu implico com Margaret por causa da roupa que ela vestia naquele *powwow* — isso porque me lembro de cada detalhe, até mesmo do medalhão de prata que não continha a foto de um namorado, mas de seu irmãozinho.

O que Cappy fazia para atrair as garotas era apenas ser Cappy. Ele não estava enfeitado como Randall, não usava uma única pena. Ele estava vestido como sempre, com uma camiseta e jeans desbotado. O cabelo caía naturalmente sobre um olho e ele não se importava em colocá-lo para trás da orelha, apenas fazia aquele movimento de cabeça. Ou então, apenas falava e envolvia a todos nós. O que percebi que ele fazia era pedir que as garotas falassem de si mesmas, quase como um professor faria. Como estavam as férias de verão, e a família. A conversa nos levou para uma caminhada tranquila em torno da arena, por trás das barraquinhas, as garotas chamando a atenção, nós atentos à atenção que elas chamavam. Demos algumas voltas. As garotas compraram algodão-doce. Elas soltavam tiras ou chumaços para nós. Bebemos refrigerantes e tentamos esmagar as latas com os punhos. As coisas começaram. Os veteranos trouxeram as bandeiras americana, da MIA-POW, da nossa nação tribal, nosso estandarte tradicional da Águia. Os primeiros dançarinos vieram atrás e, em seguida, os dançarinos da Grande Entrada se alinharam e entraram na arena agrupados em categorias, por toda a extensão, até as crianças menores. Ficamos na parte mais alta, para ver tudo: os tambores, a sincronia crescente dos sinos, dos chocalhos, dos bate-bates de chifres de veado, e a música agitada das dançarinas de guizos. A Grande Entrada sempre me tirava o fôlego e me fazia bater os pés com os dançarinos. Era grande, contagiante, rebelde, alegre. Mas naquela noite, tudo em que eu conseguia pensar era como pegar minhas coisas e dar o fora dali.

Saí voando como um corvo em disparada, fiz o caminho da floresta, atravessei alguns pastos e cortei caminho pelas estradas dos fundos. Quando cheguei à casa, ainda havia claridade. O cachorro que estava na rua latiu e me reconheceu. Ei, Fleck, falei, e ele lambeu minha mão. Esperamos por meia hora, atrás do barracão, até escurecer. Esperei mais um pouco, até ficar realmente escuro, calcei um par de luvas da minha mãe, bem apertadas, e fui até a porta dos fundos, levando o pé de cabra que Cappy tinha deixado para fora.

Quando arrombei a porta, a cadela lá de dentro latiu, mas abanou o rabo quando entrei e me seguiu até o armário das armas. O barulho de vidro estilhaçado a assustou, mas ela ganiu animada quando peguei a espingarda. Achou que iríamos sair para caçar. Em vez disso, guardei a munição na mochila, acabei com a TV, espalhei a caixa de ferramentas e me despedi dos cachorros. Atravessei a rua e encontrei o caminho que Cappy e eu tínhamos deixado marcado. Tive que usar minha lanterna, mas a desliguei quando um carro passou pela estrada de terra. Perto do mirante, já tínhamos deixado um buraco. Enrolei o rifle e a munição bem apertados nos sacos de lixo, enterrei tudo e cobri com folhas, gravetos e galhos. Pelo menos sob a luz da lua crescente, o lugar estava indistinguível. Bebi um pouco de água e comecei a caminhar de volta para a área do *powwow*. Voltei pelos mesmos caminhos, os mesmos lamaçais, pelas velhas estradas de terra marcadas com duas pistas, as trilhas pelo mato que alguns ainda usavam para pegar lenha para suas fogueiras. Cruzei um pasto de cavalos e pude ouvir os tambores de lá, ainda soando, era a hora das quarenta e nove canções e dos jogos do mocassim. As pessoas ficaram acordadas a noite toda, jogando em algumas barracas. Eu voltei para a nossa e abri a tela antimosquito. Cappy estava acordado. Randall tinha saído. Cappy me perguntou como tinha sido.

Tranquilo, respondi. Acho que foi tudo bem.

Ótimo, disse ele. Ficamos deitados de costas, acordados. Doe já teria ido para casa àquela hora e descoberto o arrombamento e o rifle roubado. Teria chamado a polícia do Departamento de Assuntos Indígenas e a tribal. Não havia a menor chance de ele saber que tinha sido eu. Mas eu não sabia como encará-lo, de qualquer jeito.

As manhãs eram sempre a melhor hora — acordar com o ar fresco balançando as paredes de lona das barracas. O cheiro de café, pão *bannock*, ovos e salsichas. Lá fora, o sol e a alfafa fresca cortada para os cavalos. Suzette e Josey faziam os planos para o dia e davam comida para os netos em pratos finos de papel, que sempre se dobravam e desintegravam sob o peso da comida.

Ey! Vem cá. Coloque outro prato debaixo desse.

As crianças andavam curvadas pela beira do gramado e comiam próximo ao chão. Cada pedaço era gostoso. As irmãs tinham um fogão a gás Coleman e um botijão de propano. Elas fritavam bacon e cozinhavam o *bannock* com a gordura. Seus ovos mexidos eram leves, fofos, nunca queimavam. O pão era torrado numa grelha. Tinha um pote aberto de geleia de *amelanchier*. Outro de ameixa silvestre. Elas sabiam como alimentar a garotada. Poucas horas depois do café da manhã quente, tinha o café da manhã frio — melancia, cereal, *bannock* frio, manteiga mole e carne. Elas tinham uma magnífica cafeteira esmaltada com pintas azuis e outra de aço inoxidável, só para o chá. As cadeiras de jardim do acampamento estavam sempre ocupadas com homens fofocando, e o trailer começava a se encher de crianças até que uma das irmãs acabava com a festa e as trancava do lado de fora. Depois do café frio, as irmãs empilhavam sanduíches e os guardavam nos isopores, sob a supervisão das filhas. Elas se fechavam no trailer para se preparar para a Grande Entrada do dia. Nada as incomodava. Nem apelos para usar seu banheiro, gritos de vingança de meninos em luta, ou o pânico fingido das filhas. O perfume do capim-limão queimado exalava suavemente pelas persianas baixadas das janelas. Suzette e Josey levavam seus trajes típicos muito a sério e tomavam todo o cuidado para que o mau-olhado das outras mulheres, os pensamentos rancorosos ou olhares atravessados fossem removidos do tecido e das miçangas pela fumaça. E seus próprios pensamentos também, talvez, pois os olhos de seus maridos sabidamente costumavam se desviar, embora elas não tivessem provas. O interior do trailer, decorado com armários embutidos, camas dobráveis, gaveteiros, aparadores, baús embutidos e um pequeno banheiro, era ajeitado e bem-arrumado. Quando saíam de lá, uma delas trancava a porta com um cadeado por fora e enfiava a chave na bolsinha de miçangas ou na bainha da faca pendurada no cinto. Elas se moviam em uníssono, os cabelos trançados com pele de marta, grisalhos apenas nas têmporas. Grandiosa e graciosamente, elas se juntavam ao fluxo de dançarinos. As franjas de camurça oscilavam com a precisão dos sonhos. Todos gostavam de observá-las, para ver se seriam empurradas para fora da roda intertribal, quando qualquer um e todos entravam na arena. Garotinhos com trajes incompletos da dança da pradaria copiavam os movimentos dos meninos maiores e se chocavam com Suzette e Josey. Menininhas com olhares fixos de concentração faziam os passos da dança dos guizos, seguindo suas glamorosas irmãs, e tropeçavam no caminho delas. Suzette e Josey não vacilavam. Conversavam entre si, davam gargalhadas, jamais perdiam uma batida ou alteravam a oscilação uniforme das franjas das mangas, xales e ombreiras.

    Duas peles para cada vestido, disse Cappy. E, provavelmente, mais uma inteira para as franjas. Se caíam uma por cima da outra, abraçavam-se emboladas e nunca se separavam.

Vamos lá, todo mundo que veio assistir, chamava Doe, isso é a festa intertribal! Coloquem os pés no chão com o que estiverem usando — botas, mocassins e até sandálias hippies. Que sandálias eram essas? Birkenstocks, alguém me respondeu. Achamos um par de Birkenstocks do lado de fora da tenda de Randall na noite passada. Ahhhh, sim. Eita!

Doe estava sempre mexendo com Randall e seus amigos sobre seus esforços contínuos para atrair as mulheres.

Merda, disse Randall, atrás de nós. Uns idiotas invadiram nossa casa ontem à noite e roubaram um dos rifles de veado do pai.

Levaram mais alguma coisa?, perguntou Cappy. Ele não se virou para falar com Randall, mas ficou sério, no meio da dança.

Que nada, disse Randall. Se esse rifle aparecer, vou cair em cima de alguém.

Como está Doe?

Está puto, Randall deu de ombros, mas não muito. Ele achou estranho, pois só levaram aquele rifle. Podem ter tentado levar a TV, deixaram cair a caixa de ferramentas. Amadores. Não conseguimos achar nenhuma pista. Drogados.

Isso aí, disse Cappy.

Isso aí, eu disse.

Ou os cachorros não estavam trabalhando ou conheciam a pessoa.

Ou alguém deu um pedaço de carne pra eles, disse Cappy.

Randall soltou um barulho de nojo. Não era o seu rifle favorito, de qualquer jeito. Se levassem seu favorito, ele ficaria louco.

Ainda bem, falei.

Eu me sentia tão baixo que queria me enfiar sob as arquibancadas e me agachar lá, com as guimbas de cigarros, copinhos de sorvetes derretidos, fraldas sujas e manchas marrons de cuspidas de fumo.

A partir de agora, vamos manter a casa mais trancada, disse Cappy.

Eu vou para casa hoje à noite, disse Randall. Vou dormir no sofá com a espingarda até consertarmos a porta.

Cuidado para não atirar nas suas bolas, disse Cappy.

Não se preocupe, seu cabeça oca. Se esses merdas aparecerem para finalizar o serviço, vão se arrepender.

Você é o cara, disse Cappy. Ele bateu no ombro do irmão e nós saímos da roda. Caminhamos em torno da arena várias vezes. Depois de um tempo, ele bateu no meu ombro também.

Você fez tudo certo.

Só que eu me odeio.

Meu irmão, você tem que superar isso, disse Cappy. Ele nunca vai saber, mas se souber, Doe vai entender.

Ok, eu disse depois de um tempo, mas quando eu fizer isso, todo o resto, vai ser sozinho.

Cappy suspirou.

Ouça, Cappy, eu falei, a voz rouca, quase sussurrando. Vou chamar isso pelo nome certo. Assassinato, uma questão de justiça, talvez. Mas assassinato assim mesmo. Tive que dizer isso mil vezes na minha cabeça antes de falar em voz alta. Mas é isso aí. E eu não podia levá-lo.

Cappy parou. Certo, você disse. Mas essa não é toda a questão. Se alguma vez você tivesse acertado cinco, não, três latas, pelo menos uma vez, eu diria que talvez. Mas Joe.

Eu vou chegar perto dele.

Ele vai te ver. Pior, você vai vê-lo. Você só tem uma chance, Joe. Eu só vou estar lá para manter sua mente firme, seu objetivo. Não serei implicado, Joe.

Certo, falei em voz alta. Sem chance, pensei. Eu tinha decidido que não iria contar para Cappy a manhã em que eu iria para o mirante. Eu apenas iria lá e faria.

* * *

A previsão do tempo para o começo daquela semana era de dias claros e quentes. Linda disse que o irmão jogava cedo, antes de qualquer outra pessoa sair. Assim, logo depois do nascer do sol, eu me levantei e desci sem fazer barulho. Disse a meus pais que estava treinando para o cross-country do outono — e fui correr. Corri pelas trilhas na mata, onde não seria visto. Eu estava ficando bom em atravessar os jardins e usar as cercas vivas para me esconder. Levei um pote de picles cheio de água numa mão e uma barra de chocolate no bolso da camisa. Confirmei que a pedra que Cappy me dera estava no bolso do jeans. Eu vestia uma camisa marrom quadriculada por cima de uma camiseta verde. Fora o melhor que conseguira em termos de camuflagem. Quando cheguei ao mirante, afastei os gravetos e folhas e pus tudo de lado. Depois, tirei a terra de cima dos sacos com a arma e também a coloquei de lado. Tirei o rifle dos sacos e o carreguei. Meus dedos tremiam. Tentei respirar fundo. Esfreguei minhas mãos e levei o rifle até o carvalho, sentei e o segurei. Coloquei o pote de água ao meu lado. Então, esperei. Eu veria qualquer jogador no quinto tee bem antes de chegar ao local onde planejava disparar. Então, enquanto Lark estivesse no começo do campo, atrás de uma fileira de pinheiros jovens, eu desceria a encosta com o rifle e me esconderia atrás de uns arbustos e de um pé de negundo. Dali, eu faria mira e esperaria que ele se aproximasse. A distância que eu ficaria dele dependeria de onde ele acertasse a bola e da direção em que ela rolasse, de onde ele parasse para dar a tacada e outras coisas. Havia muitas variáveis. Tantas que eu ainda considerava as possibilidades quando o sol ficou alto o bastante para eu saber que estava sentado lá havia horas. Uma vez que o fluxo regular de jogadores começou, eu me levantei e descarreguei o rifle. Coloquei-o dentro da capa, enrolei os sacos em volta, enterrei tudo de novo e espalhei as folhas e gravetos pelo chão. A caminho de casa, comi o chocolate e guardei o papel no bolso. Meu estômago parou de dar pulos. Encerrei o dia, sentia-me quase eufórico. Bebi o resto da água, levei o frasco vazio comigo e não pensei em mais nada. Olhei para cada árvore por que passei e me surpreendi com seus detalhes e vida. Parei e observei dois cavalos andando pela pastagem cheia de erva daninha. Nascidos com a beleza. Quando cheguei em casa, estava tão alegre que minha mãe perguntou o que dera em mim. Eu a fiz rir. Eu comi e comi. Depois, subi para o quarto e dormi por uma hora, acordei com a mesma descarga de pânico com que começava toda vez que acordava. Eu teria que fazer a mesma coisa amanhã de manhã. E fiz. Ao me recostar no carvalho, havia momentos em que esquecia onde eu estava. Eu me levantava para ir embora, achando que havia enlouquecido. Então me lembrava de minha mãe atordoada e sangrando no banco traseiro do carro. Minha mão em seu cabelo. Ou de como ela olhava por debaixo das cobertas, como se estivesse dentro de uma caverna escura. Pensei no meu pai, indefeso no chão de linóleo do mercado. Lembrei-me do galão de gasolina no lago, na prateleira da loja de ferragem. Pensei em outras coisas. Então, eu estava pronto. Mas ele não apareceu naquela terça-feira. Também não apareceu na quarta. Na quinta, a previsão era de chuva, então achei que poderia ficar em casa.

Fui assim mesmo. Ao chegar ao mirante, repeti todas as ações que então já tinham virado rotina. Sentei-me sob o carvalho com o rifle, com a trava acionada. A água ao meu lado. Havia uma cobertura baixa de nuvens e o ar tinha cheiro de chuva. Estava ali talvez havia uma hora, esperando que o tempo abrisse, quando Lark chegou ao tee, arrastando seus tacos num carrinho velho e manchado de lona. Ele desapareceu atrás dos pinheiros. Segurando o rifle da maneira como Cappy me ensinou, desci o morro. Repeti tantas vezes para mim mesmo exatamente o que devia fazer que, no começo, achei que ficaria bem. Encontrei o local marcado bem na beira dos arbustos, onde eu poderia me levantar, quase invisível. De lá, eu poderia ver e mirar Lark praticamente em qualquer lugar que ele estivesse no green. Soltei a trava. Engoli o ar e o soltei numa explosão. Segurei o rifle gentilmente, como havia treinado, e tentei controlar a respiração. Mas cada vez ficava com o fôlego preso. E lá estava Lark. Ele deu a tacada de uma pequena elevação perto dos pinheiros. A bola fez um arco e aterrissou na beira do círculo de grama aparada do green, com um salto que a levou mais um metro em direção ao buraco. Lark desceu rapidamente. O cheiro dos minerais começou a escoar para fora da terra. Trouxe o rifle até o ombro e o segui com o cano. Ele ficou de lado, olhando para a bola no chão, apertando os olhos, abrindo-os e franzindo de novo, completamente absorto. Usava calças bege, sapatos de golfe, capa cinza e camiseta marrom. Estava tão perto que dava para ler a logo de seu falecido mercado. Vinland. A bola de golfe rolou para uma posição a quinze centímetros do buraco. Ele a empurraria para dentro, pensei. Se abaixaria para tirá-la do buraco. Quando ficasse em pé, eu atiraria.

Lark veio para a frente e, antes que pudesse tocar a bola, atirei no logo sobre seu coração. Acertei-o em algum outro lugar, talvez na barriga, e ele caiu. Fez-se um silêncio intenso. Baixei o rifle. Lark rolou sobre os joelhos, cambaleou, conseguiu equilibrar-se e começou a gritar. O som era um grito alto, diferente de qualquer coisa que eu já tivesse escutado. Trouxe o rifle de volta para o ombro e recarreguei. Eu estava tremendo tanto que apoiei o cano num galho, prendi a respiração e disparei novamente. Não saberia dizer onde aquele tiro acertou. Trabalhei mais uma vez no ferrolho, recarreguei, mirei, mas meu dedo escorregou do gatilho — eu não conseguia atirar. Lark caiu para a frente. Um novo silêncio se fez. Meu rosto estava encharcado. Esfreguei os olhos com a manga. Lark voltou a fazer barulho.

Por favor, não, por favor, não. Achei ter ouvido essas palavras, mas talvez eu as tivesse dito. Lark estava tentando se levantar de novo. Agitou um pé no ar, rolou, ficou de joelhos e depois agachado. Seus olhos travaram em mim. Seu negror me jogou para trás. O rifle foi tirado dos meus braços. Cappy deu um passo à frente ao meu lado. Eu não ouvi o tiro. Todos os sons, todos os movimentos, tinham parado no ar abafado. Meu cérebro tinia. Cappy pegou os cartuchos ejetados ao redor dos meus pés e guardou-os nos bolsos da calça jeans.

Vamos embora, disse, tocando meu braço. Me fazendo virar. Vamos embora.

Eu o segui morro acima sob as primeiras gotas de chuva.

Capítulo Onze
A criança

No carvalho, nós nos viramos e olhamos para baixo. Lark estava deitado de costas, os tacos de golfe em perfeita ordem esperando por ele no carrinho. O taco putter estava jogado em seus calcanhares. Ele não tinha se mexido. Ao meu lado, Cappy caiu de joelhos. Curvou-se até encostar a testa no chão e colocou os braços sobre a cabeça, como uma criança num treinamento contra furacões. Depois de um tempo, levantou a cabeça e a sacudiu. Guardou o rifle de volta na bolsa e o pôs de lado enquanto tentávamos ajeitar o local onde ele estivera enterrado. Cappy usou um galho para acertar a grama onde eu tinha pisado.

Não tem ninguém na minha casa, disse Cappy. Temos que esconder isso. Ele estava com o rifle.

Esperamos um carro passar e sair de vista antes de atravessar a estrada. Agora a chuva começava a engrossar. Quando chegamos à casa de Cappy, fomos direto para a pia da cozinha. Lavamos nossas mãos, jogamos água em nossos rostos e bebemos um copo de água atrás do outro.

Eu deveria ter pensado num esconderijo para isso, falei. Não sei por que não pensei nisso.

Não sei por que eu também não pensei, disse Cappy.

Ele se afastou e começou a mexer na mesinha de café, coberta de trastes, até encontrar um chaveiro. Doe levara o carro para o trabalho e Randall saíra com a caminhonete, mas Randall também tinha o velho Oldmobile vermelho, que Cappy havia consertado. A porta do motorista era preta e o para-brisa estava rachado. Ele saiu, colocou o rifle no bagageiro e entrou no banco da frente.

A ignição está ruim, disse Cappy.

Ele engasgou na primeira tentativa. Soltou uma golfada de gasolina. Morreu.

— É preciso ter jeito com ele, disse Cappy. Enquanto exorcizo este carro, você vai pensando para onde a gente vai.

— Eu sei aonde a gente vai.

Ele tentou de novo. Quase pegou.

— Aonde a gente vai?

— Para a casa de Linda. Para a velha casa dos Wishkob.

Nós nos sentamos, olhamos para o barracão pelas metades do para-brisa.

— Isso tem uma estranha lógica, disse Cappy. De repente, ele se inclinou para a frente, virou a chave com força e bombeou o acelerador.

— Pegou, disse ele. O motor roncou.

A chuva estava começando a cair com mais força. Cappy abriu a janela e esticou o pescoço para olhar pelo lado de fora enquanto dirigia. O limpador de para-brisa funcionava no lado do passageiro, mas não no do motorista. Ele dirigiu devagar e com a calma de um velho. A terra dos Wishkob ficava do outro lado da reserva, nas colinas que pareciam dunas marrons, cobertas de grama, eram ótimas pastagens. Era um lugar belo e antigo, com jardins de lilases e uns poucos carvalhos retorcidos, arbustos maltratados que resistiam ao vento forte. No caminho, passamos talvez por uns dois carros e não tinha ninguém para nos ver entrar no terreno de Linda — o lugar estava isolado. Cappy pôs o carro em ponto morto mas deixou o motor ligado, pois não sabia se iria pegar de novo. Saímos e demos a volta na casa para decidir o lugar. O cachorro velho de Linda começou a soltar um latido asmático do interior da casa. Acabamos tirando um pedaço da treliça queimada pelo sol encaixada na parte de baixo da varanda da frente da casa de Linda. Arrastei-me ali embaixo e empurrei a arma o mais fundo que consegui. Usamos uma barra de ferro para fixar a treliça de volta no lugar e então vimos que, do outro lado, onde o cachorro gostava de dormir, não tinha mais treliça. Voltamos para o carro e demos a volta. Não falamos. Cappy parou o carro e me deixou na estrada para a minha casa. Na rua de cima que levava para fora da cidade, vimos um carro da polícia tribal indo para o leste, para o campo de golfe, as luzes piscando. A sirene desligada.

Ele está morto com certeza, disse Cappy.

Caso contrário, estariam a toda.

As sirenes disparadas.

Ficamos sentados no carro com o motor ligado. A chuva agora não passava de um chuvisco.

Você livrou minha cara, meu irmão.

Não totalmente. Você teria atirado naquele...

Cappy parou. Por aqui não falamos mal dos mortos e ele se segurou.

Ele teria morrido mesmo, eu disse. Você não o matou. A culpa não é sua.

Claro. Certo.

Estávamos falando sem emoção. Como se falássemos de outras pessoas. Ou se como o que tínhamos feito tivesse acabado de acontecer na tv. Mas eu estava engasgado. Cappy secou o rosto com a base da mão.

Não podemos mais falar sobre isso, disse ele.

Afirmativo.

Não é assim que seu pai diz que as pessoas são pegas? Se gabando para os amigos?

Enchem a cara, sei lá.

Eu gostaria de encher a cara, disse Cappy.

Com o quê?

O motor do carro engasgou e Cappy apertou o acelerador de leve.

Sei lá. Randall está no vagão.

Eu poderia conseguir alguma coisa com Whitey, disse eu.

É mesmo? Cappy olhou para mim.

Assenti para ele e desviei o olhar.

Depois que você levar o carro de volta...

Certo.

Me encontre no posto de gasolina. Eu vou falar com ele.

Desci do carro. Depois estiquei o braço e apoiei a palma da mão na janela. Cappy saiu dirigindo e eu caminhei lentamente até o posto de gasolina, passando pela velha escola do Departamento de Assuntos Indígenas e pelo centro comunitário, depois por uma placa de pare e pela casa de Clemence e Edward. Pela rodovia e pela vala coberta de mato e de volta. Quando cheguei lá, a água da chuva já tinha secado completamente, a não ser por algumas poças escuras espalhadas pelo chão de terra ou no cimento. Whitey estava na porta da garagem limpando as mãos com um pano engordurado. Olhou para mim por um momento e depois sumiu na escuridão. Saiu carregando duas garrafas abertas e geladas de Crush de uva. Fui até ele e peguei uma garrafa. Seu rádio estalava com sinais da polícia. Dei um gole no refrigerante, que quase devolvi.

Você deve estar com o estômago revirado, disse Whitey. Precisa de uma fatia de pão.

Ele me deu um pouco de pão branco da geladeira e, depois que comi uma fatia, me senti melhor. Nós nos sentamos nas cadeiras de jardim, na sombra da garagem, onde Sonja e LaRose se sentavam numa época que parecia muito distante.

Lembra quando eu era pequeno, eu pedia e você costumava me dar um gole de vez em quando?

Sua mãe detestava isso, com certeza, disse Whitey. Está com fome? Que tal um sanduíche de carne da reserva?

Ainda não, respondi. Dei um gole no refrigerante de uva.

Dessa vez desceu bem, disse Whitey. Ele estava me olhando atentamente. Abriu a boca duas vezes antes de falar.

Alguém acertou Lark, disse. No campo de golfe. Fizeram um estrago, como um garoto atirando num bloco de feno. Depois, um tiro direto na cabeça.

Tentei ficar completamente imóvel, mas não consegui. Dei um pulo e corri para os fundos. Cheguei lá bem a tempo. Whitey não me seguiu. Ele estava atendendo um cliente quando voltei. Meus joelhos fraquejaram, como se fossem água, e precisei da cadeira.

Estou trocando por ginger ale pra você, meu garoto. Ele entrou na loja e saiu com uma lata morna.

Não estava na geladeira e deve descer bem.

Acho que peguei a gripe de verão.

A gripe de verão, ele concordou. Está dando por aí. Seus amigos também pegaram?

Não sei. Não vi nenhum deles.

Whitey balançou a cabeça e sentou-se ao meu lado.

Estive ouvindo o rádio. Quem quer que tenha sido, não deixou rastros, disse ele. Não há nada em que se basear. Ninguém viu. Ninguém viu coisa alguma. E depois, choveu forte. Você logo vai ficar bom dessa gripe. Mesmo assim, talvez fosse bom você se deitar um pouco, Joe. Tem uma cama de armar no escritório. Sonja cochilava lá, e isso vai acontecer de novo. Ela está voltando para casa, Joe. Eu te falei?

Ela te ligou?, perguntei, odiando-o.

Com certeza, ela me ligou. Vai ser diferente agora, ela disse, as regras dela. Mas não me importo. Não me importo. Pense o que quiser — ele desviou o olhar cuidadosamente —, sou louco de pedra por aquela gata velha. Está entendendo? Ela está voltando para mim, Joe.

Fui lá para dentro e me deitei na cama por uma boa meia hora. Não parecia coisa da Sonja. Fiquei feliz porque não engoli aquilo. Quando me levantei e saí, Cappy ainda não tinha aparecido.

Acho que eu vou comer aquele sanduíche agora, tio.

Whitey foi até a geladeira e pegou a mortadela, o queijo e o pão. Tinha o resto de um pé de alface lá dentro e ele arrancou três folhas verde-claras e as colocou sobre a mortadela, antes de fechar o sanduíche.

Alface?, perguntei.

Estou numa onda saudável, logo eu.

Ele me deu o sanduíche e preparou outro para si. Mas deu esse outro para mim também.

Seu amigo está aqui.

Cappy entrou pela porta e eu lhe dei o sanduíche.

Nós três fomos para os fundos e sentamos nas cadeiras de jardim.

Tio, eu disse, acho que a gente topava beber alguma coisa.

Ele comeu todo o sanduíche. Não me admira, disse ele quando terminou. Mas se vocês contarem para Geraldine ou para Doe, é o meu que vai estar na reta. Além de qualquer suprimento futuro para vocês. E vocês têm que beber lá nos fundos do posto, debaixo daquelas árvores, onde eu possa ficar de olho nos dois.

Vamos aceitar suas condições, disse Cappy, em tom formal. Seu rosto estava inexpressivo.

Cuide da loja, disse Whitey. Não havia ninguém à vista. Ele voltou lá para dentro a fim de abrir o cofre onde guardava suas bebidas. Trouxe uma meia garrafa de Four Roses e apontou para as árvores. Cappy pegou a garrafa e enfiou-a debaixo da camisa. Um cliente estacionou. Whitey acenou e foi até o carro.

Será que ele sabe?

Acho que sim, respondi. Eu vomitei quando ele me contou sobre Lark.

Eu vomitei quando estava pedalando para cá, disse Cappy.

É só uma gripe de verão, eu disse.

Isso é uma opinião médica, Joe?

Nós nos olhamos e tentamos sorrir, mas em vez disso nossas bocas se abriram. Nossos rostos mostraram nossas verdadeiras expressões.

O que a gente é?, perguntou Cappy. O que a gente é agora?

Eu não sei, cara. Eu não sei.

Vamos nos esterilizar por dentro.

Agora mesmo.

Sob as árvores, havia quatro ou cinco blocos de cimento, uma lixeira com latas amassadas, um círculo de cinzas. Nós nos sentamos nos blocos e abrimos a garrafa. Cappy deu um gole cauteloso, e a entregou para mim em seguida. Dei uma golada forte e deixei escorrer pela garganta. A ardência se diluiu quando o negócio chegou dentro de mim, desafogando meu peito com um calor lento, relaxando minha barriga. Depois do segundo gole, eu me senti melhor. Tudo parecia âmbar. Respirei fundo pela primeira vez.

Ah, falei, inclinando a cabeça e devolvendo a garrafa para Cappy. Ah, ah, ah.

E aí?, perguntou Cappy.

Ah.

Ele deu um gole mais profundo. Peguei um galho, varri os pedaços de carvão e espalhei o cascalho, destruindo o círculo. Cappy observava os movimentos do galho e eu continuei brincando com ele até terminarmos a garrafa. Depois, nos deitamos no mato.

Irmão, falei, por que é que você foi até o mirante?

Eu sempre estive lá, disse Cappy. Todas as manhãs. Eu sempre fiquei na sua retaguarda.

Foi o que eu pensei. E então, nós dormimos.

Quando acordamos, Whitey nos fez enxaguar a boca, gargarejar com antisséptico bucal e comer outro sanduíche.

Me dê sua camisa, Joe, ele disse. Deixe ela aqui. Toque na garrafa de novo. Você também, Cappy.

Entreguei-lhe a camisa e fui andando para casa. Cappy vinha ao meu lado. Não nos sentíamos especialmente bêbados. Não sentíamos nada. Mas tecíamos um zigue-zague pela estrada, incapazes de andar em linha reta. Achamos que Angus e Zack poderiam estar à nossa procura.

Seria bom nós quatro ficarmos por aí o tempo todo agora, juntos, disse Cappy.

Vamos continuar treinando para o cross-country de manhã.

É isso aí.

Pearl saiu de debaixo da moita e me acompanhou até em casa. Antes de entrar, brinquei com ela e me obriguei a dar uma risada. Levei-a para dentro comigo, pois estava com medo de que meus pais pudessem estar sentados à mesa da cozinha, à minha espera, como de fato estavam. Quando abri a porta e os vi, me abaixei, esfreguei o pescoço de Pearl e falei com ela. Levantei-me para cumprimentá-los e deixei o sorriso sumir.

O que foi?, perguntei.

A bebida do Whitey já tinha assentado àquela hora, me separando de quem eu fora, quer dizer, de quando arranquei aquelas mudas das fundações, quando chorei do lado de fora da porta do quarto da minha mãe, quando observei o anjo, meu *doodem*, atravessar as paredes ensolaradas do meu quarto. Ajoelhei-me com o braço ao redor do pescoço de Pearl e ignorei o olhar interminável dos meus pais. Fiquei do outro lado da cozinha, esperando que não sentissem o meu cheiro, mas percebi o olhar de minha mãe para o meu pai.

Onde você estava?, ela perguntou.

Correndo.

O dia todo?

Fui na casa do Whitey, também.

Eles pareceram sentir um pequeno alívio.

Fazer o quê?

À toa. Whitey nos deu almoço. Para mim e para Cappy. Eles queriam tanto acreditar em mim que percebi que fariam qualquer esforço para crer. Tudo o que eu precisava fazer era me manter plausível. Não fraquejar. Não vomitar.

Sente-se, filho, disse meu pai. Mas, embora tenha me aproximado mais um passo, não peguei uma cadeira. Ele me contou que Lark estava morto. Deixei que meu rosto revelasse meus sentimentos.

Ainda bem, acabei por dizer.

Joe, disse meu pai, a mão no queixo, os olhos fixos em mim, um peso insuportável. Joe, você sabe de alguma coisa, por menor que seja, sobre isso?

Isso? Isso o quê?

Ele foi assassinado, Joe.

Mas eu já tinha usado a palavra antes. Tinha me endurecido. Usei-a com Cappy e depois em minha cabeça. Tinha me preparado para responder essa pergunta e responder do jeito que o velho Joe, de antes do verão, responderia. Falei infantilmente, num súbito acesso de fúria, que não era falso.

Morto? Eu queria que morresse, ok? Na minha cabeça. Se vocês estão me dizendo que ele foi assassinado, então estou feliz. Ele mereceu. Mamãe agora está livre. Você está livre. O cara que o matou deveria ganhar uma medalha.

Certo, disse meu pai. Já chega. Ele chegou a cadeira para trás. Os olhos de minha mãe não se desviavam do meu rosto. Ela estava firmemente disposta a acreditar em qualquer coisa que eu dissesse. Mas de repente ela sacudiu tudo para longe. Um arrepio percorreu todo seu corpo. O choque chegou até mim.

Ela vê o assassino em mim, pensei.

Tonto, estiquei a mão para Pearl, mas ela fora para junto da perna de meu pai. Sentei-me de volta.

Não vou mentir. Estou feliz por ele estar morto. Posso ir agora?

Passei por eles e continuei até a escada. Subi os degraus cuidadosamente. Enquanto subia, arrastado por meu cansaço como por uma corda, senti seus olhos sobre mim. Lembrei quando isso tinha acontecido antes, em algum outro momento, e eu estava olhando. Estava a meio caminho do meu quarto quando me lembrei de minha mãe subindo para aquele lugar de solidão do qual temíamos que ela jamais fosse descer.

Não, pensei, enquanto me enfiava na cama, tenho Cappy e os outros. Fiz o que eu tinha que fazer. Não há como voltar atrás. E, aconteça o que acontecer, eu aguento.

* * *

Eu estava derrubado. Agora estava doente de verdade, com a gripe de verão, exatamente como eu fingira. Whitey nos afiançou. Quando Vince Madwesin o pressionou primeiro, depois outro policial tribal, e finalmente o agente Bjerke, Whitey confessou que tínhamos encontrado seu esconderijo de bebidas e desmaiado atrás do posto. Ele mostrou o nosso esconderijo no mato, a garrafa, com nossas digitais, e minha camisa. Minha mãe identificou-a como a que ela havia lavado para eu usar naquele dia. Mas havia o rifle. O 30.06 de Doe. A febre me fazia alternar entre suores e arrepios, e meus lençóis estavam encharcados. Enquanto estive doente, vi a luz dourada atravessar minhas paredes. Não sentia nada, mas minha mente disparou. Estava sempre voltando ao dia em que eu arranquei as mudas de árvores das fundações de nossa casa. Como aquelas raízes duras tinham se agarrado. Talvez elas tivessem arrancado os blocos de cimento que mantinham nossa casa em pé. E era engraçado, estranho, como uma coisa podia crescer com tanta força, mesmo plantada no lugar errado. Ideias também, murmurei. Ideias. A última causa de papai, o Cohen, e depois aquela batata quente. Pensei no macarrão escuro. O macarrão tornou-se uma carcaça — o ser humano, o búfalo, o corpo sujeito às leis. Eu me perguntei como minha mãe tinha conseguido que seu espírito retornasse ao seu corpo, se tinha retornado mesmo, se o meu estava se afastando agora pelo que eu fizera. Será que eu tinha me tornado um *wiindigoo*? Infectado por Lark? E me ocorreu que mesmo arrancando as mudas naquele dia, apenas alguns meses antes, eu estava no paraíso. Ignorante. Eu não sabia de nada, mesmo enquanto o mal acontecia. Eu ainda não fora tocado. Ficar pensando finalmente me exauriu. Eu me virei, desviando da luz, e dormi.

Pai, eu disse uma vez, quando ele entrou no quarto. A Linda sabe? Ela está bem?

Ele me trouxe um copo do remédio do Whitey — ginger ale quente.

Não sei, respondeu. Ela não atende o telefone. Não está no trabalho.

Tenho que ir falar com ela, pensei. E então, voltei a dormir profundamente até tarde na manhã seguinte. Quando acordei daquele sono, tudo estava claro. Não tinha febre, nenhuma doença. Estava com fome. Levantei e tomei um banho. Vesti roupas limpas e desci. As árvores na beira do quintal balançavam e as folhas mostravam a prata fosca do lado de baixo. Servi um copo de água da torneira para mim e fui para a janela da cozinha. Minha mãe estava lá fora, de joelhos no chão do jardim com uma peneira, colhendo os feijões do arbusto que meu pai e eu tínhamos plantado depois. Ela se abaixava e engatinhava de quatro às vezes. Agachava-se nos calcanhares. Ela sacudiu a peneira de leve, para acomodar os feijões. Foi por isso que eu fiz, pensei. E imediatamente me senti satisfeito. Para que ela pudesse agitar sua peneira. Ela não tinha que olhar para trás, ou temer que ele fosse dar um bote em cima dela. Podia colher seus feijões o dia todo e ninguém a incomodaria.

Enchi uma tigela de cereais e depois de leite. Comi devagar. Era bom sentir o cereal descendo. Lavei a tigela e fui lá para fora.

Minha mãe se levantou e caminhou na minha direção. Colocou a mão aberta na minha testa.

Sua febre foi embora.

Já fiquei bom!

Você deve ir com calma, ficar em casa, ler ou...

Não vou fazer muita coisa, falei. Mas a escola começa daqui a duas semanas. Não quero perder nenhum dos meus últimos dias.

Acho que com certeza seria um desperdício se você ficasse em casa comigo. Ela não estava zangada, mas não sorria.

Não foi o que eu quis dizer, respondi. Eu volto cedo.

Seus olhos, um mais triste do que o outro, um pouco caídos, me percorreram suavemente. Ela empurrou meu cabelo para trás. Olhei por cima do ombro dela e vi um vidro de picles vazio no degrau da cozinha. Congelei. O vidro. Eu tinha deixado o vidro na montanha.

O que é aquilo?

Ela se virou. Vince Madwesin apareceu. Entregou o vidro e me mandou lavá-lo. Disse que gosta dos meus picles. Acho que é uma dica. Ela olhou de volta para mim, de perto, mas não alterei minha expressão.

Estou preocupada com você, Joe.

Aquele foi um momento que ainda paira em meus pensamentos. Ela de pé diante de mim, na tormenta do crescimento. O cheiro da terra morna estava em suas mãos, uma camada de suor no pescoço, os olhos inquiridores.

Whitey disse que vocês dois ficaram bêbados.

Foi uma experiência, respondi, e os resultados foram negativos. Desperdicei umas boas férias ficando doente, mãe. Acho que meus dias de bebida acabaram.

Ela deu uma risada aliviada e o riso ficou preso em sua garganta. Disse que me amava e murmurei que a amava também. Olhei para os meus pés.

Você está bem agora?, perguntei em voz baixa.

Ah, com certeza, meu menino. Estou realmente bem, de volta a mim mesma. Está tudo bem agora, tudo bem. Ela tentou me convencer.

Pelo menos ele está morto, mãe. Ele pagou, pelo que quer que tenha feito.

Eu queria acrescentar que ele não tinha morrido tranquilamente, que sabia pelo que estava sendo morto, que viu quem o estava matando. Mas então teria que dizer que fora eu.

Não consegui olhar para ela e peguei minha bicicleta. Pedalei para longe com seu olhar silencioso pesando nas minhas costas.

Primeiro, fui até o correio. Havia a possibilidade de encontrar meu pai caso eu chegasse na hora do almoço, por isso eu queria passar por lá antes do meio-dia, para ver se Linda estava trabalhando. Não estava. Margaret Nanapush, a avó de Margaret que estudava na minha sala, a garota do *powwow* com quem acabei me casando, me disse que Linda estava de licença médica. Pelo que a sra. Nanapush sabia, ela estava em casa. Então fui até lá.

Eu estava bem fraco e aquele caminho parecia interminável. Lá naquela extremidade da reserva, o vento corta com força. Pedalei contra ele por quase uma hora antes de chegar à rua de Linda e finalmente alcançar a entrada da casa. O carro de Linda estava estacionado sob um abrigo de madeira. É surpreendente dizer, mas ela dirigia um Mustang azul. Lembrei-me do que ela tinha dito sobre gostar de pegar a estrada. Encostei a bicicleta na varanda. Sou um *pé de vento*, disse em voz alta, e desejei que Cappy estivesse ali para rir da minha piada ruim. Arrastei-me até a porta e bati, sacudindo a tela solta na moldura de alumínio. Ela apareceu atrás dela.

Joe! Você se safou de mim!

Ela tocou na tela, franzindo a testa. A tela balançou.

Preciso consertar isso. Entre, Joe.

O cachorro começou a latir, tarde demais. Ele subiu o morro correndo, da base do quintal inclinado onde ficava a casa. Quando chegou à casa, estava ofegante — um cachorro velho, preto e atarracado, com a cara branca.

Buster, sorria, disse Linda. Ele pôs a língua para fora, sorrindo e bufando de maneira cômica. Lembrei-me de já ter ouvido que as pessoas se pareciam com seus cães. Era verdade. Linda o deixou entrar comigo.

Acho que a gente não devia estar rindo, considerando o que aconteceu, ela disse ao me levar para a cozinha. Sente-se, Joe. O que posso fazer para você? Ela listou tudo o que tinha. Todos os tipos possíveis de bebidas e sanduíches. Não a interrompi. Por fim, ela disse que gostaria de um sanduíche com ovo frito e maionese de raiz-forte, e se eu escolhesse a mesma coisa, ela faria para nós dois. Disse que aquilo parecia bom. Enquanto fritava os ovos, me falou que eu poderia olhar por ali, e comecei a andar pela sala e notar a arrumação esquisita da casa dela. Na minha casa, embora a mantivéssemos minimamente arrumada, sempre tinha pilhas de papel e outras coisas de interesse espalhadas por aqui e por ali. Ou livros que tinham sido tirados das prateleiras. Nem tudo era devolvido imediatamente. Poderia ter um paletó pendurado numa cadeira. Nossos sapatos não ficavam arrumados junto da porta. A casa de Linda era arrumadíssima, do jeito normal, mas também de um jeito que me desorientou até eu entender. Tudo tinha um duplo, embora não fosse idêntico. Sua estante de livros tinha dois livros de cada autor, mas não o mesmo livro, ainda que às vezes a versão de capa dura estivesse junto com a versão brochura. A maioria era de romances históricos. Ela tinha coleções escolhidas de objetos em exibição, todos aos pares. Estatuetas de vidro de personagens da Disney nas mesinhas ao lado do sofá, emparelhados em diferentes cores, em volta dos abajures aos quais ela colou imitações de folhas, segundo o mesmo princípio. Havia cestos feitos de fibra de salgueiro pendurados na parede atrás da televisão. Ambas continham o mesmo arranjo de plantas desidratadas e sementeiras. Ela também tinha uma casa de bonecas vitoriana, com telhados triangulares, que só uma pessoa adulta poderia ter. Fiquei com medo de olhar dentro dela, mas fui até lá e é claro que todos os quartos eram completamente mobiliados, incluindo velas do tamanho de palitos e, no banheiro, duas escovas de dente e tubos de pasta infinitesimais. Fiquei arrepiado e nós nem mesmo tínhamos conversado. Ela me chamou de volta para a cozinha, e fui até lá, com a língua amarrada. Sentamos à mesa, que era velha, de madeira marcada. Pelo menos era uma única mesa. Não havia nenhuma outra quase igual àquela. Estava coberta com uma toalha clara e posta com pratos e copos. Ela serviu o chá gelado. O pão estava torrado e crocante. Havia um prato extra. Apontei para ele.

Para quem é?

Doe me disse na tenda do suor, Joe, que, como eu tinha um espírito duplo ao meu redor, eu deveria dar-lhe as boas-vindas. Arrumei minha casa para duas pessoas, sabe, até mesmo para pessoinhas. E, quando como, sempre ponho um prato extra e sirvo um pouco da comida que estou comendo nele.

Havia um pedaço de pão no prato.

Os espíritos não comem muito?

Não esse, disse Linda tranquilamente.

E, de repente, tudo me pareceu certo. Eu estava com fome, o tipo de fome que sentimos depois de adoecer. Uma voracidade súbita.

Linda mastigou, olhos fixos em mim e depois no sanduíche. Ela colocou o pão com ovo no prato, quase amorosamente, e falou com ele.

Será um pecado apreciar você quando meu próprio irmão gêmeo está morto num necrotério? Eu não sei, mas você com certeza está gostando.

Engoli em seco. O outro sanduíche ficou entalado na minha garganta.

Que tal ajudar com um pouco de chá?

Ela serviu um pouco mais no meu copo, de uma jarra plástica com fatias de limão e gelo.

Eu não tirei licença do trabalho para ficar de luto, você me conhece bem, ela disse. Tirei por outros motivos. Tinha direito a uma licença médica e pensei, ei, vou usar esse tempo para acertar algumas coisas.

Que coisas? Pensei nela arrumando cuidadosamente as duplicatas na sala, mas depois entendi que ela se referia aos seus pensamentos.

Eu te conto, disse Linda, se você me contar por que veio aqui.

Soltei meu sanduíche, preferindo tê-lo acabado antes de chegar a esse assunto.

Espere, disse Linda. Como se tivesse lido minha mente, disse para comermos primeiro e conversarmos depois. Desculpou-se por ser uma anfitriã tão ruim. Pegou então o sanduíche com suas mãos gorduchas, as unhas afiadas recém-pintadas, e me olhou de um jeito... Um brilho alegre, ao mesmo tempo com um toque de insanidade. Comi devagar, mas finalmente tive que dar a última mordida.

Linda limpou os lábios com o guardanapo de papel e o dobrou em quadrados.

O campo de golfe, disse ela. Você veio buscar informações comigo. Ela sacudiu o dedo para mim. Dois mais dois são três. No entanto, concluí que você era muito jovem para fazer aquilo. Talvez não seja, mas resolvi que você é. Minha teoria é que você passou a informação sobre o jogo de golfe de Linden para alguém mais velho. Mas alguém com a vista ruim, não o seu pai. Seu pai atira muito bem.

Ele?

Isso, naturalmente, era uma grande surpresa para mim.

Todo mundo sabe disso. Ele derrubava qualquer coisa que estivesse na sua mira quando era jovem. Os filhos não conhecem a história de seus pais. O que você veio fazer aqui?

Posso confiar em você?

Se você precisa me perguntar isso, não.

Fiquei travado. Aquele brilho insano voltou e iluminou seus olhinhos redondos. Ela parecia prestes a explodir de tanto rir. Em vez disso, inclinou-se para mim e olhou ao redor, como se as paredes tivessem escutas, e então sussurrou.

Eu faria qualquer coisa no mundo por sua família. Sou totalmente dedicada a vocês. Embora você esteja me usando, Joe, e queira alguma coisa de mim agora. O que é?

Certo, achei que fosse lhe perguntar sobre o rifle. Em vez disso, saiu aquela pergunta que eu sabia não ter resposta.

Por quê, Linda? Por que ele fez aquilo?

Peguei-a de surpresa. Os olhos dela se arregalaram e se encheram. Mas ela respondeu. Respondeu como se achasse que era tão óbvio que eu nem precisava perguntar.

Ele odiava sua família, quero dizer, principalmente o seu pai. Mas Whitey e Sonja também. Suas ideias eram todas torcidas, Joe. Odiava o seu pai, mas tinha medo dele. Ainda assim, ele não teria vindo por Geraldine, a não ser porque se tornou um monstro quando se tratava de Mayla. Quando preencheu aquele formulário no escritório de Geraldine, Mayla disse que o velho Yeltow era o pai da criança — ou seja, ela engravidou enquanto trabalhava para ele. Uma menina de colégio. Daquele velho sem-vergonha, me desculpe, ela conseguiu um carro para ir para casa e um dinheiro para não falar, mas mesmo assim insistiu em registrar o bebê. Linden trabalhou para o governador, mas sempre foi ciumento, sempre possessivo, doente, ferido de morte por Mayla. Ele queria fugir com ela com aquele dinheiro, só que ela não quis dividir. Não quis ir com ele. Provavelmente o odiava, tinha medo dele. Tentou pedir ajuda para Geraldine — e agora nós dois sabemos a verdade. Tudo isso o consumiu. Ele idolatrava Yeltow. Talvez ele achasse que, se conseguisse o arquivo, salvaria Yeltow. Ou talvez pudesse chantagear Yeltow. Eu o vejo fazendo as duas coisas. E é claro, sua mãe não entregaria aquela pasta para ele. Mas o motivo para ele ter feito aquilo com sua mãe tem mais a ver com um homem que libertou seu monstro. Nem todo mundo tem um monstro, e a maioria dos que têm, o mantém trancafiado. Mas eu vi o monstro no meu irmão lá no hospital e aquilo me deixou mortalmente doente. Eu sabia que, algum dia, ele iria soltá-lo. Ele escaparia com uma parte de mim dentro dele. Sim. Eu também era parte do monstro. Eu dei e dei, mas sabe o quê? Ele ainda estava com fome. Sabe por quê? Porque não importava o quanto comesse, não conseguia achar a comida certa. Precisava sempre de alguma outra coisa. Alguma coisa que faltava na mãe dele, também. Eu te digo o que era: eu. Meu espírito poderoso. Eu! A mãe dele não conseguia enfrentar o que fez com seu bebê, pior ainda: o que ela fez não me destruiu. Ainda assim, Linda refletiu, ela poderia me chamar depois de mandar o médico me deixar morrer. Depois de todos esses anos. Ligar para mim e dizer: *Alô, aqui é sua mãe.*

Fiquei em silêncio.

E ele não podia deixar passar, ela disse afinal. Porque ele voltou, e voltou como se quisesse que seu monstro morresse, embora outro motivo tenha me ocorrido também.

Qual foi?

Estava nervoso por causa de Mayla. Eu só sei que ela está em algum lugar na reserva. Ele tinha que ficar de olho nela para ter certeza de que não fosse encontrada.

Você acha que ela está viva?

Não.

Após algum tempo, o medo penetrou em mim. Eu perguntei: Eu sou como ele?

Não, ela respondeu. Vou chegar a você. Ou quem quer que tenha sido, quero dizer. Isso poderia acabar com você. Não deixe que isso acabe com você, Joe. O que você poderia fazer? Ou quem quer que tenha feito?

Ela deu de ombros. Mas eu, isso é outra história. Sou eu quem não é tão diferente, Joe. Sou eu quem deveria ter atirado nele com a velha .12 do Albert. Ainda que, se Linden pudesse escolher, acho que ele iria preferir ser morto com o rifle de cervo.

Certo, é sobre aquele rifle, eu disse.

O rifle.

Está debaixo de sua varanda. Você pode escondê-lo? Tirá-lo da reserva?

Ela sorriu para mim como se fosse explodir e pensei, *doida*, mas depois mordeu o lábio com modéstia e piscou.

Buster já o encontrou, Joe. Ele sabe quando alguma coisa nova entra em seu território. Pensei que estivesse atrás de um gambá. Mas olhei ali embaixo e vi a ponta daquele saco de lixo.

Ela percebeu meu choque.

Não se preocupe, Joe. Quer saber aonde eu fui na minha licença médica? Para Pierre, falar com meu irmão Cedric. Ele recebeu treinamento no forte Benning, na Geórgia, e com certeza sabia desmontar aquele rifle. Jogamos umas partes no Missouri. Eu voltei dirigindo para cá num zigue-zague que nem me lembro, por estradas menores, e joguei o resto pelos lamaçais. Ela levantou as palmas das mãos vazias e disse: Diga a quem quer que tenha feito para ficar tranquilo. Seus olhos se enevoaram, seu olhar suavizou.

E sua mãe? Como ela está?

Ela estava no jardim, colhendo feijões. Ela disse que estava bem, quero dizer, ela ficou repetindo isso, então eu acreditei nela.

Eu vou fazer uma visita. Quero que você dê isso para ela.

Linda tirou alguma coisa do bolso e segurou com o punho fechado sobre a minha mão. Quando abriu, um pequeno parafuso preto caiu.

Diga a ela que pode guardar isso em sua caixa de joias. Ou enterrar. O que ela quiser.

Guardei o parafuso no bolso.

No meio do caminho para casa, com o vento por trás e o tijolo de pão de banana enrolado em papel-alumínio de sempre formigando no sovaco, me dei conta de que o parafuso no meu bolso pertencia ao rifle. Levado pelo vento, não precisei parar, nem usar o guidão. Tirei-o do bolso e o joguei na valeta.

* * *

Dessa vez foi a garrafa de Captain Jack do Angus, roubada do namorado da mãe dele, com um punhado de comprimidos de Valium e uma bolsa de supermercado pela metade com latas de Blatz geladas.

Estávamos bebendo na beira do canteiro de obras. Depois que as escavadeiras e minicarregadeiras pararam de mover as mesmas pilhas de terra de um lado para outro, o lugar era nosso. Alguns dias, eles não mexiam nas nossas pistas de bicicleta, noutros, destruíam nosso trabalho. Não tínhamos ideia do que construiriam ali. Havia sempre o mesmo monte de terra.

Um projeto do governo, disse Zack.

Cappy virou a cerveja com um comprimido, deitou-se e olhou para a folhagem. A luz começava a ficar dourada.

Isto aqui, a essa hora, é a minha parte preferida do dia, disse ele. Ele pegou a foto escolar de Zelia do bolso de sua camisa de caubói e a segurou junto da testa.

Psiu, eles estão se comunicando, disse Angus.

Também estou com saudades, meu amor, disse Cappy depois de alguns instantes. Ele enfiou a foto de volta no bolso, fechou os botões de pressão perolados e deu um tapinha no coração.

É um lindo amor, eu disse. Virei-me de lado, apoiado no chão e vomitei um pouco. Cobri o vômito com terra. Ninguém percebeu. Murmurei: Não me incomodaria ter um lindo amor.

Cappy me entregou um folheto. A última carta dela, cara. Era sobre o Arrebatamento. Estava dentro do envelope. Cappy sorriu para o alto.

Olhei o folheto fixamente, lendo as palavras diversas vezes para entender o significado.

Arrebatamento, é isso aí, cara, disse Zack.

Não esse tipo de arrebatamento, disse Cappy. É um arrebatamento coletivo. Mas só determinado número de pessoas podem ir. Pelo jeito, eles não aceitam católicos, então a família de Zelia está pensando em se converter antes da Tribulação. Ela quer que eu me converta com eles, para que sejamos arrebatados juntos.

Escada para o céu, riu Zack.

Arrebatados como um, eu disse. Como um. Meu cérebro tinha começado a entrar num loop de repetição e tive que forçar minha boca a não falar tudo o que eu pensava cinquenta vezes.

Não acho que vocês consigam, vocês dois, disse Angus sonhadoramente. Agora vocês não podem ir com essa mancha mortal.

Foi como uma agulha de gelo enfiada nos meus pensamentos. O assunto não tinha aparecido entre nós quatro. Não havíamos falado da morte de Lark. O frio se espalhou. Meu cérebro estava claro, mas o resto de mim estava descansado demais. Cappy lidou com o momento e fez com que meu medo se derretesse, como de costume.

Starboy, disse Cappy, estendendo a mão. Angus a segurou, num aperto de irmão. A verdade é que nenhum de nós vai chegar lá. Eles só te aceitam se você for sóbrio como uma pedra.

A vida toda?, perguntou Angus.

A vida toda, respondeu Cappy. Você não pode escorregar nenhuma vez.

Ah, disse Angus, estamos fodidos. Minha família inteira está fodida. Nada de arrebatamento.

A gente não precisa de arrebatamento, disse Zack. Temos a confissão. Conte seus pecados para o padre e você sai limpinho.

Eu fiz isso, disse Cappy. E o padre tentou me espancar.

Todos rimos e começamos a falar da corrida de Cappy. Então ficamos em silêncio, olhando a agitação das folhas.

Zelia provavelmente se confessou em casa, Cappy disse depois de um tempo. Zelia provavelmente ficou limpa.

A menos que tenha ficado grávida. Eu não pretendia dizer nada do tipo, mas não consegui não citar *Guerra nas Estrelas*: Luke, nessa velocidade você acha que vai conseguir sair fora a tempo?

Se ao menos eu não tivesse conseguido, disse Cappy. Se pelo menos ela estivesse. A gente então teria que se casar.

Você tem treze anos, eu lembrei.

Zelia disse que Romeu e Julieta também.

Odeio esse filme, disse Zack.

Angus tinha adormecido, a respiração chiando como uma cigarra.

Comida. Minha voz novamente. Mas os outros tinham adormecido. Eu me levantei depois de algum tempo porque tinha alguém gemendo. Era Cappy. Estava chorando, de coração partido, depois assustado, gritando Por favor, não, no meio do sono. Sacudi seu braço, e ele passou para algum outro sonho. Fiquei observando-o até que parecesse mais tranquilo. Deixei-os dormindo lá e pedalei cambaleante para casa, mas quando cheguei ao quintal, o espaço sob o arbusto de Pearl pareceu tão confortável que me meti lá no meio das folhas escuras com ela e dormi até o sol se pôr. Acordei, alerta, e entrei pela porta da cozinha.

Joe? Por onde você andou? Mamãe chamou do outro quarto. Senti que ela havia me esperado o tempo todo.

Peguei um copo, enchi de leite e bebi rápido.

Pedalando por aí, falei.

Você perdeu o jantar. Posso esquentar um pouco de macarrão.

Mas eu já estava comendo a massa fria, direto da geladeira. Mamãe entrou e me empurrou para o lado.

Pode pelo menos colocar num prato? Joe, você andou fumando? Está fedendo a cigarro.

Os outros caras é que estavam.

A mesma conversa de sempre para os meus pais.

Eu gosto de massa fria.

Ela me serviu um prato e implorou para eu não fumar.

Eu não vou mais, eu juro.

Ela se sentou e ficou me olhando comer.

Tinha uma coisa que eu queria te contar hoje de manhã, Joe. Você falou dormindo na noite passada. Você gritou.

Foi?

Eu me levantei e fui até a porta. Você estava falando com Cappy.

O que eu disse?

Não consegui entender o que você disse. Mas você chamou o nome de Cappy duas vezes.

Eu continuei comendo. É o meu melhor amigo, mãe. Ele é como um irmão para mim.

Pensei nele gritando no meio do sono lá no canteiro de obras e soltei meu garfo. Queria sair de casa, encontrar Cappy de novo. Senti que não devia tê-lo deixado dormindo. A fresta de luz sob a porta do meu pai aumentou, e ele saiu e se sentou à mesa com a gente. Tinha parado de beber café desde o amanhecer até o fim do dia e de noite. Minha mãe deu-lhe um copo d'água. Estava com a barba feita, nunca mais ficara de roupão. Ficava menos tempo no trabalho.

Comecei hoje, Joe.

Começou o quê? Eu ainda estava distraído. Se eu ligasse para a casa de Cappy, talvez ele conseguisse pegar uma carona até aqui e passar a noite. Estaríamos juntos no escuro. Meu pai continuou a falar.

Comecei meu programa de caminhadas na pista do colégio. Fiz oitocentos metros. Quero ir todos os dias. Vá lá correr você também. Acho que vai ficar umas voltas na minha frente.

Minha mãe pegou a mão dele. Ele alisou os dedos dela e tocou a sua aliança.

Ela não vai me deixar ir sozinho, disse, olhando para ela. Ah, Geraldine!

Os dois estavam mais magros e as rugas junto da boca tinham se aprofundado. Mas a marca que parecia um corte de faca entre as sobrancelhas dela tinha desaparecido. Eu então já havia deixado de viver naquela nuvem de medo. Eu devia me sentir bem vendo-os na mesa, mas, em vez disso, estava irritado com a ignorância deles. Como se eu fosse o adulto e os dois, de mãos dadas, fossem as crianças alienadas. Eles não faziam ideia do que eu tinha passado por eles. Ou Cappy. Eu e Cappy. Chutei o pé da mesa com irritação.

Tem uma coisa lutando dentro de mim, Joe, disse meu pai.

Parei de chutar.

Talvez você entenda se a gente conversar.

Certo, falei, embora eu estivesse por um fio. Eu não queria ouvir.

Fiquei aliviado com a morte de Lark, disse meu pai. Exatamente como você falou quando soube da notícia, também me senti assim. Sua mãe está segura, ele não vai mais aparecer no supermercado nem no Whitey. Podemos seguir em frente, não é?

Isso mesmo, respondi. Tentei me levantar, mas ele falou.

Mesmo assim, a pergunta de quem matou Lark precisa ser feita. Não houve justiça para sua mãe, a vítima dele, ou para Mayla, mas a justiça existe assim mesmo.

Aplicada de maneira desigual, pai. Mas ele recebeu o que merecia. Minha voz estava neutra. Meu coração batia em disparada.

Minha mãe tinha soltado a mão de meu pai. Ela não queria nos ouvir discutir.

Eu também sinto isso, disse ele. Bjerke vai nos interrogar amanhã — é rotina. Mas nada é rotina. Ele vai querer saber onde cada um de nós estava quando Lark foi morto. Esse é o meu conflito, Joe. Pergunto a mim mesmo nessa situação, como alguém que fez um juramento de cumprir a lei em qualquer circunstância, o que eu faria se tivesse alguma informação que pudesse levar à identificação do assassino. Da última vez que conversei com sua mãe sobre isso, eu não tinha certeza do que fazer.

    Olhei para minha mãe e seus lábios estavam contraídos, num traço escuro.

    Mas decidi que não faria nada. Não vou dar nenhuma informação. Qualquer juiz sabe que existem diferentes tipos de justiça — a justiça ideal, por exemplo, em oposição à justiça do melhor que podemos fazer, que é a que acabamos seguindo em tantas de nossas decisões. Não foi um linchamento. Não havia dúvida da culpa dele. Ele talvez até quisesse ser pego e punido. Não podemos saber o que tinha na cabeça. A morte de Lark foi uma coisa errada que atende à justiça ideal. Resolve um enigma legal. Atravessa aquele labirinto injusto da legislação sobre os títulos de propriedade segundo o qual Lark não podia ser processado. A morte dele foi a saída. Eu não vou dizer nada, fazer nada, para atrapalhar a resolução. Mesmo assim...

    Meu pai parou e tentou me olhar daquele seu velho jeito como me encarava, assim como outras pessoas, de sua cadeira de juiz. Senti isso, mas eu não enfrentei seu olhar.

    ... mesmo assim, ele disse em voz baixa, isso também significa abandonar minha própria responsabilidade. Essa pessoa que matou Lark vai viver com as consequências humanas de ter tirado uma vida. Como eu não matei Lark, mas queria matá-lo, preciso ao menos proteger a pessoa que assumiu a tarefa. E eu faria isso, chegaria até mesmo a tentar usar um precedente legal.

    O quê?

    O precedente da tradição. Eu poderia argumentar que Lark atendia à definição de um *wiindigoo* e que, sem nenhum outro recurso, sua morte atendia às exigências de uma lei muito antiga.

    Senti a atenção de minha mãe concentrada sobre mim.

    Eu só queria que você soubesse disso, disse meu pai, me aguçando.

    Muita gente tinha contas a acertar com Lark, eu disse.

    Olhei para meu pai e para minha mãe, um de cada vez. Atrás dele, na sala ao lado, as prateleiras com os livros velhos pesavam na penumbra da luz do entardecer. O couro marrom gasto.

Meditações. Platão. *A Ilíada*. Shakespeare num sóbrio volume vermelho escuro e os ensaios de Montaigne. Sob eles, uma coleção de Grandes Clássicos que eles assinaram pelo correio. Havia um Livro de Mórmon gratuito, de um missionário da igreja de Jesus Cristo dos Santos dos Últimos Dias que passou por lá. Livros de William Warren, Basil Johnston, *A narrativa do cativeiro e Aventuras de John Tanner*, e toda a obra de Vine Deloria Jr. Havia os romances que liam juntos — brochuras grossas, com orelhas, empilhadas. Olhei para os livros como se eles pudessem nos ajudar. Mas tínhamos ido muito além dos livros agora, entrado nas histórias que Mooshum contava em seu sono. Não havia citações no repertório de meu pai para aquele lugar onde estávamos, e estava além de mim, naquela época, pensar nas falas de Mooshum ao dormir como base para aplicação da lei num caso tradicional.

Então, se você ouvir alguma coisa, Joe, disse meu pai.

Se eu ouvir alguma coisa, certo, papai. Ele tinha conseguido a minha atenção. O que ele disse até mesmo me trouxe algum alívio. Mas meu pai também estava errado, e sobre uma coisa em particular. Ele disse que agora eu estava seguro, mas eu não estava exatamente a salvo de Lark. Nem Cappy. Ele vinha atrás de nós todas as noites, em nossos sonhos.

* * *

Estamos de volta ao campo de golfe no momento em que cruzo o olhar com Lark. Aquele terrível contato. Então, o tiro. Naquele momento, trocamos de lugar. Lark está no meu corpo, observando. Estou no corpo dele, morrendo. Cappy sobe o morro com Joe e a arma, mas não sabe que Joe abriga a alma de Lark. Morrendo no campo de golfe, sei que Lark vai matar Cappy quando ele chegar ao mirante. Eu tento gritar e avisar Cappy, mas sinto minha vida escorrer para fora de mim na grama aparada.

Ou eu sonho com isso ou então que vejo o fantasma no quintal dos fundos de novo. O mesmo espírito que Randall viu na tenda do suor — o olhar amargo, a boca contraída. Só que dessa vez, como com Randall, o espírito está se inclinando para mim, falando comigo através de um véu de escuridão, iluminado por trás, o cabelo branco resplandecendo. E eu sei que ele é a polícia.

* * *

Como sempre, acordei gritando o nome de Cappy. Para abafar o som, enfio uma toalha debaixo da minha porta. Olho para a luz do amanhecer, esperando que ninguém tenha me ouvido. Fiquei escutando. Parecia que mamãe e papai já tinham descido, ou mesmo saído. Fiquei deitado sob as cobertas. O ar estava frio, mas eu suava, ainda cheio de adrenalina. Meu coração estava aos saltos. Esfreguei o peito com a mão, para me acalmar, e tentei controlar a respiração. A cada vez, os sonhos eram mais reais, como se estivessem abrindo uma trilha dentro do meu cérebro.

Preciso de remédio, falei em voz alta, me referindo aos remédios Ojibwe. Os velhos curandeiros sabiam como tratar os sonhos, foi o que Mooshum dissera. Mas seu espírito estava distante agora, tentando se libertar do corpo na cama de armar junto da janela. A única curandeira que eu conhecia era a vovó Thunder. Talvez eu pudesse perguntar a ela o que fazer. Sem contar os detalhes, é claro, ou revelar o que tinha acontecido. Apenas ouvir conselhos sobre aqueles sonhos. Bugger Pourier, de todas as pessoas, foi quem apareceu nos meus pensamentos naquele momento. Talvez porque, da última vez que eu tinha pensado na vovó Thunder, eu o tivesse mandado falar com ela, e pouco antes Bugger havia roubado minha bicicleta. Algo sobre um sonho.

Eu me sentei. Ele queria saber se alguma coisa que ele tinha visto fora um sonho. A realidade do meu próprio sonho, que sempre me perturbava, e a fixação bêbada do intento de Bugger se fundiram. O que ele vira? Eu cuidei da fome de Bugger e fiz com que desse a volta, e foi assim que consegui minha bicicleta de volta. Mas não lhe perguntei o que tinha visto. Levantei e me vesti, comi alguma coisa de café da manhã e saí. Para encontrar Bugger era preciso buscar os fundos dos lugares, a começar pelo Dead Custer. Procurei a manhã inteira e perguntei para todo mundo, mas ninguém sabia. Afinal, fui ao correio. Era aonde deveria ter ido em primeiro lugar, no final das contas. Não havia pensado nisso, pois o coitado do Bugger não tinha endereço.

Ele está no hospital, disse Linda. Não está?, ela gritou para a sra. Nanapush, que estava lá atrás separando as cartas.

Ele arrebentou o pé roubando uma caixa de cerveja. Deixou cair em cima do pé. Agora está de cama e a irmã dele disse que isso é uma bênção disfarçada, pois vai deixá-lo a seco.

Pedalei até o hospital para visitar Bugger. Ele estava num quarto com mais três homens. O pé estava engessado e pendurado no suporte de tração, mas me perguntei se aquilo era necessário para o tratamento ou se servia apenas para mantê-lo preso à cama.

Meu garoto! Ele estava feliz em me ver. Você me trouxe um trago?

Não, respondi.

Sua expressão ávida se transformou num muxoxo.

Eu vim para te perguntar uma coisa.

Nem mesmo um arranjo de flores, resmungou. Ou uma panqueca.

Você quer uma panqueca?

Eu fico vendo panquecas. Uísque. Aranhas. Panquecas. Lagartos. Panquecas são a única coisa boa que eu vejo. Mas, para um velho, eles só dão aquela porcaria de aveia. Café e aveia. Só isso no café da manhã.

Nem mesmo uma torrada?, perguntei.

Eu poderia comer torradas se quisesse, mas só peço panquecas. Bugger me olhou zangado. Estou desesperado por panquecas!

Eu tenho que te perguntar uma coisa.

Pergunta logo então. Eu respondo em troca de uma panqueca.

Certo.

E uísque. Ele se inclinou para a frente sorrateiro. Me traga um trago, mas não deixe ninguém saber. Coloque a garrafa debaixo da camisa.

Pode deixar.

Bugger recostou-se, pronto, com expectativa no rosto.

Lembra quando você pegou minha bicicleta?

Ficou com cara de quem não se lembrava de nada. Falei devagar, com uma pausa no final de cada frase para ele concordar.

Você estava sentado na frente do Mighty Al's. Viu minha bicicleta. Pegou a bicicleta e saiu pedalando. Eu saí e te perguntei aonde você ia. Você respondeu que ia olhar se uma coisa era um sonho.

O rosto de Bugger se iluminou.

Lembrou agora?

Não.

Repeti a cena cinco ou seis vezes até a cabeça de Bugger voltar a funcionar e começar a recordar o passado recente. Ele ficou muito quieto e concentrado, com tanto empenho que quase dava para ouvir o barulho das engrenagens. À medida que seus pensamentos se encontravam, sua expressão mudava, mas de maneira tão gradual que foi só quando olhei para longe, impaciente, e voltei a olhar para ele que percebi que Bugger estava petrificado. Ele olhava para alguma coisa entre nós e a coberta da cama. Achei que estivesse tendo alucinações, não de panquecas, o que o teria enchido de felicidade, mas algum tipo de réptil, ou inseto. Mas então sua expressão mudou para pena e ele disse, engasgado: Pobre menina!

Que menina?

Pobre menina.

Ele começou a soluçar em contrações secas. Continuava a chorar por ela. Murmurou sobre o canteiro de obras e eu então soube. Ela estava lá, com a terra amontoada sobre ela. Não consegui impedir que a imagem se formasse. A gente saltando de bicicleta, voando de um lado para outro, e ela ali embaixo. Eu me levantei, abalado. Soube, no fundo de meu ser, que ele tinha visto Mayla Wolfskin. Ele vira o corpo dela. Se não tivéssemos matado Lark, ele teria sido condenado à prisão perpétua de qualquer modo. O pensamento de que eu deveria ir à polícia começou a girar na minha cabeça, e então parou. Eu não podia deixar que a polícia sequer soubesse que eu pensara isso. Precisava sair inteiramente de seu radar, com Cappy, desaparecer. Não podia contar para ninguém. Nem mesmo eu queria saber aquilo que eu sabia. A melhor coisa a fazer era esquecer. E então, pelo resto da minha vida, tentar não pensar em como as coisas poderiam ter sido diferentes se, antes de mais nada, eu tivesse ido atrás do sonho de Bugger.

* * *

Precisava me encontrar com Cappy. Não para contar a ele. Eu jamais contaria para ele. Eu jamais contaria para ninguém. Enquanto pedalava para a casa dos Lafournais, estava tão profundamente desconectado que não podia pensar em nada, era apenas apagar da memória. De algum jeito eu encontraria uma maneira de me embebedar. O mundo ficaria com aquela tonalidade âmbar. As coisas se suavizariam num marrom de fotografia antiga. Eu ficaria seguro.

Zack e Angus estavam à toa no estacionamento do mercado. As bicicletas deles estavam lá, e a de Cappy também, mas eles estavam sentados no carro do primo mais velho de Zack. Levantaram quando me viram e me disseram que Cappy tinha ido ao correio, ver se tinha alguma carta.

Ele já deve estar chegando, disse Zack.

Fui atrás de Cappy e finalmente o encontrei nos fundos do prédio, sentado numa cadeira quebrada na qual os funcionários do correio paravam para fumar durante o verão. Seu cabelo estava jogado sobre o rosto. Estava fumando e não me olhou quando parei ao lado dele. Apenas me estendeu um pedaço de papel.

> *Você vai parar e desistir de qualquer contato com nossa filha. Minha esposa e eu achamos o pacote de cartas que Zelia estava escondendo. Você deve levar em conta que, nesse caso, podemos persegui-lo com toda a extensão da lei.*
>
> *Além disso, Zelia está sendo punida no momento e em breve mudaremos de endereço. Você roubou a inocência de nossa filha e arruinou nossas vidas.*

Cappy estava de braços e pernas abertos, largados, em desespero. Tinha o rosto cinza e uma nuvem de fumaça em torno da cabeça. Sentei-me ao lado dele, numa caixa de papelão. Não havia nada a dizer sobre o que quer que fosse. Apoiei a cabeça nas mãos.

É isso aí, disse Cappy, raivoso. Que se fodam. Punindo Zelia? Aposto que estão deixando ela trancada até se mudarem. Para ela não poder ir ao correio. Arruinei as vidas deles! E eu vou arruinar as vidas deles? Por amar a filha deles com amor verdadeiro?

Olha pra mim, meu irmão, ele implorou.

Eu olhei.

Olha para mim. Ele jogou o cabelo para trás, bateu com a ponta dos dedos no peito. Eu arruinaria a vida dela? O Criador nos fez um para o outro. Eu aqui. Zelia lá. O espaço colocado entre nós dois foi um erro humano. Mas nossos corações ouviram a vontade divina. Nossos corpos também. Então, que porra é essa? Cada pequena coisa que fizemos foi feita no paraíso. O Criador é bondade, irmão. No mistério de sua misericórdia, ele me deu a Zelia. O dom de nosso amor, não posso jogar isso de volta na cara do Criador, não é?

Não.

É isso que seus pais estão me pedindo para fazer. Mas eu não vou. Não vou jogar nosso amor de volta na cara de Deus. Ele vai existir para sempre, quer os pais dela vejam ou não. Nada do que eles façam pode ficar entre nós.

Certo.

Isso aí, disse Cappy. Seu cabelo despencou para a frente de novo. Ele queimou a carta com a brasa do cigarro. Observou pegar fogo e queimar até a ponta de seus dedos. Largou a folha fina de papel queimado, que flutuou até o chão junto a seus pés.

Eu vou em casa pegar aquele dinheiro do ônibus, disse Cappy. E vou encher o tanque do carro do Randall. E vou te buscar na tua casa.

Aonde a gente vai?

Não posso ficar parado, Joe. Não posso ficar aqui. E sei que não vou ter descanso até me encontrar com ela.

* * *

Deixamos Zack e Angus bebendo refrigerante no carro do primo de Zack e fomos para casa. A minha estava vazia. Enchi uma mochila com uma muda de roupas e todo o dinheiro que eu tinha, que eram setenta e oito dólares. Ainda tinha algum da Sonja, e não havia gastado o dinheiro que Whitey me pagara pela semana que trabalhei lá — me pagou a mais, talvez para tentar me manter de boca fechada. Peguei um casaco. Como ainda estava esperando por Cappy, e como, a despeito do que eu fizera, ainda era o tipo de pessoa que pensava no futuro, preparei o almoço, uma dúzia de sanduíches de manteiga de amendoim com picles. Comi um e bebi um pouco de leite. Ele ainda não tinha chegado. Lembrei como era difícil dar a partida no carro de Randall. Engatar, pensei. Pearl me seguia por ali. Fui até o escritório do meu pai. Experimentei a gaveta da mesa que ele passara a deixar trancada havia algum tempo, ela prendeu, mas ele não tinha girado a chave até o fim e eu consegui abrir. Na gaveta, havia uma pasta de arquivo. Estava cheia de fotocópias sebosas. Cópias de um formulário de cadastro tribal. Um dos formulários era de Mayla Wolfskin. Constava ter dezessete anos e ser mãe de uma criança chamada Tanya. Curtis W. Yeltow constava como o pai, exatamente como Linda tinha dito. Fechei a pasta e a coloquei de volta na gaveta. Consegui virar a tranca com um clipe de papel, de modo que parecia que a gaveta não tinha sido aberta; mas não sei a importância que isso pudesse ter. Estava feliz por não precisar falar com Bjerke. Peguei uma folha de papel da caixa de couro. Meu pai mantinha um copo de lápis apontados na mesa. Peguei um e escrevi para eles que eu estava indo acampar. Eles não deveriam se preocupar, eu estaria com Cappy e me desculpava por avisar em cima da hora. Eu disse que estaria fora por três ou quatro dias. Ligaria para eles. Imaginei escrever: perguntem a Bugger Pourier sobre seu sonho. Mas não escrevi. Ouvi algum barulho lá fora. Pearl latiu. Eram Angus e Zack. Queriam saber por que nós os tínhamos largado lá e eu contei da carta e que Cappy ia pegar o carro de Randall.

Eu tenho uma coisa, disse Angus.

Ele me mostrou um documento. Era uma carteira de motorista, que o primo dele fingiu ter perdido para tirar outra. Ele vendeu a carteira para Angus embora a foto não se parecesse com ele.

Mas você não acha que se parece com Cappy? Ele pode comprar para nós.

Parece bem com ele, falei. Nesse exato momento, Cappy chegou dirigindo e todos entramos no carro, com o motor ligado. Sentei na frente e Zack e Angus no banco de trás.

Aonde vamos?, perguntou Zack.

Montana, respondeu Cappy.

Os dois riram lá atrás, mas eu olhei pela janela, para Pearl. Ela não tirava os olhos de mim.

* * *

Eu sei que o mundo continua para além da rodovia 5, mas quando se está nela — quatro garotos num carro e a estrada pacífica e vazia, quilômetro após quilômetro, quando o rádio não pega mais nenhuma estação e só se ouvem a estática e o som de nossas vozes, e o vento quando descansamos a mão no capô — a sensação é de estarmos em equilíbrio. Deslizando pela beirada do universo. Saímos de casa com meio tanque e completamos duas vezes antes de chegar aos limites de Plentywood. Começamos a descer a partir de lá e seguimos pelo sul de Fort Peck para Wolf Point. Cappy me passou a direção e ficamos parados, em ponto morto, na frente de uma loja de bebidas enquanto ele comprava uma garrafa de uísque, uma caixa de cerveja e mais outra garrafa. Zack tinha trazido o violão. Cantou músicas de afogar as mágoas na cerveja, uma depois da outra, e rimos de todas. E continuamos em frente, a conversa mudando de uma coisa para outra, ficando engraçada e depois ridícula, quando Cappy contou seu plano para arrancar Zelia de casa no endereço das cartas em Helena — ainda bem longe.

Zack e Angus ficaram nervosos num posto de gasolina e ligaram para casa. Foi quando Zack ficou com a orelha ardendo da bronca que levou. Ele se enfiou de volta no carro, olhou para mim e disse: Xiiii! Comemos os sanduíches. E carne-seca, salsichas picantes, sacos de batatas fritas e latas de nozes dos postos de gasolina. Nos encharcamos de água numa parada e o carro morreu. Tivemos que empurrá-lo engrenado ladeira abaixo e pular para dentro enquanto descia no embalo. O motor pegou e soltamos gritos agudos de guerra. Zack e Angus apagaram no banco de trás, encostados um no outro e roncando. Cappy e eu começamos a conversar, dirigindo para o oeste em meio a um longo crepúsculo. O sol ardia para sempre e ficou pendurando sobre o horizonte por uma eternidade, e seu clarão vermelho chamejou sob a linha escura por mais outra infinidade. O tempo então parecia ter parado. Íamos rodando, sem fazer força, como num sonho.

Contei para Cappy sobre a pasta que encontrei na gaveta do meu pai. Contei tudo sobre o formulário de registro. Contei sobre o governador de Dakota do Sul.

Então foi daí que veio o dinheiro, ele disse.

Com certeza. Ela era uma dessas garotas inteligentes do ensino médio, que eram contratadas para servir café e arquivar papéis. Suas fotos aparecem nos jornais, especialmente uma moça índia bonita, com o governador abraçando seu ombro. LaRose me contou. Linda também sabia. Foi assim que Yeltow chegou a ela. E Lark manteve o segredo, mas estava com ciúmes. Achava-se dono dela.

O governador lhe deu o dinheiro para ela ficar de boca fechada. Começar uma nova vida.

Ela escondeu o dinheiro na boneca, para guardá-lo em segurança.

A salvo de Lark.

Contei para Cappy que eu tinha visto a roupa da boneca no carro, quando o tiraram do lago, que a boneca devia ter saído boiando pela janela aberta e fora levada para a margem do outro lado.

Depois disso, acho que tudo aconteceu, disse Cappy. E ainda existe esse documento com o nome dele. Então, por que não? Ela era menor de idade, a Mayla.

Ele vai cair, com certeza, eu disse.

Mas Yeltow jamais caiu.

O silêncio do vento ao nosso redor, o carro cortando a noite ao longo do rio Milk, onde Mooshum já havia caçado, dirigindo cada vez mais para longe, para o oeste, onde Nanapush vira os búfalos por toda a extensão até o horizonte, e então, no ano seguinte, não viu mais nenhum. E depois a família de Mooshum abandonou aquilo lá e foi viver nas terras da reserva. Ele conheceu Nanapush lá e construíram a casa redonda juntos, a mulher adormecida, a mãe que não se podia matar, a búfala anciã. Eles construíram aquele lugar para manter seu povo unido e pedir perdão ao Criador, uma vez que a justiça era tão mal aplicada na Terra.

Passamos por Hinsdale. E por Sleeping Buffalo também. E Malta. Viramos para o sul, mais à frente, em Havre. Tínhamos traçado nossa rota num mapa comprado num posto de gasolina.

Vamos continuar, disse Cappy. Estou bem. Vamos dirigir a noite toda.

Vamos lá.

Rimos e Cappy diminuiu e parou, sem desligar, enquanto eu dava a volta pela frente e entrava no lugar do motorista para começar a dirigir. O ar estava fresco, com um cheiro verde de sálvia. As luzes se refletiam nos olhos dos coiotes que se esgueiravam pelas valas e atravessavam as cercas. Cappy enrolou meu casaco debaixo da cabeça, apoiou-se na janela e dormiu. Continuei dirigindo até me cansar e passar de novo para Cappy. Dessa vez Zack e Angus foram para a frente, para manter Cappy acordado. Eu me arrastei para o banco de trás. Havia uma velha manta de cavalo, cheirando a pó. Deitei a cabeça nela e pus o cinto, pois a fivela estava espetando meu quadril. Enquanto cochilava lá atrás, ouvindo a conversa e as risadas dos três no banco da frente, fui tomado por aquela mesma sensação de abandono e paz que sentia no carro dos meus pais. Os garotos passaram a garrafa para mim, dei um grande gole para me derrubar. Mergulhei no sono suavemente. Dormi sem sonhar, mesmo quando o carro foi jogado para fora da estrada, virou, capotou e escancarou as portas até parar num campo não plantado.

    Senti um movimento vasto e violento. Antes que eu pudesse entender o que significava, tudo sossegou. Quase dormi de novo, achando que tínhamos parado. Mas abri os olhos só para ver onde estávamos e a noite estava escura. Chamei Cappy, mas não tive resposta. Ouvi um som distante de desespero, não era choro, só uma respiração ofegante. Soltei o cinto e me arrastei para fora, pela porta aberta. Os barulhos vinham de Zack e Angus, que estavam agarrados, se mexendo no chão, cambaleando e caindo. Meu cérebro estalou. Procurei no carro — vazio. Um farol piscou. Dei uma volta em torno do carro, mas Cappy parecia ter desaparecido. Ele foi pedir ajuda, pensei aliviado, caminhando devagar por ali. Havia apenas a luz das estrelas e o único farol do carro; partes do chão estavam tão escuras que pareciam poços mergulhando nas profundezas da terra. Num momento de desorientação, achei que estava diante da entrada de uma mina e temi que Cappy tivesse caído lá dentro. Mas era apenas uma sombra. A sombra mais profunda que eu já vira. Fiquei de quatro e comecei a descer para dentro dela. Apalpei o caminho em meio ao mato invisível. O vento aumentou e soprou os gritos dos meus amigos para longe. Assim como os sons que eu soltei, quando encontrei Cappy, também levados pelo estrondo do ar.

* * *

Fiquei sentado na delegacia, preso à cadeira. Zack e Angus estavam no hospital de Havre. Cappy foi levado para algum outro lugar, para ser preparado para Doe e Randall. O espírito me levou até lá. Eu o tinha visto no campo enquanto segurava Cappy — o espírito curvou-se sobre mim, iluminado pela lanterna que ele segurava sobre o ombro, um halo prateado, olhando para mim com uma expressão amargurada. Sacudiu-me levemente. Seus lábios se moveram, mas as únicas palavras que pude entender foram *Deixe-o ir*, e eu não deixava. Dormi e acordei na cadeira. Talvez eu tenha comido, e bebido água também. Não me lembro de nada disso. A não ser olhar repetidamente para a pedra preta e redonda que Cappy tinha me dado, o ovo de pássaro do trovão. E houve aquele momento em que minha mãe e meu pai entraram pela porta, disfarçados de pessoas velhas. Achei que os quilômetros dentro do carro os abateram, embaçaram seus olhos, até mesmo deixaram seus cabelos mais cinzentos e brancos, suas vozes e mãos trêmulas. Ao mesmo tempo, descobri, ao me levantar da cadeira, que envelheci junto com eles. Eu estava quebrado e frágil. Meus sapatos haviam se perdido no acidente. Caminhei entre os dois, derrubado. Minha mãe pegou minha mão. Quando chegamos ao carro, ela abriu a porta de trás e entrou. Havia um travesseiro e a mesma coberta velha. Sentei-me na frente, com meu pai. Ele ligou o motor. Arrancamos na mesma hora e começamos a voltar para casa.

Por todos aqueles quilômetros, ao longo de todas aquelas horas, com todo o vento e o céu vindo ao nosso encontro, perdendo-se no próximo horizonte, e depois no seguinte, durante todo aquele tempo, nada havia a ser dito. Não consigo me lembrar de ter falado o que quer que fosse, nem minha mãe ou meu pai. Eu sabia que eles sabiam de tudo. A sentença era suportar. Ninguém derramou lágrimas, não havia raiva. Minha mãe ou meu pai dirigiram, segurando o volante com uma concentração neutra. Não lembro nem mesmo se eles olharam para mim ou eu para eles após o choque do primeiro momento, quando todos nos demos conta de que estávamos velhos. Lembro-me, no entanto, da visão familiar do bar de beira de estrada pouco antes de entrarmos nos limites da reserva. Em cada uma das minhas viagens de criança, aquele lugar sempre foi uma parada para um sorvete, um café, um jornal, uma torta. Era sempre o que meu pai chamava de a última perna da viagem. Mas não paramos daquela vez. Passamos direto, num sopro de dor que persistiria em nossa diminuta eternidade. Simplesmente, fomos em frente.

Posfácio

Este livro se passa em 1988, mas o emaranhado de leis que retém o andamento dos processos por estupro em muitas reservas ainda existe. "Maze of Injustice", ou Labirinto da Injustiça, é um relatório de 2009 da Anistia Internacional que traz as seguintes estatísticas: uma de cada três mulheres nativas serão estupradas ao longo da vida (e este número certamente é maior, pois as nativas muitas vezes não revelam os estupros); 86% dos estupros e ataques sexuais contra mulheres nativas são perpetrados por não nativos; poucos são processados. Em 2010, o então senador Byron Dorgan, pelo estado de Dakota do Norte, apoiou a legislação *Tribal Law and Order Act*. Ao assinar a lei, o presidente Barack Obama chamou a situação de "um ataque à nossa consciência nacional". As organizações destacadas **em negrito** a seguir trabalham para restaurar a justiça soberana e garantir a segurança das mulheres nativas.

Agradeço às várias pessoas que me orientaram enquanto eu escrevia este livro: Betty Laverdure, ex-juíza tribal da reserva de Turtle Mountain; Paul Day, Gitchi Makwa, ex-juiz tribal de Mille Lacs e diretor-executivo da **Anishinabe Legal Services**; Betty Day, guardiã da sabedoria e doula; Peter Meyers, Psy.D., psicólogo perito; Terri Yellowhammer, ex-consultor de bem-estar infantil do estado de Minnesota, e juiz-associado e especialista em assistência técnica da White Earth Ojibwe; N. Bruce Duthu, da Faculdade Dartmouth, autor de *American Indians and the Law*; os participantes das aulas de Legislação Nativa Americana do professor Duthu; o programa Montgomery Fellow, da Faculdade Dartmouth, e Richard Stammelman; Philomena Kebec, advogada dos índios Chippewa da Bad River Band do lago Superior; Tore Mowatt Larssen, advogado; Lucy Rain Simpson, do **Indian Law Resource Center**; Ralph David Erdrich, R.N., Indian Health Service, Sisseton, Dakota do Sul; Angela Erdrich, M.D., do Conselho de Saúde Indígena, Minneapolis; Sandeep Patel, M.D., do Serviço de Saúde Indígena, Belcourt, Dakota do Norte; Walter R. Echo-hawk, autor de *In the Courts of the Conqueror: The Ten Worst Indian Law Cases Ever Decided*; Suzanne Koepplinger, diretora-executiva do **Minnesota Indian Women's Resource Center**, que me forneceu o relatório escrito por ela em coautoria com Alexandra "Sandi" Pierce, "Shattered Hearts: The Commercial and Sexual Exploitation of American Indian Women and Girls in Minnesota"; Darrell Emmel, consultor sobre *Jornada nas estrelas: A nova geração*; meu preparador de texto, Trent Duffy; Terry Karten, minha editora na HarperCollins; Brenda J. Child, historiadora e catedrática do Departamento de Estudos Indígenas da Universidade de Minnesota; Lisa Brunner, diretora-executiva da **Sacred Spirits First Nation Coalition**; e Carly Bad Heart Bull, advogada. Agradecimentos adicionais são devidos a Memegwesi; *chi-miigwech* ao professor John Borrows, cujo mais recente livro, *Drawing Out Law: A Spirit's Guide*, ajudou muitíssimo na minha compreensão do processo da lei sobre *wiindigoo*, assim como a tese de Hadley Louise Friedland, de 2010, "The Wetiko (Windigo) Legal Principles: Responding to Harmful People in Cree, Anishinabek and Saulteaux Societies".

Meu primo Darrell Gourneau, que morreu em 2011, me legou sua pena de águia, suas canções e suas histórias de caça. Sua mãe, minha tia Dolores Gourneau, me deu sua manta para minha cadeira de trabalho.

  Finalmente, agradeço a todos que me acompanharam ao longo de 2010-2011: em primeiro lugar, à minha filha Persia, por suas muitas leituras atentas deste manuscrito, suas francas e valiosas sugestões, e seu carinho por mim, sobretudo durante as semanas de incerteza sobre o meu diagnóstico. Todos se uniram maravilhosamente durante meu tratamento de câncer de mama: obrigada aos doutores Margit M. Bretzke, Patsa Sullivan, Stuart Bloom e Judith Walker por, a rigor, salvarem a minha vida. Minha filha Pallas, que foi minha defensora, me levou aos tratamentos e me proporcionou seu próprio tratamento — *Battlestar Galactica*, música e comidas com misteriosos poderes restauradores. Ela manteve a família unida. Aza lutou sua própria e difícil batalha e a venceu para nós todos com sua arte. Ela também foi consultora do manuscrito e leitora atenta e meticulosa. Nenaa'ikiizhikok trouxe risos e coragem. Dan foi o centro de gravidade para todos nós, com a sua paciência e bom coração.

Os eventos deste livro são vagamente baseados em tantos casos, relatórios e histórias diferentes que o resultado é pura ficção. Este livro não tem a intenção de retratar qualquer pessoa viva ou morta, e, como sempre, os erros na língua Ojibwe são meus e não podem ser atribuídos a meus pacientes professores.

Este livro foi impresso
pela Geográfica para a
Editora Objetiva em
agosto de 2014.